스노볼

2

창비청소년문학 108

스노볼 2

초판 1쇄 발행 | 2021년 12월 3일
초판 2쇄 발행 | 2023년 4월 25일

지은이 | 박소영
펴낸이 | 강일우
책임편집 | 정소영
조판 | 박지현
펴낸곳 | (주)창비
등록 | 1986년 8월 5일 제85호
주소 | 10881 경기도 파주시 회동길 184
전화 | 031-955-3333
팩스 | 영업 031-955-3399 편집 031-955-3400
홈페이지 | www.changbi.com
전자우편 | ya@changbi.com

ⓒ 박소영 2021
ISBN 978-89-364-5708-2 43810

스
노
볼

2

박소영
장편소설

창비

1부

거품

재난까지 앞으로 7℃

텔레비전의 화면 잔상이 사라지고, 온 집 안에 암흑이 내려앉는다.

"진짜 정전된 거야?"

당혹감 어린 소명의 목소리 뒤로 온기의 해맑은 탄성이 이어진다.

"와, 뉴스가 정확하게 맞혔어!"

전기가 나가기 전까지 우리는 방송 중인 「뉴스 나인」에서 잠시 후 스노볼의 동쪽 지역인 1구획에 단전이 예상된다는 소식을 보고 있었다.

지난 닷새 동안 스노볼에서는 밤 최저 기온이 25도를 웃도는 열대야가 계속됐다. 더위에 쉬이 잠들 수 없는 액터들이 너도나도 에어컨을 틀고 밤새 선풍기를 돌렸다. 신문과 방송은 매일같이 전력 부족을 이야기했고, 결국 올해 첫 정전 사태가 바로 지금, 우리가 사는 1구획에서 일어나 버렸다.

건전지로 작동하는 탁상시계만이 숫자를 환히 밝히고 있다. 오후 9시 19분.

두 눈이 어둠에 익숙해지기도 전에 더위가 훅 끼쳐 온다. 뜨뜻미지근한 공기를 흩뜨리던 선풍기마저 멈춰 버리니, 그렇지 않아도 더위에 후끈거리던 몸이 불쾌함을 호소한다.

"으…… 더워."

이럴 줄 알았으면 저녁 내내 에어컨을 켜 둘걸.

어쩌면 많은 이들이 정전에 대비해 더 부지런히 전기를 사용한 탓에 정전이 더 앞당겨졌는지도 모르겠다.

어둠 속에서 다급하게 부채를 찾던 시내가 작게 헛웃음을 터뜨린다.

"온 동네 사람이 더위를 식히다가 전기가 끊기다니."

차향을 제외한 모두가 시내의 말에 공감하며 웃는다. 영하 41도의 추위 속에서 살아온 우리에게는 영상 30도까지 치솟는 스노볼의 여름 더위가 재미있고 신기하면서도 무지막지하다.

스노볼의 정전에 익숙한 차향과 미류 언니가 능숙하게 움직여 양초에 불을 붙이고 시원한 얼음물과 아이스크림을 내오는 동안 나와 시내는 거실 바닥에 눌어붙어 부채질을 해 대고, 온기와 소명은 각자 1층과 2층 욕실에서 짧은 샤워를 마친다.

"으, 더워……."

아드득, 아드득. 아무래도 얼음을 씹어 먹는 족족 땀구멍으로 바로 배출되는 것 같다. 찬물로 샤워를 해 봤자 욕실을 나서는 순간 온몸이 기분 나쁘게 축축해진다.

활짝 열어 둔 거실 창밖으로 후텁지근한 바람과 함께 자동차들이 획획 지나간다.

"양초 그냥 끄면 안 돼? 더 더운 거 같아."

가벼운 입김에도 훅 꺼져 버릴 작은 불꽃들을 향해 시내가 눈을 가늘게 뜨자, 차향이 자리를 박차고 일어나 박수를 한번 짝 친다.

"야, 너희 안 되겠다."

차향이 바닥에 대자로 뻗어 있는 소명을 발끝으로 툭툭 치며 목소리를 키운다.

"일어나, 가자!"

"그래! 왜 그 생각을 못 했지?"

소명이 벌떡 자리에서 일어나며 환하게 웃는다.

"정전이 안 된 동네로 가면 되잖아!"

차향이 가소롭다는 얼굴로 혀를 찬다.

"더 좋은 데 데려가 줄 테니까,"

차향이 장바구니에 이런저런 물건들을 챙기며 지시한다.

"누가 올라가서 배새린 좀 불러와."

나와 시내가 어색한 시선을 주고받는다.

2층짜리 단독 주택에 다 같이 모여 산 지 어느덧 한 달. 이본 저택에 딸린 별채에서 지낼 때보다는 나아졌지만, 배새린은 여전히 우리와 일정한 거리를 유지하고 있었다. 전기가 나가 버린 이 상황에서도 혼자 제 방에 꼭 틀어박혀 있을 만큼.

"걔만 여기서 쪄 죽게 내버려 둘 거야?"

차향의 재촉에도 나와 소명, 시내는 계속 쭈뼛거린다. 모두에게 사랑받는 고해리로 살고 있던 자신의 삶을 박살 내 버린 우리를 배새린은 미워한다. 그리고 우리 셋은, 그런 미움을 피부로 느끼면서도 그 애에게 먼저 손을 내밀 만큼 포용적인 사람이 못 되고.

"누나, 내가 불러올게."

온기가 성큼성큼 계단을 오른다. 나는 부엌에서 물건을 챙기는 차향을 도와줄까 고민하다 시내와 소명이 나서는 걸 보고 온기를 뒤따른다.

우리가 출연하는 드라마 「나, 너, 우리」는 기존의 스노볼 드라마와 여러 면에서 다르지만 그중 단연 두드러지는 점은, 바깥세상의 시청자들뿐 아니라 스노볼에 거주 중인 이들도 텔레비전으로 이 드라마를 시청할 수 있다는 것이다.

그리하여 우리는 자신의 드라마를 매주 볼 수 있는 유일한 액터가 되었고, 지금까지 총 4화 분량의 본방송을 시청했다. 그리고 매번 방송이 끝나면 나, 소명, 시내 중 한 사람은 꼭 이런 얘기를 꺼냈다. "우리가 배새린을 따돌리는 것처럼 보이지 않아?"

배새린은 우리 셋을 향한 적대감을 온몸으로 풍기며 자발적으로 겉돌고 있고, 우리 드라마의 담당 디렉터인 차향은 왜곡된 편집을 하지 않는다. 그런데도 드라마 속 배새린은 우리가 알던 모습과 다르게 쓸쓸하고 불쌍해 보였다. 우리가 1층에서 다 같이 모여 웃고 떠드는 소리를 들으며 배새린은 불 꺼진 제 방에 누워 조용히 눈을 깜빡거렸다. 어둠 속의 피사체도 선명하게 포착해 내는 스노볼 카메라는 그 애의 눈에 고인 눈물까지 생생하게 보여 주었다.

배새린도 저렇게 여린 면이 있나?

그 모습이 카메라를 의식한 연기인지, 아니면 실은 우리와 어울리고 싶으면서도 자존심 따위를 내려놓지 못해 힘들어하는 건지 궁금했다. 괜한 자존심 때문이라면 내가 한 번 더 손을 내밀어 줄 용의가 있었다.

고양이 걸음으로 층계를 오르며, 배새린과 나 사이의 얼음장 같은 분위기를 온기가 중간에서 부드럽게 잘 풀어 주리라는 믿음을 품는다.

"어디로 가는데?"

살짝 열린 방문 틈으로 배새린의 의욕 없는 목소리가 새어 나왔다. 배새린은 침대 머리맡에 웅크려 앉아 있고, 온기는 끄트머리에 걸터앉아 배새린을 바라보고 있다.

"향 누나가 아는 데가 있나 봐. 좋은 데래."

활기차고 다정한 온기의 말투에도 배새린은 두 다리를 가슴으로 바짝 당겨 앉은 채 미동조차 하지 않는다. 온기가 고개를 살짝 기울여 시선이 침대보에 고정돼 있는 배새린과 눈높이를 맞춘다.

"같이 가자, 새린아."

아마도 한 4학년 무렵까지, 툭하면 서로 다투고 뚱해 있는 나를 달랠 때 온기가 항상 쓰던 말투다. '화 풀어, 초밤아.' 우리가 언제 머리채를 붙잡고 싸웠냐는 듯, 세상이 두 쪽 날지라도 언제까지나 내 편일 것 같은 바로 그 목소리. 한 살 두 살 먹어 가면서, 토라질 시간에 한 대라도 더 때리자는 쪽으로 내가 전략을 바꾸면서 저 목소리를 들어 본 지도 꽤 오래되었다.

"오빠."

배새린이 온기를 오빠라고 불렀다. 나와 온기 사이에는 역시 꽤 오래전에 사라진 호칭이다.

"그럼 오빠가 계속 내 옆에 있어 줄 수 있어?"

두 사람의 대화에 자연스럽게 합류하려던 내 계획은 배새린의 다음 말에 의해 저지된다.

"오빠도 알잖아, 다른 애들이 나 싫어하는 거. 차향 언니랑 미류 언니도 다른 애들을 더 편애하는 게 뻔히 티 나고……. 그래서 다 같이 모여 있으면 괜히 눈치 보이고 그래."

내 입장에서는 선후 관계가 단단히 뒤바뀐 느낌이지만, 배새린의 목소리와 표정은 진심으로 상처받은 것처럼 보인다.

"아냐, 다들 얼마나 널 신경 쓰는데."

"봐, 지금 오빠도 다른 사람들 편에서 얘기하잖아. 이 집에 내 편은 아무도 없어."

문을 등지고 앉아 있어 얼굴이 보이진 않지만, 잠깐의 정적을 통해 온기가 당혹스러워하는 게 고스란히 느껴진다.

이쯤에서 내가 끼어들어야 한다.

내가 여기 있다는 걸 노크와 헛기침 중 무엇으로 알려야 더 자연스러울지 고민하는 사이, 온기가 먼저 입을 뗀다. 법정에 선 증인처럼 오른손을 든 채로.

"알았어, 이제부터 나는 새린이 네 편이야."

뭐라고?

드디어 온기와 눈을 맞춘 배새린의 얼굴에 처음으로 옅은 미소가 번진다.

14

"정말?"

가벼운 웃음소리와 함께 온기가 뒤통수를 끄덕거린다.

"그래, 그러니까 얼른 내려가자. 원래 자꾸 부대껴야 빨리 친해져."

온기가 자리에서 일어서며 배새린에게 손을 내민다. 침대 옆 스탠드에 달린 카메라 렌즈가 보인다. 스노볼의 **중앙 발전소**에서 생산되는 **원자력** 덕분에 카메라는 정전 사태와 상관없이 돌아간다.

나는 재빨리 몸을 돌려 2층 화장실로 걸음을 옮긴다. 차향에게 내가 두 사람의 대화를 엿들은 부분은 방송으로 내보내지 말아 달라고 부탁할지 고민한다. 이상하게 심장이 쿵쾅거린다. 내가 왜 이런 고민을 하는 거지? 둘의 대화를 몰래 엿들은 게 창피해서? 왜 창피한데? 내 친오빠가 내 편이 아닌 배새린의 편을 들겠다 선언해서?

화장실 문을 닫고 기대서며 문득 또 깨닫는다.

온기는 더 이상 나의 혈육이 아니다.

나의 선택과 나의 노력으로 이 사실을 온 세상에 알려 놓고는 자꾸 잊어버린다.

온기가 배새린의 편을 선언해 내가 기분이 좋지 않다는 걸 눈치채면 소명과 시내가 분명 유치하다고 비웃을 줄 알면서도, 차향이 운전하는 승합차를 타고 알 수 없는 목적지를 향해 가는 내내 배새린의 옆자리에 앉아 재잘대는 온기가 영 마뜩잖다.

아니, 자기가 평화 전도사야 뭐야? 왜 배새린 편을 드는데.

"어? 새린아, 저거 봐. 10도나 올랐어."

쓸데없이 다정한 온기의 목소리에 뒷좌석에 앉은 모두의 고개가 창밖 광장 쪽을 향한다.

93도까지 오른 **재난 온도계**가 활활 타오르고 있다.

재난 온도계는 폭이 좁은 원통형 유리 튜브로, 섭씨 0도부터 100도까지 한 칸씩 눈금이 표시돼 있다. 내부에는 사람에 따라 석류주스 혹은 피를 떠올리는 붉은 액체가 담겨 있고, 100도가 되는 지점 바로 위에는 비가 내려도 꺼지지 않는 대형 불꽃이 스물네 시간 타오른다.

"왜 갑자기 93도가 됐지? 80도에서 83도까지는 꽤 오래 걸렸던 것 같은데."

배새린의 질문에 운전대를 잡은 차향이 온기 대신 입을 연다.

"1구획에 정전이 발생해서 그래."

오랜만에 합류한 배새린을 의식했는지, 차향의 목소리가 평소보다 나긋하다.

"스노볼 액터는 바깥세상에서 생산하는 전기를 **편히** 받아 쓰잖아. 그런 주제에 전기를 낭비해서 정전 사태를 일으켰으니, **재난 벌점**을 크게 받아야지."

액터를 대상으로 하는 재난 벌점은 교실 청소 당번을 정하기 위해 학생들의 행실에 벌점을 매기는 것과 비슷하다. 슬레이트를 치고 난 뒤 십 분의 쉬는 시간을 넋 놓고 누리다가 편집점을 놓치거나, 공식 사각지대인 탈의실 안에서 지나치게 오래 머무르는 등 액터가 의무를 내팽개치고 제멋대로 굴 때마다 재난 온도계의 온도가 자동으로 올라간다.

물론 이런 식의 작은 일탈과 의무 위반은 아주 미미한 영향을 미치지만, 한데 모이면 순식간에 재난 온도가 뜨거워진다. 그리고 그렇게 모인 벌점이 온도를 100도까지 달구는 순간, 저 꼭대기에서 타오르는 거대 불꽃이 재난 온도계를 통째로 불태워 버린다.

그러면 그날 밤 「뉴스 나인」의 날씨 뉴스에서 **재난 추첨**이 진행된다. 가뭄, 황사, 폭염, 태풍, 산불, 폭설 등 각 계절에 맞는 재난이 준비되고, 그해 어떤 재난이 어느 정도 수준으로 일어날지는 기상 캐스터의 손끝에서 결정된다.

올해는 어떤 **재난 드라마**가 펼쳐질지, 바깥세상 시청자들도 지금쯤 촉각을 곤두세우고 있을 것이다. 그중 누군가는 재난 추첨 결과에 대해 자기들끼리 내기를, 누군가는 스노볼에 살고 있는 가족이나 친구를 위해 기도를 할 것이다.

스노볼이 재난을 피해 간 해는 없었다. 여름 정전 사태는 매년 몇 차례씩 일어나는 일이고, 정전은 비싼 값을 치르니까. 물론, 간혹 가다 재미있고 아름다운 재난이 벌어지는 때도 있다. 콜라 성분의 비가 내리거나 장미 꽃잎이 황사처럼 날리는 스노볼의 모습은 꽤나 장관이다. 하지만 대형 태풍이 몰아치고 폭우가 열흘 내내 이어진 해에는 필연적으로 많은 액터가 피해를 입었다.

"제발 폭염은 아니면 좋겠다. 더운 거 너무 싫어."

재난 온도계를 바라보는 배새린 옆에서 온기가 기대에 찬 미소를 짓는다.

"난 '콜라 비'를 맞아 보고 싶어. 올해는 아무도 안 다쳤으면 좋겠고."

온기가 재난 온도계를 향해 두 손을 모으며 가볍게 기도한다.

'아빠를 만나게 해 주세요.' '초밤이가 필름 스쿨에 합격하게 해 주세요.' '할머니가 아프지 않게 해 주세요.' 온기가 생일 케이크 촛불을 불며 빈 소원은 한 번도 이뤄진 적이 없었다.

이번에는 온기의 소원이 꼭 이뤄지길. 그래서 아무도, 온기도 절대 다치지 않았으면. 그런 기도를 나도 모르게 되뇐다.

차창 밖으로 보이는 세상은 칠흑같이 어둡고, 재난이 시작되기까지 이제 고작 7도가 남았다.

조각배 위 뻐꾸기

"으어어! 방금 뱀, 뱀!"

시내가 제자리에서 펄쩍 뛰자 소명이 지팡이처럼 쓰고 있던 나무 막대기를 마구 휘두른다.

"어디, 어디!"

소명이 고개를 휘저을 때마다 이마에 달린 헤드 랜턴이 사방으로 빛을 뿜는다.

마찬가지로 헤드 랜턴을 착용하고 맨 앞에서 길을 트며 걷던 차향이 웃는다.

"야, 이 산에 뱀 없거든?"

"이 산에 목적지는 있고?"

영문도 모른 채 아닌 밤중에 산행을 시작한 우리는 몇 걸음에 한 번씩 앓는 소리를 낸다. 가만히 있어도 더운 날 몸을 움직이니 금세 땀이 줄줄 흐른다.

"아줌마, 아직도 멀었어?"

불쾌 지수가 100도를 넘어선 내 질문이 끝나기 무섭게, 무성한 숲이 동그랗게 감싸고 있는 호수가 드러난다.

"와아 —!"

우리는 너 나 할 것 없이 달려가 각자 들고 온 물건을 호숫가 모래사장에 던져 놓는다. 돗자리와 낚시 의자, 냉커피가 담긴 보온병, 간식거리로 가득한 가방, 휴대용 라디오, 비치 타월 등이 따뜻한 모래에 파묻힌다.

온기가 음악 채널로 주파수를 돌리기 전 라디오에서 흘러나온 뉴스 특보는, 열대야를 피해 몰려든 사람들로 스노 타워 앞 중앙 호수와 해변이 북새통을 이루고 있다는 소식을 전했다. 2구획과 3구획의 술집들 역시 1구획에서 넘어온 손님으로 평소보다 바글거렸다.

이 야심한 시각에 더위를 뚫고 등산할 생각을 한 사람은 차향뿐이었는지, 대모산 중턱의 작은 호수는 오롯이 우리 차지였다.

"수박 한 조각 남은 거 마저 먹을 사람?"

"오, 나 먹을래!"

사락사락, 나뭇잎을 가볍게 흔드는 산바람에 땀을 식히며 우리는 웃고 떠든다. 숲이 내쉬는 푸른 여름 향기를 곁들여 먹으니 모든 게 평소보다 더 달콤하다.

그러면서도 나는 이곳엔 어디에 카메라가 설치돼 있을까 슬쩍 두리번거린다. 멀지 않은 곳에 버려진 것처럼 보이는 조각배가 한 척 보이고, 다람쥐 집과 새집이 호숫가 나무 기둥 여기저기에 달려 있다. 모두 카메라를 자연스럽게 설치하기 위해 존재하는 것들이다.

미류 언니가 헤드 랜턴을 끄면서 말한다.

"다들 랜턴 불 좀 꺼 볼래?"

호숫가에 새까만 어둠이 내리고, 미류 언니는 모두에게 10부터 1까지 숫자를 세고 하늘을 보라고 말한다.

10…… 3, 2, 1.

"우와!"

"와아……."

우주의 성운을 본뜬 광경이 우리의 머리 위에 흐르고 있다. 고해리를 대신해 이 년 연속 기상 캐스터직을 이어 가고 있는 프랜 크라운이 어제 뽑은 하늘이다. 검푸른 밤하늘에 금성과 천왕성을 녹여낸 듯한 장관에 모두 말없이 하늘을 바라본다.

온기의 시선이 배새린을 지나쳐 내게 닿는다.

"우리 배영 하자! 그럼 우주에 떠 있는 느낌일 거 아냐!"

물놀이를 좋아하지 않는 차향을 제외한 나머지는 스트레칭을 하며 입수를 준비한다. 우리 집 미성년자들은 일주일에 사흘 이상 수영장에 나간다. 바다 수영은 즐겨 보고 스노볼을 떠나야 하지 않겠느냐며 열심히 수영장을 드나들고 있는데, 자유롭게 밤 수영을 즐기기에는 아직 무리가 있다.

"이십 분씩 돌아가면서. 오케이?"

우리가 가진 튜브는 두 개뿐이고, 소명과 시내가 먼저 튜브를 하나씩 끼고 호수로 들어간다.

"우리는 저거 타자!"

별안간 온기가 나와 배새린을 동시에 잡아끌며 조각배 쪽으로 걸음을 옮긴다. 조각배를 물에 띄우더니 나와 배새린에게 먼저 들어가 앉으라고 우긴다. 물이 가슴에 잠길 때까지 조각배를 밀며 걷던 온기가 배를 앞으로 휙 밀어 버린다.

"야, 뭐 해?"

"오빠!"

노를 하나씩 쥐고 조각배 안에 어색하게 마주 앉은 나와 배새린을 향해 온기가 흐뭇하게 웃으며 뒷걸음질 친다.

"그 배 2인용이잖아. 둘이 오붓하게 타고 와. 나는 향 누나랑 오목 결판내야 해."

나와 배새린은 무의식적으로 서로의 얼굴을 마주 본 뒤 본능적으로 눈을 피한다.

'고해리 프로젝트'를 폭로하던 밤. 뉴스 스튜디오에서 배새린과 뒤엉켜 바닥에서 뒹굴던 기억이 떠오른다. 내 왼쪽 눈썹 뼈에서 흐르는 피가 배새린의 하얀 투피스를 빨갛게 물들이던 그때가 나와 배새린이 가장 가깝게 붙어 있던 마지막 순간이었다.

"너도 노 좀 저어."

"어?"

"배가 제자리에서 돌잖아."

나를 쳐다보지도 않고 나무라는 배새린 덕분에 얼결에 노를 물에 담근다. 우리는 말없이 노를 젓고, 점점 호흡이 맞춰지기 시작한다.

멀지 않은 곳에서 수영을 즐기던 미류 언니가 잠시 멈춰서 우리 둘을 물끄러미 바라본다. 내 쪽으로 슬쩍 엄지를 치켜세운다. 달빛에 비친 얼굴이 아마도 미소를 짓고 있는 것 같다.

뒤를 돌아보니 모래사장에 낚시 의자를 펴 놓고 앉은 차향과 온기도, 호수 저편에서 튜브 위에 올라타 여름 밤하늘을 구경하던 소명과 시내도 우리 둘을 보고 있다. 표정은 보이지 않지만, 그들의 이마에 달린 헤드 랜턴이 하나같이 우리에게 향해 있다.

나와 배새린에게 자리를 내어 주듯 미류 언니가 곧 다른 쪽으로 헤엄쳐 간다. 나와 배새린은 어색한 침묵을 메우려 부지런히 노를 젓고, 조각배가 곧 호수의 중심에 다다른다.

배새린이 노 젓기를 멈추며 입을 뗀다.

"나 어제 할머니 만났어."

나 역시 노를 무릎 위에 올리며 눈을 가늘게 뜬다.

"할머니?"

배새린이 상체를 뒤로 젖혀 그림 같은 밤하늘을 눈에 담는다.

"어제 보석으로 풀려나셨잖아."

"그건 나도 알아."

고해리 프로젝트에 가담한 혐의로 재판을 받고 있던 고매령은 건강상의 이유로 보석을 신청했고, 며칠 전 구치소를 벗어났다. 기세가 대단하던 사람이었지만, 파란 수의를 입고 재판장을 오가는 동안 고매령은 눈에 띄게 쇠약해져 갔다.

"고매령을 왜, 아니, 어쩌다 만났어?"

"내가 할머니 집으로 찾아갔어."

배새린의 입에서 흘러나오는 호칭이 또 한번 내 신경을 건드린다.

"왜 자꾸 할머니라고 불러?"

"할머니가 말해 줬어."

배새린이 하늘을 보던 고개를 내려 나를 빤히 쳐다본다.

"우리 엄마, 그러니까 고매령의 딸 고상히가 나를 낳았다고."

"……뭐?"

배새린은 **세 살이었던 고해리**에 대해 이야기한다. 핼러윈에 호박 귀신을 보고 까무러친 뒤로 이듬해 봄까지 단 한 번도 웃지 않던 어린 고해리는 고상히가 크리스마스 선물로 준 다이아몬드 팔찌에도, 당시 스노볼에서 가장 인기 있던 장난감에도 아무런 반응을 하지 않았다. 엄마인 고상히보다 더 따르던 할머니 고매령의 손길에도 세 살배기 고해리는 자지러지게 울기만 했다.

"걔가 내 대역이었대."

배새린의 자신의 입가를 어루만진다.

"바깥세상에서 생긴 줄 알았던 내 화상 상처가 사실은 스노볼의 그 안락한 집에서 일어난 사고였대. 할머니가 잠깐 한눈판 사이에 내가 주전자를 엎어 버렸다나."

배새린의 눈에 스스로를 원망하는 기운이 어린다.

"흉측한 괴물이 돼 버린 나를 대신하게 된 **그 애**가 낯선 환경에 혼란스러워하는 동안, 나도 새 가족에게 적응해야 했어."

영하 41도의 추위 속으로 한밤중에 사라져 입가에 화상 상처를 입고 돌아온 세 살짜리 딸. 배새린의 엄마는 본능적으로 자신의 딸이 아님을 알아차렸다. 일 년이 지나고 삼 년이 지나도 배새린의 엄마는 달라진 딸을 받아들일 수가 없었고, 마을 사람들은 그녀가 젊은 나이에 미쳐 버렸다고 수군거렸다.

"말도 안 돼. 세 살이면 웬만한 의사 표현은 할 수 있는 나이 아냐? 너도, **새로 고해리가 된 그 애도** 갑자기 뒤바뀐 가족에게 아무런 말을 하지 않았다는 게 이상하잖아."

"우리 둘 다 실어증 증세를 보였어."

배새린이 돌연 짜증스럽게 되묻는다.

"내가 진짜 고해리였다는 걸 인정하기 싫은 거야? 그렇게 아니 꼬우면 우리 할머니한테 가서 네가 직접 확인해 보든가."

"지금 그런 얘기가 아니잖아."

애초에 **진짜 고해리**라는 건 존재하지도 않았다.

"이 애는 내 딸이 아니라면서 남보다 차갑게 구는 사람을 엄마로 두고 살아야 했던 **고해리**의 삶이 어땠을지 나는 너무 잘 알아. 나도 그렇게 자랐으니까."

내 얼굴에 화장을 해 주려다 화장품 통을 떨어뜨리고 울던 고상히가 떠오른다. *쟤가 왜 내 딸이야! 처음부터 내 딸 같은 건 없었잖아!*

"어제 고매령을 만나서 그런 얘기를 들은 거야?"

미세하게 고개를 끄덕이던 배새린이 갑자기 고개를 숙이고 이내 몸을 들썩인다. 울음을 삼키는 소리가 들린다.

"야, 배새린……."

내가 쭈뼛거리며 손을 뻗는데 조각배 좌우에 달린 카메라에서 흰 불빛이 뿜어져 나오며 격자무늬로 교차한다. 곧이어 탁, 슬레이트를 내리치는 소리가 호수 여기저기에서 울려 퍼진다.

"아, 왜 하필 지금이야."

배새린이 작게 중얼거리며 고개를 든다. 눈물이 번진 눈에 딱히 슬픔 따위는 묻어나지 않는다.

내 미간이 구겨진다.

"너 지금…… 우는 척 연기한 거야?"

"척이라니, 전초밤 너만 보면 억울해서 눈물이 절로 나는데."

누군가 내 가슴에 바위를 올려놓고 꾹 누르는 것 같다.

"하, 도대체 언제까지 나를 원망할 셈이야? 너도 네 맘대로 내 목에 주사 찔러 넣고 퇴직자 마을로 던져 버렸잖아. 네 덕분에 나도 평생 유령처럼 살 뻔했어! 그렇다고 내가 그 일로 널 원망한 적 있어?"

배새린이 내 뒤통수를 친 건, 그렇지 않았다면 자신이 퇴직자 마을에 던져질 운명이었기 때문이다,라고 매번 되뇌었다. 차설과 차 귀방이 벌인 사기극 속에서 나도 배새린도 운명에 잡아먹히지 않으려 발버둥 쳤을 뿐이라고.

물에 빠져 죽기 직전인 사람이 저도 모르게 옆 사람을 붙잡고 늘어지는 건 악의가 아니듯 배새린과 내가 서로에게 저지른 짓도 그와 비슷한 일이었다. 그래서 나는 배새린을 미워하지 않으려 했다.

"방금 내가 말했잖아, 전초밤. 난 억울한 거라고. 원망하는 게 아니라."

배새린의 서늘한 눈빛이 내게 고정된다.

"불공평하잖아, 너만 불행하지 않은 건."

"그게 무슨 소리야?"

"명소명은 열세 살에 부모를 다 잃고 고아로 힘들게 살아왔고, 신시내는 아내의 외도를 의심하는 아빠부터 시작해서 구질구질하기 그지없는 집안에서 자랐어. 세 살부터 내 대역으로 살았던 애는 숲으로 사라진 뒤로 지금 몇 년째 행방불명에, 조여수는 목숨을 잃었고."

주먹을 꾹 쥐자 땀에 젖은 살갗이 기분 나쁘게 미끈거린다.

"그런데 전초밤 너는?"

배새린의 얼굴에 원망이나 분노가 아닌 순수한 의아함이 드리운다.

"왜 너 혼자만 그렇게 멀쩡히 살아온 거야?"

왠지 모르게 슬퍼 보이는 그 눈빛을 보며 나는 아무 말도 할 수가 없다.

나의 하나뿐인 엄마 전희우, 세상에서 가장 사랑이 넘치는 할머니 전월, 나와 한날한시에 태어나 평생의 친구가 되어 준 전온기, 우리를 위해 자신을 희생한 아빠 임한영까지. 내게는 배새린이 인정할 만한 불행이 존재하지 않는다.

"분명 다 똑같은 피해자인데, 심지어 **우리들**의 삶이 더 혹독했는데도, 사람들은 전초밤 너를 제일 좋아해. 네가 그 폭로를 주도했다는 이유 하나로 말이지. 정말 공평한 게 하나도 없어."

"……그래서? 배새린 네가 원하는 게 뭔데."

배새린이 망설임 없이 말한다.

"전초밤 네가 불행했으면 좋겠어. 네가 나를 불행하게 만든 만큼."

"뭐?"

"그러게, 고해리로서 내 삶을 되찾아 가는 걸 왜 막았어."

배새린의 건조한 목소리가 내 심장을 파고든다.

"다 빼앗기고 나니까 네가 누리는 삶이라도 살아 보고 싶어지 잖아."

숨이 턱 막힌다.

"여기서 날 빠뜨려 죽이고 내 대역이라도 할 셈이야?"

배새린이 헛웃음을 터뜨린다.

"그건 성공할 가능성이 낮지 않겠어? 조미류 언니가 당장에 인 어처럼 헤엄쳐 와서 널 구해 줄 텐데."

"그럼, 뭘 어쩌겠다고."

배새린이 기대에 찬 얼굴로 깊은숨을 들이마신다. 그러고는 물 끄러미 주변을 둘러본다. 헤드 랜턴을 하나씩 달고, 차향과 미류 언 니, 소명과 시내, 그리고 온기가 우주 같은 밤하늘 아래 반딧불처럼 움직이고 있다.

"전초밤 네가 가진 걸 나도 가져 보려고. 가족 간의 유대감이니 우정이니 하는 것들."

어디선가 불어오는 바람에 흐트러지는 머리칼을 배새린이 귀 뒤 로 넘긴다. 그 손목에 걸린 시계가 낯익다.

"그거……."

"응, 어제 할머니 집에서 가져왔어."

고해리가 되어 받은 첫 월급으로 나 자신에게 선물했던 손목 시계.

배새린의 시선이 호숫가에 있는 일행들에게 머무른다.

"전초밤 네가 가진 것들은 하나도 빠짐없이 마음에 들어."

"네가 멋대로 날뛰게 지켜볼 생각 없어."

마음대로 하라는 듯, 배새린이 여유로이 미소 짓는다.

호수를 병풍처럼 둘러싼 나무들이 사락사락 잎을 흔든다. 저 사이에는 카메라를 설치하기 위해 인위적으로 만든 새집이 아니라 진짜 새들이 사는 둥지도 있을 것이다. 그중에 뻐꾸기가 사는 집도 있겠지.

뻐꾸기는 다른 새의 둥지에 알을 낳고, 뻐꾸기 새끼는 알에서 부화하자마자 그 둥지의 다른 알과 부화한 새끼 들을 밖으로 밀어내 제거한다. 그게 뻐꾸기의 본능이라고 한다. 본능에 악의는 없다. 다만, 악의 없는 본능은 때때로 다른 존재를 위협한다.

때마침 어디선가 뻐꾸기의 울음소리가 들려와 나는 소스라치게 놀라 몸을 떤다. 내 맞은편에 앉은 뻐꾸기는 그런 나를 조소 섞인 얼굴로 쳐다본다.

나는 둥지 밖으로 떠밀리지 않기 위해 양손으로 조각배를 꽉 붙잡는다.

고해리가 살던 집

집으로 돌아오는 차 안에서 배새린은 소명의 바이애슬론 훈련을 따라가 보고 싶다고 먼저 말을 걸었다. 그러자 애가 웬일이냐는 눈빛으로 시내가 나를 슬쩍 바라보았다. 호수로 갈 때와 마찬가지로 배새린의 옆자리에 앉은 온기는 나를 향해 칭찬과 격려가 담긴 미소를 보냈다. 단둘이 조각배에 앉아 도란도란 대화를 나누며 그간의 단절을 풀어냈다고 생각하는 듯했다. 이어지는 배새린의 행동 역시 그런 오해를 확신으로 만들기에 충분했다.

"언니, 저도 내일부터 아침 준비 도울게요."

호숫가에서 사용한 컵과 보온병을 씻고 있는 미류 언니 옆으로 다가간 배새린이 수줍다는 듯 살포시 웃는다.

아홉 번의 살인을 저질렀고, 그 모든 살인이 온 세상에 공개된 미류 언니는 스노볼에 온 지 한 달이 지나도록 마땅한 일자리를 구하지 못했다. 미류 언니를 곁에 두기만 해도 시청률이 수직 상승하리라 계산을 마친 액터가 여럿이었지만, 이는 차향이 용납하지 않았다. 차향은 미류 언니에게 자신의 지갑을 통째로 넘기며 "일은 무슨 일이야, 하고 싶었던 거 다 하면서 놀아. 디렉터 월급 센 거 알지? 내가 너 하나 책임 못 지겠냐."라고 말했다.

그날부로 미류 언니는 누가 시키지 않았는데도 먼저 나서 집 안 살림을 챙겼다. 그러면서 언니는 요리에 재능이 있음을 깨달았고 그 재능으로 우리를 기쁘게 하는 데서 즐거움을 느꼈다.

"새린이 너도 요리 좋아해?"

미류 언니가 반색하며 묻자 배새린이 여전히 수줍은 표정으로 목을 문지른다.

"언니한테 배워 보고 싶었어요. 그동안 언니 요리 정말 좋아했는데 한 번도 감사하다고 말씀 못 드려서 죄송해요."

미류 언니가 어린아이 같은 미소를 짓는다.

"아니야, 그렇게 말해 줘서 내가 고마워!"

언니에게는 오랫동안 타인의 진심 어린 친절이 쉬이 허락되지 않았다.

"혹시 제일 배우고 싶었던 메뉴가 뭐야? 내일 같이 만들어 볼까?"

몇 시간 전까지만 해도 상상할 수 없었던 두 사람의 다정한 뒷모습에, 남은 간식거리를 정리하던 차향의 광대가 조용히 솟아오른다. 그러더니 내 팔을 휙 낚아채 1층 본인의 방으로 끌고 들어간다.

"아까 그 배 위에서 둘이 대체 뭔 대화를 나눴어?"

차향이 궁금해 죽겠다는 얼굴로 방문을 꽉 닫는다.

배새린과 내가 조금 전 무슨 대화를 나눴느냐……. 이걸 어디서부터 어떻게 얘기해야 할까.

"다음 주에 오늘 영상 편집하면서 나 막 감동받고 그러는 거 아니지?"

"글쎄, 대화를 슬레이트 쳤을 때 주로 나눠서 제대로 촬영된 내용이 없을걸."

배새린은 슬레이트가 다시 치기 직전 호수 물을 눈가에 찍어 발랐고, 촬영이 재개되자 자신의 기구한 인생사를 얘기하며 더욱 격한 감정을 쏟아 냈다. 나는 떫은 감을 베어 먹은 표정을 짓지 않으려 노력했다.

연극이 절정에 이르자 배새린은 그동안 나를 미워한 일에 미안하다며 사과했다. 우리 드라마의 디렉터는 차향이고, 우리 편인 차향의 눈을 속이려 카메라 앞에서 연극을 한다는 게 짜증 날 만큼 바보스럽게 느껴졌다.

하지만 배새린은 끝끝내 상처받은 표정을 유지했고, 결국 우리는 둘 다 상기된 얼굴로 말없이 노를 저었다. 그러다 문득 깨달았다. 차향을 믿고 카메라 앞에서 어떤 모습이든 보여 줄 수 있는 사람은 나지, 배새린이 아니라는 걸. 나의 인생을 편집하는 디렉터를 전적으로 신뢰하는 일 역시 배새린이 나를 부러워하는 부분이었다.

"뭐야, 그 감동적인 장면이 너희 둘만의 비밀이 된 거야?"

차향은 재차 나와 배새린이 나눈 대화에 대해 묻는다. 나는 갑자기 몰려드는 피곤함에 차향의 침대에 대자로 누워 버린다.

"걔가 이제부터 아줌마랑 미류 언니, 다른 애들하고 친해지고 싶대."

부모가 갑자기 바뀌는 바람에 쉽지 않은 유년기를 지나온 배새린의 인생에 대해 오늘은 딱히 얘기하고 싶지 않다. 그 애에 대한 짜증이 연민을 넘어서 버렸으니까.

차향이 내 옆에 털썩 앉으며 묻는다.

"그래? 배새린이 이제 우리랑 다 잘 지내 보고 싶대?"

"응, 나 빼고 전부 다."

멍하니 천장을 바라보며 덧붙인다.

"나랑 친한 사람 전부 다."

*

십 년이 넘는 시간 동안 텔레비전에서 보아 왔고, 한때 내가 잠시 머무르기도 했던 2층짜리 붉은 벽돌집. 그 앞이 꽃과 편지로 가득하다. 조여수의 가여운 죽음과 **금지된 숲으로 사라진 고해리**를 추모하는 선물들이다.

나는 살짝 열려 있는 울타리 문을 밀고 앞마당으로 들어선다. 고매령이 오랜 시간 정성 들여 가꿔 온 꽃밭과 과일나무가 빨갛고 검은 스프레이 래커로 얼룩져 있다. 래커는 집의 붉은 벽돌과 현관문, 군데군데 금이 간 유리창까지 이어진다.

고매령은 지옥으로 꺼져라!

세상에서 가장 끔찍한 부모

당신들은 스노볼에 살 자격이 없어

저주의 문장들 밑으로 심한 욕설의 흔적도 남아 있다. 추모 선물들에도 래커가 군데군데 튀었다. 두꺼운 암막 커튼이 쳐진 집 안에는 그 어떤 인기척도 느껴지지 않는다.

고매령이 구치소에서 재판받는 동안 고상히와 고우요를 비롯한 나머지 가족들은 외부인이 쉽게 접근할 수 없는 스노 타워로 이사했다. 그래도 이 집의 주인은 법적으로 여전히 고매령이었고 그녀는 자신의 집으로 돌아왔다. 그리고 이런 일련의 과정은 '측근'이라는 입들을 통해 신문과 텔레비전 뉴스로 낱낱이 전해졌다.

누군가 망치로 처참히 부숴 버린 초인종을 잠시 바라본다. 똑똑 현관문을 두드리자 뒤로 살짝 밀리면서 열린다.

고매령 같은 위인이 나 하나를 어쩌지 못해 경찰을 부를 일은 없겠지만, 무단 침입으로 신고당할 각오를 하며 문을 조용히 밀고 들어간다.

어젯밤 차향의 방을 나서기 전 단단히 당부해 놓았다. "내일 오전에 촬영되는 내 필름은 드라마로 내보내지 말아 줘." 액터가 디렉터에게 이런 요구를 하는 것은 비상식적인 일이다. 디렉터가 액터의 이익을 지켜 주는 행동은 '담합'이라 불리고, 들키면 상당한 죗값을 치러야 한다.

"우리 사이의 담합을 우려하는 세간의 시선을 초밥 네가 모르지 않을 텐데?" 차향의 걱정 어린 눈초리에 나는 몸을 웅크리며 돌아누웠다. "뻐꾸기 알이 부화하기 전에 막아야 돼. 자세한 얘기는 내일 다녀와서 할게."

고상히가 낳은 아이가 배새린이었다니. 법정에서든 측근의 입을 통해서든 단 한 번도 언급되지 않은 얘기였다. 진실인지조차 의심스럽다. 설령 진실일지라도, 고매령은 왜 이제 와 배새린에게 그런 얘기를 했을까? 누가 첫 번째 고해리였는지 따지는 것은 아무짝에도 쓸모없는 일이다. 그러잖아도 억울해하던 배새린을 더 미치게 만들 뿐.

고매령의 의도가 궁금했다. 자신들이 누리던 전부를 망쳐 버린 나에게 복수할 마음으로 배새린과 손을 잡았는지도 모를 일이었다.

집 안을 굴러다니는 작은 쓰레기들을 피해 현관 복도를 지나 거실로 들어선다. 소파와 텔레비전 등 모든 가구가 여전히 자리를 지키고 있다. 고상히는 이곳에서 쓰던 가구들을 새집으로 가져가지 않았다.

거실 탁자 위에는 어제 고매령과 배새린이 사용했을 주전자와 찻잔이 그대로 놓여 있다. 본인의 옷매무새뿐 아니라 집 안 구석구석까지 언제나 완벽하게 세팅하던 고매령이 거실을 이렇게 엉망으로 내버려 두다니. 건강상의 이유로 보석을 신청했다는 말이 영 거짓은 아닌 모양이다. 혹은 멀쩡하게 살고자 하는 의욕을 송두리째 잃었거나.

"저기…… 계세요?"

어디에도 고매령의 모습이 보이지 않고 1층에 있는 그녀의 방문은 굳게 닫혀 있다.

방문까지 노크하기는 조금 망설여져 일단 거실 소파에 앉는다.

액터는 언제나 부지런해야 한다고 말하던 고매령이 오전 11시가 넘도록 늦잠을 자다니. 자신이 출연하던 드라마가 중단됐기 때문일까?

차설의 편집권이 정지된 뒤로 고매령은 몇 달째 새로운 디렉터를 배정받지 못했다. 드라마에 출연할 수 없다는 것 자체가 고매령에게는 가장 큰 형벌일 거라고 대부분 입을 모아 말했다.

별안간 어디서 묘한 악취가 풍기는가 싶더니 곧이어 2층에서 뭔가가 바닥에 쿵 떨어지는 소리가 들린다. 나는 재빨리 2층으로 걸음을 옮긴다. 나무로 만든 계단을 밟을 때마다 무거운 정적에 신경질적인 균열이 발생한다. 밝은 빛을 따라 고해리의 방으로 들어선다.

오랜만에 마주한 고해리의 방은 여전히 싱그러운 초록색이고, 방문 앞에는 고해리의 팔찌가 떨어져 있다. 그 뒤로는 귀걸이가, 방 한쪽 구석에 칸막이로 구분된 탈의실 앞에는 브로치가 내팽개쳐져 있다.

물건을 하나씩 주우며 걸어가니 탈의실 안에 마구 헤집어진 흔적이 있는 보석함들이 보인다. 손목시계와 선글라스까지 어지러이 뒤섞여 있다. 배새린의 짓이겠지.

나는 가만히 물건들을 정리하다 불현듯 귀여운 고래 한 마리를 떠올린다.

"어디 보자, 그게……."

탈의실 코너에 끼어 있는 자개 보석함 안에서 범고래 브로치가 귀엽게 웃고 있다.

고해리가 기상 캐스터로 일한 지 정확히 100일이 되던 날, 이본회는 카메라가 꺼진 틈을 타 내게 이 브로치를 건넸다. 만약 그 장면이 드라마로 방영됐었다면 배새린이 가장 먼저 이 브로치를 챙겼으리라는 생각이 든다.

범고래 브로치를 손안에 넣고 꽉 쥐어 본다. 이본회가 조여수에게 주고 싶었던 선물. 하지만 조여수는 만져 볼 수조차 없었던 선물. 이 브로치만큼은 배새린에게 넘겨주고 싶지 않다.

보석함 속에 있던 하늘색 벨벳 파우치에서 목걸이를 빼내고 브로치를 담는다. 따사로운 햇살과 은은하게 불어오는 바람에 괜히 몸이 늘어진다고 느껴지는 찰나, 격자무늬 불빛과 함께 슬레이트가 탁 친다.

그제야 내가 이 집에 온 진짜 이유를 떠올리며 부지런히 탈의실에서 빠져나온다. 1층으로 내려가자 그새 고매령의 방문이 살짝 열려 있다. 좁은 틈으로 안을 기웃거리니 바닥에 묻은 핏자국이 보인다. 빠르게 뛰는 심장을 진정시키며 조심스럽게 방문을 연다.

고매령이 침대에 기대 누워 있다. 명치에 칼이 꽂힌 채로.

죽음을 목격한 사람들

고매령이 가래 끓는 숨을 들이마신다. 빛이 꺼져 가는 눈동자가 나를 힘없이 바라본다. 나는 외마디 비명조차 내지르지 못한 채 몸이 굳어 버린다. 고매령의 나이트가운이 붉게 물들고 있다. 침대 밖으로 힘없이 늘어뜨린 손끝에선 피가 한 방울씩 뚝뚝 떨어진다.

고매령에게 쭈뼛쭈뼛 다가서다 뒤늦게 정신이 든다.

"전화……."

일 분 일 초가 급하다는 생각에 몸이 움찔거린다. 침대 옆 탁자에 놓여 있던 전화기가 보이지 않는다. 전화기를 찾아 뒤로 도는데 고매령이 내 손을 힘겹게 붙잡는다.

"너……."

"움직이지 마요, 지금 119에 전화할 테니까."

고매령이 나를 잡은 손에 조금 더 힘을 준다. 바싹 마른 그녀의 입술이 달싹거린다. 나는 재빨리 허리를 숙여 귀를 가져다 댄다.

"미……."

금방이라도 끊어질 듯한 숨에 희미한 목소리가 배어난다.

"미……안해."

주체할 수 없는 감정이 몰려와 몸이 덜덜 떨린다.

"당신이 가장 먼저 사과해야 할 사람은 내가 아니잖아."

뿌옇게 번지는 시야 속에서 필사적으로 전화기를 찾는다.

"죽지 말고 살아서, 조여수한테 사과해."

손등으로 거칠게 눈물을 훔치며 방을 나선다. 내 등 뒤로 방문이 쾅 소리를 내며 닫힌다.

거실을 헤집다 고상희의 방으로, 이어 고우요의 방을 지나 고시황과 고림의 방까지 정신없이 뛰어다니지만 방마다 설치돼 있던 전화기가 한 대도 보이지 않는다.

그때 어디선가 전화벨이 울리기 시작한다.

희미한 전화벨 소리를 따라 다시 1층으로 뛰어 내려가 거실 냉장고 앞에 멈춰 선다. 냉장실 문을 열자 벨 소리가 끊어진다. 반신욕을 하며 전화로 수다 떨기를 좋아하던 고림의 방에 설치돼 있던 무선 전화기다. 나는 떨리는 손으로 숫자 1, 1, 9를 누르며 재빨리 고매령의 방으로 뛴다.

딸깍, 상대가 수화기를 집어 드는 소리를 들으며 방문을 연다.

"네, 소방서입니다."

"아……."

지금 내 눈앞에 칼이 꽂혀 죽어 가는 사람이 있다고 말하려 했다.

"말씀하세요, 무슨 일이시죠?"

"아, 그게……."

자살을 시도한 것 같은데 이렇게 죽도록 둘 수는 없다고, 그러니 어서 구급대원을 보내 달라고 말하려 했다.

"……죄송합니다, 번호를 잘못 눌렀어요. 정말 죄송합니다."

하지만 나는 아무런 말도 하지 못한 채 전화를 끊어 버린다.

눈을 꾹 감았다 떠 보지만, 눈앞의 광경은 그대로다.

고매령이 사라졌다.

조금 전까지 고매령이 죽어 가고 있던 침대로 다가선다. 새하얀 시트가 주름 하나 없이 완벽하게 매트리스를 감싸고 있다. 발아래를 내려다보니 바닥 역시 깨끗하다.

고매령의 손끝에서 바닥으로 떨어지던 핏물을 생각하며 이마를 짚는다.

전초밤. 너 헛것을 본 거야?

나는 천천히 고개를 젓는다.

고매령이 붙잡았던 내 손목에 옅은 핏자국이 남아 있다.

*

평소 같으면 이번 주 방영분을 마무리 짓기 위해 편집실에 틀어박혀 밤을 새웠을 차향이 대낮부터 집으로 돌아오자, 차향에게 가져다줄 도시락을 만들고 있던 미류 언니의 눈이 휘둥그레진다.

"이 시간에 웬일이야? 둘이 밖에서 만났어?"

차향의 부축을 받으며 걷는 나를 향해 미류 언니가 걱정스러운 표정을 짓는다.

"초밤아, 어디 아파?"

"일단 내 방에 눕히자. 애 지금 제 방까지 올라가는 것도 무리야."

두 사람이 나를 조심스럽게 차향의 침대에 눕힌다.

미류 언니가 금방 물수건을 적셔 와 내 이마에 맺힌 땀을 닦아 준다. 이어 내 손목에 묻은 핏자국을 깨끗하게 닦아 낸다. 두 사람 모두 내 몸에 별다른 상처가 없는 걸 확인하고서야 미간에 힘을 푼다.

"추운 거야, 더운 거야."

식은땀을 흘리면서 몸을 떠는 나를 속상한 표정으로 보던 차향이 에어컨 대신 선풍기를 틀어 회전시킨다. 내가 눈을 감자 미류 언니가 차향에게 속삭이듯 묻는다.

"대체 무슨 일이야?"

"나도 몰라, 이 꼴로 갑자기 편집실에 찾아왔어."

디렉터 편집실은 1구획과 2구획의 경계에 한데 모여 나름의 동네를 이루고 있다. 편집에 지쳐 산책을 나온 디렉터들과 그들을 만나러 온 사람들로 부산스러운 거리에서 나는 차향의 편집실로 가는 내내 걱정스러운 질문을 받아야 했다. "어머, 고해리…… 아니, 괜찮아요?"

차향이 목소리를 더 낮춘다.

"애가 무슨 귀신이라도 봤는지 넋이 나가서는 내가 묻는 말에 대답도 제대로 못 하더라고."

미류 언니가 내게 물컵을 건네며 묻는다.

"초밤아, 이제 말 좀 할 수 있겠어?"

시원한 물을 마시니 아주 조금 정신이 든다. 소용돌이치는 감정을 꾹꾹 누르며 조심스레 입을 뗀다. 내 눈앞에서 죽어 가던 고매령과 사라진 시체에 대해.

미류 언니의 낯빛이 어두워지고 차향의 동공이 확장된다.

"정말 그런 일이 있었다고?"

고매령의 핏자국이 묻어 있던 내 손목을 내려다본다. 다른 증거는 모두 증발해 버렸다. 처음부터 없었던 것처럼.

마지막 흔적마저 사라지니 더 혼란스럽다.

정말 고매령이 내 손을 잡았었던 게 맞나?

미······안해.

떠올리려 하면 할수록 그 목소리가 점점 더 희미해진다.

그 집의 모든 옷장과 신발장, 심지어 냉장실과 냉동실까지 확인했다. 집 주변의 도로까지 살폈지만, 고매령은 끝내 어디서도 보이지 않았다.

"내가 잘못 본 걸까? 뭘 착각했을까? 핏자국도 사실 다른 데서 묻었다거나······."

절실하게 답을 구하는 내 눈빛에 차향이 답답하다는 듯 머리를 마구 헤집는다.

"일주일 뒤에 내가 네 필름을 확인해 보면······. 아니다, 그 전에 어디에서든 뉴스가 나겠지. 고매령이 정말 그 꼴이 났다면."

미류 언니가 내 손을 조심스럽게 움켜쥔다.

"일단 쉬어. 필요한 거 있으면 말하고."

이어 언니는 아직 편집을 끝내지 못한 차향을 편집실로 돌려보낸다. 차향은 마지못해 일어서며 내가 제일 좋아하는 아이스크림

가게에 들러 늦지 않게 돌아오겠다고 말한다.

나와 단둘이 남은 미류 언니가 알 듯 말 듯한 옅은 미소를 입꼬리에 걸고 묻는다.

"하고 싶은 말 있어?"

"언니는……."

내가 말끝을 흐리자 미류 언니가 자연스럽게 잇는다.

"어떻게 그 짓을 아홉 번이나 했느냐고?"

내가 힘없이 시선을 떨군다.

나를 스노볼로 데려온 쿠퍼 라팔리가 영하 41도의 상공으로 떨어지던 순간, 나는 사람이 죽는 모습을 처음으로 보았다. 죽음의 공포와 생존의 열망에 사로잡힌 얼굴이 섬뜩하리만큼 애처로웠다. 핏줄이 터져 나간 쿠퍼 라팔리의 마지막 눈빛을 떠올릴 때면 가슴이 아려 오기도 전에 등골이 서늘해진다.

미……안해.

이번에는 다른 공포가 있었다. 사방으로 번진 붉은 피. 정신이 나가 아까는 미처 느끼지 못했던 피비린내가 코끝에 스친다.

파르르 떨리는 내 손을 미류 언니가 꽉 붙잡는다.

"반복해서 떠올리지 마. 잊을 수 있어."

"어떻게 잊어. 말도 안 돼."

언니가 침대에 걸터앉으며 나와 눈을 맞춘다.

"네가 한 일이 아니잖아. 그러니까 넌 잊을 수 있고, 잊어야 해."

나는 결국 그 질문을 내뱉는다.

"언니는…… 사람이 죽는 모습을 어떻게 매번 지켜볼 수 있었어?"

"말은 바로 해야지."

미류 언니의 눈에 해묵은 고통이 드러난다.

"그렇게 말하면 내가 꼭 살인의 목격자 같잖아. 나는 살인을 아홉 번이나 저질렀고, 시체도 전부 유기했어."

그 고통을 가리려는 씁쓸한 미소가 번진다.

"눈을 감아도, 너희처럼 좋은 사람들과 함께할 때도, 나는 그 순간들을 잊을 수 없어. 나는 그럴 수가 없거든. 그러면 안 되는 거니까."

갑작스러운 한기에 어깨를 움츠린다. 이마에 피를 흘리며 길가에 쓰러져 있던 미류 언니를 썰매에 태워 발전소로 끌고 가던 날 느꼈던, 뼛속을 파고드는 냉기.

살인 횟수가 늘어 갈수록 미류 언니는 타고난 살인광처럼 보였다. 혐오나 복수심을 느끼지 않아도, 그저 눈에 좀 거슬리는 사람이면 몇 주간 지켜보다 다음 타깃으로 삼았다. 죽이고 싶은 상대가 존재하기에 살인을 저지르는 게 아니라, 살인을 저질러야 하기에 적당한 제물을 물색하는 방식이었다.

"하지만 차향은 언니가 차귀방 감독한테 철저히 이용당했다고 했어. 언니는 단 한 번도 누군가를 죽이고 싶어서 죽인 적이 없다고."

"이유가 뭐였든, 내 손으로 총을 쏘고 내 손으로 칼을 찌른 건 변하지 않는 사실이야."

언니의 얼굴이 창백해졌다.

"이렇게 후회할 걸…… 왜 그랬어?"

"첫 살인이 있고 나서 차귀방이 말했어. 그 인간은 죽어 마땅한 사람이었다. 그의 죽음으로 인해 서너 명의 액터가 행복하고 자유로워질 거다. 너는 앞으로도 오늘처럼 '해충'을 제거하면 된다. 그러면 너의 드라마는 종영되지 않을 거다."

미류 언니의 목소리가 가늘게 떨려 온다.

"그 기간만큼 너희 가족은 배부를 수 있고, 내 주치의를 통해 네 동생에게 필요한 약들도 이미 처방받아 두었다……."

"아."

우리 마을에서 미류 언니의 동생에 대해 모르는 사람은 없다. 마음에 병이 있다고 했다. 언젠가 재수탱이 반장은 언니의 동생을 두고 '뇌가 고장 난 애'라고 지칭했고, 그날이 퇴직일이었던 우리 할머니는 실수인 척 점심 배식판으로 재수탱이 반장의 뒤통수를 갈겼다.

내 손을 잡고 있던 미류 언니의 손에서 힘이 빠져나간다.

"그날 난 차귀방에게 져 버렸어. 내 동생 혜류가 약을 먹으니까 마치 다시 태어난 것 같다고 좋아하는데, 내 손 좀 더럽히면 뭐 어때. 어차피 저들은 '해충'이라잖아."

언니 시선이 침대 헤드 보드로 옮겨 간다.

"그런 식으로 스스로를 기만하며 스노볼에서 버텼어."

우리가 다시 만난 날, 스노볼 출입국 관리소 직원이 폴라로이드 카메라로 찍어 준 차향과 미류 언니의 사진이 작은 액자에 끼워져 있다. 쾌활하게 웃고 있는 차향 옆에 선 미류 언니의 눈에 회한이 아른거린다.

"죽어 마땅한 사람도 있겠지. 차귀방, 차설, 그리고 고매령처럼. 하지만 나에게 누군가를 죽일 자격은 없었어."

이번에는 내가 언니의 손을 잡는다.

"언니, 우리 지나간 과거는 기억 속에 묻어 두자. 나도 오늘 일을 일부러 곱씹지 않을게. 뭐가 어떻게 된 건지 정말 무섭고 답답하지만, 그 집에 다시 찾아가진 않을 거야. 어차피 진실은 드러날 테니까. 언니가 얼마나 좋은 사람인지도 시간이 다 밝혀 주는 것처럼."

미류 언니가 쑥스러운 미소와 함께 조용히 고개를 끄덕인다.

이후 나와 미류 언니, 차향은 다른 아이들에게 티 내지 않으며 열심히 신문을 읽고 뉴스를 시청했다. 하지만 고매령의 자살은 언론에 보도되기는커녕 뜬소문으로조차 돌아다니지 않았다.

그렇게 혼란스러운 일주일이 흐르고, 차향이 편집실에서 전화를 걸어왔다.

"지금 막 일주일 전 필름 돌려 봤고, 고매령에게 무슨 일이 일어났는지 확인했어."

"정말? 어떻게?"

차향은 「나, 너, 우리」에 출연자로 이름을 올린 액터의 필름만을 열람할 수 있다. 고매령의 시체가 사라질 때 고매령이 나와 같은 공간에 있었다면 차향이 그 장면을 확인할 수 있겠지만, 나는 다른 방에서 전화기를 찾아 헤매느라……

"고매령은 자살한 게 아니야."

얼음처럼 차가운 차향의 목소리가 귓속을 파고든다.

"전초밤 네가 고매령을 죽였어."

예정된 주홍 글씨

한순간 심장이 갈비뼈에 짓눌리는가 싶더니 이내 쿵쿵 뛰어 댄다.

"그게…… 무슨 소리야?"

차향의 심장 박동 역시 나와 별반 다르지 않음을 수화기 너머의 불규칙한 숨소리로 짐작할 수 있다.

"네가 고매령의 명치에 칼을 찔러 넣는 모습이 촬영돼 있어."

참고 있던 숨이 마치 헛웃음처럼 터져 나온다.

"나 아니야."

"알아, 전초밤 넌 고매령을 죽이지 않았어."

차향의 목소리에는 그 어떤 의심도 묻어나지 않는다.

"그런데 그런 필름이 남아 있어. 조작된 장면은 아니야."

조작된 장면이 아니라는 것은 해당 필름을 확인하지 않아도 알 수 있다. 일어난 일을 드라마에서 빼 버릴 수는 있어도 일어나지 않은 일을 필름으로 남길 수는 없다. 그런 조작이 가능했다면 미류 언니가 직접 사람 머리에 총을 쏘고 배에 칼을 찌를 필요도 없었을 것이다.

"그 화면 속 애가 나라고 어떻게 확신해?"

다른 아이들을 의심하려는 건 아니지만 이곳 스노볼에는 나와 똑같이 생긴 여자애가 세 명이나 더 존재한다. 게다가, 스노볼의 편집 시스템은 액터의 '얼굴'을 기준으로 필름을 자동 분류한다. 이 시스템 안에서 전초밤, 명소명, 신시내, 배새린은 **한 명의 액터**로 인식된다는 얘기다.

차향이 깊은 한숨과 함께 입을 뗀다.

"일단 네가 고매령의 집을 방문한 요일과 시간에 촬영된 필름이고, 화면 속 여자애가 그날 네가 입은 옷을 입고 있어."

"그냥 청바지에 흰 티야. 소명이랑 시내도 같은 매장에서 똑같은 옷 샀고……."

"알아, 근데 화면 속 여자애가 한 말도 있어서 그래."

차향이 최대한 차분하게 이야기를 잇는다.

"고매령이 배새린을 자극해 흔들어 놓은 데 분노하면서, 이제라도 조여수의 목숨값을 치르라고 말하고 칼을 찔렀어."

온몸에 소름이 돋으며 심장이 콱 조여든다.

고매령에게 조여수의 목숨값을 운운할 사람은 우리 넷 중에 나 하나뿐이다.

"……그 이후 장면은?"

"카메라 점검 시간이 겹치는 바람에 이후 십 분 동안의 필름은 기록돼 있지 않아. 다시 이어지는 필름에서 너는 넋이 나간 얼굴로 그 집을 빠져나와서 내 편집실로 찾아오고."

셀 수 없이 많은 생각들이 거미줄처럼 엮이는 탓에 머릿속이 새하얘진다. 거미줄은 걷어 내려 하면 할수록 내 정신을 끈적하게 휘감아 온다.

머리가 깨질 것 같아 눈을 질끈 감는다. 문제의 필름을 내 눈으로 직접 확인할 수 있다면……. 하지만 편집실은 담당 디렉터만 출입할 수 있도록 철저히 보안을 유지하고 있다.

"안 나오고 뭐 해?"

조개껍데기로 어깨끈을 만든 노란 원피스 차림의 배새린이 현관문을 열고 서서 나를 재촉한다. 집 마당 앞에는 프랜 크라운이 보낸 하얀 리무진이 대기하고 있다.

"우리 이러다 늦어, 초밤아."

오늘도 배새린은 한층 다정한 목소리를 꾸며 낸다. 카메라, 일주일 뒤 이 장면을 열람할 차향, 그리고 우리 드라마를 지켜보는 모든 시청자를 의식하며.

내 손에서 배어난 땀 때문에 미끈거리는 수화기 너머로 차향의 혼란스러운 목소리가 흘러나온다.

"전초밤 네가 사람을 죽일 리 없다는 거 잘 알아. 근데 지금 내가 보고 있는 애가 네가 아니라면 대체 누구……."

배새린이 집 안으로 한 걸음 들어서며 묻는다.

"무슨 전화인데 그래?"

설마…….

불공평하잖아, 너만 불행하지 않은 건.

나는 아찔한 기분에 휩싸인 채 배새린을 바라본다.

배새린, 너야? 네가 그런 거야?

배새린이 내 표정을 살피며 다가온다.

네가 가진 걸 나도 가져 보려고.

"왜, 무슨 일인데?"

나는 헛기침을 하며 재빨리 낯빛을 바꾼다.

"아, 별거 아냐. 아줌마가 작업할 때 쓰는 안경을 집에 두고 간 것 같다고 해서."

나는 최대한 태연한 표정을 유지하려 애쓰며 말한다.

"있잖아, 나 지금 출발 안 하면 늦어. **그건** 아줌마가 한번 더 잘 확인해 봐."

다급하게 수화기를 내려놓는 나를 수상하다는 듯 바라보다 배새린 역시 재빨리 표정을 바꾼다.

"초밤아, 거기 선물 잘 챙겨."

카메라와 시청자를 속이기 위한 가식적인 미소.

"……어, 그래."

전화기 옆에 내려 두었던 선물을 챙겨 들고 배새린의 뒤를 따른다. 배새린의 발걸음이 오늘따라 깃털처럼 가벼워 보인다.

"배새린."

"응?"

"너 고매령 계속 만나?"

배새린의 눈빛이 잠시 흔들린다. 카메라를 의식한다.

"아니?"

배새린이 입꼬리 한쪽을 삐뚜름하게 끌어 올리며 현관 밖으로 휙 나가 버린다. 나는 배새린을 붙잡아 세우고 싶은 충동을 억누르려 손톱이 살에 파고들 정도로 주먹을 세게 쥔다.

배새린이 나를 위해 미리 꺼내 놓은 에메랄드색 구두에 발을 욱여넣는다.

아직은 오늘을 망칠 수 없다.

"저 두 분 드라마 엄청 열심히 챙겨 보거든요!"

긴 금발을 월계관 모양으로 땋아 올린 선장이 흥분된 미소와 함께 손을 내민다. 배새린이 활짝 웃으며 그 손을 잡고 요트 안으로 넘어간다.

선상에는 대여섯 명이 앉을 수 있는 자리가 마련돼 있고 중앙 테이블에는 리무진에서와 마찬가지로 샴페인과 간단한 핑거 푸드가 준비돼 있다.

"두세 분 정도 더 오시면 바로 출발할게요. 저기 냉장고 안에 다른 음료도 있으니 마음껏 꺼내 드시고요!"

우리 둘에게서 눈을 떼지 못하는 선장을 향해 배새린이 고맙다며 미소를 짓는다.

리무진에서는 운전기사 덕분에, 지금은 이 선장 덕분에 나는 배새린, 네 짓이야? 하고 달려들어 묻고 싶은 마음을 간신히 참아 낸다. 다행히 오늘을 아직 망치지 않았다.

숨을 깊게 들이마시며 먼 곳으로 시선을 돌리자 내 구두 색깔과 비슷한 에메랄드빛 바다가 저 멀리 스노볼의 경계까지 펼쳐져 있다. 먼바다일수록 배새린의 구두 색깔처럼 짙은 파란빛을 띤다.

"헉, 안녕하세요!"

선장의 당황한 목소리에 고개를 돌리니 이본회와 유정언 경호원이 요트 안으로 들어서고 있다.

"도련님!"

배새린이 자리에서 벌떡 일어서며 이본회를 맞이하고, 이본회의 시선은 배새린을 지나 내게로 넘어온다.

"오랜만이에요."

이본회의 입술 끝에 나만 알아볼 수 있는 미소가 잠깐 걸렸다 사라진다.

이본 저택에 딸린 별채를 떠나 한 달 만에 마주한 이본회의 모습은 여전히 무결하다. 아무리 여름 정장이라고 해도 오늘처럼 해가 쨍쨍한 날 셔츠에 재킷까지 갖춰 입으면 땀이 날 법도 한데, 이본회의 얼굴은 보송보송하기만 하다. 스노볼에서 자란 사람답게 더위에 익숙한 걸까.

이본회와 유 경호원이 나와 배새린 맞은편에 나란히 앉는다.

"제대로 인사드립니다, 저는 오늘 여러분을 식장까지 안전하게 모실 스키퍼, 미호입니다."

미호 선장이 자전거 바퀴처럼 생긴 커다란 조타 핸들 앞에 서서 시원하게 웃는다.

"목적지가 가까워서 돛을 펼 시간은 없지만, 바닷바람에 휘날리는 웨딩 베일이 꽤 아름다우리라 예상합니다."

요트가 천천히 물결을 가르며 나아간다. 그러자 요트의 몸체보다 훨씬 기다란 돛대 끝에 달린 하얀 면사포가 바람에 천천히 나부 낀다. 유난히 눈부신 햇살이 레이스 사이로 쏟아진다. 오늘에 어울 리는 날씨다.

멀어지는 선착장을 돌아보니 해변에 망원경을 든 사람들이 여럿 서 있다. 의자 두세 개를 탑처럼 쌓고 앉아 오페라 망원경을 들고 있는 사람도 심심찮게 보인다. 온갖 구경거리가 넘쳐 나는 스노볼 에서도 이 예식은 분명 놓칠 수 없는 눈요깃거리다.

나는 식은땀처럼 연신 흐르는 땀을 손끝으로 톡톡 닦아 낸다. 어 쩌면 진짜 식은땀인지도 모르겠다.

이본회가 내 앞으로 손수건을 내민다. 내가 선뜻 받아들지 않자 나를 빤히 쳐다보며 눈썹을 들어 올린다. 이본 미디어 그룹이 주최 한 작년 크리스마스 파티에서 처음 마주했던 그 표정이다. 무감각 하고 무심한 눈빛. 그때 이본회는 나를 조여수로 착각하고 있었고, 조여수와의 친분을 들키지 않으려 무관심을 연기했다.

하지만 오늘은 딱히 연기가 아니겠지. 나는 조여수가 아니고, 이 본회는 이제 그 사실을 아니까.

"감사합니다, 잘 쓸게요."

이본회의 손에 들린 손수건을 조심스럽게 낚아채는 사람은 내가 아닌 배새린이다. 배새린이 내게 더 바짝 붙어 앉으며 속삭인다.

"도련님 손이 민망하실까 봐."

그리고 전혀 예상치도 못하게, 내 이마에 맺힌 땀을 배새린이 친절한 손길로 닦아 준다. 나는 흠칫 놀라며 바보 같은 생각을 한 다. 이 뻐꾸기 새끼가 손수건으로 내 영혼까지 지워 내려는 건 아니겠지?

내 불안한 표정을 눈치챘는지 배새린이 싱긋 웃는다.

"걱정하지 마, 화장은 안 번졌어."

배새린이 이본회와 유 경호원을 동시에 바라보며 말한다.

"초밤이 오늘 더 예쁘죠? 제가 화장해 줬어요."

오늘 아침 나를 거실 소파에 앉혀 놓고, 배새린은 미류 언니와 온기가 보는 앞에서 내 얼굴에 정성껏 화장을 얹었다. 미류 언니와 온기는 그 광경을 자못 벅찬 얼굴로 구경했다. 코앞에서 자꾸 방긋거리는 표정이 거슬리긴 했지만, 그땐 배새린의 손이 내 얼굴에 스친다고 해서 지금처럼 몸이 움찔거리진 않았다. 나를 **연기**하며 고매령을 칼로 찌를 수 있는 사람은 전 지구상에 배새린뿐이라는 결론을 내리기 전이었으니까.

할머니는 나와 온기에게 다른 사람을 함부로 재단하면 안 된다고 가르치곤 했다. 하지만 배새린이 뻐꾸기 새끼인 건 자명한 사실이다. 심지어 내 짐작보다 훨씬 대범한 방식으로 나를 둥지에서 밀어내고 있다. 나를 살인자로 만들어 교도소로 치워 버릴 생각을 하다니…….

"와, 여러분, 너무 멋지네요!"

미호 선장의 활기찬 목소리에 번뜩 정신을 차리니, 화려한 꽃 장식과 그만큼 화려한 옷차림의 하객들이 들어찬 거대한 유리 상자가 바짝 가까워져 있다. 유리로 만든 직육면체 상자가 너무도 투명해, 언뜻 보면 수면 위에 식장이 둥둥 떠 있는 것처럼 보인다. 제각각 다른 방향에서 다가오는 요트들에도 돛대 끝에 하얀 면사포가 나부낀다.

거대한 유리 상자의 한쪽 모서리가 사선으로 열리면서 입구가 생긴다. 배새린과 내가 먼저 요트에서 내리고, 이어 이본회와 유 경 호원이 식장 안으로 들어선다. 구두를 신고 걸어도 미끄럽지 않은 유리 바닥을 내려다보니 바로 밑에서 푸른 바다가 흐르고 있다. 그 속에서 유유히 헤엄치는 물고기들을 보며 배새린이 어린아이처럼 좋아한다.

"이렇게 멋진 결혼식은 세상에 다시없을 거예요!"

배새린의 말에 이본회가 작은 웃음을 터뜨리는 순간, 하얀 턱시 도를 입은 오늘의 주인공이 등장한다.

그날 목격한 것

"오셨어요!"

요트 돛대에 달린 것과 똑같은 면사포를 하얀 턱시도 위에 망토처럼 두른 프랜 크라운이 긴 다리로 성큼성큼 걸어온다.

"도련님께서 이렇게 친히 와 주시다니, 정말 영광입니다."

"스노볼 기상 캐스터의 결혼식인데 저희가 당연히 참석해야죠. 진심으로 축하드립니다."

프랜은 이본회가 먼저 악수를 청할 때까지 기다렸다가 그의 오른손을 양손으로 마주 잡는다.

"너무 감사해 몸 둘 바를 모르겠습니다."

"식에는 제가 대표로 참석했지만, 회장님과 부회장님께서도 축하 선물을 보내셨어요."

이본회가 뒤를 돌아보자 이본 가문이 소유한 요트가 때맞춰 다가오고 있다. 우리가 타고 온 것보다 조금 큰 요트에 선물이 한가득 실려 있고, 돛대에는 이본 미디어 그룹의 휘장이 깃발처럼 휘날리고 있다.

"현직 기상 캐스터의 결혼식은 처음이라 회장님께서도 웬만하면 꼭 참석하고 싶어 하셨는데, 주치의가 긴 외출은 아직 삼가는 편이 좋다고 해서요."

"그럼요, 회장님 건강이 최우선이죠! 게다가 올해는 그저 대타일 뿐인걸요."

프랜이 나와 배새린을 향해 멋쩍은 미소를 보인다.

배새린이 내 목에 주사기를 꽂지 않았거나, 내가 차향과 손을 잡고 방송국에 쳐들어가지 않았다면, 우리 둘 중 한 명이 여전히 고해리를 연기하며 날씨를 추첨하고 있었을까?

"우리 두 후배님도 와 줘서 고마워요."

잠시 나와 배새린을 번갈아 바라보던 프랜의 눈썹이 팔자 모양이 된다.

"그런데 오늘따라 유난히 더 구별하기가 어렵······."

프랜의 말이 채 끝나기도 전에 배새린이 그에게 와락 안긴다.

"결혼 정말 축하드려요, 선배님!"

프랜이 손가락으로 배새린의 뒤통수를 가리키며 내게 소리 없이 묻는다. '새린?' 내가 고개를 끄덕이자 프랜이 활짝 웃으며 배새린의 등을 톡톡 두드린다.

"고마워요, 새린 후배님."

오늘의 결혼식은 나 역시 코끝이 찡해질 만큼 기쁘다.

"두 분은 분명 행복하게 잘 사실 거예요!"

하지만 배새린은 유난히 들떠 있다.

재판에서 검찰은, 나와 차향이 손잡게 된 과정을 설명하기 위해 내가 퇴직자 마을로 추방됐었다는 사실을, 또 그 사실을 설명하기 위해 배새린이 '전초밤의 뒤통수를 쳤다'는 얘기를 빼놓을 수 없었다. 그 얘기는 대대적으로 보도되었고, 시청자들이 배새린에게 색안경을 끼도록 만들었다. '배새린 쟤 무서운 애네. 뭐 저런 애가 다 있어?'

하지만 프랜은 우리 둘을 집으로 초대해 파스타를 대접하고 청첩장을 나눠 주며 나와 배새린을 전혀 차별하지 않았다. 그 일이 배새린에게는 퍽 고마웠던 모양이다.

"아 참, 선배님! 그때 선배님이 조언해 주신 대로 저희 화해했어요."

프랜의 손을 마주 잡은 채로 배새린이 나를 향해 싱긋 웃는다.

"다음 주 「나, 너, 우리」 방영분에서 확인하실 수 있을 거예요."

배새린의 말이 끝나기 무섭게 프랜이 최고의 결혼 선물이라며 기뻐한다. 아주 의외라는 듯한 이본회의 눈길을 피하며 내가 건조한 웃음을 흘린다.

다음 주 토요일에는 배새린이 조각배 위에서 내게 사과하고, 일요일에는 배새린이 할머니라 부르는 고매령을 내가 살해하는 장면이 방송되는 것을 상상한다.

목에 고작 주삿바늘 하나를 찔러 넣은 배새린이 '무서운 애'라면, 가슴에 칼을 찔러 넣은 전초밤은 어떤 애로 낙인찍히게 될까.

"어머나! 오셨어요, 도련님!"

앞서 도착한 손님들과 인사를 나누던 진진서가 이본회를 발견하고는 우리 쪽으로 급히 걸어온다. 그녀의 웨딩드레스는 오늘의 바다 빛을 닮았고, 물결처럼 구불거리는 긴 흑발 사이로 나비넥타이 모양의 진주 목걸이가 영롱하게 빛난다.

그녀는 예를 갖춰 이본회를 맞이한 뒤 프랜의 얼굴에 자신의 볼을 가볍게 비빈다. 194센티미터의 프랜과 나란히 서서 볼을 비빌 수 있을 정도로 그녀 역시 기골이 장대하다. 그녀의 발치에서 꼬리를 흔들고 있는 '만세'도 만만찮은 존재감을 뿜낸다.

열 살 된 삽살개 만세는 스노볼에서 가장 사랑받는 강아지다. 이 삽살개와의 아름다운 유대 관계가 아니었다면 오늘의 신부는 이미 오래전 스노볼에서 퇴출당했을 테고, 이 결혼식도 없었을 것이다.

"반가워요, 새린 씨. 그리고 초밤 씨도요."

진진서의 다정한 눈빛이 배새린을 지나 내게 도착한다.

나와 배새린을 정확히 구별해 낸 자신의 신부를 바라보며 프랜이 진심으로 경의를 표한다.

"자기는 어쩜 그렇게 단번에 알아볼 수가 있어?"

"그야 내가 당신보다 눈썰미가 뛰어나잖아."

두 번째 시한부 판정을 받은 신랑에게 신부가 사랑을 담아 속삭인다.

"그 뛰어난 눈썰미로 프랜 크라운이라는 행운을 찾아냈고."

병색을 가린 짙은 메이크업 때문이 아니라, 프랜의 얼굴은 행복감으로 빛난다.

다시 한번, 이곳을 떠날 때까지 나의 질문은 꾹꾹 눌러 두기로 한다. 배새린 네가 한 짓이야? 이 질문을 입 밖으로 내뱉는 순간 더는 거짓 웃음을 유지할 수 없을 테고, 우리의 미움과 분노를 흩뿌리며 프랜의 가장 행복한 날을 망치고 싶진 않다. 그에게 남은 행복이 아주 적으므로.

바다 위 결혼식장에 모인 백여 명의 하객 모두가 한마음 한뜻인지, 오늘만큼은 다들 배새린을 향한 색안경마저 잠시 벗어 둔다. 배새린을 고해리의 삶을 탐낸 나머지 전초밤을 배신한 무서운 애가 아니라, 그저 프랜이 아끼는 후배로서 기꺼이 대해 준다. 그런 호의가 오늘 이 장소에 한정되지 않고 널리 널리 퍼져 나가길 바라는 듯, 배새린은 사랑스럽게 웃고 다정하게 대화를 주고받는다. 마치 고해리처럼. 언뜻, 고해리를 흉내 내던 시절의 내가 생각나 가슴이 답답해진다.

"하아…….”

나는 점점 컨디션이 나빠져 사람들과 몇 마디 주고받기도 벅찬 기분이 된다. 배새린을 계속해서 눈으로 좇으며 어서 결혼식이 끝나 집으로 돌아가기만을 바란다. 거대한 유리 상자는 쾌적한 온도를 유지하지만, 밀폐된 공기가 영 답답하다.

"어디 안 좋아요?”

내게 말을 건 상대를 향해 옆으로 고개를 돌린다.

나와 두세 걸음 떨어진 곳에, 짙은 에메랄드빛 반소매 정장을 차려입은 여자가 반짝반짝 광이 나는 휠체어에 앉아 있다. 목을 덮는 길이로 자유분방하게 흐트러져 있는 검은 머리칼이 날렵한 얼굴선과 어우러져 왠지 모르게 멋스럽다.

"아, 공기가 좀 답답해서요.”

차향 또래로 보이는 여자의 단정한 눈매가 살짝 찌푸려진다.

"그럴 리가?"

곱고 하얗다 못해 창백하기까지 한 피부로 미루어 보아, 스노볼에서 나고 자란 사람 같다.

"스노볼 돔에 적용한 환기 시스템하고 똑같은 걸로 설치해 놨는데."

언제든 자리를 옮길 준비를 하려는 듯이 여자의 창백한 손은 휠체어 바퀴에 달린 양쪽 핸드 림을 잡고 있다.

"휠체어 탄 사람, 처음 봐요?"

내가 여자의 손과 휠체어를 너무 빤히 쳐다본 모양이다.

"아, 아뇨. 저랑 친한 언니도 타요."

우리 마을 우체국에서 일하는 수지 언니를 떠올리며 휠체어에서 시선을 뗀다. 수지 언니가 타는 휠체어와 비교할 수 없을 정도로 값비싸 보인다.

"그 친한 언니는 바깥세상 사람?"

"네."

"안됐네요."

"네?"

여자가 하객들을 찬찬히 둘러보며 말한다.

"바깥세상에서 나 같은 사람은 쓸모가 적다면서요. 전력을 생산하지 못하니까. 무슨 일을 하든 인력 발전소에서 일하는 것보다 월급도 적다고 들었어요."

"아……."

뭐라고 답해야 할지 고민하는 사이 여자가 가볍게 덧붙인다.

"그게 잘못됐다고 생각하진 않아요. 사람이 지닌 능력과 가치는 시대와 상황에 따라 다르게 평가받는 법이니까."

여자가 피식 웃는다.

"그저 좀 우스울 뿐이죠."

"우습다고요?"

"멀쩡히 잘 걷는 사람도 영하 41도의 추위 속에 고립되면, 몇 시간도 버티지 못하고 얼어 죽기는 매한가지잖아요? 현재 지구상의 모든 사람이 생존에 취약한 **결함**을 지닌 거예요."

제 두 다리로 서서 즐겁게 웃고 떠드는 사람들을 바라보며 여자가 태연하게 말한다.

"그건 이동이 좀 불편한 것과 견줄 수 없을 만큼 큰 문제고, 다들 그 공포를 잊으려고 남의 사소한 결함에 집중하는 거죠. 자신의 연약함을 숨기고 싶은 사람일수록 더더욱."

여자의 말을 들으며 나는 재수탱이 반장을 떠올린다. 그가 미류 언니 동생의 병을 비난한 것 역시 본인의 나약함을 잘 알고 있기 때문이었을까?

그렇게 생각하니 나도 여자처럼 피식 웃음이 난다.

여자가 여전히 휠체어의 핸드 림을 쥔 채로 나와 시선을 맞춘다.

"그리고 이 예식장의 공기 순환 시스템에는 아무런 이상이 없어요. 아마 오늘 그쪽 상태가 영 별로인 모양인데, 다른 사람들에게 일일이 비위 맞춰 주지 말고 적당히 있다가 가요."

저조한 컨디션에도 호기심이 동한다.

"혹시, 이 결혼식장 만든 분이세요?"

여자가 창백한 손가락으로 입술을 가리며 '쉿' 소리를 낸다.

"알려지면 골치 아파요. 여기 하객들이 신랑 신부를 닮아서 그런지 다들 너무 친화적이고 말이 많더라고."

"우와."

"이봐, 벌써 감탄과 존경의 눈빛이잖아."

여자가 장난스럽게 웃으며 고개를 절레절레 흔든다.

"그러니까 난 이만 갑니다."

"네? 결혼식 안 보고 가세요?"

"저 부부가 예의상 초대했을 뿐인데요, 뭐."

여자가 길게 팔을 뻗어 내게 명함을 내민다.

"특별한 공간이 필요할 때 연락해요. 저렴하게 해 줄 테니."

고객 유치의 일환인가 본데, 명함을 이리저리 뒤집어 봐도 회사명이나 전화번호가 딱히 적혀 있지 않다. 한쪽 면에는 DNA 모양처럼 꼬인 긴 사다리 문양이 그려져 있고 다른 면에는 의미를 알 수 없는 긴 숫자가 찍혀 있다. 9788936478292.

"이 숫자들은 무슨 의미예요?"

명함을 들고 고개를 돌리니 여자는 이미 휠체어를 타고 입구 쪽으로 한참을 간 상태다. 얼굴처럼 창백한 팔을 부지런히 움직여 기운차게 앞으로 나아간다. *특별한 공간이 필요할 때 연락해요.* 나를 위해 이렇게 커다랗고 특별한 공간을 지을 일이, 살면서 한 번이라도 생길까 생각하며 명함을 가방에 집어넣는다.

바로 다음 순간 유 경호원이 내 쪽으로 다가온다.

"초밤 양, 지금 잠깐 시간 괜찮아요?"

"아…… 지금요?"

내가 마지못해 고개를 끄덕이자 유 경호원이 잠시 할 얘기가 있다며 앞장선다.

"그룹 내부 회의에서 프랜 크라운의 신혼여행 기간에 임시 기상 캐스터를 고용하자는 제안이 의결됐어요."

"네? 임시 기상 캐스터요?"

유 경호원이 구두 뒤축으로 바닥을 탁, 탁, 탁, 두드리자 유리 타일이 옆으로 열리고, 지하로 이어지는 투명 계단이 나타난다. 하나의 커다란 유리 상자로 지어진 이 결혼식장에서 화장실이나 신랑, 신부의 대기실처럼 따로 벽이 필요한 공간을 숨겨 둔 지하층이다.

"네, 방송국도 좋은 생각이라며 흔쾌히 받아들였어요."

유 경호원의 손짓에 따라 내가 먼저 투명 계단을 내려간다.

"설마 임시 기상 캐스터로 저랑 배새린을 염두에 두고 계신 거예요?"

대답이 돌아오지 않아 돌아보니, 내 뒤를 따라오고 있는 줄 알았던 유 경호원이 보이지 않는다. 여기에도 스노볼의 돔처럼 스크린이 달렸는지, 어느새 다시 닫혀 버린 유리 타일이 흐르는 바닷물처럼 위장하고 있다.

"너와 배새린만 염두에 두고 있는 건 아니야."

소리가 나는 쪽을 바라보자, 바닷물이 굽이치는 둥그런 유리벽을 돌아 이본회가 내 곁으로 다가온다.

영웅의 말로

내 당황스러운 눈빛을 읽은 이본회가 빙긋 웃는다.

"일부러 사람이 없는 곳으로 불렀어."

밝고 화려한 줄무늬를 두른 작은 물고기 떼가 이본회의 등 뒤로 지나간다.

우리가 마주 보고 서 있는 공간은 일반적인 엘리베이터 넓이 정도고, 두꺼운 유리벽 밖으로는 푸른 바다뿐이다. 마치 아쿠아리움 유리 관에 들어와 있는 것만 같다.

내가 재빨리 내부를 살피자 이본회가 여유롭게 말한다.

"안심해도 돼. 여긴 카메라도 없으니까."

"어째서?"

"이런 임시 건축물에는 필연적으로 사각지대가 존재해. 디렉터가 필름을 확인하고, 자신의 액터가 찍히지 않는 위치에 카메라를 추가 요청할 기회가 없으니까."

"여기가 사각지대라는 건 어떻게 알았는데?"

"이현오 씨가 이 건축물의 사용 승인을 냈거든."

"그게 누구야?"

이본회가 대수롭지 않게 답한다.

"우리 작은외삼촌."

아. 수업 시간에 배운 기억이 난다. 건축물 사용 승인을 맡은 요직에는 대개 이본 가문 출신이 포진해 있다고.

"너한테 개인적으로 이 사각지대를 귀띔해 준 거야?"

더 궁금한 질문은 머릿속으로만 떠올린다. 이본 사람이 방문하고 이용하는 공간에는 너희만 알고 있는 사각지대가 언제나 존재하는 거야?

이본회는 대답 대신 일 얘기를 이어 간다. 프랜이 신혼여행을 떠나며 내일부터 일주일간 생방송 뉴스 자리를 비운다. 이본 그룹과 「뉴스 나인」은 스노볼에 살고 있는 역대 기상 캐스터를 그 일주일 동안 하루에 한 명씩 대타로 내보낼 계획이고, 나와 배새린은 그중 하루를 함께 맡게 된다.

"굳이 우리 둘이 같이 진행해야 할 이유가 있어? 배새린만 나가라고 해. 걔는 일주일 내내 나가라고 해도 좋아할 테니까."

"방송국은 너희 둘이 함께 날씨를 추첨하면 시청률이 급증할 거라고 한껏 기대 중이야. 그래서 제일 마지막 날 캐스터로 배정해 두었고."

일주일 뒤 생방송이라면, 그날 밤 10시 「나, 너, 우리」에서 전초밤이 고매령을 죽이는 장면이 방영되기 직전이다.

"다른 대상자들에게는 방송국 측에서 어제까지 연락을 마쳤고,

배새린한테도 오늘 식이 끝나기 전에 내가 전달할 거야."

사무적으로 말을 이어 가던 이본회가 잠시 내 표정을 살핀다.

"내일 임시 캐스터들을 위한 오찬이 준비돼 있는데, 거긴 반드시 참여하지 않아도 돼."

"굳이 배새린과 나를 따로 불러서 말하는 이유는 뭐야?"

이본회와 눈이 마주친다.

우리는 같은 순간을 떠올리고 있다.

차설을 무너뜨리겠다고 조여수와 한 약속…… 지금이라도 지켜. 그럼 거울 엘리베이터와 관련된 이야기를 누구에게도 하지 않겠다는 약속, 나도 지킬게. 죽을 때까지.

바닷물이 반사된 이본회의 창백한 시선이 내 눈을 똑바로 응시한다.

"네 약속을 믿지 않는 건 아니지만, 생방송을 앞두고 네 생각을 재확인할 필요는 있겠다 싶었어."

내 생각이라.

지난 크리스마스 파티에서 나는 거울 엘리베이터로만 갈 수 있는 공간을 우연히 엿보았다. 그곳은 바깥세상만큼 추웠다. 축복의 땅 스노볼이 지녀야 할 무한한 지열이 느껴지지 않았다. 그리고 그곳에는 죽은 걸로 처리된, **살아 있는 시체들**이 전력을 생산하는 지하 발전소가 있었다.

나는…… 이본이 스노볼 깊은 곳에 숨겨 둔 비밀을 목격했다.

숨을 깊이 들이마시고, 내 진심이 충분히 전달되도록 신중하게 단어를 고른다.

"난 이본과 맞서지 않아."

말을 뱉고 나니 민망한 기분이 든다. 필름 스쿨도 두 번이나 떨어진, 이제 고작 열일곱 살인 내가 천하의 이본 미디어 그룹과 맞서느니 마느니 하는 얘기를 입에 올리는 자체가 우스운 일이다.

하지만 이본회는 나를 가소롭게 바라보지 않는다.

"너는 스노 타워 꼭대기에 있는 방송국 스튜디오를 점거해 현직 디렉터의 비리를 밝혀낸 장본인이야. 그 결단력과 용기를 애써 무시하기란 쉬운 일이 아니지."

"그때 나는 나 자신을 돌려받고 싶었을 뿐이야. 사회의 부조리를 폭로하는…… 영웅 같은 게 되고 싶어서가 아니라."

만약 내가 영웅 같은 게 되고 싶었다면…… 일당을 삭감당할 두려움을 이겨 내고, 동료 노동자들의 외면도 두려워하지 않고, 재수탱이 반장이 차지한 휴게실에 반기를 꽂았을 것이다. "이봐요, 재수탱이 아저씨! 혼자 욕심부리지 말고, 우리도 휴게실에서 같이 다리 좀 뻗고 쉽시다!" 하지만 앞서 그런 시도를 감행한 의인들의 비참하고 배고픈 말로를 모든 노동자가 잘 알고 있었다. 나는 그런 결말을 맞고 싶지 않았다.

"네가 본 것에 대해 정말 아무에게도 말하지 않았지?"

내게 진실을 요구하는 이본회의 눈빛은 사뭇 간절하기까지 하다.

"그런 얘기……"

그러니까, 이본이 거울 엘리베이터를 자기들끼리만 쓴다느니, 사형수들이 죽지 않은 채 착취당하고 있다느니 하는 골치 아픈 얘기를 누구에게 해? 제 손으로 집안을 몰락시켰다는 눈총에 시달리는 차향? 자신의 죄악을 숨 쉬듯 되새기는 미류 언니? 태어나 처음으로 삶이 조금은 즐겁다고 말하는 소명과 시내?

"맹세코 아무에게도 말하지 않아. 그러고 싶지도 않고."

땅이 꺼질 듯한 한숨이 새어 나온다. 이런 대화 주제는 나 역시 지금은 사양이다. 배새린과 나 사이의 문제만으로도 머리가 터질 지경이니까.

"괜찮아?"

이본회가 살짝 손을 들어 올리며 내게 다가오겠다는 눈짓을 한다. 그러고는 가볍게 톡톡, 자신의 셔츠 소매로 내 이마에 맺힌 식은땀을 닦아 낸다.

"하지 마, 옷 더러워져."

내가 그 손길을 치워 내려 하자 이본회가 내 손목을 가볍게 쥔다.

"무슨 일 있지?"

타고나길 무심한 눈매가 내게 관심을 보인다. 너무 가까워진 우리의 거리를 의식하며 내 입에서는 쓸데없이 긴 문장이 튀어 나간다.

"함부로 영웅 행세 하지 말라고 방금까지 내 입단속을 시키던 사람이 물을 말은 아닌 것 같은데."

"그 일 말고."

"그 일 말고는 아무 일 없어."

심각하던 표정이 살짝 풀어지며 이본회의 입술에서 희미한 웃음이 새어 나온다.

"뭐야, 왜 웃어?"

"너 이제 어떡할래."

내 얼굴 앞에서 작게 속삭이는 목소리가 간지럽다.

"뭘?"

"네가 속마음을 숨길 때마다 내가 다 알아볼 거 같아서."

투명한 해파리가 되어 내장 속까지 다 들켜 버린 기분에 귀가 달아오른다.

"허!"

나도 모르게 주먹을 쥐고 이본회의 갈비뼈 부근을 툭 밀친다.

"알아보긴 뭘 알아봐, 내가 조여수인지 아닌지도 몰랐던 주제에."

이본회가 적잖이 충격받은 얼굴로 순순히 뒤로 물러난다.

"아…… 미안. 방금 조여수 얘기는 취소."

당황한 마음을 숨기려다 좀 선을 넘었다.

이본회가 내 주먹이 닿았던 갈비뼈 부근을 가리키며 눈썹을 까딱거린다.

"그것도 뭐, 미안. 내가 쌍둥이 오빠 놈하고 크다 보니까 손이 먼저 나가는 편이라서."

이본회가 천장을 바라보며 웃음을 터뜨린다. 정말 오랜만에, 눈이 예쁘게 휘어지는 이본회의 미소를 본다. 수백, 수천 마리의 물고기 떼가 우리를 휘감으며 헤엄쳐 간다. 바다에 녹아든 햇빛에 은색 비늘이 반짝거리며 거울처럼 빛난다.

"전초밤."

여전히 웃음기를 머금은 채 이본회가 사뭇 진지하게 묻는다.

"무슨 일인지 진짜 안 알려 줄래?"

나는 이본회의 시선을 피하며 손가락을 꼼지락거린다.

"덫…… 같은 거에 살짝 걸렸어."

내가 다시 입을 꾹 다물자 이본회의 한쪽 눈썹이 삐죽 솟아오른다.

"더 묻지 마. 나도 아직 제대로 확인 못 했어."

"덫이라."

이본회가 뭔가를 곰곰이 생각하다 말한다.

"내 노하우 하나 공유해 줄까?"

"노하우?"

"도저히 벗어날 수 없는 상황에서는 너 자신을 속여."

이본회의 시선이 나에게서 비켜나며 물고기 떼로 흩어진다. 그러고는 나에게 하는 건지 자신에게 하는 건지 모를 말을 읊조린다.

"사람의 심리라는 게 참 신기해서, 스스로를 속이면 독극물을 마시면서도 용케 숨이 끊어지진 않더라."

"말도 안 돼."

나 역시 혼잣말처럼 중얼거린다.

"그리고 속고 속이는 건 이제 지긋지긋해."

"신랑 신부, 입장!"

결혼식 사회를 맡은 「뉴스 나인」 박 앵커의 목소리에 맞춰, 거대한 유리 상자 전체가 스노볼의 하늘처럼 스크린을 밝힌다. 파도가 부서지는 화면을 배경으로, 하얀 턱시도를 입은 신랑과 푸른 드레스를 입은 신부가 입장한다. 두 사람은 서로의 손을 맞잡은 채 행복한 미소를 짓고, 스크린에 띄워진 애니메이션 속 가재들은 커다란 집게발로 악기 연주를 시작한다. 천장에 나타나 재주를 부리는 혹등고래를 보며 하객 모두 손뼉을 치고 환호한다. 아쉽게도 신랑 신부의 가족과 고향 친구 들은 이곳에 없다. 그들 역시 다른 시청자들처럼 드라마 본방송을 기다려야 한다.

바닷속에서 펼쳐지는 듯했던 식이 끝나고 연회가 이어진다. 하지만 그 즐겁고 행복한 광경 사이사이에 나는 피 흘리는 고매령을 본다. 눈을 감으면 전초밤이 고매령의 가슴에 칼을 찔러 넣는 순간이, 내게 실제로 일어난 일처럼 재생된다.

바다와 대지에서 얻은 온갖 재료로 가득 채운 식탁 앞에서도 식욕이 전혀 돌지 않는다. 배새린의 멱살을 잡아끌고라도 어서 집으로 돌아가고 싶을 뿐이다. 차향에게 더 자세한 얘기를 듣고 싶고 미류 언니가 내게 괜찮다고 말해 줬으면 싶다. 하지만 하객을 다시 육지로 실어 나를 요트들은 아직 코빼기도 보이지 않는다.

「뉴스 나인」의 이담 피디와 왈츠를 추던 프랜이 바 테이블에 왔다가 나와 마주친다.

"우리 후배님, 춤은 좀 췄어요?"

춤 따위는 여전히 알지도 못하고 전혀 추고 싶지도 않다고 대답하기도 전에 프랜이 다른 하객의 손에 이끌려 내 곁을 떠나간다.

여여, 남남, 남녀, 친한 사이, 모르는 사이 구분 없이 하객들은 서로의 손을 맞잡고 춤을 추고 있다. 배새린은 먼저 춤을 청해 온 사람들과 호흡을 맞추며 어떻게든 이본회 근처에 머문다. 불안하거나 초조해 보이진 않는다. 사랑스럽고 친근한, 모두가 한때 사랑했던 **그 소녀**의 미소를 머금고 있다.

　작년 크리스마스 파티 때처럼 나는 이번에도 화장실로 도망가기로 한다. 이번에는 내가 고해리처럼 춤을 잘 추지 못한다는 사실을 숨기기 위해서가 아니라, 배새린의 미소를 보고 있기가 곤혹스럽기 때문이다.

　식장의 입구 쪽으로 다가가자, 아래층으로 이어지는 유리 계단이 보인다. 나는 층계 손잡이를 잡고 천천히 내려간다.

　잠시 비릿한 냄새가 스친다 싶더니 아래층으로 다가설수록 무언가가 부패한 듯한 악취가 코를 찌른다.

찻잎을 움직이는 물결

"윽!"

썩은 생선 비린내에 코를 틀어막으며 무의식적으로 유리벽을 살핀다. 어딘가에 금이 가 바닷물이 새어 들어오고 있는 건 아닌지.

그때 등 뒤에서 경쾌한 목소리가 들려온다.

"초밤 씨!"

키 크고 마른 남자가 목소리를 살짝 낮춘다.

"지금 시간 괜찮아요? 좀 이따 프랜한테 해 줄 서프라이즈 이벤트가 있는데 초밤 씨 도움이 필요해서요."

"네? 제 도움이요?"

남자가 신이 나서 어깨를 들썩거린다. 그의 목에 걸린 금색 펜던트가 살짝 흔들리며 반짝인다.

"네, 프랜이 눈치채기 전에 우리 얼른 가서 준비해요!"

남자가 계단을 성큼성큼 내려와 신부 대기실 쪽으로 앞장선다. 오늘의 드레스 코드—바다—에 맞춘 듯한 푸른 눈썹이 남자의 녹색 눈동자와 절묘하게 어우러진다고 생각하며 나는 얼떨결에 그 뒤를 따른다.

"근데 여기서 이상한 냄새 나지 않아요?"

미간을 찡그린 채 끊임없이 코를 킁킁거리는 날 돌아보며 남자가 대수롭잖게 답한다.

"아, 비린내가 좀 많이 나죠? 조금 전에 남자 화장실 수도가 역류해서 바닷물이 콸콸 쏟아졌거든요. 하마터면 큰일 날 뻔했지 뭐예요, 이 좋은 날."

"아."

나는 다시 슬쩍 코를 막는다. 화장실과 멀어져도 전혀 옅어지지 않는 비린내에 머리가 지끈거린다.

"신부 대기실은 안 와 봤죠?"

막다른 길인 줄 알았던 유리벽에 남자가 손을 대자 문이 스륵 열리고, 바다색으로 위장한 벽 뒤에 숨겨져 있던 공간이 드러난다.

"우와……."

거대한 조개 모형 안에 쿠션을 채워 넣은 소파, 마찬가지로 커다란 조개 모형을 뒤집어 놓은 테이블, 테두리에 진주가 알알이 박힌 전신 거울까지. 소라 모양을 본뜬 형형색색의 아름다운 조명들이 인어공주의 방을 옮겨 놓은 듯한 둥그런 내부를 은은하게 밝히고 있다.

연신 감탄을 내뱉는 내 뒤로 유리벽이 소리 없이 닫힌다. 동시에 신부 대기실에 달린 모든 카메라에서 빛이 뿜어져 나오고 슬레이트 치는 소리가 들린다.

"앗, 이를 어쩌죠?"

남자의 푸른 눈썹이 곤란하다는 듯이 솟아오른다.

"미안하지만, 프랜의 서프라이즈를 위해서 이번 십 분은 포기해 줄 수 있을까요?"

내가 어정쩡하게 고개를 끄덕인다.

"아, 네. 괜찮아요."

차항을 디렉터로 둔 뒤로 십 분간의 쉬는 시간이 이전만큼 절실하진 않게 됐다. 카메라가 꺼진 시간을 다른 액터와 공유한다는 게 귀찮을 뿐.

어떤 액터들은 이 시간마다 제멋대로 진실 게임을 시작하곤 한다. "카메라가 꺼졌으니까 물어보는데, 퇴직자 마을로 쫓겨나지 않았다면 고해리로 쭉 살았을 것 같아요?" "솔직히 말해 봐요, 배새린 싫죠?" "카메라 꺼지고 둘이 싸운 적 없어요?"

더 불편하게 하는 사람들도 있다. "어제 스노볼 퇴출 통보를 받았는데, 좀 도와줘요. 나랑 사귀어 주면 안 돼요? 아님 날 때리거나. 뭐라도 좋아요, 시청률만 다시 올라갈 수 있다면!"

신부가 드레스를 갈아입는 공간을 둘러보고 나오는 푸른 눈썹 남자를 힐끔 바라본다. 이 사람은 어떤 유형일까. 진실 게임? 시청률 사냥꾼?

"하, 이것 참. 정작 우리 신부가 아직 안 왔네요."

남자가 멋쩍은 얼굴로, 이동식 삼단 트레이에 올려진 찻주전자를 집어 들고 나를 조개 소파로 안내한다. 레스토랑에서 웨이터로 일하는지 동작이 아주 자연스럽다.

"프랜 몰래 내려오려다 보니 시간이 걸리는 거 아닐까요?"

"아, 그렇네요!"

남자가 활짝 웃으며 맞장구를 친다. 대부분의 액터들과 달리, 남자는 카메라가 꺼지기 전과 후가 똑같다. 보통의 액터라면 슬레이트 소리와 동시에 백이면 백 깊은숨을 내쉬면서 몸이 풀어지고 얼굴 근육의 위치가 바뀐다. 나도 한때는 그랬다. 차설을 디렉터로 두고 있을 때는.

"거기 앉아요, 초밤 씨. 아까 제가 앉아 보니까 구름 위에 앉는 기분이더라고요."

내가 이렇게 멋진 소파에 앉아 있는 걸 알게 되면 배새린이 또 샘을 낼지도 모른다는 생각이 든다.

"피곤해 보이네요. 기다리는 동안 차 한잔해요."

맞은편 스툴에 앉은 남자가 찻잎이 든 유리 찻주전자에 뜨거운 물을 붓는다.

"감사합니다. 근데 신부님하고는 어떤 사이세요?"

"아, 액터가 되기 전부터 가장 가까운 친구였어요."

남자의 다정한 미소를 보며 가볍게 고개를 끄덕인다. 어쩐지 풍기는 분위기가 비슷했다. 길쭉하고 뾰족한 생김새와 달리 둥글둥글한 표정과 말투. 남자가 김이 모락모락 올라오는 찻잔을 내민다.

"긴장을 풀어 주고 곤두선 신경을 가라앉혀 줄 거예요."

내게 딱 필요한 처방이다.

"감사합니다."

차 한 모금을 잠시 입에 머금었다 삼킨다. 달큼한 향이 삽시간에 몸 안으로 퍼지고, 어쩐지 나른해진다.

　노을 진 하늘에 어둠이 내려앉듯 자연스럽게 시야가 어두워지고, 세포 하나하나가 민들레 홀씨처럼 가벼워진다. 이어 어디선가 부드러운 바람이 불어와 나를 구성하는 모든 것들이 바람을 타고 날아가 버린다. 아주 편안하고 좋은 기분.

　눈을 감고 있는 느낌인데 눈앞에서 일어나는 일이 보인다. 남자가 기다란 손가락으로 목에 걸린 펜던트를 연다. 딸깍. 경쾌한 소리와 함께 금속 뚜껑이 열리자 회중시계가 드러난다. 똑딱, 똑딱, 똑딱…… 평화로운 나의 내면으로 초침 소리가 또렷하게 울려 퍼진다.

　그러다 똑, 딱.

　회중시계의 초침 소리가 멎는다.

　다른 감각은 여전히 달큼한 공기 중에 뒤섞여 모호한 채로 시야만이 다시 선명해진다.

　어느새 내 앞에는 눈썹이 푸른 남자 대신 배새린이 앉아 있다.

　"안녕?"

　배새린과 눈이 마주치는 순간 눈동자를 제외한 몸의 어느 곳도 움직일 수 없게 된다. 폐까지 딱딱하게 굳어 버린 듯 숨조차 쉬어지지 않는다.

　어디론가 사라져 버린 푸른 눈썹 남자의 목소리가 들려온다.

　―자, 지금 네가 보고 있는 사람이 누구지?

　푸른 눈썹이 내 귓가에 대고 속삭이는 것 같아 소름이 끼친다. 손으로 귀를 털어 내며 당장 자리에서 일어나고 싶은데 여전히 눈꺼

풀조차 깜빡일 수 없다.

─네가 보고 있는 사람의 이름을 말해.

당신 지금 뭐 하는 거야! 내 몸이 왜 이래?

하지만 내 입은 제멋대로 다른 말을 한다.

"배…… 배새린이 앉아 있어요."

─그래, 네 안의 가장 큰 공포를 자극하는 인물이 배새린인 모양이구나.

푸른 눈썹의 말에 배새린이 만족스럽게 미소 짓는다.

"내가 무서워?"

대답하고 싶지 않다. 입이 멋대로 움직이지 않도록 입술을 꽉 깨문다. 그러자 목구멍에 수십 개의 바늘이 돋아난다.

"윽!"

─대답을 거부할수록 극심한 고통을 겪게 될 거야.

고통을 토해 내려 입을 벌리자 또다시 멋대로 말이 쏟아진다.

"배새린, 너는 내가 너만큼 불행해지길 바라잖아. 그래서 고매령을 죽이고 나한테 누명을 씌웠어. 내가 모두에게 미움받길, 그래서 네가 내 자리를 차지할 수 있길 바라니까!"

평소의 나라면 절대 배새린에게 하지 않을 말을 꺼내 놓고 말았다. 수십 개의 바늘이 식도를 긁는 고통이 사라지며 푸른 눈썹의 목소리가 들려온다.

─자, 말문이 트였으니 이제 네가 가장 믿을 수 있는 사람을 불러 볼까? 전초밤이 모든 걸 털어놓을 수 있는 존재.

푸른 눈썹의 목소리와 함께 배새린이 검은 연기에 휩싸인다. 그리고 바로 다음 순간 연기가 걷히자, 내가 가장 보고 싶었던 사람이 나를 보고 있다.

"초밤아!"

영하의 추위에 거칠게 터 버린 피부. 눈빛에서부터 느껴지는 사랑. 내 마음을 울컥하게 하는 다정한 목소리.

"엄마……."

왈칵 눈물이 터져 나온다.

쳇바퀴에 끼어 손가락이 잘릴 뻔했던 상처가 진하게 남은 엄마의 투박한 손이 나의 얼굴을 어루만진다. 감촉도 체온도 느껴지진 않지만 충분하다. 나를 바라보는 엄마의 얼굴에 미소가 가득하니까.

"우리 초밤이 너무 보고 싶었어. 그동안 힘들었지? 엄마가 미안해. 그날 너를 보내는 게 아니었는데, 그랬으면 그런 고생도 아픔도 모르고 여태 엄마 품에서 잘 지낼 수 있었을 텐데……."

목 놓아 엉엉 울어 버리고 싶은데 눈물이 가슴에 턱 걸리고 만다. 엄마가 나를 걱정하지 않게 하려는 마음이 감정을 가로막는다. 쏟아지는 울음을 억지로 삼켜 내려니 목구멍이 터질 것만 같다.

푸른 눈썹의 실망스러운 목소리가 들려온다.

─넌 엄마에게 솔직한 아이가 아니구나. 그럼 더 수월한 존재를 떠올려 봐.

푸른 눈썹의 주문에 다시 한번 검은 연기가 피었다 사라지고,

"너 왜 울어?"

온기가 놀란 눈으로 내 팔을 붙잡는다. 이번에도 아무런 감각이 느껴지지 않는다. 마치 유령 같은 손길이다.

─지금은 누굴 보고 있지?

"전온기……."

온기의 손이 쉼 없이 내 눈물을 훔치지만, 유령의 손길은 아무것도 닦아 내지 못한다. 내 턱 밑으로 줄줄 흐르는 차가운 눈물이 느껴진다.

─너의 쌍둥이 오빠구나. 좋아, 아주 훌륭한 선택이야.

"초밤아, 말해 봐."

온기가 나를 달래듯 조심스레 묻는다.

"거울 엘리베이터를 타고 가서 뭘 봤어?"

……온기 네가 거울 엘리베이터를 어떻게 알아?

그런 의문을 품자 이번에는 나의 숨이 얼어붙는다. 차가운 얼음 결정이 혈관을 타고 흐르며 속에서부터 나를 찢어 놓는 고통이 선명하게 느껴진다.

"악, 제발……!"

─의문은 고통이 될 뿐이니. 고민하지 말고, 생각하지 말고, 네가 알고 있는 대로만 말해.

푸른 눈썹의 주문에 다시 입이 벌어지고, 진실이 쏟아져 나온다.

"거울 엘리베이터를 타고 지하 동굴에 가서 숨겨진 발전소를 봤어. 눈 아래 하트 문신을 한 남자가 쳇바퀴를 돌리고 있었어. 뉴스에서는 그 남자가 전날 사형당했다고 했지만, 분명 살아 있었어. 그리고 수십 명의 사람들이 더 있었어. 모두 죄수복을 입은 채 각자 다른 크기의 쳇바퀴를 돌렸어."

─그리고?

말을 멈추고 싶은데 입을 다물 수가 없다.

"너무 추웠어. 지열이 있어야 하는 스노볼 지하인데도 바깥세상처럼 추웠어."

온기의 익숙한 눈빛이 나를 뚫어지게 응시한다.

"그래서 뭘 알게 됐어?"

거울 엘리베이터와 관련된 이야기를 누구에게도 하지 않겠다는 약속, 나도 지킬게. 죽을 때까지.

안 돼, 전초밤. 말하지 마.

하지만 물 위에 떠 있는 찻잎을 움직이는 건 찻잎의 의지가 아니라 물결이 떠미는 힘이다.

―네 쌍둥이 오빠가 대답을 기다리고 있잖니.

푸른 눈썹의 목소리는 찻잎을 떠미는 물결과 같다. 거역할 수 없는 주문.

"스노볼에는…… 지열이 없어."

나는 고백을 멈출 수가 없다.

"스노볼이 따뜻한 이유는, 죽은 걸로 처리된 사형수들이 지하 비밀 발전소에서 모터를 돌리고 있기 때문이야. 스노볼에는 천혜의 지열이 솟아난다, 그 기적을 누리려는 자는 대가를 지불해야 한다는 건 이본이 지어낸 얘기일 뿐이야……."

온기가 차분한 얼굴로 내 마지막 말을 기다린다.

나는 그간 하나의 문장으로 정리할 수 없었던 생각을 또박또박 내뱉는다.

"이본은 지금껏 우리 모두를 속여 왔어."

기억의 대가

스노볼은 따뜻하지 않다.

스노볼에는 지열이 존재하지 않는다.

스노볼은 축복받은 땅이 아니다.

이본은 우리를 속였다.

어째서?

무엇을 위해?

감당하기 힘든 진실과 물음에 몸이 사시나무 떨듯 떨린다.

—그래, 고통스럽지. 진실은 참으로 고통스러워.

푸른 눈썹의 목소리가 내 마음을 이해한다는 듯이 지껄인다.

—자, 이제 그 고통스러운 진실은 네 쌍둥이 오빠에게 넘겨. 거울 엘리베이터, 지하 발전소, 사형수들, 그곳의 추위……. 그 기억을 남김없이 넘기고 나면 마음이 편해질 거야. 전초밤 너는 이제 모든 진실을, 영원히 잊게 될 테니까.

악수를 청하듯, 온기의 환영이 내게 손을 뻗는다.

내가 알고 있는 진실을 전부 잊어버리라고?

……내가, 그래도 되는 거야?

숲으로 사라진 고해리가 그 지하 발전소에 있을지도 몰라. 거긴 죽은 걸로 처리된 사람들이 있는 곳이니까. 마치 땅으로 꺼져 버린 듯 흔적조차 남기지 않은 그 애가 혼자 숲을 헤매다 도착한 곳이 하필 그 지하 발전소일지도 모르잖아.

그 애가 그 지하 발전소에 살아 있는지 누군가는 확인해 봐야 하고, 지금 그곳을 알고 있는 사람은 나뿐이야. 그러니까, 아직은 내가 지하 발전소를 잊으면 안 되는 거잖아. 그건 그 애를 포기하겠다는 뜻이고, 내 몫의 책임을 저버리는 일이니까. *저 역시, 고해리의 죽음을 알고도 고해리를 대신하려 했던 일에 대해 책임을 지고 싶습니다.*

—네 오빠가 네게 손을 뻗었니?

나의 의지와 상관없이 고개가 끄덕여진다. 나는 찻잎이고 푸른 눈썹은 물결이다.

푸른 눈썹이 목소리에 힘을 주어 명령한다.

—어서 그 손을 잡아. 넌 네가 목격한 것을 잊어야만 해.

발끝과 손끝에 정신을 집중한다. 가위에 눌리면 몸의 가장 끝부분부터 움직여야 한다고 미류 언니가 말해 주었다.

—어서!

손끝에 힘을 주자 핏줄이 터져 나가는 고통이 느껴진다. 하지만 피가 새어 나오는 감촉은 느껴지지 않는다. 모든 것은 환영이다. 다만 이 순간의 고통은 진짜보다 더 생생하게 고통스럽다. 마치 스노

봄의 하늘이 실제보다 더 진짜처럼 보이듯이.

"초밤아, 내 손 잡아. 네가 알고 있는 진실들을 나한테 넘겨."

—그 손만 잡으면 다 잊고 편해질 수 있어.

내게 남은 모든 기력을 끌어모아 말한다.

"안 돼……. 그리고 너한테는 싫어."

온기의 얼굴이 실망으로 가득 찬다.

"어째서?"

……전온기 너라서.

이뤄지지 않는 소원만 비는 바보 같은 너라서. *내 동생 기다리지 마요!* 겁도 많은 주제에, 미류 언니를 경계하며 나를 등 뒤로 숨기던 너라서. 할머니가 발전소에서 몰래 챙겨 와 나눠 준 과일 조각이 매번 내 것보다 작은 줄 알면서 단 한 번을 불평하지 않은 너라서. *동생아, 이 오빠가 왔다!*

그리고 나는 그런 너의 뒤를 봐주느라, 엄마 배 속에서 세상 밖으로 나올 때도 십 분 늦었으니까. 이렇게 무겁고 고통스러운 진실을 내가 너에게 넘겨줄 리가 없잖아.

"괜찮아, 초밤아."

환영은, 내가 상대에게 품은 마음을 반영하는 것 같다. 배새린의 조소는 더 차가웠고 온기의 미소는 내 마음을 한없이 애달프게 만든다.

"난 환영일 뿐이야. 나한테 미안해할 필요 없어."

상대가 하는 말 역시 내 머릿속에서 만들어 내는 대사다. 그렇게 깨닫는 순간 온기의 환영이 사라지고, 진짜가 보인다.

"대체 뭘 꾸물거려, 남은 시간이 별로 없어!"

푸른 눈썹의 남자가 속이 타들어 가는 표정으로 나를 다그치고 있다.

"네 오빠가 내민 손을 어서 잡아!"

푸른 눈썹의 명령을 거부할 때 느껴지는 고통의 수위는 한결 옅어졌지만, 몸은 여전히 움직이지 않는다. 남자에게 달려들어 눈썹을 뽑아 버리기는커녕 눈을 깜빡일 수조차 없다.

푸른 눈썹의 얼굴이 일그러진다.

"설마, 의식이 돌아오고 있어?"

푸른 눈썹은 나의 눈이 자신을 응시하는지 환영을 바라보는지 헷갈린다는 눈빛으로 분개한다.

"꼭 이렇게 골치 아픈 것들이……!"

푸른 눈썹이 내게서 눈을 떼지 않은 채 손을 찻잔으로 다급하게 뻗는다.

푸른 눈썹을 속이려면, 내가 아직 환영을 보고 있다고 믿게 하려면 무슨 말이든 해야 한다. 하지만 온기의 환영이 사라진 뒤로 목구멍이 막혀 버렸다.

"그래, 한 모금 정도는 더 마실 수 있겠어."

푸른 눈썹은 찻잔을 천천히 집어 들며 다른 손으로 내 눈꺼풀을 들어 올려 상태를 확인한다.

"다시 깨우려면 시간이 좀 걸리겠지만."

안 돼…… 이 기억을 빼앗기면.

도저히 벗어날 수 없는 상황에서는 너 자신을 속여.

그 말을 되새기며, 진심이 섞인 거짓을 스스로에게 되뇐다.

나도 네 손을 잡고 싶어. 이렇게 무거운 진실을 혼자 품고 있는 건 너무 감당하기 힘든 일이잖아.

다시 한번 검은 연기가 피어난다.

"전온기……."

왼손잡이인 나와 악수하기 위해 온기도 왼손을 뻗는다.

"그래, 내 손을 잡아."

환영이 나타나자 다시 팔이 움직인다.

나는 죽을힘을 다해 온기의 환영을 뚫고, 푸른 눈썹에게 달려든다. 내 손이 그 목에 걸린 펜던트를 낚아챈다. 크게 놀란 푸른 눈썹이 몸을 젖히자 펜던트의 줄이 끊어지고, 나는 그대로 바닥에 넘어진다. 내 손 안에서 펜던트의 뚜껑이 닫히기 직전 푸른 눈썹이 시계를 향해 팔을 뻗으며 외친다.

"기억은 고통이 되리니!"

펜던트가 남긴 마지막 초침 소리가 신부 대기실 안에 메아리처럼 울려 퍼진다.

나는 바닥에 엎드린 채로 숨을 몰아쉰다.

"기억이 고통이 된다니…… 무슨 소리야?"

펜던트를 쥔 손에 힘이 들어간다.

"대답해!"

몸을 제대로 가누지도 못하는 나의 외침에 푸른 눈썹이 옅은 조소를 흘린다. 눈이 따가울 정도로 짙은 악취가 공간을 가득 채운다. 그 썩은 내가 푸른 눈썹의 몸에서 풍겨 나오고 있다는 걸 나는 뒤늦게 알아차린다. 다음 순간 정신이 아득해지며 푸른 눈썹의 마지막 음성이 들려온다.

"불쌍하고 어리석은 것…… 결국 대가를 치르겠구나……."

*

공포에 찬 숨을 터뜨리며 몸을 일으킨다. 땀이 흥건한 손 밑으로 조개 소파의 푹신한 쿠션이 닿는다.

"오, 깼어요?"

파란 민소매 셔츠와 하얀 반바지로 갈아입은 프랜이 괜찮은지 묻는 듯한 표정으로 나를 바라본다. 진주로 장식된 거울 앞에 앉은 진진서도 편한 원피스 차림으로 바뀌어 있다.

"초밤 씨, 우리랑 같이 배 타고 나가요. 다른 손님들은 이미 다 가셨어요."

수영장에서 잠영할 때처럼 귀가 먹먹하고 머리가 지끈거린다.

"그새 다 끝났어요?"

내 질문에 프랜이 걱정스러운 눈빛으로 답한다.

"그새라뇨, 우리 후배님이 여기서 몇 시간이나 잠들어 있었는데요. 하도 곤히 자고 있기에 잠깐 눈 좀 붙이게 둬야지 했는데, 나중에는 아무리 깨워도 안 일어나더라고요."

머리를 묶어 올린 진진서도 놀랐다는 듯이 묻는다.

"신부 대기실은 어떻게 알고 찾아왔어요?"

나는 자리를 박차고 일어나 주변을 두리번거린다.

"그 사람도 갔어요?"

"누구요?"

"눈썹 파랗게 칠하고 온 남자요! 그 사람 누구예요? 자기가 신부님하고 가장 친한 친구라고 하던데."

진진서가 무슨 소리인지 모르겠다는 얼굴로 프랜을 바라본다. 프랜도 조금 난감한 표정을 짓는다.

내가 혼란스러운 목소리로 다시 묻는다.

"신부님과 친한 친구 중에, 오늘 파란 눈썹을 하고 온 남자 없었어요?"

프랜이 고개를 끄덕이며 묻는다.

"혹시 뭐 안 좋은 꿈이라도 꿨어요?"

······푸른 눈썹이 그저 내 악몽이었다고?

푸른 눈썹이 내게 거울 엘리베이터와 지하 발전소에 대한 기억을 잊으라고 윽박지르던 순간을 떠올린다. 그러자 썩은 비린내가 진동하는 악취가 코끝을 스치고, 누군가 내 심장을 콱 움켜쥔 듯 숨을 쉴 수가 없다.

고통스러운 진실은 네 쌍둥이 오빠에게 넘겨. 거울 엘리베이터, 지하 발전소, 사형수들, 그곳의 추위······.

진진서의 뒤에 놓인 화려한 전신 거울에 내 창백한 얼굴이 비친다.

"거, 거······."

거울을 말하려 하자 목구멍에 벌레가 기어 다니는 기분이 든다. 처음에는 한두 마리였지만, 거울 엘리베이터에 대해 말하고 싶다고 생각하면 할수록 수백 수천 마리로 불어나 내 목구멍을 기어오른다. 그 끔찍한 고통이 나의 모든 의지와 말문을 틀어막아 버린다.

기억은 고통이 되리니!

진진서가 재빨리 뛰어와 바닥으로 쓰러지는 나를 받아 내고, 나는 그녀가 신혼 첫날을 위해 고심해서 골랐을 하늘색 원피스에 속을 게워 내며 프랜의 행복한 날을 결국 망쳐 버리고 만다.

"죄송해요, 정말."

신부 대기실을 네 시간 넘게 차지하고 누워서 잠들어 버리질 않나, 프랜이 오늘을 위해 선물했다는 원피스에 토하질 않나.

"제가 오늘 신부님한테 여러모로 민폐를 많이 끼쳤어요."

리무진 창문에 코를 대고 붉은 노을의 끝자락을 구경 중인 만세의 뒷덜미를 주무르며 진진서가 환히 웃는다.

"편하게 진진이라고 불러요."

그녀는 스노볼의 친구들은 물론 시청자들에게도 진진이라는 애칭으로 불린다. 드라마의 제목도 「진진 만세」다.

"초밤 씨 덕분에 피로연 드레스를 바로 다시 입게 돼서 얼마나 좋은데요. 이 비싼 걸 반나절만 입고 옷장에 처박아 두기가 은근히 아쉬웠거든요."

만세가 진진의 손을 핥는다.

"그렇지, 만세야? 네가 생각해도 좀 아까웠지?"

진진이 만세의 앞발을 손에 쥐고 까딱거리며 만세의 말투를 지어 낸다.

"저는요, 우리 엄마가 멋진 옷을 입은 모습을 오래 볼 수 있어서 좋아요. 평소에 엄마는 매일 똑같은 옷만 입거든요."

진진이 내는 목소리가 만세의 생김새와 너무 잘 어울려 나도 모르게 웃음이 난다.

리무진은 재난 온도계가 설치돼 있는 회전 교차로를 크게 돌아 우리 집 방향으로 진입하고, 그 순간 만세가 뒤를 향해 맹렬하게 짖어 댄다.

"어어?"

운전대를 잡은 액터 역시 속도를 늦추며 룸 미러를 응시한다.

"재난 온도계가……."

해가 지평선 밑으로 막 떨어져 검붉게 물든 하늘 아래, 재난 온도계의 불꽃이 점점 거세지고 있다.

재난을 알리는 축포

도로 위 모두가 약속이라도 한 것처럼 차를 세우고 밖으로 쏟아져 나온다. 진진이 리무진 문을 열자 흥분한 만세가 날쌔게 뛰어나간다. 진진과 나도 만세의 뒤를 따라 구경꾼 무리에 합류한다.

여기저기서 낮은 탄식이 터져 나온다. 올해도 어김없이 재난 온도계가 100도에 도달했다.

온도계 꼭대기에서 불타오르던 불덩이가 마치 지옥의 불기둥처럼 하늘 높이 솟아오른다. 그리고 펑! 펑! 축포가 터지는 굉음과 함께 불기둥이 여러 갈래로 갈라지며 셀 수 없이 많은 작은 불꽃들이 포물선으로 퍼진다.

재난이 시작되는 장관.

불덩이에서 갈라져 나온 불꽃들이 하늘에서 눈처럼 쏟아진다. 이를 지켜보던 액터들의 얼굴에 어느덧 옅은 감탄이 어린다. 첫눈을 맞이하듯 저마다 손을 높이 뻗는다. 와아, 불꽃을 받아 낸 사람들이 자못 신난 표정으로 웃는다.

무심코 손을 펼치자 탁구공만 한 불꽃이 내 손바닥 위에 톡 내려앉는다. 얼음처럼 시원한 불꽃이 내 체온에 모래처럼 파사삭 녹아내리고, 이내 연기가 되어 사라진다.

"참 얄궂다, 만세야. 재난 추첨이 하필 오늘이라니……."

만세를 품에 안고 어루만지던 진진이 나와 눈이 마주치자 억지로 미소를 띤다.

"그이가 재난 추첨 때문에 스트레스가 심했어요."

진진이 저 멀리 우뚝 솟아 있는 스노 타워를 물끄러미 올려다본다. 저기 204층에 위치한 기상 캐스터 대기실에서 프랜도 조금 전의 불기둥 폭발을 지켜보았을 것이다.

"보통 때에도 비바람이나 불볕더위를 뽑으면 스노볼에 사는 모두에게 미안해하는 사람이에요."

그런 프랜이 바로 오늘 재난을 추첨해야 한다.

작년에 그는 운 좋게 '강냉이 폭설'을 뽑았다. 재난의 종류와 시작 시각은 재난이 발생하는 순간까지 기밀이지만, 생방송 카메라 앞에서 자신이 뽑아 든 **재난 카드**를 확인하며 옅은 미소를 짓는 프랜의 얼굴에서 시청자들은 비교적 안전한 재난이라는 힌트를 얻을 수 있었다.

그렇게 절반의 스포일러로 눈치챘듯이 강냉이가 눈처럼 쌓인 풍경은 즐거움을 선사했고, 시청률 상승을 노린 액터들이 폭설 기간 내내 하늘에서 내린 강냉이만 먹다가 영양실조로 병원에 실려 간 것 외에는 참으로 평화로운 재난이었다.

"작년에 자신의 모든 운을 다 쓴 게 아닐까, 그이가 올해 재난 추첨을 유난히 걱정해 왔어요."

진진에게 안겨 그녀의 턱을 핥는 만세의 머리를 내가 가볍게 어루만진다.

"진진, 올해 어떤 재난이 일어나더라도 프랜의 잘못이 아니에요. 처음부터 이렇게 정해져 있던 거잖아요."

액터에게 벌점을 매겨 재난 온도계에 반영하는 것도, 그 온도계가 100도에 달하면 재난이 발생해야 한다는 것도, 다 이본 미디어 그룹의 결정이었잖아요. 그것이 스노볼의 따뜻함을 누리는 대가라고 우리를 속이면서요.

"누구의 잘못이든, 누군가는 목숨을 잃을 수 있어요."

진진이 만세의 머리를 쓸어 넘기며 그 순수한 눈동자를 애달프게 바라본다.

"그래서 나도 이렇게 재난 추첨이 두려운데. 지금 그이의 마음은 어떻겠어요……."

나는 아무런 말을 할 수 없어 가만히 깊은숨을 내쉰다. 불꽃 구경을 끝낸 사람들이 하나둘씩 도로를 빠져나간다.

*

"왜 이렇게 늦게 와! 네가 지금 한가하게 결혼식 피로연이나 즐길 때야?"

하늘이 어둑해지고서야 집으로 돌아온 나를 보고 차향이 현관문 앞에서부터 버럭 소리치며 거실로 끌고 들어간다. 미류 언니가 그런 차향을 조금 나무라고, 나는 억울한 마음을 애써 삼킨다.

집 안은 적막할 만큼 조용하다. 배새린은 오늘 결혼식에서 친해진 액터들과 함께 요트를 타러 가 아직이었고, 다른 아이들은 미류 언니가 며칠 전에 예매해 둔 영화를 보고 집으로 돌아오는 길이거나 어쩌면 밖에서 저녁을 사 먹고 있을 터였다. 별다른 걱정 없이 주말을 즐기면서.

차향이 먼저 선수를 친다.

"할 얘기 많으니까, 일단 앉아."

나는 순순히 거실 소파에 앉는다. 집으로 돌아오는 리무진 안에서도 오늘 일어난 일을 떠올리다 또다시 심장이 뜯겨 나가는 고통과 함께 참을 수 없는 욕지기를 느꼈다. 그러니 내가 프랜의 결혼식장에서 겪은 일을 얘기하기 전에 맨정신으로 차향의 얘기부터 듣는 게 맞는 순서였다.

"오늘 편집실에서 물도 한 모금 안 마시고 너희 필름만 계속 돌려 봤어."

나는 필름에서 이상한 점을 찾아낸 차향이, 배새린이 어떤 식으로 내게 누명을 씌웠는지 설명해 주길 기다린다.

하지만 차향은 내 기대와 다른 이야기를 늘어놓는다.

"고매령이 살해되던 시각에 명소명과 신시내는 물론이고, 배새린도 이 집 각자의 방에서 찍힌 필름이 남아 있어."

"뭐?"

"전초밤만이 그 시각에 고매령의 집에 있었고, 범행이 일어나기 전 갑자기 2층 고해리의 방으로 올라가 탈의실 안에 몸을 숨겼어."

96

"몸을 숨긴 게 아니라……."

차향은 내 변론을 개의치 않는다는 듯 차분한 어조로 말을 이어 간다.

"다음 장면에서 전초밤은 갑자기 방 밖으로 벗어나더니, 1층 부엌으로 내려가서 칼을 손에 쥐고 고매령의 방문을 열어. 그리고 침대에 기력 없이 누워 있는 고매령에게 말하지."

필름을 수십 번이나 돌려 본 차향이 토씨 하나 빠짐없이 외워 버린 말을 내게 고스란히 전해 준다.

"고매령, 당신 그거 알아? 배새린이 이제는 내 삶을 탐낸다는 거? 당신들 때문이야! 당신들이 우리를 만들어 내기로 한 순간부터 우리는 다 불행해질 운명이었어. 그 어떤 보상도 우리를 이 거지 같은 운명에서 구제해 내지 못해. 그러니 그 더러운 피로 조여수의 목숨값이라도 갚아!"

질끈 눈을 감자 세상이 빙빙 도는 기분이 든다. 타임라인이 단단히 꼬였다.

내가 탈의실 안에서 카메라를 벗어나 있던 사이 누군가 내 행세를 하며 고매령을 칼로 찔렀다. 피를 흘리며 죽어 가는 고매령을 보고 놀라 119에 신고하고, 사라진 고매령을 찾아 집 주변까지 탐색하던 진짜 나의 모습은 카메라 점검 시간에 겹쳐 편집돼 버렸다.

"필름만 놓고 보면 누가 봐도 내가 고매령을 죽인 거네."

"맞아, 빠져나갈 구멍이 없지."

담담한 차향의 목소리에 눈을 뜨니 결연한 눈빛이 나를 마주 보고 있다.

"그래서 그 필름은 영원히 공개되지 않을 거야."

"뭐?"

"그 사건을 드라마로 내보내지 않겠다고."

미세하게 떨리는 차향의 손을 미류 언니가 옆에서 꽉 붙든다. 차향은 내 손을 잡는다.

"스노볼에서 난 네 담당 디렉터이기 전에 보호자야. 전초밤을 살인자로 만드는 일만큼은 내 목에 칼이 들어와도 막아 낼 의무가 있어."

"그러다 아줌마까지 위험해지면 어쩌려고……."

편집권은 디렉터의 권한이다. 하지만 살인과 같은 중대한 범죄를 일부러 눈감아 주었다 발각되면 디렉터 역시 법의 칼날을 피할 수 없다. 게다가 퇴직 디렉터인 차향이 현역으로 복귀한 데 대해 이미 일부 시청자와 대부분의 디렉터가 반감을 느끼고 있으니, 차향은 작은 실수에도 다시 퇴직자 마을로 내쳐질 수 있었다.

차향이 긴 숨을 내뱉으며 나를 바라본다.

"네 처지에 내 걱정이냐? 지금 중요한 건 이 살인극을 벌인 배후에 누가 있는지야."

"이 일의 배후는……."

애석하게도 이본회에게 한 말을 지킬 수 없게 됐다.

"이본이야."

미류 언니가 혼란스러운 눈빛으로 묻는다.

"이 일의 배후에 이본이 있다니? 그게 무슨 소리야?"

"내가…… 스노볼의 비밀을 목격해 버렸거든."

"뭐?"

"그래서 나를 사회적으로 매장하려는 것 같아."

모두가 지지하고 응원하는 소녀의 폭로에는 엄청난 파급력이 있다는 걸, 우리 덕분에 잘 알게 됐을 테니까.

차향의 미간에 힘이 한껏 들어가 있다.

"네가 목격한 비밀이 대체 뭐길래?"

"그건……."

입을 떼기가 무섭게 손으로 코를 틀어막는다. 젠장, 뭔가를 말해보기도 전에 또다시 썩은 비린내가 느껴진다.

기억은 고통이 되리니!

"윽!"

내가 심장을 움켜쥐고 웅크리자 미류 언니가 황급히 곁으로 다가온다.

"초밤아, 왜 그래?"

"나 잠깐만……."

내가 소파에 편히 기댈 수 있게 미류 언니와 차향이 돕는다.

그때 시내와 소명, 온기가 현관을 열어젖히며 동시에 외친다.

"텔레비전!"

"날씨 뉴스!"

"재난 추첨!"

소명이 재빨리 리모컨을 집어 들고 텔레비전을 켠다.

—조금 전 보도에서 보셨듯 오늘 저녁, 재난 온도계의 불꽃이 타올랐습니다. 그 순간을 현장에서 목격한 분들도 많이 계셨죠.

하얀 턱시도 위에 우아한 웨딩 베일을 망토처럼 두르고, 화면 너머의 프랜이 시청자를 맞이하고 있다. 몇 시간 전 결혼식에서 입었던 차림 그대로, 하지만 오늘 막 결혼한 사람이라고 보기 힘들 만큼 무거운 표정으로.

미류 언니와 차향은 걱정스러운 얼굴로 계속 내 상태를 확인하고, 나는 애써 머릿속을 비우며 점점 원래의 호흡을 되찾아 간다.

—그럼 오늘은 내일 날씨를 추첨하기에 앞서 재난 추첨을 먼저 진행하겠습니다.

프랜이 힘겹게 입꼬리를 들어 올리며 손을 옆으로 뻗는다. 카메라가 줌 아웃 되자, 키가 2미터에 가까운 프랜보다도 큰 원통형 유리 안에서 똑같은 크기의 황금색 봉투 수천 개가 날아다니는 장면이 보인다. 정확히는 유리 원통 바닥에서 뿜어져 나오는 강한 바람에 빠르게 휘날리는 중이다.

수천 개의 황금 봉투는 **재난 규격 엽서**다. 재난 아이디어를 제공하는 데는 빈부 격차가 없어야 한다며 이본 미디어 그룹이 매년 모든 가정에 인원수만큼 무료로 증정하는 엽서.

프랜이 작년에 뽑은 재난 엽서에는 이렇게 적혀 있었다. '만약 이 엽서가 뽑힌다면, 십 분 뒤쯤 스노볼에 강냉이가 눈처럼 펑펑 쏟아지게 해 주세요!' 그러나 '강냉이 폭설'이 준비되는 데는 꼬박 열 시간이 걸렸고, 이본 미디어 그룹은 재난 지연에 대해 사과하며 앞으로는 어떤 재난이든 최장 한 시간 안에 시작될 수 있는 시스템을 갖추겠다고 약속했다.

"으, 떨려."

온기는 어느새 두 손을 맞잡고 있고, 텔레비전에 온 시선이 빼앗긴 소명이 맞장구를 친다.

"그러게. 이제까지는 날씨 추첨이고 재난 추첨이고 전부 시큰둥했었는데."

이번 재난은 우리에게도 닥쳐올 현실이다.

프랜이 원통에 달린 작은 문을 열고, 흰 장갑을 낀 오른손을 깊숙이 집어넣는다. 그리고 가장 먼저 손에 잡힌 황금색 봉투를 망설임 없이 꺼낸다. 역대 캐스터 중에는 누구보다 먼저 재난의 내용을 확인한다는 설렘 가득한 얼굴로, 엽서 봉투를 잡을 듯 말 듯 시간을 끌면서 시청자를 애태우는 액터가 꽤 많았다. 하지만 프랜에게 재난은 대형 이벤트가 아닌 누군가의 목숨이 달린 일일 뿐이다.

— 네, 그럼 바로 확인해 보겠습니다.

프랜이 굳은 표정으로 봉투를 연다. 안에 든 엽서를 꺼내기 전 덮개 안쪽에 적힌 내용을 먼저 읽는다.

— 올해의 재난 아이디어는 바-J-9동에 사는 시청자께서 보내주셨습니다.

이어, 새하얀 바탕에 금색 테두리를 두른 재난 엽서가 모습을 드러낸다.

— 음…….

강냉이 폭설을 뽑았던 작년처럼 안도하는 얼굴은 아니지만, 그렇다고 애석한 얼굴이라고 할 수도 없는 묘한 표정으로 프랜이 엽서의 내용을 찬찬히 살핀다.

독 안에 든 쥐

재난의 내용을 확인한 프랜이 미리 준비된 소형 금고 안에 엽서를 집어넣고 문을 닫는다. 엽서에 적힌 내용은 재난이 발동된 이후날씨 뉴스에서 공개된다. **대비 가능하다면 재난이 아니다.** 이본 미디어 그룹의 초대 회장이 정한 그 지침대로, 재난은 사전 예고 없이시작되며 예측하기 어려운 시점에 끝난다.

—자, 그럼 내일 날씨를 추첨하도록 하겠습니다.

프랜은 자신이 확인한 재난에 대해 아무런 힌트도 주지 않는다.그저 미묘한 표정을 지을 뿐이다. 내일 아침이면 온갖 방송과 신문에서 프랜의 저 표정을 반복해서 보여 주며 올해 우리가 맞이하게될 재난에 대한 예측을 쏟아 낼 것이다.

"이렇게 끝이야? 작년보다 더 모르겠는데?"

텔레비전 안으로 들어갈 듯이 바짝 앞에 다가앉은 시내가 싱겁다는 얼굴로 우리를 돌아본다.

차향은 원래의 혈색을 겨우 되찾은 내게 살짝 손짓한다.

"초밥, 잠깐 내 방으로."

시내의 목소리가 다시 높아진다.

"어어?"

한순간 심각해지는 소명의 얼굴을 보며 나도 텔레비전으로 시선을 돌린다. 내일 날씨를 추첨하는 프랜의 모습 밑으로 뉴스 속보 자막이 지나간다.

〔속보〕'고해리 프로젝트' 가담 혐의 고매령, 새 드라마 편성 확정…… 담당 디렉터에 장수현 감독

소명이 리모컨을 쥔 채로 반색한다.

"뭐야, 고매령 재판 결과가 곧 나오나 본데? 새 이야깃거리가 생기니까 드라마를 재개하는 거지!"

시내가 두 손을 높이 치켜들고 소리친다.

"좋아! 배상금! 오 예!"

차향과 미류 언니, 내가 말없이 시선을 주고받는다.

고매령의 새 디렉터가 그려 나갈 드라마의 오프닝과 엔딩은 알 수 없다. 다만 확실한 것은, 그 드라마에서 고매령이 전초밤의 칼에 찔리는 장면은 절대 편집되지 않으리라는 사실이다.

종일 굳어 있던 목과 어깨가 뻐근하다.

지난 일주일간 나는 고매령에게 일어난 일에 신경을 곤두세우고 있었지만, 진짜 문제는 지금부터 내게 일어날 일이다.

고매령의 드라마를 본 시청자는 내가 고매령을 죽였다고 생각하

게 될 테고, 나는 살인자로 낙인찍히게 될 것이다. 우리 드라마에서 이 장면을 고의로 누락시킨다면 차향도 무수한 비난과 법적 책임을 피할 수 없다.

"야, 초밥!"

차향의 손이 간발의 차이로 나를 놓친다.

나는 2층으로 이어지는 층계 앞에 서 있던 온기를 밀쳐 내고 정신없이 계단을 오른다. 차향과 미류 언니가 나를 뒤쫓는 소리가 들린다. 배새린의 방문을 부술 듯이 달려들어 온몸으로 밀어낸다. 불을 켜려는 내 손을 미류 언니가 낚아챈다.

"초밤아!"

"언니, 잠깐만. 확인하고 싶은 게 있어."

한발 늦게 도착한 차향이 내 다른 쪽 팔을 세게 붙잡으며 몰아붙인다.

"여기서 뭘 확인하겠다고 이래?"

온기가 놀란 얼굴로 헐레벌떡 다가와 우리 셋 사이에 끼어든다.

"다들 왜 이렇게 흥분했어?"

미류 언니와 차향에게 한쪽씩 잡힌 내 팔을 온기가 조심스럽게 빼내려 하지만 어림도 없다. 잡힌 손을 비틀어 빼내며 내가 낮게 읊조린다.

"전온기, 넌 빠져."

온기가 미간을 찌푸리며 나를 돌아본다.

"네 눈빛이 지금 그 따윈데 내가 어떻게 빠져."

"배새린 편은 일단 빠지라고."

온기의 눈빛이 당혹감으로 일렁인다. 타이밍을 재고 있던 소명이 성큼 다가온다.

"뭐야. 갑자기 다들 왜 이래?"

시내는 어깨에 멘 작은 크로스백의 끈을 만지작거리며 한데 뭉쳐 있는 우리를 말없이 차례차례 응시한다. 나를 둘러싼 한 사람 한 사람이 모두 벽처럼 느껴져 답답해진다.

"제발 좀······!"

나를 주연으로 내세운 살인극의 배후는 분명 이본이지만, 내 대역은 아직 밝혀지지 않았다. 대역은 이본의 계획을 어디까지 알고 있을까.

"가만히 있다간 답답해 죽을 거 같아서 그래."

나와 마주 서 있던 온기가 한발 물러서고, 미류 언니도 잡고 있던 손을 거둬들인다.

"네가 지금 어떤 마음인지 알겠는데."

차향이 내 팔을 한번 꽉 쥐었다가 이내 한숨과 함께 풀어 준다.

"하, 그래. 딱 십 분만 네 멋대로 해 봐."

미류 언니가 소명과 시내의 등을 가볍게 떠밀며 그만 1층으로 내려가자고 말하자 소명이 무슨 일인지 대충이라도 알아야겠다며 제자리에서 버틴다. 내게 허락을 구하는 미류 언니의 눈빛에 나는 아무래도 상관없다는 듯 고개를 끄덕인다.

미류 언니가 내려가서 설명해 주겠다며 소명과 시내를 데리고 나간다. 차향은 활짝 열린 방문 앞에 의자를 두고 앉는다.

"뭔 짓이든 해도 돼. 내가 지켜보는 동안은."

온기가 팔짱을 끼고 그 옆에 선다.

"뭐냐, 전온기 너도 내려가 있어."

차향의 말에 온기가 당치도 않다는 듯이 받아친다.

"쟤 내 동생이거든?"

두 사람의 무의미한 신경전은 나의 거침없는 행동에 금세 사그라든다.

나는 먼저 옷장부터 헤집는다. 고매령의 집에 갈 때 내가 입었던 것과 똑같은 반바지와 티셔츠를 찾으려 눈에 불을 켠 채 손에 닿는 대로 끄집어낸다.

온기의 걱정스러운 목소리와 차향의 한숨 섞인 목소리가 내 등 뒤에서 조용히 말을 주고받는다.

"누나, 우리 쟤 안 말려도 돼? 이러다 새린이라도 오면……."

"내 동생이네 어쩌네 하면서 뻗대더니 그새 배새린 걱정이냐?"

"저러다 둘이 또 뭔 일 나지 싶어서 그러지."

"독 안에 든 쥐가 미치지 않으려고 하는 짓이니까, 우린 일단 닥치고 지켜보자."

나는 미친 사람처럼 혼잣말을 중얼거리며 배새린의 모든 물건을 뒤진다.

"대체 어디에 숨긴 거야……. 배새린 너 맞잖아, 배새린 네가 그런 거잖아……."

고매령이 살해되던 시각에 명소명과 신시내는 물론이고, 배새린도 이 집 각자의 방에서 찍힌 필름이 남아 있어.

그때 배새린이 집에 있었다고? 그럴 리가 없잖아. 배새린은 내 대역을 했어. 이본과 손을 잡고 내 삶을 망가뜨리려 한다고!

배새린의 화장대 서랍을 죄다 꺼내 뒤집고, 내용물들을 털어 낸다. 그러다 서랍 뒷면에 숨겨 둔 납작한 봉투를 발견한다. 투명한 테이프를 여러 겹 덧붙여 서랍 밑에 고정해 두었다. 떨리는 손으로 봉투를 벗겨 내니 보라색 편지 하나가 나온다. 차향도 배새린의 필름에서 이런 편지는 본 적이 없는 것 같다며 미간을 좁힌다.

그때 아래층에서 시내의 목소리가 쩌렁쩌렁 울린다.

"어, 야! 배새린! 왔어?"

배새린이 집에 도착했음을 알려 주는 신호다.

"쟨 또 왜 지금 오고 난리야?"

차향이 자리에서 벌떡 일어나 온기를 마구잡이로 떠민다.

"야, 전기! 빨리 내려가서 시간 끌어!"

"어? 뭐 어떻게?"

"둘이 끝말잇기를 하든 뭘 하든, 그건 네가 알아서 해 인마!"

온기의 자신 없는 발소리는 내 귓가에 울리는 심장 박동에 가려 제대로 들리지 않는다.

숨을 고르며 빠르게 봉투를 열어 그 안에 든 편지를 펼친다.

생각해 보니 너에게 처음 쓰는 편지구나.

네가 나오는 드라마의 첫 방송을 네 엄마와 함께 처음부터 끝까지 보았다. 사실 네 엄마는 방송 시작 전부터 눈물이 멎지 않아서 화면을 제대로 보지도 못했을 거야.

첫 장면에 그날의 폭로를 자세히 보여 주는데…… 전초밤이라는 아이를 막아서는 네 모습에, 솔직히 말해 소름이 돋았다. 네 나이 고작 세 살에 그 사고가 있고부터 네 엄마는 너를 우리 딸로 인정하지 않았지. 그렇게 핍박당하는 널 보면서 미안하기도 하고 안쓰럽기도 했지만…… 사실 나 역시 속으로는 너를 경계하고 있었던 것 같다. 숨겨지지 않는 너의 영악함을 애써 외면하며 그래도 너를 불쌍한 아이로 여기려 노력했지.

그런데 결국 네 엄마 말이 맞았어. 너는 우리 딸이 아니었지. 네게 차갑게 구는 네 엄마에게 매번 그러지 말라고, 언제나 네 편을 들면서 네 엄마를 나무라던 나 자신이 후회스럽다. 십 년도 넘는 세월 동안 내 아내가 아닌 남의 자식을 편들던 나 자신이 한심스럽기 그지없어…….

네게 답장을 쓰는 건 아마 이번이 처음이자 마지막이 될 것 같구나. 너도 앞으로는 우리에게 편지하지 마라. 이제 서로를 잊고 살아가자. 이미 너무도 충분히, 우리는 서로의 인생을 갉아먹었어.

그럼, 건강히 잘 지내거라.

편지를 받는 사람도, 보내는 사람도 적혀 있지 않지만 배새린을 키운 사람이 배새린에게 보낸 편지임을 알 수 있다.

"이게 다…… 무슨 일이에요?"

청첩장처럼 생긴 엽서를 한 손에 들고 선 배새린이 토끼 눈을 뜨고 자신의 방을 둘러본다. 그 뒤로, 1층에 모여 있던 모두가 난감한 얼굴로 서성거린다.

"너, 내 방에서 뭐 하는 짓이야?"

내 손에 들린 편지를 알아본 배새린은 눈에 불꽃이 튀더니 순식간에 내게 달려든다.

"내놔!"

정확히 알 수는 없지만, 수치심과 비슷한 감정이 배새린의 얼굴에 떠오른다.

"전초밤, 너 미쳤어? 돌았냐고!"

배새린은 바들바들 떨리는 손으로, 연보라색 종이가 구겨지지 않도록 조심스럽게 접는다. 차가운 거부와 원망으로 가득한 편지를, 배새린은 소중하게 다룬다.

"그래서야?"

"뭐?"

"너를 키워 준 부모에게서 받지 못했던 사랑을 보상받겠다고 고해리의 삶을 훔치고, 이제는 내 삶을 뺏으려 드는 거냐고!"

수치심이 섞인 분노로 이글거리는 배새린의 눈동자가 이 방에 모인 모두를 순간적으로 의식한다. 우리 둘이 서로에게 달려들 때를 대비하려는지 온기와 소명은 몸에 힘을 바짝 주고 있고, 미류 언니는 피가 날 정도로 입술을 물어뜯는 시내의 손을 붙잡는다. 차향은 날카로운 시선으로 나와 배새린을 말없이 응시한다.

배새린이 내게 얼굴을 바싹 들이대며 속삭인다.

"함부로 지껄이지 마. 너 따위가 뭘 안다고."

"한 번만 물을 테니까 똑바로 대답해, 배새린."

나는 배새린에게서 단 한순간도 눈을 떼지 않고 묻는다.

"고매령, 네가 죽였어?"

나와 똑같이 생긴 얼굴이 일그러진다. 거울 속의 내가 내 의지와 상관없이 표정을 바꾼 것처럼 섬뜩한 기분이다.

"지금 그게 뭔 헛소리야?"

"네가 첫 고해리였다는 얘기로 나를 고매령의 집으로 유인하고, 조여수의 이름을 들먹이면서 마치 나인 척 연기하고, 그러다 그 손으로 고매령을 칼로 찔러 죽였느냐고 묻는 거야."

배새린이 웃는 것도 우는 것도 아닌 괴상한 표정을 짓는다.

"전초밤, 너 정말 돌았구나?"

"내 대역을 한 대가로 뭘 받기로 했어?"

기괴한 웃음소리와 함께 배새린의 눈이 촉촉하게 젖어 든다.

"내가 말했지, 내 할머니라고."

배새린의 숨이 가빠진다.

"할머니가…… 본인이 한눈을 파는 바람에 내 예쁜 얼굴이 망가져 버렸다고…… 그 사고만 아니었으면 나는 지금껏 훌륭한 고해리, 기특한 손녀였을 거라고 나한테……."

배새린이 몸을 움찔거리며 차향에게 묻는다.

"무슨 일 생겼어요, 우리 할머니한테?"

내가 대신 대답한다.

"죽었어."

"뭐?"

"칼에 찔려서 살해당했다고."

눈 깜짝할 사이에 배새린이 내게 달려들고, 긴장을 늦추지 않은 온기와 소명이 동시에 내게서 배새린을 떼어 낸다.

"내 몸에 손대지 마!"

배새린은 소명의 손길을 극렬하게 뿌리치더니 별안간 아래층으로 급히 뛰어 내려간다. 배새린이 집 밖으로 나가는 소리가 들린다.

"고매령 집으로 가려는 걸까?"

미류 언니의 물음에 차향이 앓는 소리를 내며 머리를 마구 헝클어뜨린다.

"하, 가 봐야 아무것도 없는데."

차향의 걱정을 읽은 미류 언니가 문 쪽으로 몸을 돌린다.

"내가 뒤따라가 볼게."

차향이 미류 언니의 팔을 잡는다.

"재난이 언제 시작될 줄 알고!"

재난 온도계가 90도를 넘은 바로 다음 날, 이본 미디어 그룹은 올해 재난이 신청자의 요청 시각에 바로 시작될 수 있도록 만전을 기하겠다는 의지를 재차 표명했다.

"그러니까 더더욱 따라가 봐야지. 새린이 혼자 있다가 무슨 일이라도 나면 어떡해."

차향은 차마 미류 언니를 말리지 못하고, 언니는 걱정하지 말라는 말과 함께 1층으로 사라진다.

호랑이 굴

여전히 방에 남은 소명과 시내, 온기가 미간을 잔뜩 찡그린 채 나를 바라본다. 진이 빠져 버린 내가 배새린의 침대에 털썩 주저앉고, 차향이 나 대신 지금까지의 상황을 간략하게 설명한다.

설명을 듣는 아이들의 표정이 점점 심각해지고, 일그러진다. 충격을 받고, 화를 내고, 억울해하고, 앞으로 벌어질 일을 두려워하고…… 지난 일주일 동안 내가 느꼈던 감정을 세 명의 아이들이 고스란히 재현한다.

소명이 믿을 수 없다는 듯 천천히 고개를 젓는다.

"스노볼을 다스리는 그룹이 어떻게 고작 한 사람을 상대로 이런 짓을 벌일 수가 있어? 더럽게 치사하잖아."

시내가 조심스럽게 묻는다.

"초밥 네가 대체 뭘 봤길래, 이본이 이렇게까지 하는 거야?"

나는 그 질문이 불러일으키는 머릿속 생각을 재빨리 헤집어 놓는다.

"지금은 말할 수가 없어."

온기가 상기된 얼굴로 말한다.

"설마 우리도 위험해질까 봐 그러는 거라면······."

"처음엔 그랬어."

내가 고개를 떨군다.

"이렇게 무거운 짐을 굳이 너희와 나누고 싶지 않았어. 근데 말하고 싶어도 말할 수 없는 상황에 이르고서야 내가 얼마나 오만했는지 깨달았어. 너희가, 아줌마랑 미류 언니가 없이는 별것도 아닌 주제에 혼자 모든 진실을 짊어지고 가려다 일이 이렇게 되어 버렸어."

아니, 어쩌면 스노볼의 비밀은 나와 아무 상관이 없다는 안일한 생각이 나를 무방비하게 만들었다.

처음부터 아무것도 몰랐다면 좋았을 텐데. 나는 어쩌다 거울 엘리베이터를 타게 돼서······.

"하."

거울 엘리베이터를 생각하자 썩은 비린내가 느껴지며 가슴이 조여 온다. 이본이 나를 노리고 있다고 주장하면서, 나는 이본이 왜 나를 노리는지 말하지 못한다. 말할 수 없는 이유조차 입 밖으로 꺼낼 수가 없다.

힘들고 억울한 마음에 눈시울이 뜨거워진다.

"괜찮아, 힘들게 말할 필요 없어."

온기가 내 등을 토닥이고, 소명이 무심한 듯 걱정스러운 얼굴로 휴지를 내민다.

"그래, 그 인간들의 이유 따위는 중요하지도 않아. 너한테 이딴

짓을 저지르고 있다는 게 중요하지."

그래도 이 사람들은 나를 믿는다. 내가 아무 말을 하지 않아도. 나를 믿어 줄 근거가 없어도.

눈물을 터뜨리며 휴지에 코를 팽 풀자, 내가 드디어 정상적인 반응을 보인다며 차향이 안심한다.

"……그래서 고매령은? 죽은 거야, 사라진 거야?"

소명의 질문에 차향이 고개를 젓는다.

"죽었다는 소문도, 살아 있다는 목격담도 들려오질 않으니 알 길이 없어. 그리고 지금 가장 큰 문제는……."

차향이 관자놀이를 문지르며 깊은숨을 내쉰다.

"이제껏 여러 디렉터가 고매령의 필름을 지켜봐 왔으리라는 거야."

"뭐?"

"전작을 말아먹고 차기작을 고민하던 디렉터들 전부 고매령의 필름을 열람했다고 봐야 해. 고매령을 담당하기만 하면 시청률은 무조건 보장되니까."

시내가 아랫입술을 깨물며 묻는다.

"근데 왜 그렇게 오랫동안 고매령을 담당하겠다는 디렉터가 없었어? 오늘에서야 겨우 정해졌잖아."

"고매령을 원하는 디렉터가 없었던 게 아니라, 이본심 부회장이 위원장을 맡고 있는 방송위원회가 지금껏 그 어떤 디렉터의 기획안도 통과시키지 않았던 거겠지."

온기가 불안한 기색을 감추지 못하고 묻는다.

"일부러 그랬다고? 왜?"

"기다린 거야, 고매령의 필름에 자신들이 필요로 하는 장면이 담길 때까지."

시내가 어깨에 멘 작은 크로스백에서 이본의 로고가 찍힌 편지봉투를 꺼낸다. 조금 전 배새린의 손에 들려 있던 것과 똑같은 엽서에 내 이름이 적혀 있다. '전초밤 양에게'.

"임시 기상 캐스터직을 맡아 주신 여러분께 감사의 마음을 담아 오찬 자리를 준비하였습니다."

가당찮은 감사 인사를 읽어 내려가던 시내가 편지를 마구 짓구긴다.

"하, 장난해?"

모두의 시선이 내게 모인다.

불쌍하고 어리석은 것…… 결국 대가를 치르겠구나…….

나는 진실을 목격했고, 그 진실을 포기하지 않은 대가를 치르고 있다.

하지만 내 이미지에 살인자라는 오명을 덧씌우는 것만으로 과연 그들이 안심할 수 있을까? 결국은 모든 진실과 함께 나라는 존재가 세상에서 사라져야 하는 건 아닐까.

*

"오래 기다리셨죠?"

이본영 회장이 활짝 웃으며 오찬장 안으로 들어선다. 그 뒤로 이본심 부회장과 이본회가 공식 석상에 어울리는 은은한 미소를 머금고 따른다.

커다란 직사각형 테이블에 앉아 담소를 나누던 모두가 일제히 자리에서 일어서 세 사람을 맞이한다. 나는 바로 옆에 앉은 배새린보다 한 박자 늦게 일어난다.

"오늘 여러분을 극진히 모시는 데 부족함이 없도록 마지막까지 신경을 쓰다 보니 저희가 조금 늦었습니다."

프랜의 신혼여행 동안 그의 자리를 하루씩 대신할 역대 기상 캐스터 여덟 명이 모인 자리. 나와 배새린을 제외한 나머지는 오랜만에 하는 생방송을 앞두고 꽤나 들떠 있다.

이본영 회장이 오찬장 입구에서 가장 가까운 사람부터 차례대로 악수하며 인사한다.

"아나스타샤! 그동안 어떻게 지냈어요?"

칠 년 전 기상 캐스터였던 아나스타샤가 근황을 짧게 이야기한다. 우리와 대화를 나눌 때는 십 년 넘게 만나지 못한 고향의 가족들이 너무 보고 싶다며 눈시울을 붉혔지만, 이본영 회장에게는 덕분에 스노볼 안에서 평안히 잘 지낸다며 감사의 인사를 한다.

다음으로 나와 배새린 앞에 선 이본영 회장이 짐짓 미안한 표정을 짓는다.

"두 사람에게는 제가 정말 면목이 없어요."

이본에서 고용한 기자와 카메라가 우리를 밀착 취재한다. 우리가 짓는 표정과 숨소리까지.

"재판 결과가 나오는 대로, 이본 미디어 그룹 차원에서도 여러분과 여러분의 가족들에게 충분한 보상을 이행하겠다고 약속합니다."

이본영은 취재 카메라와 이곳에 있는 액터들 — 임시 캐스터와 이본 저택의 집사, 경호원 — 을 의식하며 자애로운 회장을 연기한다.

"바깥세상에서 여러분을 키워 주신 부모님께도 저희가 곧 직접 찾아뵙고 진심 어린 사과를 전할 예정이에요."

지난밤 아무 일도 없었다는 듯, 태연한 표정을 짓고 있던 배새린의 눈동자가 부모님이라는 말에 아주 살짝 흔들린다. *너도 앞으로는 우리에게 편지하지 마라. 이제 서로를 잊고 살아가자. 이미 너무도 충분히, 우리는 서로의 인생을 갉아먹었어.*

내 눈에는 배새린이 애써 웃는 게 보인다.

"마음 써 주셔서 감사합니다, 회장님."

어제 다행히 재난은 시작되지 않았고, 배새린은 동이 틀 무렵에야 미류 언니의 손에 이끌려 집으로 돌아왔다. 그리고 이본영 회장이 보낸 리무진을 타고 이 저택으로 오는 동안 내게 딱 한 가지를 물었다.

"어제 훔쳐본 내 편지 내용, 다른 사람한테 말했어?"

"아니. 말해 주길 원했어?"

배새린이 창밖을 응시하며 읊조렸다.

"말하기만 해. 전초밤 너 내가 죽여 버릴 거야."

그 덕분에 나는 지난밤 배새린에게 지껄인 말을 사과할 필요가 없어졌다. *너를 키워 준 부모에게서 받지 못했던 사랑을 보상받겠*

다고 고해리의 삶을 훔치고, 이제는 내 삶을 뺏으려 드는 거냐고!
이후 우리는 한마디도 더 나누지 않았다.

이본영 회장의 부드러운 손이 우아하게 내 손을 붙잡는다.

"초밤 양을 길러 주신 할머니께서 몸이 편찮으시다고 들었어요. 그래서 초밤 양 댁에 찾아뵐 때 제 주치의도 대동하면 어떨까 싶은데."

이본영 회장과 눈을 맞추는 것만으로도 심장이 빠르게 뛰면서 숨이 막힌다.

"아뇨…… 그러실 필요 없습니다."

정신이 흐트러지지 않도록 집중해 보지만, 이본영 회장이 잡은 내 손이 눈에 띄게 바들바들 떨린다.

"초밤 양, 어디 안 좋아요?"

이본영 회장이 내 안색을 살피며 작게 속삭인다.

"가서 **거울**이라도 한번 보고 올래요?"

정신이 아득해진다. 코끝에 썩은 비린내가 느껴지고, 온몸의 핏줄이 터져 나가는 듯한 고통과 함께 내 몸이 바닥으로 푹 쓰러진다. 이명이 들리면서, 놀라 웅성대는 주변 소리가 아득하게 느껴진다. 나를 일으키려는 유 경호원의 손길이 닿은 곳이 불에 덴 것처럼 아프다. 나는 아랫입술을 꽉 깨물며 신음을 참는다.

"하아……."

번쩍거리는 세면대를 붙잡고 서서 힘겹게 숨을 고른다.

그나마 다행인 것은 많은 사람이 보는 앞에서 이본영 회장의 값

비싼 연회복에 토하지는 않았다는 점이다. 살짝 열린 화장실 문틈으로 배새린의 퉁명스러운 목소리가 끼어든다.

"적당히 했으면 이제 좀 가자. 너 때문에 나까지 여기서 벌서는 거 진짜 짜증 나거든?"

오찬장과 가까운 티 룸 화장실로 나를 데리려 온 건 유 경호원이지만, 이후 내가 정신을 차릴 때까지 기다린 건 배새린이다.

"누가 너보고 거기 있으래? 먼저 가, 제발 좀."

배새린이 땅이 꺼질 듯 한숨을 쉰다.

"너만 두고 나 혼자 돌아가면 모양새가 이상하잖아. 남들이 보기에."

"어차피 남들이 보기에도 평소 우리가 그다지 가깝진 않아."

나랑 더 말을 섞고 싶지 않아 조용해진 줄 알았더니, 어느새 티 룸에 나타난 이본영 회장이 배새린을 오찬장으로 돌려보낸다.

"초밤 양을 걱정하는 그 마음은 잘 알지만, 새린 양은 이만 오찬장으로 돌아가 봐요. 손님이 이리 계시니 제가 영 마음이 불편하네요."

배새린이 예의상 괜찮다고 거절하며 웃는다.

이런 날이 올 줄 몰랐는데, 배새린이 제발 나만 두고 가지 않았으면 좋겠다. 하지만 배새린은 이내 못 이기는 척 티 룸을 떠난다.

하, 그럼 그렇지. 네가 나한테 도움이 될 리가.

이본영 회장이 만족스러운 미소를 지으며 금으로 번쩍이는 화장실 안으로 들어선다.

"너라는 아이는 전날 그런 일을 겪고도 반드시 오찬장에 나타나리라 생각했어. 애초에 그런 성격 때문에 문제를 자초했으니 말이야."

완벽하게 틀어 올린 머리를 매만지며 이본영 회장이 덧붙인다.

"물론 나도 오늘 널 꼭 만나고 싶었단다. 최면의 효과를 직접 확인해 보고 싶었거든."

나는 여전히 세면대를 짚고 서서 숨을 몰아쉰다.

"나한테 왜 이래요? 그냥 죽이긴 꺼씸해서 고문을 좀 하고 싶은 건가?"

내 옆에 나란히 선 이본영 회장이 거울을 통해 나와 눈을 맞춘다. 이본영과 **거울**. 이 둘의 조합만으로도 또다시 고통이 시작될 수 있다는 두려움에 사로잡힌다. 나는 어쩔 수 없이 그녀의 시선을 피하며 손에 경련이 날 정도로 세면대를 꽉 붙잡는다.

이본영 회장이 낮은 웃음을 흘린다.

"아가, 난 널 죽이지 않아."

"뭐?"

"뭐든 죽으면 미화되는 법이잖니. 쓰레기 같은 놈에게도 추종자가 생기고, 어쭙잖은 놈도 영웅이 돼 버리지."

이본영 회장의 목소리가 서늘하게 내려앉는다.

"그래서 넌 살아남을 거란다."

"그 대신 살인자로 만들겠다? 그래서 모두에게 비난받고 미움받도록?"

"역시 똑똑하구나. 조금만 아둔했으면 좋았을 것을."

이본영 회장이 노골적인 미소를 짓는다.

"그래, 네 말대로 난 널 살인자로 만들 거야. 네가 무슨 말을 하고 어떤 행동을 하든 사람들의 눈에는 그저 사악한 어느 여자애의 허황한 짓으로 보이도록."

"날 살려 두면, 내가 당신과 당신 가족의 목에 칼을 겨눌 수도 있다는 생각은 안 해?"

나는 왜 이런 헛된 도발을 하는 걸까. 이본영이 날 죽여 주길 바라서? 그래서 나를 짓누르는 이 고통과 다가올 불행을 피할 수 있도록?

이본영 회장이 손녀에게 무리한 생일 선물을 요구받은 할머니처럼 웃는다.

"내 손주 녀석까지 죽이는 수고는 넣어 두렴. 그 애는 곧 죗값을 치르게 될 테니까."

"……이본회를 처벌한다는 소리야?"

이본영 회장이 물을 틀고 여유롭게 손을 씻는다.

"네가 나라면 그런 어리석은 녀석을 계속 후계자 자리에 둘 수 있겠니?"

"대체 왜 이렇게까지 하는 거야? 뭘 그렇게 잘못했다고……."

이본영 회장이 애처로운 눈길로 나를 바라본다.

"난 너희가 미운 게 아니란다. 내게는 이 세상의 평화와 균형을 지켜야 할 의무가 있을 뿐이야."

이본영 회장이 세면대 위에 준비된 작은 수건으로 손의 물기를 닦는다.

"너는 그저 아무것도 하지 않고 가만히 있기만 하면 돼. 내가 짜

놓은 시나리오에서 벗어나려고도, 너만의 새로운 이야기를 만들려고도 하지 말고, 그저 가만히."

이본영 회장이 내 헝클어진 머리를 귀 뒤로 넘겨 준다.

"명심하렴. 네가 이 시스템에 위협이 되는 순간, 네 곁에 있는 사람의 목이 죄다 날아간다는 걸. 그게 내 핏줄이든 네 가족이든."

"고매령은 왜 죽였어? 왜 하필 고매령이었는데."

"그 작자가 자신의 명예를 회복시켜 달라면서 감히 협상을 시도했거든. 가만히 있었더라면 널 잡는 미끼로 배새린이 사용됐을 텐데, 어린 생명 하나 살리고 간 셈이지."

"하…… 내가 배새린한테 복수하는 시나리오를 짰던 거야?"

이본영 회장이 티 룸으로 나서며 작게 덧붙인다.

"그 거울에 함부로 손대지 않도록 조심하렴. **거울 엘리베이터**와 연결돼 있거든."

이곳 거울에 처음 손가락이 들어가던 순간이 떠오른다. 썩은 비린내와 함께 가슴이 조여들면서 다시 바닥에 쓰러진다.

이본영 회장이 그런 나를 흐뭇하게 지켜보다 유유히 떠나가는 모습을 나는 고통 속에서 무기력하게 바라본다.

원수의 장례식

    오찬은 정신없이 지나간다. 아무 맛도 느낄 수 없는 음식들로 가득했던 테이블에 이제는 각자의 주문대로 준비된 차와 디저트가 놓여 있다. 내 시선은 대각선 맞은편에 앉은 이본회를 쫓는다. 이본회는 한순간도 흐트러짐 없이 완벽한 몸가짐으로 손님들과 담소를 나눈다.

    차설을 무너뜨리겠다고 조여수와 한 약속…… 지금이라도 지켜.

    조여수와의 약속을 지킨 **죄**로 이본회는 후계자 자리에서 물러나게 될 것이다. 그다음에는? 물러난 후계자는 어떻게 되지?

    이본심 부회장 이전에 후계자 자리에 있었던, 이본영 회장의 장남 이본일이 떠오른다. 그는 자발적으로 물러났고, 이후 그가 오랜 투병 생활을 해 왔다는 것이 갑작스럽게 밝혀졌다. 그로부터 얼마 지나지 않아 국장이 치러졌다.

    이본일은 정말 투병했었던 걸까?

    즐겁게 웃고 떠드는 사람들 속에서 괴로움을 숨기기가 점점 더 힘들어져 화장실을 핑계로 자리를 뜬다. 티 룸을 지나 복도를 따라 걷다가 창문처럼 생긴 작은 문을 발견한다. 문을 열고 밖으로 나가자 완벽하게 가꿔진 정원으로 이어진다.

푸른 여름 향을 들이마시니 속이 아주 조금이나마 편해지지만, 이내 이 공기 역시 돔에 갇혀 있다는 생각이 든다. 세상을 자유롭게 흘러 다니는 진짜 공기를 마시고 싶다.

"여기서 혼자 뭐 해?"

갑자기 들려온 목소리에 소스라치게 놀라 돌아보니 이본회가 장난스럽게 눈썹을 들어 올린다.

"미안, 놀랐어?"

"아, 잠깐 바람 좀 쐬려고."

이본회가 내 옆에 나란히 서서 넓게 펼쳐진 정원을 바라본다.

"그때 말한 덫의 정체는 알아냈어?"

나 역시 너에게 묻고 싶은 게 있어.

"그날 나한테 했던 말, 무슨 뜻이었어?"

도저히 벗어날 수 없는 상황에서는 너 자신을 속여.

"벗어날 수 없는 상황에서는 무조건 순응하라는 거야? 반항하려 들지 말고?"

그럼 이본영 회장이 조금 전 내게 한 말과 같은 뜻이 된다.

"뭐?"

이본회는 미간을 살짝 찡그리고, 나는 나도 모르게 아주 조금 공격적으로 묻는다.

"그날 생방송 직전에 우리가 나눈 통화 내용, 누구한테 말한 적 있어?"

이본회의 눈빛에 경계심이 깃든다.

그날 내가 이본회를 설득한 대화는 그 어떤 드라마나 언론에서도 공개되지 않았다. 그런데 이본영 회장은 어떻게 이본회의 죄를 알고, **나의 죄**를 알았을까. 이본영 회장이 그날의 필름을 불법적으로 열람했을 수도 있지만, 이본회가 이실직고했을 가능성도 있다. 그날 이본회는 이본의 대표 자격으로 그곳에 있었으니까.

이본회가 우리 뒤에 서 있는 거대한 저택을 돌아보며 목소리를 낮춘다.

"이렇게 탁 트인 장소에서 할 얘기는 아닌 것 같다."

"……그래, 조심하는 편이 좋겠지."

내가 먼저 돌아서며 들릴 듯 말 듯 작게 속삭인다.

"이본회 너도 조심해."

집으로 돌아가는 리무진 안은 나의 건강 상태에 아무런 관심이 없는 배새린 덕분에 조용하고, 나는 마른 입술을 뜯으며 스스로에게 묻는다.

정말 이본회가 이본영 회장에게 말했다고 생각해? 그 애가 직접 나를 이 불행에 던져 넣었다고?

의문은 우리 집 앞에 다다르며 다른 문제로 넘어간다.

"……뭐야?"

배새린의 말이 끝나기 무섭게 눈부신 카메라 플래시가 리무진의 짙은 색 창문을 뚫고 들어온다. 기자들이 차체를 쾅쾅 두드리며 크게 소리친다.

"차귀방 씨 사망 소식, 들으셨습니까! 한 말씀만 해 주시죠!"

배새린의 놀란 눈이 나를 마주 보고, 바로 이어지는 또 다른 외침에 내 심장이 쿵 내려앉는다.

"고매령이 실종됐다는 속보도 보셨나요!"

"그 두 사람의 소식에 대해 미리 알고 있는 내용은 없으셨습니까!"

"지금 기분이 어떠십니까!"

배새린이 원망 가득한 눈으로 나를 본다.

"어제 뭐라고 했지? 전초밤 너로 추정되는 사람이 우리 할머니를 칼로 찔렀다고 했던가?"

차 문을 잡는 배새린의 손을 내가 다급하게 가로막는다.

"무슨 소릴 하려고!"

배새린이 나를 한심하다는 듯 바라보며 고개를 젓는다.

그때 우리가 탄 리무진 뒤로 승용차 한 대가 멈춰 선다. 우산 두 개를 펼쳐 방패처럼 든 차향이 차에서 내려 기자 떼를 뚫는다.

"비켜요, 비켜!"

거실의 하얀 커튼 너머로 플래시가 잔상처럼 계속되고, 기자들의 아우성이 끊임없이 이어진다. 미류 언니가 우릴 진정시킬 차를 내오며 걱정스러운 표정을 짓는다.

"너희가 오찬장에 간 동안 기사가 연달아 터졌어. 차귀방 사망은 연명 치료를 중단한 결과라는 발표가 나왔는데, 고매령 실종은 아직 자세한 내용이 하나도 없어서 괜한 억측이 난무하는 모양이야."

이로써 전초밤을 살인자로 추락시키려는 이본의 시나리오가 공식적으로 시작됐다.

배새린이 비아냥거리듯 내게 묻는다.

"이제 어쩔 거야?"

나는 빛이 번쩍이는 커튼을 등지고 선 차향을 바라본다.

"……아줌마."

"왜, 뭐 필요해?"

"고매령 살해 장면……."

심장께가 뻐근해진다.

"편집하지 말고 전부 다 내보내 줘."

"뭐?"

돌처럼 굳어 버린 차향과 미류 언니의 얼굴을 물끄러미 바라본다.

어차피 나는 이본영 회장의 시나리오에서 벗어날 수 없다. 벗어나려 애쓸수록 더 많은 사람이 함께 희생될 뿐.

도저히 벗어날 수 없는 상황에서는 너 자신을 속여.

그래. 이게 최선이야, 전초밤.

*

앞차가 깜빡이도 켜지 않고 우리 앞으로 갑자기 끼어들자 차향이 창문을 내리고 거친 언사와 삿대질을 선사한다.

"야! 죽으려면 너나 곱게 죽어!"

미류 언니가 운전석에 달린 버튼으로 조수석 창문을 올리자 차향이 고개를 안으로 급히 집어넣는다.

"왜! 저 차가 잘못했잖아!"

"언니 지금 지나치게 흥분했어."

"조미료 너는 지나치게 차분해!"

미류 언니가 복잡한 표정을 숨기며 핸들을 꽉 쥔다.

"나는…… 원수가 죽은 거잖아. 언니는 할아버지가 돌아가신 거고."

미류 언니는 원수라는 단어를 말하며 차향에게 미안한 기색을 보인다.

"조미료. 너 내 앞에서 우리 할아버지 욕할 때 눈치 보지 말랬지."

차향이 팔짱을 끼며 앞을 응시한다.

"너한테 천박해 보이기 싫어서 그나마 할아버지라고 불러 주는 거지, 나 이미 오래전에 그 인간하고 연 끊었어. 사실 인간 취급조차 하기 싫다고."

사흘간 이어진 차귀방의 장례식에 코빼기도 내비치지 않았던 차향이 오늘 하관식에 참석하기로 마음먹은 것은 순전히 미류 언니가 고민 끝에 내뱉은 말 때문이다. "차귀방이 정말 죽었는지 내 눈으로 확인해야 믿을 수 있겠어. 그 사람은 절대 죽지 않을 줄 알았거든." 차향은 미류 언니가 원하면 관 뚜껑이라도 열어 주겠다며 곧바로 자동차 키를 집어 들었다.

하지만 미류 언니는 모두가 일을 나간 집에 나 혼자 두고 가는 걸

망설였고, 차향은 그 말을 듣고도 나와 눈도 마주치지 않았다.

고매령 살해 장면……. 편집하지 말고 전부 다 내보내 줘. 그날 내가 그렇게 말했을 때 차향은 끝내 무릎을 꿇었다. "너 힘든 줄 아는데, 제발 이러지 마. 이거 아니야, 전초밤." 하지만 나는 그 장면을 드라마로 내보내지 않으면 차향을 편집권 남용으로 경찰에 신고하겠다고 으름장을 놓았고, 더는 나와 말이 안 통한다고 판단한 차향은 이후 사흘간 아무 말도 건네지 않았다.

어쨌거나 나는 선뜻 미류 언니와 차향을 따라나섰다. 나 역시 차귀방의 관에 대고 처음이자 마지막 인사를 건네고 싶었다. 당신으로 인해 이 세상에 태어났다는 걸 내가 두고두고 억울해하겠다고, 그러니 지옥에 가서도 당신의 천벌은 끝나지 않을 거라고.

"향아!"

검은 상복을 입은 차솜 선생님이 한걸음에 달려와 차향의 손을 쥐더니 나와 미류 언니를 보고 말끝을 흐린다.

"두 사람이 여길 어떻게……."

"안녕하세요."

나는 선생님에게 허리를 꾸벅 숙여 인사한다.

"그래, 잘 지냈지? 꿰맨 자리는 이제 흔적도 안 남았네."

"네, 덕분에요."

생방송 스튜디오를 습격하던 날 나는 부조정실에 있던 기술 감독에게 묵직한 유리컵으로 눈썹 뼈를 얻어맞았고, 이후 일곱 바늘을 꿰맸다. 차솜 선생님은 능숙하게 살을 꿰매며 부분 마취 중인 나에게 미안하다고 용서를 빌었다. 자신은 배새린이 진짜 고해리인 줄 알았다고, 그래서 배새린을 도왔고 나를 위험에 처하게 했다고 사과했다. 그러면서 자신의 언니와 할아버지가 저지른 잘못도 함께 사과하고 싶다고 했다. 나는 차솜 선생님의 대리 사과를 받아들이지 않았다.

"어머, 저기 그 막내 손녀 아니에요?"

우리 셋을 발견한 조문객들이 입을 가리고 낮게 수군거리기 시작한다. 차귀방의 마지막 가는 길을 지키는 사람들은 가족을 포함해 열댓 명 남짓. 최고 명예 훈장을 받으며 한때 모두에게 존경받던 디렉터의 장례식치고는 조촐한 규모지만, 그 모든 명예가 오물보다 더한 업보로 더럽혀진 차귀방에게 그래도 마지막 예의를 차리려는 동료 디렉터들이 남아 있다니 놀랍다.

"하관식만 조용히 보고 금방 갈게요."

미류 언니가 차솜 선생님에게 예를 갖춰 고개를 살짝 꾸벅인다. 차귀방 가족이 고용한 사설 경호원에게 밀려난 기자와 카메라 들이 특종을 잡아내려 먼발치서 애를 쓰고 있다.

구름 한 점 없는 하늘에서 뜨거운 정오의 태양이 내리쬔다. 차귀방의 관을 묻을 못자리를 파내는 사람들의 얼굴에서는 땀이 줄줄 흘러내린다. 그중에는 차귀방의 아들이자 차향의 아버지인 차준혁 디렉터도 포함돼 있다.

"향이 너도 가서 한 삽 풀래?"

차솜 선생님이 차향에게 하소연하듯이 말한다.

"사실 못자리를 우리가 나서서 파야 할 필요는 없는데, 너도 아빠가 원래 좀 이상한 데에 집착하는 거 알지? 할아버지를 기리는 마음으로 우리도 각자 조금씩 퍼내야 한다고 저 난리야."

"그래, 좋네. 손녀 된 도리로서 우리 할아버지 제대로 묻어 드려야지."

차향이 한 걸음씩 내디딜 때마다 조문객들이 두 마디씩 거든다.

"이야, 뻔뻔도 하다. 여기가 어디라고 저 낯짝을 들이밀어?"

"저 때문에 제 언니는 병원에서 어깨도 못 펴고 다니는데, 뭘 잘했다고 고개가 저리 뻣뻣한지."

디렉터들은 자신의 망언이 필름으로 길이길이 남거나 시청자에게 평가당할 걱정 없이 어떤 말이든 할 수 있다.

"쯧, 차 감독님이 손녀 교육을 잘못시키셨지. 디렉터 출신이면서 어떻게 같은 디렉터를, 그것도 제 할아버지랑 언니를 저격할 수가 있느냐고."

그다음 일은 순식간에 벌어졌다. 차향이 누군가 땅에 던져 놓은 삽을 집어 들고 차귀방의 관으로 다가가더니, 관 뚜껑 밑으로 삽을 찔러 넣고 지렛대 삼아 뚜껑을 활짝 열어젖혔다.

"할아버지! 나 왔어, 향이."

저 멀리서 카메라 플래시가 펑펑 터지며 반쯤 광기 어린 차향의 미소를 열심히 담는다.

"이야, 의식도 없이 병원에서 몇 년씩 누워만 있어서 그런가? 울할배는 튜브나 꽂고 겨우 연명하시던 분이 참 뒤지게 때깔이 좋으시네. 짜증 나게."

차향의 손에 들린 삽이 허공에 위협적으로 치솟는다.

"너 이게 할아버지한테 지금 뭐 하는 짓이야!"

흙구덩이 속에서 삽질에 열을 올리고 있던 차준혁 디렉터가 삽을 내팽개치고 두 팔로 땅바닥을 짚는다. 그가 한달음에 뛰어올라 차향을 말리려 하지만, 대책도 없이 깊이 파 버린 구덩이에서 도움닫기도 없이 훌쩍 뛰어오르기란 쉽지 않다. 문턱에 걸린 새끼 강아지처럼 낑낑거리며, 차준혁 디렉터가 시뻘게진 얼굴로 소리친다.

"너 당장 삽 안 내려놔!"

누군가는 차준혁 디렉터에게 작은 사다리를 건네주려 하고 누군가는 그의 팔을 우악스럽게 붙잡아 끌어 올리려 한다.

웃기지도 않은 그 광경 속에서 몇몇 이들이 차향의 팔을 한 짝씩 붙잡고 저지한다.

"이거 놔! 안 놔?"

차향이 사람들에 의해 결박된 채로 바둥거리자 미류 언니가 재빠르게 튀어 나간다.

이어 탁, 슬레이트가 내리치는 소리를 들으며 한 박자 늦게 미류 언니의 뒤를 따르는 내 발을 검은 구두가 태연하게 가로막는다.

그 발에 걸려 몸이 앞으로 퍽 고꾸라진다. 잘 관리된 잔디밭이 쿠션 노릇을 해 크게 아프지는 않지만, 난데없이 시비를 걸어온 상대를 본능적으로 노려본다.

"우리 집안싸움에 너까지 낄 필요 없어."

차솜 선생님과 마찬가지로 검은 상복을 갖춰 입은 차설이 눈앞의 광경을 건조하게 바라보다 내게 시선을 내린다.

세상을 바꾸는 일

"당신이 어떻게 여길⋯⋯."

"극악무도한 범죄자도 인간의 도리는 지켜야 한다더라고."

차설이 팔짱을 풀고 자신의 오른 손목을 들어 보인다. 피치 못할 사유로 구치소나 교도소를 잠시 벗어나야 하는 수감자에게 채워지는 위치 추적용 팔찌가 채워져 있다.

오랜만에 마주하는 호박색 눈동자가 묻는다.

"잘 지냈니?"

되도 않는 안부 인사에 내가 코웃음을 터뜨린다.

"이제 죄는 죽은 할아버지한테 다 떠넘기면 되겠다 싶어서 속이 편한가 봐요?"

스노볼 돔 천장에 달린 눈부신 태양 탓에 바닥에 주저앉은 나를 내려다보는 차설의 표정이 제대로 보이지 않는다.

차귀방의 관 주변에서 얽히고설킨 사람들이 서로에게 소리를 질러 댄다. 그중 목소리가 가장 큰 사람은 차향이다.

"땅에 묻긴 뭘 묻어! 이 주변 풀까지 싹 다 말려 죽일 일 있어? 그냥 태워! 뼛가루도 괜한 데 뿌리지 말고, 유골이라도 감방에 처넣으라고!"

모두의 시선이 차향에게 쏠린 틈을 타 차설이 차분히 입을 뗀다.

"아무래도 고매령은 단순 실종이 아니라 신변에 문제가 생긴 것 같던데."

덜컥 멎어 버린 숨을 들키지 않으려 표정을 관리한다. 역광이 차설의 얼굴에 어두운 그늘을 드리운다.

"관련해서 아는 거 있니?"

조용히 마른침을 삼킨다.

"왜 내가 뭘 알고 있을 거라 생각해요? 혹여 내가 뭔가를 알고 있다고 해도, 그걸 왜 당신한테 말해야 해?"

"고매령에게 무슨 일이 생겼다면 너도 위험해."

설마, 돌아가는 상황을 어느 정도 파악하고 있는 거야?

호랑이 같던 예전 눈빛과 한 치도 달라지지 않은 호박색 눈동자가 나를 서늘하게 응시한다.

"이본 미디어 그룹은 재판부를 통해 내 편집권을 임시로 정지시키는 데 그쳤어. 디렉터로서의 지위는 박탈시키지 않았지. 아직 재판 결과가 나오지 않았기 때문에 나를 범죄자 취급할 수 없다는 명분을 내세웠지만, 실은 내가 디렉터직을 유지해야 본인들에게 유리하기 때문이야."

"그게 왜 이본에 유리해?"

"디렉터 지위를 박탈하면 나에게도 너희처럼 **임시 액터** 신분을 부여해야 하잖아. 신분이 없는 자는 스노볼에 남아 있을 수 없고, 재판을 받을 수도 없으니까."

차설은 자신이 액터가 될 경우 일어날 일을 설명한다. 사상 최초, 디렉터에서 액터로 추락한 차설의 드라마는 모두의 관심사가 될 것이다. 차설이 디렉터의 자리에서 어떤 극악무도한 짓을 어떤 방식으로 자행해 왔는지, 시청자들은 재판장에 선 검사의 입을 통해서가 아니라 차설의 목소리와 앞으로의 삶으로써 알아 가고 싶을 테니까.

"내 드라마는 그간 쉬쉬해 왔던 디렉터의 만행을 만천하에 공개하는 꼴이 될 테니, 이본으로서는 절대 용납할 수 없을 거야. 이본에게 가장 중요한 건 스노볼 시스템이 공정하고 평화롭다는 점을 모두가 믿고 따르는 일이니까."

그건 나 역시 알고 있다.

나를 조여수라고 생각하던 순간조차 이본회는 그런 말을 했다. *스노볼을 지탱하는 건 공정한 시스템입니다.*

스노볼이 공정하다는 믿음이 무너진다면 액터들은 자신의 사생활을 지금처럼 기꺼이 포기하진 않을 테고, 그럼 바깥세상의 시청자들은 스노볼의 따뜻함을 소수만이 누리는 현실에 불만을 품을 것이다.

그렇게, 세상의 균형과 평화가 깨어질 것이다.

차설의 낮은 목소리가 나를 붙들어 맨다.

"이본은 자신들의 통치 시스템을 위협하는 존재를 어떤 식으로든 반드시 처리해."

이 역시 너무도 잘 알고 있는 얘기다.

"너희 역시 이본에게는 위험이고 부담이야. **고해리 프로젝트**는 스노볼이 공정하고 평화로운 시스템 안에서 유지되고 있다는 사람들의 믿음을 위반한 사례니까. **그 사례**가 스노볼 안에서 매일 숨을 쉬고 살아가며 모두의 지지와 응원을 받고 있다는 것, 이본 입장에서 눈뜨고 지켜보기 역겨운 일이지."

"그래서요? 우리더러 몸조심하라고?"

내 목소리가 가벼운 조소와 섞여 땅 위에 내려앉는다.

"우리를 이리도 끔찍이 여기는 줄 미처 몰랐네. 당신한테 고해리는 소중해도 우리 목숨 따위는 아무 상관 없는 거 아니었어요?"

차설이 얼굴색 하나 바꾸지 않고 태연하게 답한다.

"사사로운 감정에 휘둘리지 말고 이성적으로 행동해. 세상을 바꿀 기회를 놓치지 않으려면."

숲으로 사라진 고해리에 대해 추궁하려 내가 구치소로 면회 갔을 때도 차설은 같은 말을 했다. *난 세상을 바꾸고 싶었을 뿐이야, 너희와 함께.*

잔디를 손에 잡히는 대로 쥐어뜯으며 땅바닥에서 일어선다. 흙덩어리가 잔뜩 묻은 잔디를 차설에게 집어 던진다. 고래고래 소리치며 욕을 퍼붓고 싶지만, 특종을 노리는 하이에나들에게 먹잇감을 던져 주지 말자는 생각으로 겨우 참아 낸다. 그 대신 단어 하나하나를 씹어 뱉듯 내뱉는다.

"자기 가족 장례식도 감시 팔찌에 묶여서 참석하는 주제에, 아직도 당신이 세상을 바꿀 수 있으리라 생각해? 대체 왜 그렇게 당치도 않고 멍청한 꿈에 함부로 나를 끌어들여서…… 왜 이런 지옥 같은 삶을 살게 하는데!"

나를 대신해 울어 주듯, 어디선가 매미가 시원한 울음을 내지른다.

그 소리와 함께 차설이 조용히 묻는다.

"넌 세상을 바꾼다는 게 어떤 일이라고 생각하니?"

치가 떨려 목소리의 높낮이가 조절되지 않는다.

"몇 번을 말해. 그딴 일에, 아무 관심 없다고!"

차설의 호박색 눈동자가 내 눈을 깊이 응시한다.

"영웅은 타인을 위해 세상을 구하겠지만, 평범한 사람은 자기 자신을 위해 세상을 바꾸는 거야."

"뭐?"

"나를 향한 금기와 한계를 깨기 위해, 나와 내가 사랑하는 존재들의 안전과 평온을 위해, 원래의 나라면 하지 않았을 일을 기꺼이 감내하고 이어 가는 것. 그게 세상을 바꾸는 일의 본질이야."

차설의 호랑이 같은 눈빛이 은은하게 빛난다.

"그러니까 너도 세상을 바꿔서 너 자신을 구해 내. 그게 모두를 구하는 길이야."

분노와 두려움, 그리고 정체를 알 수 없는 감정까지 뒤섞여 몸이 부들부들 떨리다 못해 움찔거린다.

"……지금 나더러 이본에 맞서라는 얘기야?"

차설이 말없이 나를 응시한다. 모든 건 나의 결정이라는 듯이. 나는 힘없이 고개를 젓는다.

"그래 봤자 더 많은 사람이 다칠 뿐이야. 그냥 나 하나 희생하면 모든 게 해결……."

"그래, 아무것도 하지 않고 그저 당하기만 하는 게 제일 쉽겠지."

차설의 시선이 먼 곳을 향한다.

"하지만 네가 오늘 한 가지를 포기했다고 해서 내일도 똑같은 상황이 이어지리라고 기대하진 마. 내일이 오면 이본은 네게 두 가지를 포기시킬 거고, 모레가 오면 세 가지를 포기시킬 거야. 그렇게 네 세상은 점점 더 나빠질 테고, 결국 네가 마지막까지 지키려 했던 것마저 모조리 빼앗기겠지."

두 눈을 질끈 감는다.

"……그렇게 되도록 둘 순 없어."

내 안의 깊은 곳에서부터 차오르는 떨림에 흔들리지 않으려 땅을 딛고 선 두 다리에 더욱 힘을 준다.

차향 쪽에서 벌어진 소동이 정리되어 가자 몇몇 디렉터가 우리 쪽을 힐끔거린다. 차설은 상복에 묻은 잔디 흙을 무심하게 털어 내며 내게 한 걸음 거리를 둔다.

"생방송 폭로 직전에 네가 어떻게 이본회를 설득했는지는, 물을 시간도 없고 네가 답하지 않을 것도 알아."

나와 차설이 나란히 서 있는 걸 발견한 이들이 옆 사람의 옆구리를 찌르며 우리 쪽으로 턱짓을 한다. '봐, 저기 또 다른 구경거리가 있어.'

차설이 목소리를 더욱 낮추며 빠르게 말한다.

"그때 네가 이본회를 굴복시킨 협상 카드가 뭐였든, 거기서부터 시작해 봐."

생방송 폭로를 저지하고 나선 이본 그룹의 대표를 꺾으려 그날 내가 제시한 **협상 카드**.

거울 엘리베이터와 지하 발전소를 생각하자 푸른 눈썹 남자에게서 풍기던 썩은 비린내가 잔디 냄새에 진하게 섞여 든다.

입 안에 시척지근한 침이 고이는가 싶더니 명치를 쥐어짜는 강한 압력이 느껴진다. *기억은 고통이 되리니!* 고통의 역류를 어떻게든 참아 내려 하지만, 난 또다시 자리에 주저앉고 만다.

"야, 초밥!"

차설과 두어 걸음 떨어진 자리에서 빈속을 게워 내는 나를 발견한 차향이 부리나케 뛰어온다. 나는 괜찮다는 의미로 재빨리 왼손을 들어 올린다.

어느새 곁으로 다가온 미류 언니가 내 등을 쓸어내리고, 차향은 냅다 차설의 멱살을 잡는다. 차설이 차향보다 머리 하나가 더 큰 탓에, 멱살을 붙잡힌 차설이 아닌 차향이 까치발을 들고 눈을 부라린다.

"내가 애 건들지 말라고 했지!"

정적이던 차설의 얼굴 근육이 처음으로 꿈틀거린다.

"너도 이제 곧 서른둘이야, 사람들 앞에서 이러면 창피하지도 않니."

"나한테 이래라저래라 하지 마. 언니 너나 인생 똑바로 살아!"

입에 묻은 위액인지 침인지를 손등으로 닦으며 생각한다. 나이를 몇이나 먹든 형제자매의 싸움은 언제나 유치하다.

차설이 차향의 손을 툭 쳐 내며 내게 묻는다.

"전초밤, 너 왜 그래? 어디 안 좋아?"

"……자꾸만 썩은 비린내가 나서."

내 안색을 살피던 미류 언니의 미간에 깊은 주름이 잡힌다.

"썩은 비린내?"

그 이상은 얘기할 수 없다. 파란 눈썹과 최면을 떠올릴 때면 반드시 거울 엘리베이터가…….

우욱, 잔디밭을 향해 또다시 허리를 숙이며 손으로 입을 틀어막는다. 차설과 미류 언니의 시선이 허공에서 마주친다.

"조미류 씨도 비슷한 증세를 겪은 적 있죠?"

"설마 초밤이도……."

차설이 우리에게 몰린 시선을 의식하며 짧게 말을 줄인다.

"그래, 조미류 씨가 추측하는 그 일이 맞을 거예요."

차설이 주변을 둘러보더니 말한다.

"향이가 펼친 쇼의 약발이 다한 모양이네."

자식 교육이 아직 안 끝났다며 길길이 날뛰는 차준혁 디렉터의 팔을 붙잡고 쩔쩔매는 차솜 선생님을 제외하면, 차귀방의 관 주변에 서 있는 모두가 우리를 바라보고 있다. 우리 넷이 어떤 대화를 나누는지 듣고 싶어 귀가 쫑긋거리는 모양새다.

"그만 가 봐요. 전초밤은 일단 그 **불법 의료원**에 한번 데려가 보고."

차설의 말에 미류 언니가 꽤 놀란 눈으로 되묻는다.

"불법 의료원이라뇨?"

조문객 쪽으로 걸음을 옮기는 차설의 얼굴에 왜 모른 척이냐는 미소가 아른거린다.

"무면허 의사가 액터만 상대로 영업한다는 곳 있잖아요. 디렉터들은 절대 찾을 수 없는, **신기루 병원**."

차설은 뒤 한번 돌아보지 않고 그대로 조문객 무리에 섞인다. 나는 쓰라린 속을 쓸어내리며 속으로 묻는다.

차설, 당신은 대체 뭘 위해서 세상을 바꾸려는 건데?

물을 내리면 신기루가

차향이 미류 언니를 다그치며 갑작스레 핸들로 손을 뻗는다.

"당장 유턴해!"

"초밤아, 뒤에서 언니 잡아!"

나는 재빨리 차향의 두 팔을 조수석 등받이에 결박한다.

"아줌마! 차귀방 저승길 따라가려 환장했어?"

차향의 마음을 모르는 바는 아니었다. 지금 막 미류 언니가 자신 역시 **최면**을 당한 적이 있다는 얘기를 꺼냈으니까.

스노볼에서 퇴출당하던 날, 미류 언니는 소름 끼치도록 생생하고 이상한 **꿈**을 꾸었는데, 집으로 돌아가는 기차 안에서 차귀방의 얼굴을 떠올리는 순간─그날 자 호선의 기관사였던─조웅 아저씨의 냉동 김밥에 토를 하고 말았다.

스노볼에는 도시 괴담 같은 이야기가 떠돌았다. **인위적인 트라우마**를 일으키는 최면 기술을 이용해 액터의 입을 막는 디렉터가 있다더라. 진짜 그런 최면이 가능하다면, 미류 언니는 차귀방이 자신에게 그 최면을 걸지도 모른다고 생각했다.

그리고 그 최면은 실재했다.

고향으로 돌아간 미류 언니는 차귀방의 얼굴만 떠올려도 식은땀이 흐르고 심장이 조여들었다. 스노볼에 관해 무엇이든 입 밖으로 꺼내려 하면 속이 역류해 말문을 뗄 수조차 없었다. 그런 인위적 트라우마가 시작될 때면 지독한 곰팡내가 환각으로 느껴졌다.

"머릿속에 그 매캐하고 퀴퀴한 냄새가 퍼지면 숨조차 제대로 쉴 수 없는 상태에 빠지곤 했어."

쿠퍼 라팔리가 운전하는 리무진에 치인 그날도 그랬다.

검은 리무진요? 언니도 스노볼에서 온 사람들 만났어요?

아악!

왜, 왜 그래요! 머리도 다친 거예요?

그거…… 제발 말하지 마요, 머리가 깨질 거 같아.

언니의 경우 '차귀방'과 '스노볼'이 트리거였다.

"그딴 식으로 네 입을 막은 거야? 네가 스노볼에서 당한 일을 입도 벙긋 못 하게 하려고?"

여전히 내게 팔이 붙잡힌 차향이 발로 글로브 박스를 쾅쾅 찬다.

"차 돌려! 나 지금 가서 그 인간 부관참시라도 해야겠으니까, 당장 차……."

"언니, 모르겠어?"

미류 언니가 목소리를 높이며 차향을 진정시킨다.

"나 지금 스노볼에서 이렇게 살아 있잖아. 전에는 생각만 해도 죽을 것 같던 곳에서 다시 멀쩡히 살고 있어."

나의 초대를 받고 스노볼로 오는 비행기 안에서, 미류 언니는 비행기가 스노볼 돔에 부딪혀 폭발하는 환상에 정신을 잃었다. 그리고 다시 눈을 떴을 때는 이미 출입국 관리소 앞에 도착해 있었고, 스노볼을 떠올리기만 해도 발동되던 오랜 트라우마는 거짓말처럼 사라져 있었다.

"지금 우리한테 중요한 건 초밤이야, 언니. 내 증상이 갑자기 사라졌듯이 초밤이한테도 치료 방법이 있을 수 있잖아."

분노를 삭이는 거친 숨소리와 함께 차향이 겨우 잠잠해진다. 미류 언니는 계기판 옆에 달린 시계를 확인하며 액셀을 더 세게 밟는다. 면허도 없는 의사가 액터만을 상대로 영업한다는 **신기루 병원**은 차귀방의 하관식이 진행된 추모 공원과 정반대 방향에 자리 잡고 있었다.

"야, 초밥."

차향이 사흘 만에 먼저 내게 말을 건다.

"아까 차설하고 무슨 얘기 했어?"

나는 계기판 옆 동그란 시계 안에 숨어 있는 카메라 렌즈를 응시한다. 액터들의 필름을 절대 열람하지 않는다는 이본 미디어 그룹의 주장이 사실일까?

"뭐…… 그냥."

난 이제 그 말을 믿지 않는다.

차향이 앞만 보고 앉아 무심하게 묻는다.

"너 정말 나 신고할 거냐?"

"뭐?"

"고매령 살해 장면 안 내보내면 편집권 남용으로 신고하겠다며."

"그래서 이번 주 방영분에 넣었어, 안 넣었어?"

「나, 너, 우리」가 방영되는 요일은 토요일과 일요일. 만약 돌아오는 일요일에도 그 장면이 들어가지 않는다면 이본영 회장은 내가 차향과 손을 잡고 자신의 시나리오에서 이탈했다고 간주할 것이다.

차향이 고개를 돌려 나를 빤히 쳐다본다.

"안 넣었고, 안 넣을 거야."

나는 아무 반응도 하지 않는다.

내일이 오면 이본은 네게 두 가지를 포기시킬 거고, 모레가 오면 세 가지를 포기시킬 거야. 그렇게 네 세상은 점점 더 나빠질 테고, 결국 네가 마지막까지 지키려 했던 것마저 모조리 빼앗기겠지.

이본영 회장을 자극하고 싶진 않지만, 가만히 앉아 그녀의 시나리오에 휘둘릴 수만도 없다.

"성인 둘, 청소년 하나요."

반원형으로 뚫린 매표소 구멍으로 돈을 밀어 넣으며 미류 언니가 묻는다.

"오늘 **특별 전시관**은 몇 번이죠?"

부스 너머에 앉아 유니폼으로 열심히 안경의 얼룩을 닦던 남자가 안경을 바닥에 떨어뜨리곤 미류 언니를 슥 올려다본다. 시력이 많이 안 좋은지 눈을 거의 감듯이 가늘게 뜬다.

"아, 오늘 특별 전시는 3번과 4번이고요, 학생증 있으면 할인받으실 수 있어요."

직원이 팔을 바닥으로 쭉 뻗어 더듬거리며 설명을 이어 간다.

"그리고 디렉터 분들께는 모든 전시 공간에 입장할 수 있는 특별 관람권을 발급해 드립니다."

직원은 안경을 찾아 계속 바닥을 더듬거리고, 차향은 매표소 구멍으로 자신의 편집실 열쇠를 내보인다. 디렉터에게 이런 혜택은 스노볼에서 흔한 일이다.

직원은 안경 찾기를 포기하고 차향의 열쇠를 들어 코앞에서 자세히 확인한다. 그러고는 안경 없이도 능숙하게 입장권을 뽑는다.

"네, 여기 있습니다. 특별 관람권을 소지한 분은 오른쪽 입구로, 일반 관람객은 왼쪽 입구로 들어가시면 됩니다."

차향이 어색한 연기 톤으로 말한다.

"아, 아쉽다. 나만 모든 전시관을 구경할 수 있네."

미류 언니는 오늘의 특별 전시관 번호를 재차 확인하고 직원은 다시 한번 3번과 4번이라고 친절하게 일러 준다.

"특별 전시관에서는 레버를 내려서 꼭 방향제를 작동시켜 보세요!"

우리 바로 앞에서 입장권을 구매해 간 여자가 잠시 우리 쪽을 힐 긋거리다가 왼쪽 입구로 걸어간다.

박물관 내부는 미로가 따로 없었다. 여러 갈래의 복도는 똑같이 생긴 문으로 가득하고, 문에는 무작위의 숫자가 적힌 문패가 하나씩 달려 있다.

각 문을 열면 화장실이 나온다. 9번 문을 열어도 화장실, 37번 문을 열어도 화장실, 1번 문을 열어도 화장실, 22번 문을 열어도 화장실…….

나는 이곳에 온 목적을 잊진 않았지만, 호기심에 중간중간 문을 열어 다양한 화장실을 구경한다. 15번 전시관 안은 푸른 잔디밭에 하얀 변기가 덩그러니 놓여 있고, 41번 전시관은 대나무 숲 사이에 금속으로 된 변기가 놓여 있다. 안에서 문이 잠겨 열리지 않는 곳은 손잡이에 빨간 글씨가 표시돼 있다. '관람 중'.

"화장실 박물관이라니."

온갖 사람이 모여 온갖 드라마를 만들어 내는 스노볼에는 별의별 게 다 존재한다.

"여기 찾았어, 3번."

미류 언니가 문을 연 오늘의 특별 전시관에는 내 키의 두 배도 넘는 인공 폭포 옆에 옥으로 만든 변기가 놓여 있다.

"초밤이 네가 앉아서 봐, 난 서서 봐도 돼."

미류 언니가 고급스러운 청자 느낌의 변좌에 나를 앉힌다.

이 공간은 박물관 전시의 일부일 뿐이지만 스노볼의 모든 화장실이 그러하듯 가림막이 설치돼 있다. 성인의 평균 앉은키로 설정된 가림막은 내 눈높이보다 조금 높다. 가림막 안쪽에 달린 작은 모니터가 켜지고 음성 안내가 시작된다.

—장수호박물관에 오신 걸 환영합니다. 지금부터 우리 박물관의 설립 목적과 역사, 화장실의 의미와 예술성을 각 전시실의 제작 과정과 함께 탐험해 보겠습니다.

내 얼굴 크기만 한 작은 모니터에 이 박물관의 기초 토목 공사 화면이 재생된다.

─우리 박물관을 설립한 초대 관장 장수호 감독은 평생을 스노볼 드라마에 헌신한 디렉터였습니다. 그는 스노볼에서 화장실이 갖는 의미에 집중했습니다. 모든 것을 공개해야 하는 스노볼에서조차 개개인의 사생활이 보호받는 장소로…….

가림막 너머로 빼꼼 고개를 들고, 전시 칸 내부의 유일한 카메라를 슬쩍 확인해 본다. 저 방향에서는 가림막 안에 달린 이 모니터를 볼 수 없고, 화면에는 안내 음성과 전혀 다른 내용의 자막이 흘러나온다.

※주의: 안내 영상에 집중하는 척하며 상체를 앞으로 기울이세요. 가림막 아래로 몸이 전부 가려질 수 있도록 숙여야만 다음 단계로 넘어갈 수 있습니다.

"와, 아까 본 잔디랑 대나무가 모형이 아니라 다 진짜구나."

나는 영상에 집중하는 척하며 화면 바로 앞까지 몸을 숙인다. 미류 언니도 나와 장단을 맞추며 카메라를 속인다.

"아, 여기서는 이렇게 식물을 키우는구나."

"그러게, 신기하다."

─물 내림 레버를 누르면 각 전시실의 고유한 방향제가 분사됩니다. 앉아 계신 변기의 레버를 내려 자연의 향기를 느껴 보세요.

음성 안내가 이어지는 동안 화면 속 자막은 조금 다른 이야기를 전한다.

좋습니다. 지금처럼 상체를 숙인 채로 오른팔만 살짝 들어 레버를 내리세요. 다음 순간 몸이 밑으로 떨어지며 아찔한 기분이 들 수 있습니다. 이때 비명을 지르거나 소리를 내면 다음 단계가 진행되지 않습니다.

망설임 없이 레버를 내린다. 돌 위로 폭포수가 쏟아지듯 상쾌한 향기가 퍼지는가 싶더니, 전시용 변기가 나를 태운 채 아래로 쑥 꺼진다.

나는 어금니를 꽉 깨물며 겨우 비명을 참는다.

이렇게 바닥으로 쑥 꺼지는 기분 정말 싫다고오오오!

다행히도 몇 초 만에 목적지에 도착한다.

"여기가…… 병원?"

분명 박물관 바닥 아래로 떨어졌는데, 어두컴컴한 지하 공간이 아닌 조금 낮은 하늘과 너른 꽃밭이 눈앞에 펼쳐져 있다.

자리에서 일어나 난데없는 꽃밭에 발을 디딘다. 흙냄새와 꽃향기가 느껴지는 걸 보니 진짜 꽃밭이 맞는 것 같다. 하지만 고개를 들어 바라보는 하늘은 진짜 하늘 — 요즘 내가 머리 위에 이고 사는 하늘 역시 돔 스크린으로 비춘 가짜지만 — 에 비해 높이가 확연히 낮다. 정사각형으로 이어진 지평선도 이곳이 인공적 공간이라는 사실을 분명하게 만든다.

위잉, 위잉. 꿀벌 한 마리가 내 옆을 지나 한 번도 본 적 없는 생김새의 붉은 꽃 위에 내려앉는다. 근데 꿀벌이 저런 색이었나? 이제껏 스노볼에서 본 애들은 다 엉덩이가 노란색이었는데.

"어서 오세요."

둥그런 챙 아래로 망사가 길게 달린 모자를 쓴 여자가 걸어온다. 하얀 장갑을 낀 손으로 제법 큰 벌집을 들고 있다.

"해독실 찾아오셨죠?"

"아, 저는 신기루 병원……."

"네, 밖에서는 그렇게 불리지만 정확히는 **해독실**이에요."

여자는 의사들이 입는 흰색 진료 가운을 걸치고, 가슴에는 '수'라고 적힌 은색 명찰을 달았다.

내 앞에 멈춰 선 여자의 눈이 살짝 커진다.

"어? 고해리…… 아니, 그……."

"전초밤이요."

'수'가 반가운 얼굴로 묻는다.

"혼자 내려왔어요? 매표소에서는 두 사람이라고 하던데."

그때 하늘에서 보라색 수정으로 만든 4번 전시관의 변기를 탄 미류 언니가 몇 미터 옆으로 떨어진다.

"어? 저분은……."

미류 언니를 알아본 수가 왠지 모르게 기쁜 표정을 짓는다.

너른 꽃밭 한가운데 위치한 진료실은 나무로 만든 서랍장 세 개를 디귿자 모양으로 세워 다른 공간과 구분 지어 놓았다. 각 서랍장에는 텁텁하고 씁쓰름한 약재 냄새를 풍기는 손바닥만 한 크기의 나무 서랍 수백 개가 꽂혀 있다.

"평소에는 이렇게 차를 대접할 여유가 전혀 없거든요."

수가 레몬이 든 머그잔에 뜨거운 물을 붓고, 방금 채취한 벌집을 크게 잘라서 통째로 집어넣는다.

망사 달린 모자를 벗은 수의 얼굴은 나와 나이가 비슷해 보였고, 양쪽 귀에는 다양한 형태의 피어싱이 다섯 개쯤 걸려 있었다.

"두 분의 담당 디렉터가 **우리 편**이라서 좋네요. 카메라 이탈이 길어지는 걸 신경 쓰지 않아도 되니까요."

'우리 편' 차향은 이 미로 같은 박물관에서 외로이 화장실 탐방을 하고 있을 터였다.

수는 박물관에서 액터와 디렉터의 관람 동선을 철저하게 분리하고, 이본 그룹과 저택에서 일하는 액터의 명부를 매일 업데이트하는 등 해독실이 발각될 가능성을 철저하게 차단한다고 설명했다.

"벌꿀을 넣어서 그런지 더 맛있네요."

미류 언니의 칭찬에 수의 입이 귀에 걸린다. 확실히 자부심을 느낄 만한 맛이었다.

수가 한 손에는 철제 파일을, 다른 손에는 볼펜을 쥐고 목을 가다듬는다.

"진료 기록을 남기기 위해 몇 가지 여쭤봐야 해요. 먼저 이름과 나이, 스노볼 거주 기간부터 확인할게요."

"전초밤, 열일곱 살, 스노볼 거주 기간은 생방송 폭로 이후니까…… 아직 석 달 안 됐네요."

수가 고개를 끄덕이며 내 대답을 받아 적는다.

"이 해독실에 대해서는 어떻게 알게 되셨죠?"

이번에는 미류 언니가 대답한다.

"언젠가 카메라가 꺼졌을 때 딱 한 번 들은 적이 있어요. 사각지대가 모인 곳에서 물을 내리면 트라우마를 치유할 수 있다고."

사각지대가 모인 곳에서 물을 내리면 트라우마를 치유할 수 있다. 훌륭한 수수께끼다. 스노볼의 공식 사각지대인 화장실이 모여 있는 박물관. 그곳에서 물을 내리면 트라우마를 치료하는 신기루 병원으로 갈 수 있다.

미류 언니가 씁쓸한 미소를 짓는다.

"스노볼에 칠 년 동안 살면서 친구라고 부를 만한 액터가 오로지 이치엽 하나였는데…… 운 좋게 이 얘기는 들었거든요."

수가 안타까운 표정으로 말한다.

"다행이에요. 정확히 알고 정확히 찾아오셨어요."

수가 의사 가운의 옷매무새를 다듬는다.

"여기는 최면 트라우마를 치유하는 해독소이고, 저는 **해독사** 수라고 합니다. 물론 가명이에요. 각자 출근하는 요일에 맞춰 사용하는 이름이죠."

수가 파일과 펜을 내려놓는다.

"그럼 이제 치료를 시작할까요? 이쪽으로 누워 주세요."

우리가 수를 따라 진료대로 향하는 순간, 갑자기 천장에 빨간 불이 들어온다.

파랗던 하늘 스크린 전체가 빨갛게 깜빡거리며 수와 미류 언니의 얼굴, 진료실과 그 바깥에 펼쳐진 꽃밭을 전부 붉게 물들인다.

육 년 만의 재회

지하 하늘 전체가 빨간 경고 등이 되어 소리 없이 깜빡거린다. 우리를 만난 뒤로 미소가 끊이지 않던 수의 얼굴이 심각하게 굳어졌다.

"진료를 서둘러 마치라는 신호예요. 초밤 씨, 어서 누워요!"

수가 시키는 대로 진료대에 누우며 묻는다.

"이런 신호를 어디에서 보내는 거예요?"

"매표소에서요."

"아."

이 박물관에서 일하는 사람은 모두 신기루 병원을 위해 일하는 모양이다. 미류 언니가 나를 지키듯 진료대 옆에 서서 주변을 살핀다.

"왜 치료를 서두르라는 거죠?"

빨간 경고 등이 깜빡거리며 푸른 꽃밭에 핏빛을 드리웠다 거두기를 반복한다.

"……아주 가끔,"

망설이는 기색을 보이던 수가 미류 언니와 눈을 맞추고 이야기를 이어 간다.

"이본 그룹이나 저택에서 일하는 액터가 박물관을 샅샅이 뒤지고 다닐 때가 있어요. 와서 딱히 뭘 하지는 않지만, 주기적인 감시랄까요."

미류 언니가 미간을 좁히며 묻는다.

"디렉터보다 오히려 이본 쪽을 더 경계하는 건가요?"

드디어 빨간 경고 등이 꺼지고 다시 푸른 천장이 돌아온다.

"네, 디렉터들은 이 박물관을 그다지 의심하지 않거든요. 액터가 화장실 변기 위에 앉아 있는 장면은 편집 기기가 자동으로 빨리 감기를 해 주니까, 이곳에서 일어나는 일을 자세히 보는 디렉터 자체가 거의 없어요."

이본을 경계하는 사람들이 우리 말고도 더 있었구나…….

수가 어깨를 으쓱하며 얘기를 급히 마무리한다.

"자, 그럼 어서 해독을 시작……."

그때 또 한번 하늘이 빨갛게 깜빡이며 수의 말을 가로막는다. 수가 당황한 얼굴로 주변을 살핀다.

"아무래도 여기를 당장 폐쇄해야 할 것 같아요."

수가 재빨리 가운을 벗어 우리가 사용한 머그잔과 함께 커다란 트렁크에 모조리 집어넣는다.

"죄송하지만 진료는 다음에 할게요. 위에 올라가서 어떤 상황인지 파악해 보고 괜찮으면 내일이라도 다시 날짜를 잡죠."

미류 언니와 나의 시선이 마주친다. 언니가 나를 향해 고개를 끄덕인 뒤 수가 정신없이 물건을 넣고 있는 트렁크를 붙잡아 수의 행동을 멈춘다.

"저희가 내일 다시 찾아올 수 있다는 보장이 없어서요."

의아한 얼굴의 수를 향해 미류 언니가 말한다.

"이본이 오늘 이곳에 사람을 보낸 이유는 평소처럼 정찰이 아니라 초밤이 때문일 거예요."

두 번째 경고 등이 꺼지면서 수의 혼란스러운 표정이 분명하게 보인다.

"네? 이본이 초밤 씨의 뒤를 쫓아왔다는 얘기예요?"

수의 얼굴에 약간의 두려움이 어리고, 미류 언니는 트렁크에서 손을 뗀다.

"수가 우리를 위해 위험을 감수할 필요는 없어요. 그저…… 부탁이에요."

수가 나를, 이어 미류 언니를 바라본다. 그녀의 시선이 언니에게 조금 더 머무르는가 싶더니 눈빛에 확고한 의지가 깃든다. 그러고는 깊은 호흡과 함께 트렁크를 닫는다.

"초밤 씨가 정말 운이 좋네요, 오늘이 하필 수요일이라서."

수가 다시 진료대로 다가와 나를 눕힌다. 나와 미류 언니는 감사 인사를 할 겨를도 없이 그녀의 해독 준비를 지켜본다.

수는 먼저, 진료대 아래에서 손바닥만 한 작은 벌집을 들어 올린다. 노란색부터 하얀색, 파란색, 그리고 초록색과 분홍색까지 다양한 색의 줄무늬를 지닌 벌들이 달라붙어 있다.

"최면에 걸릴 때 아마 물이나 차 같은 액체류에 녹인 최면제를 투여받았을 텐데, 우리는 해독제로 벌침을 이용해요."

수는 긴 손잡이가 달린 종 모양의 유리관 안에 분홍색 벌 한 마리를 집어넣는다. 보통의 꿀벌들과 비교해 훨씬 기다란 침이 눈에 띈다.

"여기 꽃들은 유전자 조작을 통해 해독제 재료로 강화된 품종들이에요. 그 꽃들에서 꿀을 채취하는 이 녀석들 역시 그에 따라 진화했죠."

수가 내 셔츠를 살짝 걷어 올린 뒤 벌을 집어넣은 유리관 세 개를 배꼽 주변에 삼각 구도로 놓는다.

"따끔할 거예요."

수가 유리관을 차례대로 조금씩 흔들자 벌들이 침을 놓는다. 주사를 맞을 때처럼 따끔한 느낌이 한 번에 끝나지 않고 몇 초 동안 연달아 이어진다.

수가 유리관과 벌을 치우며 말한다.

"이제 해독제가 퍼져 나가면서 몸 전체가 찌릿할 거예요. 손끝과 발끝까지 따가운 느낌이 전해지면 말해 줘요."

그 말이 끝나기 무섭게 전기에 감전된 듯이 찌릿찌릿한 느낌이 배에서부터 사방으로 퍼진다.

동시에 푸른 눈썹의 썩은 비린내가 코끝으로 몰려든다. 욕지기가 치밀어 올라 재빨리 진료대 밖으로 고개를 뺀다. 초록색 위액이 섞인 침이 푸른 잔디 위로 떨어진다.

미류 언니가 나를 붙들며 수에게 묻는다.

"독소가 배출되는 과정인 거죠?"

약재 서랍을 여기저기 뒤지던 수가 놀라서 다가온다.

"이렇게 바로 뱉어 내는 경우는 거의 없는데……. 거부 반응일 수 있어요."

"거부 반응이요?"

"상대가 아주 강력한 최면제를 사용했다면……."

수는 다시 서랍장으로 뛰어가고 나는 식은땀을 흘리면서 몸을 덜덜 떤다.

불쌍하고 어리석은 것…… 결국 대가를 치르겠구나…….

푸른 눈썹의 목소리와 함께 정신이 흐려진다.

"초밤아……."

날 간절하게 부르는 목소리에 눈을 뜨자 미류 언니가 진료대 옆 잔디밭에 무릎을 꿇은 채로 내 손을 잡고 있다.

"초밤아, 정신이 들어?"

"언니…… 나 얼마나 이러고 있었어?"

"다행히 금방 깼어."

아까 보았던 유리관이 내 배에 삼각형 구도로 흡착돼 있다. 벌이 침을 꽂았던 자리에서 검붉은 피가 조금씩 뽑혀 나온다.

"수가 곧바로 중화제를 투여하고 독혈을 뽑아냈어."

미류 언니의 맞은편에 서 있는 수가 이마에 맺힌 땀을 팔로 슥 닦으며 묻는다.

"트라우마가 발동될 때마다 느껴지는 냄새가 뭐예요? 혹시 썩은 비린내 같은 악취인가요?"

"어떻게 아셨어요?"

수가 입술을 잘근 씹으며 읊조린다.

"하, **부해**였구나……."

"네?"

"부해, 썩은 바다라는 뜻이에요. 그 사람에게 최면이 걸리면 트라우마가 시작될 때마다 썩은 바다 냄새가 난다고 해서 붙은 이름이죠."

수가 면목이 없다는 듯이 말한다.

"부해의 최면은 어떤 해독사도 완벽히 치료하지 못하고요."

미류 언니가 자리에서 벌떡 일어서며 묻는다.

"그 사람, 어디 가면 찾을 수 있죠?"

수가 미안한 얼굴로 고개를 젓는다.

"부해의 정체는 아무도 몰라요. 부해에게 당하고 해독실을 찾아온 액터가 서넛 있었는데 모두 다른 묘사를 하더라고요. 누구는 노란 눈의 노인이었다고 하고, 누구는 뱀의 혀를 가진 젊은 여자였다고 하고……."

확실히, 내가 본 푸른 눈썹 남자와도 다른 생김새다.

"부해는 대상이 인지하지도 못하는 사이에 꿈처럼 나타나 자신의 모습까지 최면으로 가릴 만큼 뛰어난 최면술사예요."

수가 파란 보따리를 하나 건넨다.

"환으로 만든 해독제예요. 매일 꾸준히 챙겨 먹으면 도움이 될 거예요."

미류 언니가 보따리를 받아 들며 묻는다.

"그래도, 완치될 방법이 하나쯤은 있지 않나요?"

"트라우마 대상과 **접촉**하고 완치되는 사례가 드물게 있어요. 하지만 보통은 트라우마 대상을 마주하는 것 자체가 공포이기 때문에 가까이 다가서지 못하죠. 부해의 최면은 특히 그 강도가 월등히 세고요."

미류 언니가 이제야 알겠다는 얼굴로 나를 본다.

"나는 운이 좋았었네. 비행기 안에 갇혀 있던 탓에 어쩔 수 없이 트라우마 대상을 접촉하게 됐으니."

수가 내 배 위에 놓인 유리관들을 거둬들인다.

"큰 도움을 드리지 못해 죄송해요."

수가 미안해하는 얼굴로 덧붙인다.

"두 분 먼저 올라가세요. 변기의 레버를 위로 당기면 전시관으로 돌아가게 돼요. 저는 뒷정리하고 갈게요."

내가 진료대에서 천천히 몸을 일으키며 말한다.

"아뇨, 같이 가요. 저희 때문에 늦어졌는데 혼자 두고 갈 순 없어요."

미류 언니가 짧게 고개를 끄덕인다.

"수가 안전하게 빠져나가는 모습을 확인해야 우리도 마음이 편해요."

유리관을 트렁크에 넣으며 수가 옅은 미소를 짓는다.

"여전하시네요."

"네?"

"제 얼굴, 기억 안 나시죠? 육 년 전에 딱 한 번 봤으니까."

순간 누구에게 하는 얘기일까 의아했지만, 미류 언니를 향한 수의 반가운 눈빛에 답이 들어 있다.

"여덟 살부터 스노볼 3구획에 있는 공공 보육원에서 자랐는데, 같은 날 입소해서 항상 붙어 다니던 친구가 있었어요."

수가 부지런히 진료실을 정리하면서 말을 잇는다.

"그러다 그 친구는 액터 부부에게 입양을 가고 저는 보육원에 남았는데, 어느 날부터 그 친구 몸에 상처가 하나둘 보이더라고요. 양부모한테 학대당했던 거죠."

천천히 몸을 추스르던 내가 손으로 입을 가린다.

"세상에……."

"친구가 경찰에 신고하겠다고 대들었더니 양부모가 비웃더래요. 알고 보니, 담당 디렉터가 그 집의 가정 폭력을 일부러 편집해 주고 있었던 거죠. 그 드라마는 젊은 부부들의 사랑과 우정을 밝게 그려 내는 시트콤이었으니까."

수의 목소리가 그때의 기억으로 잠겨 들어간다.

"언젠가부터 그 친구는 울지도 않았어요. 지옥에 익숙해졌으니까요. 저는 그 양부모가 죽어 버리길 매일 기도했어요. 친구가 보육원으로 돌아오면 좋겠다고 빌었죠."

미류 언니가 그제야 생각난 듯 말한다.

"그때…… 우리 집에 찾아왔던 그 학생?"

수가 씩 웃는다.

"네, 보육원에서 그때 언니가 살던 집까지 걸어서 이 분 거리였어요. 언니에 관한 흉흉한 소문을 오며 가며 다 들었죠."

수는 때를 기다렸다. 슬레이트가 치고 카메라가 멈추는 십 분. 하지만 도저히 그때를 맞출 수 없었고, 결국 수는 무작정 미류 언니의 집을 찾아 살인 청부를 의뢰했다.

미류 언니는 거절했다. 못 죽일 이유는 없다. 이런 소재라면 차귀방도 반겼으리라. 다만, 이 제안으로 살인이 실행되면 이 열세 살짜리 액터도 공범으로 출연하게 될 터였다.

이번에는 미류 언니가 때를 기다렸다. 촬영이 중단되는 십 분. 그 친구의 양부모를 죽이지는 않았다. 한 번만 더 그 아이를 다치게 하면 다음에는 당신들이 내 사냥감이 될 거라는 으름장만 확실하게 놓았다. 그때까지 쌓인 미류 언니의 화려한 이력이 양부모의 폭력을 멈추었다.

"친구랑 같이 감사 인사를 꼭 드리고 싶었는데, 그 이후로는 도저히 마주칠 수가 없더라고요."

"일부러 피했어요. 나랑 엮여서 좋을 게 없으니까."

미류 언니의 얼굴에 옅은 미소가 번진다.

"그런데도 두 사람이 하도 끈질기게 문 앞에 쿠키를 두고 가서 맛은 몇 번 봤어요."

"진짜요? 그 친구가 직접 만든 쿠키였는데!"

수가 기분 좋게 웃으며 내가 앉은 3번 변기의 레버를 시원하게 올린다. 두 사람의 대화를 들으며 흐뭇하게 웃고 있던 내가 변기를 타고 솟아오른다.

"두 분이 이렇게 다시 만날 수 있어서 다해애앵······!"

나는 마음이 따뜻한 기분으로 전시관을 태연하게 빠져나온다.

"아줌마!"

박물관 출구에 먼저 나와 있던 차향이 나를 돌아보며 하늘을 가리킨다. 비눗방울이 눈처럼 고요하게 내리고 있다.

"아……."

매표소 직원이 경고 등을 두 번 켠 이유가 이거였구나. 한 번은 이본을 조심하라는 경고. 다른 한 번은 재난이 시작됐다는 경고.

한달음에 입구로 뛰어나가 하늘을 쳐다본다. 아직 대낮처럼 밝은 늦은 오후의 햇빛이 비눗방울에 무지갯빛으로 반사한다. 영롱하고, 아름답고, 반짝이는 광경이다. 비록 온기가 원하던 '콜라 비'는 아니지만, 프랜은 올해도 안전한 재난을 뽑았다.

"아줌마도 나와 봐!"

신나게 비눗방울 속으로 달려가던 내가 그대로 미끄러져 엉덩방아를 찧는다.

"우악!"

꼬리뼈에 묵직한 고통이 느껴진다. 하마터면 아스팔트 바닥에 뒤통수를 박을 뻔했다.

"그러게 왜 출랑거려!"

나를 타박하며 다가오던 차향도 역시나 쭉 미끄러진다. 우리가 미끄러진 길을 따라 분홍색과 녹색이 섞인 비누 거품이 버그르르 일어난다. 비눗방울로 젖어 든 아스팔트를 손으로 문지르자 마찬가지로 거품이 순식간에 부풀어 오른다.

"둘 다 괜찮아?"

출구로 다가오는 미류 언니의 목소리와 함께 어디선가, 쾅! 갑자기 들려온 커다란 굉음에 우리 셋 다 몸을 움츠리고 귀를 틀어막는다. 이어 우리는 빙판 위에서 스케이트를 타듯 허우적거리며 소리가 난 쪽으로 걸어, 아니 미끄러져 간다. 그런 우리 뒤로 혜성의 꼬리처럼 비누 거품이 뭉게뭉게 일어난다.

잠시 후 박물관의 기둥을 끼고 돌아 나가며 우리가 마주한 장면은 집채만 한 배송 트럭에 들이받힌 매표소였다.

"안 돼!"

우리와 반대 방향에서 나타난 수가 괴성을 지르며 매표소로 다가간다. 그 안에는, 조금 전 우리에게 입장권을 발급해 준 직원이 머리와 얼굴에 피를 뒤집어쓴 채 눈을 감고 앉아 있다.

열세 살의 수가 지키려 했던 친구이자 미류 언니의 집 문 앞에 직접 구운 쿠키를 무려 일 년 동안이나 가져다 놓던, 그때 그 소년이었다.

미끄러운 바닥에 고꾸라진 수가 짐승처럼 네발로 움직인다. 필사적으로 움직일수록 더 쉽게 미끄러진다.

재난의 시작이었다.

+

지옥이 되어 버린 소망

"……일 년간 등록금 전액을 지원합니다. 증서 수여는 차귀방 명예 교수님께서 해 주시겠습니다."

할아버지의 이름을 듣고 신입생들이 크게 환호하는 바람에 정작 주인공의 이름이 살짝 묻힌다.

"올해 필름 스쿨 수석 입학자, 차설!"

나는 자신감 넘치게 일어나 무대 단상으로 걸어간다. 모두의 시선이 내 발걸음을 따라온다. 그중에는 막연히 나를 부러워하는 애들도 있고, 내가 차귀방 감독의 손녀이기 때문에 수석으로 입학한다는 헛소문을 믿는 얼뜨기들도 있다.

걸음을 옮길 때마다 나는 더 활짝 어깨를 편다. 내가 얼마나 월등한지 육 년간 확실히 보여 주리라.

"위대한 첫걸음을 응원합니다, 차설 학생."

공적인 말투와 달리 할아버지의 눈빛에는 손녀를 자랑스러워하는 애정이 그득하다.

"감사합니다. 감독님처럼 훌륭한 디렉터가 될 수 있도록 최선을 다할게요."

나는 입학 증서를 받아 들고 당당하게 자리로 돌아간다.

고만고만한 재능을 가진 아이들이 '수석'이라고 적힌 종이를 구경하고 싶어 내 쪽으로 몸을 기울인다.

"기획안에 뭐라고 썼어? 어떤 드라마 기획안을 제출해야 수석으로 입학할 수 있는지 궁금해서."

옆자리에 앉은 여자애의 쓸데없는 질문을—이제 와서 그걸 알아 뭐 하게?—나는 가볍게 웃어넘긴다.

"나중에 직접 봐. 내가 꼭 만들 테니까."

나는 이본 저택에 카메라를 달아 이본 사람들이 주인공으로 나오는 드라마를 만들겠다고 썼다. 전무후무한 최고 시청률이 보장된 드라마를 왜 아무도 만들지 않는지 이해할 수 없었다.

필름 스쿨 최종 면접에서 만난 면접관들은 내 계획이 '깜찍'하다는 듯이 반응했다.

"차설 학생의 포부는 높이 사지만, 그분들은 드라마에 출연하실 수가 없어."

"어째서요?"

물론 그들의 신분은 액터가 아니지만, 그렇다고 디렉터도 아니었다.

"그분들은 **이 세상의 디렉터**로서 우리에게 필요한 제도를 디렉팅하는 분들이니까. 드라마에 출연하는 디렉터는 없잖니."

어쨌든 그날 나는 좋은 평가를 받았지만, 내 눈에 면접관들은 너무도 한심했다. 왜 다들 알아서 이본을 떠받드는 거야? 왜 그들은 항상 우리 위에 있고, 우리는 절대 그들을 뛰어넘을 수 없는 거냐고.

이본 그룹의 후계자인 이본일만 봐도 나보다 한참 모자란 애였다. 그런 애가 장차 내가 사는 세상을 디렉팅하게 된다고? 하!

"엄마, 나 왔어."

오늘 아침 향이에게 약속한 비눗방울 장난감을 사러 마트에 가는 김에 엄마의 직장에 들렀다. 자그마한 한약방을 휘휘 둘러본다. 고리타분한 냄새가 역시 내 취향은 아니다. 엄마는 이런 곳이 뭐가 좋아서 가족까지 내팽개치고 여기에만 처박혀 있는 걸까.

"어머, 설아……. 네가 웬일이야?"

내 갑작스러운 방문에 놀란 엄마가 눈을 동그랗게 뜬다. 엄마의 손에 들린 유리병에는 희한하게 생긴 벌들이 날아다닌다. 분홍색, 초록색, 하늘색 줄무늬를 가진 벌들의 침이 너무 길어서 위협적으로 보인다.

"그런 벌들은 어디서 찾았어?"

왠지 당황한 듯한 엄마가 우물쭈물 대답을 미루는 사이 내가 선수를 친다.

"엄마, 와서 앉아 봐. 우리 애기 좀 해."

나는 오늘 아침에 일어난 일을 계속 곱씹고 있었다.

"언니, 미워! 같이 간다고 약속해 놓고!"

학교에 갈 준비를 하는 향이의 얼굴에는 원망과 서운함이 가득

했다.

"설이 언니가 우리 향이 운동회에 정말 같이 가고 싶었는데, 오늘 필름 스쿨 입학식이 있어."

솜이와 향이를 위해 만든 도시락을 보자기에 싸면서 아빠가 다정한 목소리로 달랬다.

"게다가 설이 언니가 수석 입학이래. 신입생 언니 오빠 들 중에서 1등으로 입학하는 거야. 진짜 대단하지?"

일곱 살밖에 안 된 향이는 수석 입학이 뭔지도 몰랐고 점점 더 크게 떼를 썼다.

"나도 오늘 달리기 1등 할 수 있는데! 내가 다 보여 주려고 했는데……."

내가 비장의 무기를 꺼내 들었다.

"향아, 그 대신 언니가 이따 집에 올 때 퐁퐁이 사 올게. 네가 저번에 마트에서 사고 싶다고 했던 거."

그제야 향이는 코끝이 빨간 얼굴로 웃으면서 아빠의 손을 잡고 집을 나섰다. 그 모습을 보며 나는 좀 억울한 기분이 들었다. 아까 엄마가 출근할 때는 운동회에 같이 가 주지 않는다고 떼쓰지 않았잖아? 엄마는 퇴근 후에 향이와 잠깐 놀아 주기만 해도 "엄마, 사랑해!" 소리를 수도 없이 들었다.

향이에게는 확실히 문제가 있었다. 마치 엄마가 큰언니이고, 내가 엄마인 줄 착각하는 문제. 이에 대해 엄마와 진지한 토론을 나눠야 했다.

다행히 엄마는 언제나처럼 내 얘기를 아주 진지한 태도로 들어주고, 미안하다고 진심으로 사과한다.

"미안한 줄 알면 퇴근이라도 좀 일찍 해 봐. 엄마는 솜이랑 향이가 아빠랑 너무 붙어 있는 게 걱정도 안 돼? 그러다 걔들도 아빠처럼 무르고 무능하게 크면 어쩌냐고."

"솔아."

"알아, 똑똑한 엄마가 어련히 알아서 잘 선택한 남자겠지. 근데……."

엄마의 표정이 더 어두워진다.

"엄마랑 아빠 이혼해."

아주 거대한 종이 내 뒤통수를 갈긴 기분이다.

"……왜?"

아빠의 가장 큰 장점은 누구보다 엄마를 사랑한다는 점인데.

"엄마가 더는 스노볼에 남아 있을 수 없게 됐어."

엄마와 할아버지 다음으로 똑똑한 내 머리로도 이해할 수가 없다.

"내가 납득할 수 있게 설명해."

눈에 눈물을 그렁그렁 머금은 엄마가 내 얼굴을 어루만진다.

"미안해, 지금은 말할 수가 없어."

"엄마 여기서 나가면 우리 다시는 못 봐. 내가 디렉터에서 잘릴 일도 없겠지만, 그렇게 되더라도 퇴직자 마을로 가는데. 엄마는 저기 바깥에 있는 얼음 지옥으로 돌아가야 하잖아."

엄마는 죄인처럼 고개를 숙일 뿐 한동안 아무런 설명도 더하지 않는다. 고통스럽게 쥐어짜는 엄마의 목소리가 불안정하게 흔들린다.

"너희를 지키려고 떠나는 거야. 이대로 내 정체가 들키면 너희와 아빠의 안락한 삶도 끝……."

"정체라니?"

엄마가 당황한 얼굴로 눈물을 훔친다.

"엄마, 그동안 무슨 일을 해 왔던 거야?"

무언가를 결심한 듯 엄마가 목소리를 낮추고 빠르게 말한다.

"네가 이본 저택에 카메라를 달고 싶어 하는 것처럼, 세상의 변화를 바라고 행동하는 사람들이 많아. 엄마도 그런 일을 해 왔고, 꼬리가 밟히기 전에 여기에서의 흔적을 모두 정리해야 해."

내 차가운 손에 따뜻한 체온이 와 닿는다.

"너희가 더 나은 세상에서 살길 바라는 만큼, 지금 너희가 나 때문에 힘들어지면 스스로를 용서할 수 없으니까."

엄마의 갈색 눈동자가 나를 애처롭게 바라본다.

"느리더라도 세상은 틀림없이 바뀔 거야. 그때 다시 만나면 엄마가 꼭……."

엄마의 손을 거칠게 뿌리친다.

"세상을 왜 바꾸는데? 엄마가 무슨 영웅이라도 돼? 자식을 버리고 가는 사람이 무슨 영웅이야!"

나는 그 말을 끝으로 한약방을 뛰쳐나왔다. 너무 화가 나서 비눗방울 장난감을 사다 주는 것도 잊어버렸는데, 다행히 향이는 그 일로 울지 않았다. 그날 저녁 이후로 엄마가 다시는 돌아오지 않았으므로 향이는 한동안 엄마를 찾으며 울었다.

엄마는 솜이와 향이에게 제대로 된 작별 인사도 없이 떠나 버렸고, 나는 그 무책임한 태도를 직접 만나 따지기 위해 세상이 바뀌길 소망했다. 퇴출 액터인 나의 엄마가 스노볼과의 경계를 평계로 언제까지나 바깥세상에 숨어 있지 못하도록.

그러한 내 소망이 비틀린 욕망이 되어 버렸다는 사실을 깨달은 건 그녀가 우리의 삶에서 떠난 지 십 년쯤 지난 무렵이었다. 그사이 나는 이본일과 약혼했다 파혼했고, 이본일은 지병 악화로 죽었다. 아픈 적 없던 그 애의 죽음에 나는 더욱 이본의 민낯을 파헤치고 싶어졌다.

"그런 얼굴로 어떻게 이본 가문에 시집을 가? 절대 안 될 일이지."

할아버지가 고작 화상 상처를 이유로 세 살짜리 고해리를 다른 아이로 교체해 버렸을 때, 나는 내가 무슨 짓을 저질렀는지 비로소 알게 되었다. 고해리가 여럿이길 바랐던 건 질병이나 사고로 그 아이를 잃는 최악의 상황만을 염두에 둔 결정이었다.

하지만 할아버지와 고매령은 바깥세상에서 자라고 있는 다른 아이들을 **재고**처럼 여겼고, 고해리를 이본회와 결혼시켜 자신들 역시 특별한 가문이 되는 데에만 집착했다. 고해리가 이본에 입성해 세상에 가져올 변화를 얘기할 때면 할아버지는 헛웃음을 터뜨렸다.

"우리 설이는 아직도 철이 안 들었니? 우리가 이 정도 사는 게 다 누구 덕분인데."

"할아버지 그릇이 이것밖에 안 되는 줄 몰랐어요."

170

기어이 그 말을 입 밖으로 내뱉으며 깨달았다. 내게 중요한 건 이본이 내 위에 군림할 자격이 없다는 사실을 증명하고, 나는 가족을 떠나지 않고도 엄마가 해내지 못한 일을 해낼 수 있음을 증명하는 일이었다.

엄마 당신처럼, 나와 내게 소중한 사람들의 세상을 구하기 위해 이 일을 시작했다면 남의 목숨을 내 목적에 맞춰 함부로 짓밟을 수는 없었을 것이다.

당신이 우리에게 더 나은 세상을 만들어 주려고 우리 자매의 삶에 커다란 구멍을 내 버렸다면, 나는 오로지 나 자신을 증명하려 만들어 낸 아이들의 삶을 지옥으로 몰아넣었다.

*

근처 공중전화 부스에서 구치소와 통화하고 돌아온 김 팀장이 나를 보며 이죽거린다.

"다른 호송차에 아주 튼튼한 스노 체인을 달아서 곧 보낸답니다."

뒷좌석 좌우에서 나에게 한쪽씩 팔짱을 낀 경찰관 둘이 팔을 더 세게 조인다.

나는 조용히 내리는 비눗방울을 응시한다. 장난감 총에서 쏟아지는 무지갯빛 비눗방울을 신나게 쫓으며 "엄마한테도 보여 주고 싶어."라고 말하던 어린 향이를 떠올린다.

……가끔 그런 생각을 해. 당신이 떠나지 않았다면 우리는 다른

삶을 살았을까?

아니, 어떤 경우에도 나는 내 욕망에 눈이 멀어 결국 범죄자가 되었을 거야.

세상이 바뀌면 꼭 돌아와.

와서 나를 꾸짖어 줘. 여전히 여린 향이를 보듬어 주고, 솜이에게 기특하다고 어깨를 두드려 줘.

지옥에서 겨우 벗어난 그 아이들이 살아갈 세상은 조금이라도 더 안전하고 따뜻할 수 있도록.

2부

거울

9788936478292

의사는 수술실로 들어가며 최선을 다하겠다고 말했다. 유니폼을 피로 붉게 물들인 수의 친구가 무사히 살아날 가능성에 대해서는 끝내 대답하지 않은 채.

나와 미류 언니는 수술실 앞 간이 의자에 수를 가운데 두고 나란히 앉는다.

병원으로 오는 길은 말 그대로 아수라장이었다. 곳곳에서 추돌 사고가 일어나 어느 길로 가도 차가 꽉 막혀 있었고, 바닥에 쓰러진 채 뼈가 부러졌다고 소리치는 행인도 쉽게 볼 수 있었다. 그들을 구조하러 출동한 구급차와 도로 교통을 정리하려는 경찰차도 길에 갇힌 채 사이렌 소리만 크게 울렸다.

"정말…… 감사합니다. 저 혼자서는 목을 병원까지 데려오지도 못했을 거예요."

수가 미류 언니에게 고개를 꾸벅 숙인다. 미류 언니가 손사래를 치며 그녀의 인사를 거부한다. 수가 '목'이라고 부른 매표소 직원을 병원까지 끌고 오며 아스팔트 도로에 계속 미끄러진 탓에 언니의 손과 팔이 여기저기 긁혀 있다. 수의 정강이에는 두 무릎 아래로 흐르다 굳어 버린 핏자국이 남아 있다.

"초밤 씨도 진심으로 감사해요. 덕분이에요."

목을 물놀이용 튜브에 태워서 끌고 오자는 아이디어를 낸 건 나였다. 지난 정전 때 산속 호수에 가져갔던 튜브 두 개가 여전히 차 트렁크에 실려 있었다. 튜브 두 개를 2층으로 쌓아서 그 위에 목을 앉혔다. 수는 뒤에서 목의 머리를 받치며 중간중간 맥박을 확인했고, 나는 목의 두 다리를 들었다. 미류 언니는 튜브에 줄을 연결해 맨 앞에서 끌었다. 도로 한가운데 차를 버릴 수 없어 차향은 차에 남았다. 우리는 가장 가까운 스노 타워 병원까지 달려왔고, 병원은 제 발로 병원까지 가까스로 걸어온 — 혹은 기어 온 — 골절 환자들로 북새통을 이뤘다.

"잠깐 전수 한 통만 하고 올게요."

차향과 헤어진 지 두 시간이 넘어가자 미류 언니가 조심스럽게 자리에서 일어난다. 넋 놓고 앉아 자세 한번 바꾸지 않던 수가 화들짝 놀라며 눈의 초점을 맞춘다. 그녀가 우리에게 이제 가 보라고 말하자 미류 언니가 고개를 저으며 금방 돌아오겠다고 답한다.

미류 언니의 뒷모습을 보며 수가 중얼거린다.

"매번 이렇게 신세만 지네요."

"미류 언니는 전혀 그렇게 생각하지 않을 거예요."

슬레이트 치는 소리와 함께 수가 힘없이 고개를 끄덕인다.

카메라가 꺼졌지만 아무도 휴식을 취하지 않는다. 환자들에겐

십 분의 휴식보다 치료가 급하고, 의료진들은 액터의 의무 못지않게 무거운 의료인의 의무를 지고 있다.

수술실의 불이 꺼지지 않은 걸 확인하며 수가 안도한다.

"정말 좋은 분이에요."

미류 언니가 사라진 방향을 보며 수가 말한다.

"제대로 된 디렉터를 만났더라면 분명 다른 삶을 살았을 텐데…… 정말 말도 안 되는 드라마였어요."

내가 살짝 놀라 묻는다.

"미류 언니 드라마를 본 적이 있어요?"

스노볼에서 태어나 평생 이곳에서 살아온 액터가 어떻게?

"필름 스쿨에 진학하고 학교 자료실에서 가장 처음 찾아본 드라마였어요."

"……필름 스쿨이요?"

수가 가만히 주변을 살핀다. 우리 둘이 덩그러니 앉아 있는 수술실에서 조금만 멀어져도 끊임없이 밀려드는 부상자들로 부산스럽다.

"해독사는 어떻게 **카메라 이탈** 걱정 없이 그 지하에 온종일 있는지 의문스럽지 않았어요?"

"아."

평범한 액터가 담당 디렉터 모르게 종일 사각지대에서 불법을 저지른다는 건 불가능한 일이다.

"촬영의 의무가 없는 사람만이 해독사가 될 수 있어요. 디렉터의 직계 가족이나 필름 스쿨 재학생처럼요."

나도 주변을 살피며 목소리를 낮춘다.

"디렉터 가족과 곧 디렉터가 될 사람들이 액터를 위해 일한다고요?"

수가 쓴웃음을 짓는다.

"우리가 디렉터가 될 수 있을지는 두고 봐야죠. 외부에 조금이라도 꼬리가 밟혔다고 판단되면 바로 필름 스쿨을 자퇴하고 스노볼을 떠나기로 서명했거든요."

"보장된 미래를 언제든 포기할 각오로 일한다는 얘기예요?"

"여기서는 모두 다 그런 마음으로 일해요."

쉽사리 이해되진 않는다.

"왜 다들 자신의 인생을 걸면서까지……."

"초밤 씨는 그때 왜 그랬는데요?"

"네?"

"방송국 습격했을 때요. 초밤 씨도, 다른 분들도 전부 인생을 걸고 했던 일이잖아요."

"저희야 저희 인생의 문제였으니까……."

수가 굳게 닫힌 수술실을 바라본다.

"처음에는 단순히, 이건 아니라는 생각이었어요. 디렉터였던 우리 엄마는 퇴직과 동시에 스노볼에서 낳은 자식과 생이별해야 했고, 조미류 언니처럼 좋은 사람은 드라마에서 피도 눈물도 없는 살인마로 그려지고……. 그러다 점점 세상이 조금이라도 달라졌으면, 아주 조금이라도 나은 곳이 됐으면 싶더라고요. 잘못된 세상 전부를 뜯어고칠 수는 없어도, 내가 할 수 있는 작은 일이라도 찾아서 하고 싶었어요."

"그럼 애초에 디렉터가 되려고 필름 스쿨에 진학한 게 아니었어요?"

수가 자랑스러운 얼굴로 수술실을 가리킨다.

"네, 저 친구 덕분에요."

그 시절을 회상하는 수의 얼굴에 옅은 미소가 번진다.

"목이 일 년 먼저 필름 스쿨에 진학했는데, 어느 순간부터 너도 왔으면 좋겠다고, 여기 오면 네가 하고 싶던 일을 할 수 있을 거라고 매일 설득하더라고요."

그 미소를 바라보다 문득 해독실에 대해 궁금해진다.

"그런데 그렇게 넓은 지하 사각지대는 누가 찾은 거예요? 누가 거기에 그렇게 큰 해독실을 만든 거죠?"

무심코 던진 내 질문에 수가 난처한 표정을 짓는다.

"미안해요, 그건 절대 말해 줄 수 없어요."

나는 아쉬운 표정으로 고개를 끄덕이지만, 해독사와 신기루 병원에 대한 호기심의 둑이 터지면서 생각은 꼬리에 꼬리를 문다. 그곳의 인공 하늘은 마치 스노볼 돔의 축소판 같았고, 지하에서도 신선한 공기를 맡을 수 있었다.

스노볼 돔에 적용한 환기 시스템하고 똑같은 걸로 설치해 놨는데.

프랜의 결혼식에서 만났던 그 여자…….

나는 메고 있던 가방을 열어 뒤적거린다. 그날 받았던 명함을 여기 어디 넣어 뒀던 것 같은데…….

"있다."

나는 재빨리 수에게 명함을 내민다. 다시 슬레이트 치는 소리가 들리기 전에 반드시 물어야 한다.

"혹시 해독실을 지은 게 이 사람인가요?"

신기루 병원처럼 특별한 장소를 짓는 사람이라면, 거울 엘리베이터에 대해 알 수도 있다. 이본도 누군가를 고용해 지하의 개미굴을 만들었을 테니까.

수가 놀란 얼굴로 묻는다.

"이 명함…… 어디서 났어요?"

"프랜 크라운의 결혼식장을 지은 분한테 받았어요. 직접."

"직접 받았다고요?"

수의 눈이 더 커진다. 그럴 리가 없다는 듯한 눈빛이다.

이어서 나도 눈을 크게 뜬다.

"어? 저 지금 트라우마 발동 안 했어요!"

거울 엘리베이터에 대해 생각해도 썩은 비린내가 느껴지지 않는다니. 수가 반색하고, 미류 언니는 떠날 때보다 한결 편해진 얼굴로 돌아온다.

"방금 시내랑 통화했는데 오늘 다들 일찍 퇴근해서 집에 있었대. 오히려 우리를 걱정했나 봐. 차에 전화 좀 설치하라고 그렇게 말했는데 안 들었다고 엄청나게 혼났어."

"아줌마는?"

"향 언니는 아직도 도로에 발이 묶인 모양이야. 가까운 경찰서에서 전화 왔었대."

나는 하마터면 수 앞에서 다들 무사해서 다행이네,라고 말할 뻔 했지만, 뒤늦게 발동한 트라우마에 말 대신 헛구역질을 뱉어 낸다.

병원을 두 바퀴 돌아 가장 구석진 곳에 있는 공중전화를 고른다. 수화기를 들고, 명함에 적힌 긴 숫자를 하나씩 차례대로 누른다. 9, 7, 8, 8, 9⋯⋯. 도저히 전화번호같이 보이지 않는 이 긴 숫자로 전화를 걸어 보라고, 미류 언니가 헛구역질하는 나를 위해 물을 구하러 간 사이 수가 슬쩍 일러 주었다. 내가 찾고 있는 사람에 대해 자신이 할 수 있는 얘기는 그뿐이라며.

⋯⋯9, 2. 마지막 열세 번째 숫자까지 누르니 통화 연결음도 없이 누군가 바로 전화를 받는다.

"여보세요."

너무 빨리 연결되는 바람에 오히려 말문이 막힌다.

"아, 그⋯⋯."

공중전화 동전 투입구에 달린 카메라가 나를 촬영하고 있다.

"연락 기다리고 있었어요. 지금 내 작업실로 올래요?"

그날 만났던 여자의 목소리다.

"지금요?"

어느덧 밤 11시를 향해 가고 있다.

"작업실이 어디쯤이세요?"

"스노볼 외곽이에요."

그럼 어느 방향이든 스노볼 한가운데 있는 스노 타워에서는 꽤 먼 곳이다.

고개를 돌리자 커다란 유리창 밖으로 여전히 비눗방울이 고요히 내리며 지상을 혼돈에 빠뜨리고 있다.

"아시겠지만, 지금은 차를 타고 멀리 이동하기가 쉽지 않아서요. 저도 빨리 만나 뵙고 싶은데……."

"차 타고 오라고는 안 했는데."

"네? 그럼 뭘……?"

"마침 스노 타워에 있으니 잘됐네요."

"어떻게 아셨어요?"

"아무 엘리베이터나 잡아타고 명함에 적힌 층으로 와요."

나는 명함을 뒤집어 본다. 수화기 너머로 여자의 희미한 웃음소리가 느껴진다.

"도착하면, 거울 엘리베이터가 있을 거예요."

"네?"

썩은 비린내가 훅 끼치며 명치가 꽉 조여든다.

"그럼 조심히 와요."

"아니, 잠깐만요! 몇 층으로 오라는……."

뚝, 여자가 전화를 끊는다.

명함에는 여전히, DNA 모양처럼 꼬인 긴 사다리 문양과 열세 자리 숫자가 전부다. 그래도 나는 부지런히 걸음을 옮긴다.

여덟 대의 엘리베이터가 모여 있는 복도에 서서 그중 한 대를 혼자 차지할 수 있을 때까지 기다린다.

응급 환자가 이어지고, 누군가의 사고 소식에 혼비백산하며 달려온 사람들의 팔다리에도 타박상의 흔적이 눈에 띈다. 고통과 걱정이 가득한 표정을 하나하나 지켜보는 일이 마치 고문처럼 느껴진다.

그리고 그 참담한 풍경에 아까 그 여자가 섞여 있다. 몇 시간 전 박물관 입구로 들어가며 나를 휙 돌아보던 여자. 병실 앞에 놓인 간이 의자에 앉아 여유롭게 신문을 읽고 있다.

과연 단순한 우연일까?

그쪽으로 고개를 빼고 괜히 둘러보자 여자가 신문을 높이 들어 얼굴을 가린다. 때마침 사람들이 병원 층에 다 내리고 문이 닫히려는 엘리베이터에 내가 재빨리 몸을 싣는다.

떨리는 손으로 명함에 적힌 열세 자리 숫자를 하나씩 누른다. 9, 7, 8, 8, 9, 3, 6, 4……. 누가 보면 어린 액터가 하는 흔한 장난처럼 보이겠지. 스노 타워는 204층짜리 건물이고, 별도의 통행 카드가 없는 외부인이 갈 수 있는 곳은 일반 병동인 72층과 1층뿐이다. 나는 꿋꿋하게 9788936478292층을 누른다.

마지막 숫자를 누르자, 타앗 — 엘리베이터의 모든 불빛이 꺼진다.

닿을 수 없는 거울

뭐지, 내가 버튼을 막 눌러서 엘리베이터가 고장 난 건가?

그 순간 엘리베이터 문 위에 달린 층 표시기에 눈부시게 밝은 녹색 조명이 켜진다. 그리고 부웅, 엘리베이터가 위로 움직이며 숫자가 73부터 빠르게 올라간다. 333, 7189, 284752, 3579301348······ 그 속도가 너무 빨라 눈이 따라잡을 수 없을 정도다.

처음에는 위로 올라간다 싶던 엘리베이터가 어느덧 수평으로 움직이더니 밑으로 떨어진다. 나는 안전 바 손잡이를 꽉 붙잡는다.

정신없이 올라가던 숫자가 점점 속도를 늦추고, 잠시 후 땡 소리와 함께 엘리베이터가 멈춘다. 층 표시기에 떠 있는 숫자는 9788936478292.

나는 쿵쾅거리는 심장을 진정시키려 천천히 호흡하고, 엘리베이터의 문은 그보다 더 천천히 열린다.

생각 없이 밖으로 나가려다 깜짝 놀란 내가 다급하게 몸의 중심을 뒤로 빼는 바람에 바닥에 엉덩방아를 찧는다. 서늘하게 부는 밤

바람에 머리가 쭈뼛 솟는다.

"뭐야⋯⋯."

엘리베이터 밖은 스노 타워의 외벽이었다. 그러니까, 활짝 열린 문밖으로 200층 높이의 낭떠러지가 펼쳐져 있었다.

그리고 200층 높이의 밤하늘엔 거울 하나가 유유히 떠 있다. 스노볼 카메라가 설치돼 있지 않은 **금지된 숲**에서 이본회와 마주쳤을 때, 수천 년은 됐을 거대한 나무 기둥에 세워져 있던 그 거울과 똑같이 생겼다. 프레임이 없는 커다란 타원형 거울.

몸을 한껏 낮추고 엘리베이터 문 쪽으로 슬금슬금 기어간다. 아득한 아래를 내려다보니 도시의 야경이 펼쳐져 있다. 개미만큼 작게 보이는 자동차들이 노란 불과 빨간 불을 켜고 줄지어 이동한다. 사람은 너무 작아서 잘 보이지도 않는다.

강한 바람이 불어와 나는 겁을 집어먹고 뒷걸음질 친다. 벽을 짚고 앉아 눈앞의 거울을 바라본다. 엘리베이터에서 얼마나 떨어져 있을까? 한 2미터? 3미터?

도착하면, 거울 엘리베이터가 있을 거예요.

나보고 저 거울을 넘어오라는 거야?

너무 어이가 없어서 눈물이 찔끔 나려 한다.

내가 이본에 맞설 수 있는 카드─거울 엘리베이터와 지하 발전소─에 대해 아주 작은 정보라도 들을 수 있으리라 기대하고 전화를 걸긴 했지만, 그리고 여자는 내 기대 이상으로 거울 엘리베이터에 대해 잘 알고 있었지만, 그래서 뭐? 그 여자가 나를 도우리라는 보장은 없잖아.

트라우마 발동 이후 여전히 답답하고 메스꺼운 속을 달래려 가슴을 두드린다.

그렇지만…… 그 여자는 액터를 돕는 해독실과도 연관이 있다. 그런 사람이라면 내게도 흔쾌히 도움을 주지 않을까? 세상을 바꿔나 자신을 구하는 일이 지금 여기서부터 시작될 수도 있다.

"아, 근데 아무리 그래도! 사람을 이딴 데로 보낼 때는 미리 귀띔을 해 줘야지!"

그 여자의 대책 없는 무심함을 욕하면서도, 여기서 점프해 저 거울로 무사히 골인 할 가능성에 대해 따져 본다. 수백 미터 아래로 추락하는 내 모습이 그려지며, 쿠퍼 라팔리가 떠오른다. 비명조차 얼어 버렸던 그 참혹한 죽음이.

손발이 저리고 식은땀이 솟아난다.

"……이건 아니야."

일단 그 여자랑 다시 통화를 해 보자.

부들부들 떨리는 다리에 힘을 주고 일어서 조심조심 키패드로 향한다. 문을 닫아야 아찔한 기분이 나아질 것 같은데, 닫힘 버튼을 여러 차례 눌러도 엘리베이터는 꼼짝하지 않는다. 모든 조명이 꺼진 채로 층 표시기에 9788936478292라고 적혀 있을 뿐이다.

병원이 있는 72층과 1층, 그 외 아무 층이나 마구 눌러 보아도 엘리베이터는 미동조차 하지 않는다.

"설마, 무조건 저 거울로 뛰어들게 설정돼 있는 거야?"

다리에 힘이 풀려 키패드 앞에 주저앉는다. 아찔해서 내려다보고 싶지도 않은 지상에서는 화려한 야경이 반짝거린다.

그러다 문득, 비눗방울이 내리지 않고 있다는 걸 깨닫는다. 이상하네…… 재난이 시작된 첫날에는 절대 멈추는 법이 없는데.

그렇게 생각한 순간, 밤하늘에서 갑자기 비눗방울이 내리기 시작한다. 이상할 정도로 완벽한 타이밍이다.

엘리베이터 벽에 달린 긴 손잡이를 꽉 잡고, 다른 팔을 밖으로 쭉 뻗는다. 지상으로 떨어지던 비눗방울 하나가 내 손바닥에 안착한다. 손을 오므려 비눗방울을 터뜨린다. 미끌미끌하긴 한데…… 왜 뭔가 허전하지?

나는 그제야 이번 재난의 비눗방울이 만들어 내는 색색의 거품을 떠올린다.

"그래, 거품……."

내 말이 끝나기도 전에 손에서 거품이 일어난다, 또다시.

"이거…… 내 머리가 만들어 내는 허상이야."

트라우마 대상과 접촉하고 완치되는 사례가 드물게 있어요. 하지만 보통은 트라우마 대상을 마주하는 것 자체가 공포이기 때문에 가까이 다가서지 못하죠.

몇 시간 전 수가 설명했던 **공포**의 의미를 깨닫는다.

트라우마 대상에 다가서는 게 공포스러운 이유는 대상 자체에 대한 두려움 때문이 아니라 최면이 촉발하는 환영 때문이었어…….

비행기 추락 사고로 죽거나, 수백 미터 허공에서 떨어져 죽을 공포를 딛고 트라우마 대상에 자발적으로 다가갈 사람은 없으니까.

하지만 만에 하나 환영이 아니라면?

내 안에서 피어오르는 의심과 불안을 애써 무시하며, 엘리베이터의 한가운데 똑바로 서서 심호흡을 크게 한다.

귓가에 울리는 심장 소리와 함께 수백 미터 상공의 **허상**으로 걸음을 옮긴다. 몸의 무게 중심을 최대한 뒤로 실으며 왼발을 밖으로 살짝 뻗어 본다.

"어?"

발이 닿는 곳이 딱딱하다. 믿을 수 없게도, 허공이 단단하다. 무게 중심을 조금 더 앞으로 움직인다.

"안 떨어지잖아!"

내 두 다리가 밤하늘을 걷는다. 나는 제자리에서 빙그르르 돌며 웃음을 터뜨린다. 그래, 지금 내 발아래 광경이 진짜라면 비눗방울에 미끄러진 자동차들 때문에 모든 도로가 꽉 막혀 있어야지. 그렇게 생각하자 갑자기 자동차들이 추돌 사고를 일으키며 도로가 마비된다.

그때 등 뒤에서 엘리베이터 문이 닫힌다. 안전한 곳으로 되돌아갈 수 없다는 두려움에 사로잡히지 않으려 나는 정면만을 응시한다. 이젠 밑을 내려다보지 말자. 환영임을 깨달았다고 해서 고소 공포까지 사라지는 건 아니니까.

발끝이 저릿한 느낌과 함께 다시 한 걸음 앞으로 나아가는데, 갑자기 머리가 핑 돈다 싶더니 세상이 뒤집힌다. 반사적으로 눈을 꽉 감았다가, 제발 아무 일도 일어나지 않았길 바라며 재빨리 뜬다.

그새 눈앞의 광경이 완전히 바뀌어 있다.

희미한 빛을 내뿜는 새하얀 방에, 허공에 떠 있던 것과 똑같이 생긴 거울 수백 장이 빼곡히 채워져 있다. 사면의 벽과 천장, 그리고 바닥에까지.

"뭐야, 이건 또……."

이 중에 어떤 거울이 진짜 거울 엘리베이터의 **입구**인지 찾아내라는 건가? 부해가 괜히 스노볼 최고의 최면술사로 꼽히는 게 아닌 모양이다.

가까이 있는 거울을 손으로 짚자 쩍 하고 금이 간다. 손금처럼 이리저리 갈라진 거울 속 내가 날 조롱하듯이 웃으며 말한다.

—전초밤. 네가 정말 이본 미디어 그룹의 회장을 이길 수 있다고 생각해?

반사적으로 몸을 돌리니 그쪽에 걸려 있는 거울에서 또 다른 내가 나를 한심하게 바라본다.

—네 계획이 대체 뭔데? 지하 비밀 발전소 폭로? 지열이 가짜였다는 이유로 이본이 무너질까? 가짜 지열이 사람들에게 피해를 입힌 것도 아닌데?

어떤 거울 속 나는 목 놓아 울고, 어떤 거울 속 나는 무서운 얼굴로 소리치며 화를 낸다.

—네가 이럴수록 다른 사람들까지 위험해지는 걸 왜 몰라!

—난 죽기 싫어. 죽기 싫다고!

두 손으로 귀를 막은 채 기괴한 거울상을 하나씩 발로 차 버린다. 쩍, 쩍, 금이 가며 유리 조각이 흩날린다. 하지만 남아 있는 거울은 끝이 없고, 수백 개의 거울에서 울려 퍼지는 불협화음이 점점 더 시끄러워진다. 필사적으로 귀를 틀어막고 제자리에 주저앉지만, 바닥에도 거울이 빼곡하다. 해괴한 속삭임과 한숨, 웃음, 울음 들이 나를 에워싼다.

"제발 그만해!"

내가 그들보다 더 크게 소리친다.

"이렇게 가만히 앉아서 전부 빼앗길 순 없잖아!"

모든 소리가 일순 멈춘다.

바닥에 웅크린 채로 고개를 든다. 내가 깨뜨린 거울들의 균열 사이로 물이 새어 나오고 있다. 차창에 빗물이 맺혀 떨어지듯 조금씩 흐르다 이내 둑을 무너뜨릴 기세로 한꺼번에 범람한다.

"괜찮아, 어차피 허상이니까."

자리에서 일어나 비틀대는데 허리까지 차가운 물이 차오른다. 옷을 손에 쥐니 흠뻑 젖어 축축하다.

"이건 진짜야……."

다음 순간, 하얀 방을 집어삼키는 거센 파도에 휩쓸린다. 일렁거리는 물속에서 필사적으로 허우적거린다. 턱을 최대한 치켜들고 숨을 확보하려 하지만 입 안으로 바닷물이 밀려들어 쓴맛이 난다. 썩은 바닷물 냄새가 방을 가득 채운다.

"사, 살려……."

끊임없이 밀려드는 파도에 내 몸이 물속으로 잠긴다. 입과 코에서 빠져나간 기포가 어지러이 시야를 가로막는다. 숨이 막혀 미친 듯이 팔다리를 허우적거리다 바닷물을 재차 삼킨다. 몸이 서서히 굳어 가고 심장 박동이 현저히 느려진다.

이렇게 죽는 걸까.

의식을 잃은 목을 향해 네발로 기어가며 울부짖던 수의 모습이 떠오른다. 그 모습에 우리 엄마와 할머니, 온기가 겹쳐진다. 물에 젖은 내 시체를 향해 우리 가족들이 네발로 기어 온다. 세 사람의 손과 무릎에서, 눈에서 피가 눈물처럼 흐른다. 그 뒤에서 이본영 회장이 만족스러운 미소를 짓는다.

결국 네가 마지막까지 지키려 했던 것마저 모조리 빼앗기겠지.

"……아니, 그렇게는 안 돼."

당신이 내 세상을 무너뜨리게 두지 않아.

폐 깊숙이 남아 있던 마지막 공기 방울을 짜내며 손끝부터 천천히 움직여 본다. 그러자 물속에서 숨을 쉴 수 있다. 몇 주 동안 수영장에서 연습하던 대로 팔과 다리를 움직여 물길을 가른다. 나는 바닷속에 잠겨 있는, 이제 단 하나 남은 거울을 향해 나아간다.

곧 거울에 내 모습이 비친다. 내 몸이 물속에서 헤엄치고 있다고 생각했지만, 거울 속의 나는 바닥에 두 발을 딛고 서 있다.

나를 잠식하고 있는 바닷물은 환영, 저 거울은 진짜다.

그 사실을 깨닫자, 방 안을 가득 채운 엄청난 양의 물이 순식간에 증발해 버리고 진짜 공간이 드러난다. 뒤를 돌아보니 스노 타워의 엘리베이터가 보이고, 그 앞에 작은 협탁이 놓여 있다. 바닥에는 커다란 화병이 산산조각 나 물이 흥건하고, 수백 송이의 꽃이 쏟아져 있다. 해독실에서 키우는 꽃과 같은 품종이다. 그 외에는 텅 비어 있다. 카메라가 달려 있을 만한 물건도 보이지 않는다. 내 티셔츠는 허리 쪽이 젖어 있다. 물이 쏟아지는 환영에 당황한 내가 뒷걸음질 치면서 저 화병을 떨어뜨린 모양이다.

나는 다시 거울 속 나와 눈을 맞추고 손을 뻗는다.

거울 엘리베이터 안은 언제나처럼 어둡고, 이번에는 스스로 알아서 움직인다. 빠르게 솟구쳐 올라 순식간에 어두운 터널을 벗어나더니, 비눗방울이 내리는 밤하늘을 따라 점점 더 위로 올라간다. 마치 전쟁 문명의 로켓처럼.

그렇게 거울 엘리베이터는 스노볼의 거대한 **지붕**에 다다른다. 그리고 그곳에는 스노볼의 가장 뛰어난 설계자가 나를 마중 나와 있다.

역사책에 없는 역사

"왜 이렇게 오래 걸렸어요?"

피곤한 얼굴로 휠체어에 앉은 여자가 조금 황당하다는 듯이 물었다.

병원에서 엘리베이터를 기다리며 내가 마지막으로 시간을 확인했을 때는 밤 11시를 조금 넘겼었지만, 그녀의 손목에 걸린 시계가 가리키는 현재 시각은 새벽 5시를 향하고 있다. 환영이 꽤 오랜 시간에 걸쳐 이어진 모양이다. 혹은 질식해 정신을 잃어 가고 있다고 생각할 때 정말 정신을 잃었던 건지도.

"여기 오기까지 얼마나 힘들었는지 상상도 못 하실걸요."

그렇게 말하며 나는 자동으로 바퀴가 굴러가는 여자의 휠체어를 뒤따른다. 프랜의 결혼식에 타고 왔던 휠체어와 똑같이 생겼는데, 이런 식으로 저절로 움직이는 휠체어는 처음 본다. 바깥세상에서도 스노볼 드라마에서도. 내가 잘 따라오는지, 여자가 잠시 뒤를 돌아보자 휠체어가 알아서 멈춰 서기까지 한다.

나는 여자에게 명함에 적힌 숫자를 누르면 나오는 층에 관해 묻는다. 그곳에 도착한 엘리베이터는 안에 탄 사람이 밖으로 나오기 전에는 절대 문이 닫히지 않고, 다른 층으로 이동하지도 않는지. 여자는 내 물음에 긍정하며 그곳이 스노 타워의 비밀 사각지대라고 덧붙인다. 내가 고맙다고 가볍게 목례하자 여자가 미간을 좁힌다.

"뭐가요?"

"엘리베이터가 꼼짝하지 않은 덕분에 트라우마랑 정면 대결을 했거든요."

거울 엘리베이터를 떠올려도 이제는 썩은 비린내가 느껴지지 않는다. 여자가 영문을 모르겠다는 얼굴로 가볍게 웃으며 노란 1인용 소파를 가리킨다.

"저쪽에 앉아요."

여자의 작업실은 따뜻한 크림색이다. 거울 엘리베이터와 이어지는 커다란 거울이 현관문을 대신하고, 짧은 복도 끝이 이 거실이다. 텔레비전이나 작은 유리창조차 없는 단조로운 공간. 노란 소파 옆 옷걸이에는 계절에 어울리지 않는 두꺼운 털옷이 걸려 있다.

모서리가 둥그스름한 직사각형 금속 테이블 앞에 앉으며 내가 묻는다.

"거울 엘리베이터가 로켓처럼 날아오르기도 하나요?"

여자가 가볍게 웃으며 내 맞은편에 휠체어를 멈춘다.

"스노 타워 꼭대기에서 이곳까지 이어지는 엘리베이터 터널은 스노볼 돔과 똑같은 유리 패널로 만들어졌어요."

터널 안에서는 밖의 풍경이 보이지만, 밖에서는 스크린에 비추는 하늘 때문에 통로를 눈치챌 수 없다. 이 작업실의 외벽 역시 마찬가지,라고 말하며 여자가 간략한 설명을 마친다.

"어떻게 이런 곳에 작업실이…… 아니 일단, 그래서 여기가 정확히 어디죠?"

설명을 듣고 나니 더 궁금해진 내가 고개를 갸웃거리자 여자가 자신만만한 얼굴로 미소를 띤다.

"본인 눈으로 직접 확인해 봐요."

여자의 오른손이 테이블의 한쪽 모서리를 잡는다. 그러자 상판 전체가 자동차 헤드라이트처럼 밝은 빛을 내뿜는다. 천장을 바라보니 빛이 닿는 부분이 거울로 변해 있다.

"어?"

'살아남은 여자' 황산나가 운전하는 트럭의 헤드라이트 불빛을 받은 퇴직자 마을의 돔에도 똑같은 현상이 일어났었다.

여자가 소파 옆 옷걸이에 걸려 있는 하얀 털옷을 턱 끝으로 가리킨다.

"일단 옷부터 제대로 입고."

여자는 자신의 무릎에 담요처럼 덮고 있던 털옷을 능숙하게 입는다.

"발까지 덮을 수 있도록 기장을 길게 만들었어요."

그렇게 말하면서 여자는 후드를 머리에 쓰고, 양쪽에 달린 목도리를 단단히 동여맨다.

"혹시, 지금 밖으로 나가자는 거예요? 이 돔 위로?"

"빙고."

나도 모르게 실없는 웃음소리가 새어 나온다.

"두꺼운 옷 한 벌로는 바깥 추위에 어림도 없어요."

"그런 걱정은 넣어 두고."

여자가 내 쪽으로 뭔가를 표창처럼 휙 던진다.

"티셔츠 밑으로, 맨살 위에 붙여요. 심장이 뛰는 쪽에."

내 반사 신경이 얼떨결에 잡아 낸 물건은 플라스틱으로 만든 장난감 하트다.

"이걸 심장 위에 붙이라고요?"

여자가 장난스럽게 웃는다.

"사랑은 사람을 따뜻하게 하니까?"

나는 이 재미없는 농담에 어떻게 반응해야 할지 고민하고, 여자는 자신의 기술력을 믿으라고 한다. 자동으로 움직이는 휠체어를 툭툭 치면서. 나는 미심쩍은 얼굴로 가슴에 플라스틱 하트를 붙인다. 하트의 바닥 면이 묘하게 굴곡져 있어 맨살에 빈틈없이 밀착된다. 이어 옷걸이에 걸린 하얀 털옷을 집어 든다.

"응?"

털옷이라고 생각했는데 막상 만져 보니 아주 얇고 부드러운 반투명 튜브로 엮인 옷이다. 여자가 여전히 웃는 얼굴로, 이번에는 훨씬 신빙성 있는 얘기를 한다.

"보온 기능이 뛰어난 기능성 의류예요."

여자가 테이블 모서리를 다시 붙잡고 손을 탁, 탁 두 번 튕긴다. 그러자 우리가 마주 앉은 바닥이 마름모꼴 모양으로 주변과 분리되며 내가 앉은 소파와 여자의 휠체어까지 태운 채 천천히 상승한다.

우리는 천장의 거울을 뚫고 나와, 스노볼의 지붕 위에 도착한다.

"와……."

오랜만에 마주하는 바깥세상의 추위를 무색하게 하는 장관이 두 발 아래 펼쳐진다. 그림 같은 거대한 산맥과 드넓은 바다 사이에 자리 잡은 동그란 생명의 별, 스노볼. 돔의 안팎으로 자연이 만든 태양과 인간이 만든 태양이 동시에 떠오르고 있다.

하지만 내 입에서 뭉게구름처럼 피어오른 건 감탄이 아니라 안타까운 한숨이다. 이 높은 곳에서도 또렷하게 보이는 비누 거품이 마치 안개처럼 도시를 집어삼키고 있다.

파사삭, 코의 점막이 얼어붙고, 눈을 깜빡이니 속눈썹에 얼음꽃이 핀다. 테이블의 한쪽 모서리에 현재 기온이 하얀 글씨로 밝게 표시된다. 영하 38도. 여름에도 바깥세상의 이른 아침은 혹한의 추위를 뽐낸다.

"좀 더 따뜻하게 해 줄게요."

여자가 손바닥으로 가볍게 쓸자 매끈한 은색 테이블에서 순식간에 열기가 뿜어져 나온다.

"와, 신기해요."

여자가 만족스럽게 웃는다.

"여기가 어딘지 궁금하댔죠? 이곳은 스노볼의 돔을 짓고 도시 계획을 세우던 현장 감독의 사무실이에요."

내가 이렇게 대단한 장소에 와 있다니 믿기지 않는다.

"이왕 올라왔으니 차라도 한잔해야죠?"

여자가 서랍에서 찻주전자와 찻잔을 꺼내 테이블 위에 올려놓자

물이 서서히 끓어오른다.

나는 그 모습을 신기하게 바라본다.

"이 테이블은 어떻게 이렇게 열이 나요?"

여유롭게 차를 내리는 여자 뒤로 먹구름에 가린 붉은 태양이 보인다.

"배터리가 내장돼 있거든요."

홍차가 담긴 잔을 내밀며 여자가 묻는다.

"수한테 나에 대해 물었다면서요?"

그렇게 넓은 지하 사각지대는 누가 찾은 거예요? 누가 거기에 그렇게 큰 해독실을 만든 거죠?

"뭐가 궁금했을까?"

물어보고 싶은 게 너무 많아서 생각이 꼬인다.

"어 일단, 제가 뭐라고 불러야 할지……. 명함에 아무것도 적혀 있지 않더라고요."

"아, 결혼식장에서 내 소개도 제대로 못 했었죠? 이본 사람이 우리가 같이 있는 걸 보기 전에 자리를 떠야 했거든요."

여자가 멋쩍게 웃는다.

"내 이름은 신이채예요. 다들 편하게 신 대표라고 불러요. 대외적으로 회사를 운영하지는 않지만."

신이채, 신이채……. 이름을 여러 번 곱씹어 봐도 떠오르는 정보가 없다. 바다 위에 유리 상자로 만든 예식장을 짓고, 스노볼의 꼭대기에 올라와 차를 마실 정도로 대단한 사람인데, 이름도 얼굴도 낯설다니.

"신씨면…… 이본가 사람은 아닌 거죠? 그런데 어떻게 거울 엘리베이터를 알고 이용하는 거예요?"

신이채 대표가 눈을 내리깔고 차를 한 모금 들이켜며 미소 짓는다.

"그보다 먼저 물어야 할 건, 그쪽이 거울 엘리베이터를 사용할 줄 안다는 사실을 내가 어떻게 알고 있는지 아닐까요?"

나와 통화할 때 신이채 대표는 내가 거울 엘리베이터를 당연히 사용할 줄 안다는 전제를 깔고 있었다.

"그쪽이 생방송 뉴스에서 차설과 차귀방의 만행을 시원하게 까발리고 며칠 지나지 않아 이본영 회장이 나를 찾아왔어요."

"이본영 회장이요?"

그때라면 혈관 질환으로 쓰러져 그룹 업무에서도 완전히 손을 놓고 입원해 있었을 텐데.

"거울 엘리베이터에 등록된 전초밤의 생체 정보를 완전히 삭제하라고 지시했죠."

"네?"

"거울 엘리베이터에 그쪽의 유전자와 홍채, 그리고 지문 정보가 등록돼 있었거든요."

혼란스러워 하는 나를 앞에 두고 신이채 대표가 차분히 설명을 이어 간다.

"거울 엘리베이터는 내부 시스템에 생체 정보가 등록된 사람만이 이용할 수 있는 특별한 이동 수단이에요. 이본가에서도 이본영 회장과 이본심 부회장, 그리고 후계자 이본회만이 등록돼 있죠."

"이본영 회장이 그렇게 중요한 시스템의 관리를…… 외부인에게 맡겼다고요?"

먹구름에서 벗어난 태양이 신이채 대표의 얼굴을 환히 비추며 그녀의 얼굴에 떠오른 자부심을 선명하게 드러낸다.

"맡긴 게 아니에요."

"그럼요?"

"내 윗대에서 그 시스템을 만들고 우리가 쭉 관리해 왔어요."

"……윗대요?"

"이본 선대 회장이 만든 건 스노볼이라는 개념이었을 뿐, 그 아이디어를 현실로 만든 건 우리예요."

신이채 대표가 눈썹을 들어 올리며 씩 웃는다.

"이 거대한 두개골 안에 핏줄처럼 정교하고 복잡한 케이블을 깔아 카메라를 연결하고, 거기서 수집된 필름을 자동으로 편집해 주는 기기를 만들어 스노볼의 근간을 세웠죠."

압도적인 얘기에 뒤통수가 저릿하다.

"스노볼 설계자의 이름은 한 번도 들어 본 적이 없어요. 수업 시간에 이본가에 대해서는 그렇게나 열심히 배우는데, 이 돔과 시스템을 직접 만든 사람들에 대해서는 어째서 전혀 가르쳐 주지 않는지……."

신이채 대표가 얼굴에 웃음기를 거둔다.

"하늘 아래 태양은 하나여야 한다는 걸, 이본 선대 회장은 잘 알고 있었던 거죠. 우리가 가진 기술력도 두려웠을 테고."

"이본 선대 회장이 스노볼 역사에서 신 대표님의 집안을 의도적으로 지워 버렸다는 건가요?"

신이채 대표가 쓸쓸한 미소와 함께 고개를 젓는다.

"아뇨, 먼저 제안한 쪽은 우리였어요."

"네?"

"우리는 역사에 기록되지 않겠다. 그저 이 시스템의 관리자로 조용히 살아가겠다. 두 번째 태양이 될 생각 따위는 없다."

신이채 대표의 눈빛이 어두워진다.

"하지만 이본 회장은 호락호락하지 않았어요. 두 개의 태양은 물론 밤에만 뜨는 달조차 용납하지 않았죠."

그녀의 가문이 말살되지 않았음을 두 눈으로 확인하고 있으면서도 심장이 두근거린다.

"그런데 어떻게 살아남을 수 있었어요?"

"내 선조가 보통 똑똑한 사람이 아니잖아요? 거울 엘리베이터는 물론이고 촬영과 편집 시스템까지, 자신의 유전자 정보를 입력해야만 '관리자 모드'에 접근할 수 있도록 설정해 둔 거예요. 혹여 이본에서 자신의 유전자 정보를 훔치려는 시도조차 하지 못하게, 오로지 **살아 있는 자신**만이 시스템 관리에 접근할 수 있도록 원칙을 만들었죠."

내가 입을 벌리고 바라보자 신이채 대표가 우쭐한 얼굴로 자기 자신을 가리킨다.

"그래서 나 없이 이본영 회장은 필름 하나도 마음대로 훔쳐보지 못해요. 내가 직접 유전자 정보를 입력해야만 시스템에 접근할 수 있거든요."

내가 감탄 어린 시선을 보내자 신이채 대표가 관객에게 인사하는 연극배우처럼 양팔을 위로 들고 가볍게 목례한다.

"그런데,"

문득 궁금해진다.

"대표님의 유전자가 대표님의 선조와 완전히 일치할 수 있나요?"

고해리들 같은 특이 사례가 아닌 이상, 유전자가 완벽하게 똑같은 경우는 있을 수 없다.

신이채 대표가 오묘한 표정을 짓는다. 슬픈 것 같기도 하고 기쁜 것 같기도 한 얼굴이다.

"고해리 프로젝트 훨씬 이전에, 이미 비슷한 일이 있었어요."

"네?"

"똑같은 인간을 복제해 내는 일이요."

설마…….

백 년도 더 전에 스노볼을 만들었던 설계자와 완전히 똑같은 얼굴을 가진 사람이 지금 나와 마주 앉아 있다는 걸 깨달은 내가 그대로 굳어 버린다.

스노볼의 열쇠

"그래요, 나도 전초밤 씨와 같은 복제 인간이에요."

신이채 대표가 내 눈을 가만히 응시한다.

"고해리는 조작된 유전자를 여러 명으로 복제한 사례였다면, 나의 경우에는 이미 존재하는 유전자를 그대로 복제해 대를 잇는 방식이죠."

내가 복제 인간이었다는 얘기를 들었을 때만큼 심장이 쿵쾅거리고 온몸이 떨려 온다.

"더 쉽게 말하자면, 나는 스노볼의 시스템에 접근하는 **열쇠**인 셈이에요. 다만 보통의 열쇠와 달리 수명이 다하면 죽고, 병에 걸려도 죽죠. 그래서 이본의 회장은 그런 일이 일어나기 전에 내 유전자를 복제해 **다음 열쇠**를 만들어 내고요."

"그럼 대표님은……."

"나는 나 자신인 동시에 나의 선조이고, 나에게 이 시스템 운영법을 알려 주고 죽음을 맞이한 나의 엄마이기도 하죠."

신이채 대표가 자신의 두 다리를 물끄러미 내려다본다.

"유전자 정보를 하나도 바꿔선 안 되니까 내 선조가 갖고 태어난 이 유전병을 고칠 수도 없고요."

난데없이 내 눈에서 조용히 눈물이 흐른다.

"왜 울어요?"

"저도 모르겠어요."

정말 모르겠다. 그저…… 타인의 목적을 위해 시작된 삶의 비극이 내 가슴을 아프게 긁는다.

"그래서 신기루 병원을 세우실 수 있었던 건가요? 이본이 절대 대표님을 죽일 수 없다는 사실을 방패 삼아서."

신이채 대표가 피식 웃는다.

"이본이 왜 날 죽일 수 없죠?"

"그야 이본에겐 대표님의 유전자 정보가 필요……."

신이채 대표가 턱을 괸 채로 3구획을 물끄러미 내려다본다.

"나와 똑같은 유전자를 가진 아이가 이본 저택에서 몰래 자라고 있어요. 내 선조이자 내 후손이고 나 자신이기도 한 **예비용 열쇠**가."

내 입에서 무거운 헛웃음이 새어 나온다.

"내 할머니 격인 존재는 자신이 스노볼의 열쇠임을 이용하려 했어요. 모든 시스템을 틀어쥐고 이본영 회장을 위협하려 했죠."

신이채 대표의 목소리에 안타까움이 깃든다.

"그런데 내 엄마라고 할 수 있는 그 사람이 모든 계획을 이본영 회장에게 고스란히 알려 주었어요. 그날 밤 할머니는 죽었고, 엄마는 아주 오랜 뒤에야 자신이 저지른 잘못을 깨달았죠. 그래서 속죄의 의미로 해독실을 지은 거예요."

"어떻게 그런 일이……."

"이본영 회장 밑에서 자랐으니까요. 나의 시작이 어디였는지, 내가 왜 존재하는지, 아무것도 모른 채 이본영 회장의 총애를 받으며 커 왔으니까. 이본영 회장이 부모고 하늘인 셈이죠. 나 역시 그랬어요."

지독하리만큼 비극적이다.

"이렇게 이본 앞에 내 목숨은 바람 앞에 촛불 같은 거라……."

신이채 대표가 잠시 머뭇거리다 말을 잇는다.

"이본영 회장의 요구에 어쩔 수 없이 보여 줬어요."

"뭐를요?"

"생방송 폭로 때 전초밤 씨가 스튜디오 전화 부스에서 이본회와 통화했던 필름."

"아."

신이채 대표를 협박해서 그날의 필름을 본 거였구나. 그래서 내가 스노볼의 비밀을 알고 있다는 사실을 알았고, 나를 그대로 둘 수 없었던 거야.

"미안해요."

내가 재빨리 손을 젓는다.

"아니에요."

이본영 회장의 눈 밖에 나면 언제든 **다음 존재**로 대체될 수 있는 줄 알면서, 어떻게 다른 선택을 할 수 있을까. 나라도 그 상황에서 어쩔 수 없이 같은 결정을 내렸을 거다.

신이채 대표가 겸연쩍은 목소리로 말을 잇는다.

"그 대신, 거울 엘리베이터 시스템에서 전초밤 씨의 생체 정보는 지우지 않았어요. 그건 이본영 회장이 당장 확인할 방법이 없는 일이니까, 눈속임하기가 쉬웠죠."

"그런데 제 생체 정보가 어떻게 등록돼 있었어요?"

"거울 엘리베이터를 사용한 적 있는 **다른 고해리**의 생체 정보가 시스템에 등록돼 있었어요."

신이채 대표가 그날의 일을 떠올리며 옅은 미소를 띤다.

"지난 크리스마스이브에 통제실에 있는데 거울 엘리베이터 시스템에서 알람이 울렸어요. **고해리**와 유전자 정보는 일치하지만, 지문과 홍채가 다른 인물이 접근했다는 알람이었죠."

시스템은 해당 인물의 생체 정보를 업데이트하겠느냐고 물었다. 지문과 홍채는 상처로 훼손될 수 있기 때문에 업데이트가 가능하도록 설정돼 있었고, 신이채 대표는 바로 승인했다.

"몇 년 전 거울 엘리베이터를 딱 한 번 사용하고 실종된 고해리가 돌아온 줄 알았거든요."

내가 호흡을 고르며 천천히 묻는다.

"숲으로 사라진 고해리 말씀이시죠?"

"맞아요."

"그 애가 거울 엘리베이터를 이용한 적 있다는 건 무슨 얘기예요?"

"외부인의 생체 정보를 거울 엘리베이터 시스템에 입력할 땐 딱한 가지 이유예요."

이어지는 신이채 대표의 목소리가 서늘하다.

"지하 발전소로 갈 사람이라는 거죠."

역시…… 거기 있었어.

나도 모르게 목소리가 커진다.

"그 애를 찾고 싶어요! 지하 발전소에 갇혀 있는 다른 사람들도 모두 구해서, 이본이 그동안 스노볼의 지열을 가지고 우리를 속여 왔다는 증인으로 삼고 싶어요."

신이채 대표가 짐짓 놀란 표정을 짓는다.

"역시 눈치챘군요. 이곳에 지열이 없다는 걸."

내가 무겁게 고개를 끄덕이자, 신이채 대표가 다시 입을 뗀다.

"이본 선대 회장이 지구를 샅샅이 뒤져 찾아낸 곳은 천연 지열이 있는 곳이 아니라, 아무도 살고 있지 않은 땅, 그래서 아무도 모르게 지하 발전소를 지을 수 있는 땅이었죠."

신이채 대표의 시선이 다시 밑으로 향한다.

"그래서 내 선조에게 이렇게 거대한 돔을 세우는 사업을 제안하기도 전에 이미 지하 발전소를 지어 두었고, 그런 탓에 그 내부만큼은 내 통제 밖이에요. 그곳이 어떤 식으로 돌아가는지 전혀 알 수가 없어요."

수십 명의 사형수가 탑처럼 쌓인 쳇바퀴를 돌리던 장면을 떠올린다. 신이채 대표의 선조가 지하 발전소를 지었다면 그곳 역시 스노볼의 다른 시스템들처럼 자동화되어 있었을 것이다.

이본은 지하 발전소를 인간의 노동력이 필요한 구식으로 지은 덕분에 그곳을 온전히 손아귀에 넣을 수 있었다. 스노볼의 가장 중요한 비밀이자 근간을.

"초밤 씨, 지하 발전소로 가서 내가 하지 못한 일을 해 줘요."

신이채 대표가 나와 눈을 맞추며 목소리에 힘을 준다.

"가서 그곳을 아예 멈춰 줘요."

"그렇게 되면……."

결국 스노볼 안도 추워질 것이다. 여기 바깥세상처럼.

"굳이 폭로하지 않아도 모두가 알게 되겠네요, 스노볼이 축복받은 기적의 땅이 아니라는 걸."

동시에 모두가 혼란에 휩싸이고, 세상의 균형을 지키던 질서가 무너질 것이다.

온몸이 떨리고 이가 딱딱 부딪친다.

"지하 발전소가 멈춘 이후의 세상은 어떻게 될까요?"

신이채 대표가 웃음 짓는다.

"내가 준비해 온 답을 보여 줄게요."

신이채 대표가 테이블에 오른손을 대고 주먹을 꽉 쥔다. 순간 장난감 하트를 붙인 내 가슴에 송곳이 찌르는 듯한 고통이 느껴지는가 싶더니 날카로운 물체가 그대로 내 심장까지 관통한다. 나는 고통에 몸부림치며 바닥에 쓰러진다.

"호흡해요. 천천히."

신이채 대표가 침착한 목소리로 지시하지만, 숨이 제대로 쉬어지지 않는다. 심장이 도저히 감당할 수 없을 정도로 빠르게 뛴다.

"겁먹지 말고! 처음이라 그런 거니까."

"뭐, 뭐가……."

"지금 초밤 씨 가슴에 달고 있는 물건, **인공 심장 박동기**라는 거예요."

신이채 대표가 나를 진정시키려 빠르게 말한다.

"사람의 심박수를 인위적으로 높여서 체온을 올리는 기기예요. 아무리 추운 날씨라도 열심히 뛰어다니면 그만큼 덜 추워지죠? 바로 그런 원리예요."

심장 박동은 여전히 비정상적으로 빠르게 뛰지만, 순간적인 공포는 조금씩 가라앉는다.

"그런 게, 가능하다고요?"

신이채 대표가 옅은 미소를 머금은 채 입을 뗀다.

"그뿐이 아니에요. 그 인공 심장 박동기는 심장 박동, 혈류, 근육 운동 등 사람의 체내 에너지를 전기 에너지로 변환해 수집해요."

"그 말은, 제가 숨만 쉬어도 전력이 생산된다는 뜻인가요?"

신이채 대표가 자신의 털옷을 쓰다듬으며 말한다.

"그 전력으로 우리가 입고 걸치는 것들을 따뜻하게 데울 수 있어요. 기능성 의류에 한정된 얘기지만."

나 역시 입고 있는 털옷을 손으로 쓸어 본다.

"……따뜻해요."

신이채 대표가 우리 발아래 펼쳐진 스노볼의 아침을 찬찬히 바라본다.

"이 지붕을 무너뜨리기 위해서는 대안이 필요했어요. **전쟁 문명**으로 돌아갈 각오를 하고 이본을 쓸어 버릴 순 없으니까."

그렇게 신이채 대표가 몰래 개발해 온 인공 심장 박동기가 이제

상용화 가능 단계에 접어들었고, 그녀는 움직임이 자유롭지 못한 자신 대신 지하 발전소를 멈춰 줄 사람을 찾고 있었다.

"**거짓 지열**이 남아 있는 한, 이본 그룹은 무너져도 스노볼은 무너지지 않을 테니까요."

나를 마주 보며 미소 짓는 그녀의 창백한 이마에서 검은 머리칼이 바람에 가볍게 날린다.

"그날의 필름을 보여 달라고 한 이본영 회장의 명령은, 스노볼을 무너뜨린 결정적인 순간으로 기록될 거예요. 그 덕분에 나 역시 그날의 필름을 봤고, 전초밤이라는 파트너를 찾아냈으니."

"파트너……."

내가 그 말을 곱씹는 사이 신이채 대표가 조심스레 묻는다.

"어때요. 나와 함께 **새로운 세상**을 열어 볼래요?"

만약 이 기술이 그때도 있었다면…… 버스에 고립된 우리를 구하기 위해 스키를 타고 발전소로 달려가던 아빠도 몸을 따뜻하게 유지할 수 있었겠지? 그럼 스노볼 돔 밖에서도 사람들이 마음껏 산책을 즐길 수 있는 **새로운 세상**에서 엄마와 아빠는 매일 손을 잡고 길을 걸었을 거야.

그런 만약을 생각하자 눈물이 찔끔 난다. 인공 심장 박동기 때문이 아니라, 그 미래에 가슴이 빠르게 뛴다.

나는 망설임 없이 대답한다.

"최선을 다해 도울게요."

신이채 대표의 눈빛에도 희망이 깃든다.

"좋아요. 그럼 일단 아침부터 먹고 지하 발전소로 가면 어때요?

이본영 회장에 꼬리를 밟히지 않으려면 지금부터 부지런히……."

내 표정을 읽은 신이채 대표가 말을 줄인다.

"왜 그래요, 초밤 씨?"

"죄송하지만 이렇게 바로 갈 순 없어요."

"너무 갑작스러워서?"

"아뇨, 그런 게 아니라……. 아마 지금도 미류 언니가 꽤 걱정하고 있을 거예요. 제가 몇 시간째 없어진 줄 알면 온기랑 차향도 난리가 났을 거고……."

신이채 대표가 가슴을 쓸어내리며 웃는다.

"지하 발전소로 가기 전에 안부 전화는 얼마든지 해요."

"박물관에서부터 이본이 제 뒤를 밟고 있어요. 제가 온데간데없이 사라져서 오랫동안 나타나지 않으면 이본영 회장이 분명 의심할 거예요."

너는 그저 아무것도 하지 않고 가만히 있기만 하면 돼. 내가 짜놓은 시나리오에서 벗어나려고도, 너만의 새로운 이야기를 만들려고도 하지 말고, 그저 가만히.

"그러다 지하 발전소에 숨어든 저를 찾아내기라도 하면…… 모두가 대가를 치르게 될 거예요."

온기와 차향, 미류 언니, 소명과 시내, 그리고 어쩌면 배새린까지 전부.

"물론, 시스템에서 제 생체 정보를 지우지 않은 대표님도요."

"그러니까 더더욱 지금 당장 지하 발전소로……."

신이채 대표의 말을 내가 가로막는다.

"이본영 회장의 의심을 사지 않고 안전하게 지하 발전소로 갈 방법을 찾아볼게요."

신이채 대표가 초조한 얼굴로 나를 바라보다 이내 고개를 끄덕인다.

"믿을게요."

나를 보는 얼굴에 비장함이 깃든다.

"그 대신 꼭 명심해 줘요. 이번이 아니면 우리에게 다시는 기회가 없을지도 모른다는 사실을."

인재(人災)

"내가 쓴 대본, 읽긴 했어?"

배새린이 퉁명스럽게 다가와 종이 뭉치를 내 눈앞에 휙 들이민다. 우리 둘이 오늘 진행할 날씨 뉴스의 멘트가 빼곡하게 적혀 있다. 나 역시 피곤한 기색을 숨기지 않으며 까칠하게 말한다.

"그냥 네가 다 해. 난 대충 맞장구나 칠게."

배새린이 미간을 구기며 종이를 집어 던진다.

"장난해? 그럼 시청자들이 내가 욕심내서 네 분량 뺏는다고 욕할 거 아냐!"

배새린의 시비에 지난 사흘간 편히 잠들지 못한 피로가 한꺼번에 몰려온다.

목요일 새벽에 신이채 대표를 만난 뒤로 머릿속의 전원이 도무지 꺼질 생각을 하지 않는다. 차향이나 미류 언니와 상의하고 싶었지만, 차향은 편집실에서 밤을 새워야 했고, 미류 언니는 수와 함께 여전히 의식이 돌아오지 않은 목의 곁을 지켰다.

"배새린. 나 지금 너랑 다툴 힘 없거든?"

"누군 너랑 말 섞고 싶어? 일이잖아, 일."

그때, 마치 구원자처럼 이담 피디가 기상 캐스터 대기실로 들어서며 어색하게 웃는다. 배새린이 바닥에 떨어진 종이를 주우며 재빨리 미간에 힘을 푼다. 나는 마취 총과 권총으로 무장하고 부조정실을 탈취하던 때가 떠올라 조금 무안한 얼굴로 인사한다.

"안녕하세요."

"안녕하세요, 피디님!"

나와 배새린이 동시에 인사를 건네자 이담 피디가 도저히 못 알아보겠다는 표정을 짓는다.

"이야, 정말 누가 누군지 모르겠네."

나와 배새린은 화장을 통해 우리 둘이 조금이라도 구별되길 바랐지만, 고상히의 후임으로 들어온 메이크업 담당자는 우리를 완전히 똑같이 빚어 놓곤 만족스러운 미소를 보였다.

나는 프랜의 결혼식에서 미처 하지 못한, 부조정실 공격에 대한 사과를 뒤늦게 전하고, 이담 피디는 그날 일에 가타부타 더 언급하지 않은 채 180도로 펼쳐진 창밖으로 시선을 던진다.

"비싼 입욕제를 풀어도 이렇게 거품이 잘 나지는 않는데."

창가에 서 있던 나와 배새린의 시선이 자연스레 지상으로 향한다. 분홍색과 보라색, 간간이 노란색과 초록색이 섞인 비누 거품이 도시 여기저기에 뭉게구름처럼 피어 있다.

"이번 재난에 우비랑 장화 파는 액터들 수입이 엄청나게 늘었다는 뉴스 봤지?"

미끌미끌한 비누 거품에 젖은 신발과 옷을 입고 내내 돌아다니기란 꽤 찝찝한 일이었다.

"비누 거품 덕분에 온갖 사건 사고가 일어나서 디렉터들이 신났다는 얘기는 해 봐야 내 입만 아프고, 드라마 내용을 제대로 이해하지 못하는 어린 시청자들은 **비눗방울 왕국**에 한번 가 보고 싶다고 난리래."

나는 어떻게 반응해야 할지 몰라 눈썹만 꿈틀거린다.

비눗방울이 내린 이후 목을 비롯해 수천 명의 사상자가 발생했다. 이번 재난을 겪으며 타박상 하나 얻지 않고 지나간 사람이 없을 정도다.

"재난을 뽑는 일에 너희가 혹시 부담을 느낄까 싶어서 하는 말이야. 프랜처럼."

나와 배새린이 말없이 시선을 맞춘다. 재난 신청자가 설정한 날짜와 시각에 재난이 종료될 때까지, 날씨 추첨에는 매일 재난 내용이 포함된다.

여기에, 돌아온 역대 캐스터들과 재난 기간이 맞물리면서 「뉴스 나인」의 시청률이 고공 행진 중이라더니, 이담 피디의 얼굴이 아주 행복해 보인다.

"그리고 오늘 너희 둘이 **재난 카드** 내용을 공개하면 어떨까."

이담 피디의 말에 배새린의 얼굴에도 화색이 돈다.

"정말요? 내일 프랜 선배님이 돌아오시면 직접 공개하실 줄 알았는데."

"그러려고 했는데, 만나는 사람마다 어서 공개해 달라고 난리잖

아. 원래대로라면 재난이 시작된 날 날씨 뉴스에서 바로 공개했어야 하니까."

배새린이 힘차게 고개를 끄덕인다.

"하긴 지금쯤 시청자들도 목을 빼고 기다리고 있을 거예요."

"게다가 너희가 깜짝 발표하면 더 재미있을 테고."

이담 피디의 반짝이는 눈에 가파른 시청률 상승 곡선이 그려지는 것 같다. **고해리 둘**과 재난 카드 발표의 조합이라니, 역시 타고난 제작자다.

배새린이 이담 피디와 함께 대본을 수정하는 동안 나는 벽에 걸린 전신 거울을 슬쩍 바라본다. 저 거울을 통과해 지하 발전소의 모터를, 스노볼의 지열을 꺼 버리는 내 모습을 상상해 보지만…….

지금은, 아직은 아니었다.

"초밤 씨."

나긋한 말투와 함께 배새린이 구두 앞코로 내 발목을 툭 친다. 그러고는 미소 띤 눈으로 은밀하게 욕한다. '야 전초밤, 정신 안 차려?'

생방송 중에도 지하 발전소 생각에 정신이 팔려 있던 내가 재빨리 입에 미소를 건다.

"네, 새린 씨."

오랜만에 마주한 스튜디오 조명은 눈을 뜨기 힘들 정도로 환하고, 커다란 카메라 위에 켜진 '생방송' 표시는 위협적일 만큼 빨갛다.

배새린의 구두가 이번에는 조금 더 세게 내 발목을 때린다. 하마터면 깜짝 놀라 소리를 지를 뻔했다.

"그럼 오늘의 날씨 추첨에 앞서 많은 분들이 궁금해하셨던 내용부터 공개해 볼까요?"

배새린이 우리 사이에 놓인 작은 금고를 열고 재난 엽서를 꺼내 든다.

"초밤 씨가 읽어 주실래요?"

"새린 씨가 읽어 주세요."

배새린이 어쩔 수 없다는 표정으로, 그러나 이렇게 중요한 발표를 직접 맡게 된 데에 큰 기쁨을 느끼는 얼굴로 재난 엽서의 내용을 확인한다.

"올해 재난 아이디어를 제공한 시청자는, 바-J-9동에 사는 정이현 양입니다."

배새린이 명랑한 목소리로 읽어 내려간다.

"안녕하세요! 저는 바-J-9동에 사는 4학년 2반 7번 정이현입니다! 제가 어제 생일 선물로 비눗방울이 나오는 총을 받았는데요. 정말 예쁘고 너무 재미있어요!"

자꾸만 오른쪽 밑으로 기우는 문장, 보라색과 분홍색 크레파스로 그려 넣은 동그란 비눗방울에서 아홉 살 아이의 순수함이 느껴진다.

이 아이는 비눗방울 재난이 시작됐다는 뉴스를 보자마자 자신의 엽서가 채택됐다는 걸 알고 신이 났겠지. 아이의 가족들은 덕분에 일 년간 풍족한 경제적 지원을 받는다는 사실에 기쁨을 감추지 못했을 테고, 몇몇 이웃은 당신네 아이 때문에 내가 아는 누군가가 스노볼에서 다쳤다고 원망하겠지만, 대부분은 자식이 어린 나이에 벌써 유명 인사가 되어 자랑스럽겠다고 추켜세울 것이다. 우리 동네 수지 언니에게 그랬듯이.

"이 엽서가 뽑히고, 음…… 사흘 정도 지나서 비눗방울 비가 시작되면 좋겠어요. 저는 선물을 기다리는 시간이 즐거워요. 비눗방울이 하늘에서 왕창 쏟아지면 정말 행복할 것 같아요."

그저 비눗방울이 예뻐서, 비눗방울이 내리는 하늘을 보고 싶은 아이의 순수한 바람 때문에 목을 포함한 많은 이들이 죽음 앞에 서 있다니…….

이토록 교묘한 방법으로 이본은 우리의 목숨과 인생을 가지고 논다. 우리가 어떤 위험에 노출돼 있는지도 모른 채, 그저 우비가 더 잘 팔려서 만족하고 뉴스 시청률이 잘 나와서 기뻐하게 만든다.

생방송이라는 사실을 아무리 되새겨 보아도 점점 무릎이 떨려 온다. 지금 이 자리에서 진실을 말해야 하는 건 아닐까? 스노볼의 거짓과 이본 그룹의 만행을.

하지만 이담 피디가 나의 폭로를 가만히 지켜보고만 있을까? 생방송 버튼을 꺼 버리면 그것으로 모든 게 끝이다.

꼭 명심해 줘요. 이번이 아니면 우리에게 다시는 기회가 없을지도 모른다는 사실을.

신이채 대표가 오랫동안 준비해 온 계획을 내가 망쳐 버릴 순 없다. 나는 애써 숨을 고른다.

그때 인이어 이어폰에서 이담 피디의 당혹스러운 목소리가 들려온다.

—지금…… 너무 중요한 속보가 들어와서 일단 자막은 띄웠거든? 어…… 그래도 너희가 한번 언급을 해 줘야 할 것 같아.

현재 방송되고 있는 화면을 띄운 모니터를 확인한다. 깊은 수심에 젖어 보이는 나와 생긋 웃는 얼굴로 눈을 크게 뜬 배새린의 모습 아래로 속보 자막이 지나간다.

〔속보〕 이본 그룹 후계자 이본회, 비행기 추락 후 통신 두절

……뭐?

귓속에서 울려 퍼지는 이담 피디의 목소리가 아득하게 들려온다.

—지금까지 들어온 내용 정리해서 프롬프터에 띄울 테니까 새린이가 읽어 줘.

우리를 정면에서 촬영 중인 카메라와 연결된 검은 프롬프터 화면에 하얀 글자가 떠오른다. 눈앞이 살짝 뿌예져 글씨가 제대로 보이지 않는다.

놀란 표정을 추스르지 못하면서도 배새린은 최대한 또박또박 내용을 읽는다.

"아…… 네, 지금 들어온 주요 속보가 있어 잠시 전해 드립니다. 이본 미디어 그룹의 후계자 이본회 군을 태운 비행기가 자-P-22동으로 향하던 도중 갑작스러운 기상 악화를 만나 추락한 것으로 알려졌습니다. 이본 그룹은 해당 기체와 통신을 시도하고 있으나 현재까지 아무런 신호가 없다고 전했습니다."

머리가 어지러워 몸이 한쪽으로 기우는 착각이 든다.

"이본 그룹은 이번 일정에 대해, 이본회 군이 이본 미디어 그룹 전체를 대표해 '고해리 프로젝트'의 피해자들을 직접 찾아가 사과 하려 했다고 밝혔습니다."

배새린이 잠시 내 표정을 살피더니 이어지는 내용을 읽는다.

"사고는 이본회 군이 전초밤 양의 가족을 방문하러 가는 길에 일 어났으며 추가 탑승자는 이 군의 경호원과 이본 전담 주치의……."

숨이 턱 막힌다.

우리 가족에게 사과하러 가는 이본회를 태운 비행기가 추락하다 니……. 표면적으로도 고통스러운 인과 관계지만, 더 무서운 것은 이 사고가 이본영 회장의 시나리오에 의해 고의로 일어났으리라는 사실이다.

명심하렴. 네가 스노볼에 위협이 되는 순간, 네 곁에 있는 사람의 목이 죄다 날아간다는 걸. 그게 내 핏줄이든 네 가족이든.

하지만 난 아직 아무 짓도 하지 않았잖아. 어째서 이본회를……. 설마 내가 신이채 대표와 만난 걸 알았나? 그래서 경고하는 거야? 당장 멈추라고?

프롬프터를 바라보는 배새린의 두 손이 파르르 떨리면서 손에 들린 재난 엽서가 바들거린다.

바깥세상에 사는 아홉 살 아이는 엽서 끝에 재난이 17일간 이어 지길 바란다고 적었다. 자신의 생일이 3월 17일이라는 이유로. 그 옆에는 재난 종료일을 시청자에게 공개하면 안 된다는 제작진의 작은 메모가 붙어 있다.

마치 최면 트라우마가 발생할 때처럼 심장이 꽉 조여든다. 나도 6학년까지 매년 재난 엽서를 보냈다. 내가 신청한 재난이 일어나면 디렉터가 되어 드라마를 만드는 것만큼 대단한 일이라고 생각했고, 해마다 참신한 재난 아이디어를 고민했다. 그땐 재난으로 인한 피해에 대해 전혀 알지 못했다.

지금도 사람들은 모른다. 이 재난이 반드시 일어날 필요가 없다는 사실을. 우리는 이본이 짜 놓은 연극 판의 꼭두각시일 필요가 없다는 것을.

나는 조용히 주먹을 쥐고 허리를 꼿꼿이 세운다.

이제 우리는 알아야 하고, 이본은 죗값을 치러야 한다.

실종

"다시 한번 알립니다. 이본 미디어 그룹의 이본회 군이 탄 비행기가 자-P-22동으로 향하던 도중 추락해 연락이 두절됐습니다. 조종사는 마지막 교신에서 해당 지역에 눈보라 돌풍이 분다고 전한 것으로 알려졌습니다. 관련해 새로운 소식이 들어오는 대로 신속히 보도해 드리겠습니다."

배새린이 프롬프터에 적힌 내용을 다 읽자, 이담 피디가 날씨 추첨을 이어 가라고 지시한다. 인이어 이어폰 너머로 들려오는 그녀의 목소리에 미약한 울음이 섞여 있다.

뉴스를 미리 짜 둔 대본대로 밝게 진행할 수 없게 되자 배새린이 잠시 당혹스러운 표정으로 나를 본다.

우리를 촬영 중인 카메라 감독과 스태프의 얼굴들 역시 충격과 슬픔으로 뒤섞여 있다. 아무도 아무 말도 하지 않는 정적이 흐른다. 평소라면 방송 사고겠지만, 오늘만큼은 이담 피디도 우리를 재촉하지 않는다.

이본회 너도 조심해.

그날 내가 그 이상의 얘기를 해 주었더라면.

이본회가 비행기에 타지 않겠다고 했을까? 툭하면 기상 상황이 나빠지는 바깥세상에서 비행기 사고로 사람을 죽여 없애는 건 너무도 자연스러워 누구도 의심하지 않을 덫이라는 걸 눈치챘을까.

하지만 누군가 내게 우리 할머니가 나를 죽이려 한다고 경고했다면? 과연 나를 길러 준 할머니보다 상대의 말을 더 신뢰했을까.

아니, 이건 다 핑계다.

그날 생방송 직전에 우리가 나눈 통화 내용, 누구한테 말한 적 있어?

난 그때 이본회를 온전히 믿지 못했다. 아니, 의심했다. 생방송 폭로 때 우리가 나눈 대화를, 내가 지하 발전소에 대해 알고 있다는 얘기를 이본영 회장에게 전했을 수도 있다고 생각했다. 이본회는 이본의 사람이니까.

우리는 결국 한편이 될 수 없을 거라고, 내가 사랑하는 사람들의 목숨이 걸려 있는 상황에서 이본의 사람까지 신경 쓸 수는 없다고. 그때 나는 그렇게 생각했던 것 같다.

그래서…… 차마 미안하다는 사과조차 함부로 할 수가 없다.

눈으로 뒤덮인 골짜기로 떨어지던 쿠퍼 라팔리의 모습과 이본회의 모습이 겹쳐진다. 깊은 곳에서 고통스러운 감정이 울컥 치밀어 오른다. 목에 사탕이 걸린 듯 이상한 숨소리를 내며 억지로 눈물을 참는 나를 배새린이 불안하게 바라본다. 비틀거리지 않으려 배새린의 팔을 잡고 몸을 지탱한다. 생방송 카메라 앞이라 그런지 배새린도 순순히 나를 부축해 준다. 그러면서 내 안색을 살피는 척 몸을 돌리고, 옷에 달린 마이크를 손으로 막는다.

배새린이 은밀하게 속삭인다.

"그래, 울어."

그러고는 재빨리 덧붙인다.

"너희 가족에게 사과하러 가는 길에 생긴 일이잖아."

슬쩍 나를 보는 배새린의 눈빛에는, 내가 너라면 무조건 울겠다는 의미가 담겨 있다.

배새린의 말에 나는 오히려 정신을 바짝 차린다. 이본회의 사고 소식에 죄책감을 느끼고 어쩔 줄 몰라 하는 나의 모습을 생방송으로 지켜보며 이본영 회장이 얼마나 만족스러워할지 상상하니 피가 차갑게 식는다.

전초밤, 정신 차리고 표정 관리해.

나는 최대한 아무렇지 않게 말한다.

"새린 씨, 그럼 이제 내일 날씨를 추첨해 볼까요?"

이본회에 대한 내 사죄는 남들에게 보여 주기 위한 방송용이 아니고, 당신은 절대 날 무너뜨릴 수 없다.

*

한나절 동안 쉬지 않고 쏟아지던 비눗방울이 멎은 스노 타워 앞은, 밤거리를 분주히 오가는 사람들로 붐빈다. 다들 축구화처럼 밑창에 스터드가 박힌 장화를 신고 있다. 제설차가 부지런히 거품을 밀어 낸 도로에는 타이어에 스노 체인을 씌운 자동차들이 줄지어 지나간다. 잠깐의 소강 상태를 틈타 식료품과 생필품을 구매해 뒷좌석 한가득 싣고 지나간다.

우리를 스쳐 가는 사람들의 시선을 느낀 배새린이 손으로 슬쩍 얼굴을 가리며 툴툴댄다.

"미리 와 있겠다더니."

차향의 차를 기다리며 고작 몇 분 서 있었을 뿐인데 나 역시 어느 순간 고개를 똑바로 들고 있기가 쉽지 않다.

고개를 살짝 내리며 사람들의 시선을 피하는데, 간만에 산책을 나온 작은 강아지—역시나 작은 스터드가 박힌 장화를 신고 있다—가 신이 나서 뛰어가다 인도 한쪽에 모아 놓은 거품 덩어리에 쏙 빠지는 모습이 보인다.

그때 젊은 액터 둘이 걸음을 늦추며 우리 쪽으로 다가온다.

"내일 날씨 좀…… 잘 뽑지 그랬어요."

우리를 향한 원망을 숨기려는 남자 옆에서 눈이 퉁퉁 부은 여자가 나를 노려본다.

"사과 방문은 직접 요청했어요?"

"네?"

"잘못은 차귀방 감독과 차설 감독이 저지른 거잖아요. 왜 이본회 도련님이 그 일 때문에……."

더 말을 잇지 못하는 여자를 남자가 가볍게 다독이며 나를 한번 흘겨본다.

"바깥 날씨라도 좋아서 수색에 지장 없길 기도하세요."

남자는 마치 모든 게 우리의 잘못이라는 듯이 말한다.

"우리 그냥 택시 타자."

배새린이 길가로 손을 뻗는 순간, 차향의 차가 우리 앞에 정확히 멈춰 선다. 차향이 타고 있는 조수석 창문 너머로, 운전대를 잡은 미류 언니가 사과한다.

"미안, 기다렸지? 여기 도로에 차를 못 대게 해서 한 바퀴 돌고 오느라."

나와 배새린이 재빨리 뒷좌석 문을 여는 사이, 또 다른 액터가 우리 곁을 지나가며 말한다.

"아까 뉴스 봤냐? 전초밤 걔 태연하게 날씨 추첨하는 거 대단하더라. 자기 집에 사과하러 가다가 그렇게 큰 사고가 일어났는데, 미안하지도 않나?"

내가 있는 줄 알고 일부러 한 말은 아니었다. 그래서 더 가슴에 콱 박힌다.

배새린이 나를 차 안으로 욱여넣으며 혀를 찬다.

"거봐, 내가 울라고 했지?"

「뉴스 나인」이 끝나고 바로 시작된 「나, 너, 우리」의 오늘 방영분을 편집하느라 이틀 밤을 꼴딱 새운 차향이 크게 하품을 한다. 뒤에선 택시가 빨리 비키라고 경적을 울린다. 미류 언니가 액셀을 밟고, 택시 뒤로 보이는 검은 차가 우리를 따라 출발한다. 나와 배새린이 스노 타워 앞에 서 있는 동안 노란 비상등을 켜고 서 있던 차다. 경비 요원이 왜 저 차의 임시 주차에는 관대했던 걸까.

내가 자못 비장하게 입을 뗀다.

"할 얘기가 있어."

이본이 나를 노리는 이유를 이제는 말할 수 있다.

나는 깊은 심호흡과 함께 천천히 말한다.

"스노볼에는 지열이 없어. 지금까지 이본이 우리를 속여 온 거야."

미류 언니가 갑자기 브레이크를 밟는 바람에 뒤차가 신경질적으로 멈춰 서며 경적을 울린다. 차향이 또 하품하려던 입을 그대로 벌린 채 나를 돌아본다.

"뭐?"

내가 미류 언니의 어깨에 살짝 손을 얹는다.

"언니, 집까지 천천히 가자. 할 얘기가 좀 많아."

우리 뒤로 밀려 있는 차들의 시끄러운 경적과 함께 미류 언니가 다시 차를 출발시키고, 트라우마가 사라진 나는 그동안 하지 못한 이야기를 꺼낸다. 거울 엘리베이터와 지하 발전소, 그리고 부해의 최면까지.

거기까지 얘기한 뒤 잠시 시간을 확인한다. 계기판 옆에 달린 작은 시계. 그 안에 위장한 카메라가 나를 정면에서 찍고 있다.

이본영 회장이 마음대로 필름을 확인하지 못한다는 건 확인했지만, 언제라도 신이채 대표의 목숨을 협박해 내 필름을 훔쳐볼 수도 있다. 그렇기에 신이채 대표와 만난 일은 숨기고, 스노볼의 거짓 지열을 멈추기 위해 내가 하려는 일에 대해서만 이야기한다.

"뭐? 지금 뭐라고?"

조용히 내 얘기를 듣고 있던 차향이 미간을 확 찌푸리며 묻는다. 룸 미러로 걱정스럽게 나를 보는 미류 언니의 눈을 응시하며 내가 방금 했던 말을 반복한다.

"내가 잠시 실종될 계획이라고."

이본회의 사고 소식으로 충격과 슬픔에 젖은 액터들에게 시간당 300밀리미터씩 쏟아지는 '비눗방울 폭탄'을 내일 날씨로 선사하게 된 순간, 더 이상의 최악이 있을 수 없다고 생각했다. 하지만 비누 거품에 푹 빠져 버린 작은 강아지를 보고는 내일의 재난이 기회가 될 수도 있다는 사실을 깨달았다.

"내일 정오쯤이면 비누 거품이 도시를 집어삼킬 거야. 그 거품 속에서 이동하면 카메라에 찍히지 않고 거울 엘리베이터까지 갈 수 있어. 그러다 거품 속에서 잠시 실종된 걸로 하면 카메라 이탈에 대한 핑계도 댈 수 있고."

이어 나는 거울 엘리베이터를 타고 지하 발전소로 가서 스노볼의 지열을 담당하는 모터를 꺼 버리는 계획에 대해 설명한다.

미류 언니가 운전에 겨우 집중하며 묻는다.

"그 거울 엘리베이터는 어디에서 탈 수 있는데?"

이본 저택, 스노 타워, 신이채 대표의 작업실, 그리고.

"금지된 숲."

나는 도심과 이어진 광활한 숲을 바라본다. 비누 거품을 머리에 얹은 나무들이 어둠 속에 빼곡히 서 있다.

"너무 위험한 계획 같은데. 그 지하 발전소에 들어갔다가 어떤 상황을 겪게 될지 아무도 모르잖아."

차향의 만류에 미류 언니가 나선다.

"내가 같이 갈게."

차향의 목소리가 높아진다.

"뭐?"

"지하 발전소든 어디든, 내가 초밤이랑 같이 갈게."

혼란스러운 얼굴로 우리의 대화를 가만히 듣고 있던 배새린이 처음으로 입을 연다.

"아니, 잠깐만요. 그러니까 지금…… 이본을 무너뜨리자는 계획을 세우는 거잖아요?"

배새린이 나를 향해 눈을 크게 뜬다.

"이본영 회장님한테 협박당하고 있다는 말이 진짜였어?"

배새린이 충격받은 얼굴로 미류 언니를 바라본다.

"전 그날 언니가 저를 달래려고 이상한 소리를 지어내는 줄 알았어요. 전초밤이 이본에 무슨 위협이 된다고 살인 누명을 씌운다는 건지 전혀 이해가 안 됐는데……."

고매령의 집으로 무작정 뛰쳐나간 배새린을 따라나섰던 미류 언니가 나를 둘러싼 상황에 대해 어느 정도 설명을 해 둔 모양이었다. 그래도 배새린은 전혀 이해할 수 없다는 어투로 내게 묻는다.

"근데 왜 이런 얘기를 내가 듣는 곳에서 해? 언제부터 우리가 한편이었다고?"

자, 이제 내 인생에서 처음으로 배새린이 필요한 순간이다. 물론 배새린이 날 순순히 돕는다는 전제하에서겠지만.

"내가 지하 발전소에 가 있는 동안 배새린 너한테 부탁할 일이 있어서."

예상대로 배새린의 미간이 좁아지지만, 다행히 듣기도 전에 거
절하지는 않는다.

"뭔데?"

"내가 없는 동안 배새린 네가 나로 지내 줬으면 해."

"무슨…… 소리야?"

"나는 배새린 네가 돼서 거품 속에 실종될 테니까, 배새린 너는
전초밤이 돼서 이본영 회장의 레이더 안에 있어 달라고."

차가 빨간불에 멈춰 서며 배새린과 미류 언니, 차향이 동시에 나
를 쳐다본다.

"아무리 재난 상황에서 실종된 척한다 해도, 내가 오랫동안 보
이지 않으면 이본영 회장이 반드시 의심할 거야. 이본영 회장의 눈
을 제대로 속이려면 누군가는 전초밤을 연기하며 여기 남아 있어
야 해."

"이본에서 널 실시간으로 감시하기라도 한다는 말이야?"

일정한 거리를 두고 따라오던 검은 차량이 바로 뒤에 선다.

"그런 것 같아."

신호등에 초록불이 들어오고, 검은 차가 우리를 따라 한산한 주
택가로 들어선다. 검은 차창 너머로는 아무것도 보이지 않는다.

무언가를 곰곰이 생각하던 배새린이 흥미롭다는 듯 묻는다.

"왜 하필 난데? 네 대역이 필요하다면 명소명도 있고 신시내도
있잖아."

"집 다 왔는데, 한 바퀴 더 돌…… 어?"

미류 언니가 말끝을 흐리며 차를 세운다. 우리가 사는 이층집 앞에 경찰차 두 대가 빨갛고 파란 불빛을 환히 밝히고 있다. 소명과 온기가 현관에서 경찰과 대화를 나누고, 그 옆에 초조한 얼굴로 선 시내가 우리를 향해 눈을 부릅뜬다. 고개를 아주 미세하게 가로저으면서.

"……오지 말라는 뜻 같은데."

배새린이 그 눈짓의 의미를 알아차렸을 때는 이미 차향이 차 문을 박차고 나간 뒤였다.

"무슨 일이시죠?"

강압적인 얼굴의 경찰이 각 잡힌 모자를 들어 올리며 가볍게 인사한다.

"차향 감독님 맞으십니까?"

"그런데요?"

"저희와 가셔서 조사를 좀 받으셔야겠습니다."

다른 경찰 두 명이 차향을 포위하듯 서서히 다가온다.

"이 밤에 난데없이 뭔 조사요?"

모자 쓴 경찰이 허리춤에 찬 수갑을 만지작거린다.

"차향 감독님, 편집권 남용으로 신고되셨습니다."

차향이 놀란 얼굴로 나를 바라본다.

내가 되어 줘

경찰은 이번 주에 방영된 「나, 너, 우리」에서 '주요 장면'이 의도적으로 편집됐다는 신고를 받고 출동했다고 설명한다. 당연히 **전초밤**이 고매령을 칼로 찌르는 장면이다.

나는 고개를 젓는다. 난 차향을 신고하지 않았다.

내 답을 확인한 차향이 기세등등하게 거짓말을 한다.

"말이 되는 소릴 해요! 내가 무슨 장면을 빠뜨린 줄 누가 어떻게 알고 신고를 합니까!"

불현듯 이본영 회장이 떠오른다. 이본영 회장은 그 필름을 보지 않아도 그 장면의 존재를 안다.

"말도 안 되는 허위 신고 하나 믿고 선량한 사람을 함부로 잡아가도 됩니까? 예?"

차향이 목소리를 높이자, 각 잡힌 모자를 쓴 경찰관이 어쩔 수 없다는 얼굴로 입을 연다.

"장수현 감독님의 제보 전화를 받고 출동한 겁니다."

"누구요?"

"고매령 씨를 담당하게 된 장수현 디렉터께서 고매령 씨와 전초
밤 양이 함께 촬영된 필름을 확인하셨고, 이번 주 「나, 너, 우리」에
반드시 포함되어야 마땅한 장면이 끝내 방영되지 않았다고 신고하
셨습니다."

차향이 허리춤에 두 손을 짚은 채로 입술을 달싹거린다. 차향을
호위하듯 둥그렇게 모인 소명과 시내, 온기도 말문이 막혀 경찰관
들을 살핀다.

미류 언니가 차향 앞을 막아선다.

"오늘 방영분이 이제 막 끝난 시간인데 그새 신고를 받고 여기까
지 오셨단 말씀이에요? 언제부터 디렉터가 다른 디렉터를 이런 식
으로 신고했다고……."

각 잡힌 모자를 쓴 경찰관이 우리를 둘러보며 옅은 미소를 띤다.

"여러분께서 생방송 카메라에 대고 주장하지 않으셨던가요? 디
렉터도 잘못을 하면 처벌받아야 한다고요. 그 뒤로 관련 법 집행이
강화되었습니다."

나머지 경찰 둘도 자신들을 탓하지 말라는 얼굴로 고개를 살짝
끄덕인다.

"디렉터와 액터가 이제라도 법 앞에 동등해야 하지 않겠습니까.
그러니 협조해 주시죠."

경찰차의 화려한 사이렌이 소동을 열심히 알려 준 덕분에 어느
새 이웃들이 잔뜩 나와서 구경하고 있다. 우리를 뒤따라오던 검은
차량 역시 멀지 않은 곳에 시동을 끄고 서 있다.

나와 배새린을 제외한 아이들은 여전히 부당하다고 주장하고 차향은 그런 아이들을 달랜다. 다른 사람들이 지켜보는 앞에서 우리 스스로 주장했던 바에 반할 순 없지 않겠느냐고.

하지만 미류 언니 역시 차향을 만류하며 작게 속삭인다.

"어떻게든 언니를 디렉터에서 끌어내리려는 함정이야. 다른 죄까지 덮어쓸지도 몰라."

차향이 능청스러운 미소를 띤다.

"걱정하지 마, 조미료. 내가 신호 위반 딱지 한번 뗀 적 없는 사람이야."

차향이 제 발로 순순히 경찰차를 향해 걸어간다.

경찰서까지 함께 가겠다며, 집 앞에 세워 둔 차향의 차로 다가가는 미류 언니를 배새린이 막는다. 이어 미류 언니에게 뭐라고 속삭이자 언니가 발길을 돌려 차고에 세워진 본인의 차로 향한다. 시내와 소명, 온기도 재빨리 뒤를 따른다.

나 역시 미류 언니의 차로 가려는데 배새린이 뒤에서 내 팔을 확 붙잡는다. 그러곤 시동이 걸린 채 문이 활짝 열려 있는 차향의 차 안으로 나를 우악스럽게 밀어 넣는다.

"왜 이래, 비켜!"

"정신 차려, 전초밤!"

배새린이 최대한 목소리를 낮추며 빠르게 말한다.

"이대로 경찰서에 우르르 몰려간다고 사태가 해결돼? 아니잖아, 최악의 상황을 생각해야지!"

"최악의 상황이라니?"

"차향이 이대로 디렉터에서 잘리면?"

"뭐?"

"우리한테 새 디렉터가 배정되겠지? 심지어 우린 현재 방영 중인 드라마도 있으니까. 그럼 조금 전 우리가 이 차 안에서 나눈 대화를 새 디렉터가 다 보게 될 텐데, 그러면 우린 다 망하는 거야! 졸지에 나까지!"

포효를 내지른 배새린이 내 어깨를 세게 잡고 흔든다.

"왜 나까지 끌어들여서 사람 머리를 복잡하게 해! 왜!"

인정하긴 싫지만, 배새린의 지적이 옳다.

오늘 점심쯤 슬레이트가 쳤으니까 이제 곧 또 카메라가 쉬어 가야 할 시간이다. 그 전에 무슨 수를 써서라도 막아야 한다. 이 차에 설치된 카메라들이 조금 전까지 촬영한 필름을 필름 저장소로 전송할 수 없도록.

온기가 내 쪽 차창을 두드리며 묻는다.

"안 가?"

내가 창문을 내리고 어색하게 말한다.

"어…… 나랑 새린이는 할 일이 좀 있어서."

온기가 의아한 얼굴로 나와 배새린을 번갈아 바라본다.

"둘이? 그럼 나도 도울까?"

온기가 우리를 도와 카메라를 훼손하는 모습을 상상한다. 그럼 온기도 공범이 된다.

"오빠."

간만에 오빠라고 불린 온기가 제법 놀란 얼굴로 나를 본다.

"김설원, 이운. 그 둘 기억나지?"

"어?"

소명과 시내를 찾아 떠난 길에서 하필 '자 호선' 기관사로 온기를 마주치는 바람에 차향이 우리의 신분을 숨기려 지어낸 가상의 이름들.

온기가 가볍게 고개를 끄덕이며 대답한다.

"어, 기억하지."

김설원 연구원님, 이운 연구원님, 저도 두 분 성함 꼭 기억해 둘게요.

"그 둘이 **해결**해 달라고 한 일이 있어. 간단한 일이야. 얼른 마치고 뒤따라갈게."

온기는 얼른 안 오고 뭐 하냐는 시내의 성화에 어쩔 수 없이 발길을 돌린다.

"경찰서 가서 전화할게!"

미류 언니의 차가 경찰차를 따라 떠나고, 구경거리가 끝난 집 앞이 다시 한산해진다. 검은 차는 여전히 그 자리에 있다. 아무도 내리지 않은 채로.

나와 배새린은 커다란 정원용 가위와 망치 따위를 몰래 챙겨 들고 다시 차향의 차 안으로 집합한다. 이어 차 안에 설치된 여섯 대의 카메라 위치를 모조리 찾아내 부속품을 마구잡이로 떼어 내고 부순다.

"아까 내가 한 얘기 말이야. 배새린 네 결정에 도움이 될까 싶어서 덧붙이자면, 날 도우면 당연히……."

"제발 그 입 좀 닫아 줄래?"

초조하게 케이블을 찾던 배새린이 또 한번 소리친다.

"지금 이러고 있는 것도 짜증 나 죽겠는데!"

배새린이 정원용 가위를 신경질적으로 집어 던진다.

"그냥 차를 통째로 불태우자."

내가 배새린을 경악스럽게 바라본다.

"여기서? 남들 다 보란 듯이?"

"그럼 너 운전할 줄 알아?"

"어?"

"한적한 해변으로 끌고 가서 바다에 빠뜨리자."

나는 얼굴을 찡그린다. 이본영 회장의 눈길을 끌 만한 일은 그다지 바람직하지 않······. 그때 나의 고민을 끝내는 종료 음이 울린다. 카메라 렌즈에서 뿜어져 나오는 불빛이 자동차 안을 위에서부터 아래로 훑으며, 탁. 슬레이트가 쳐진다.

"······안 돼!"

조수석에 앉아 비명을 내지르며 배새린이 고개를 홱 돌린다.

"이제 어쩔 거야? 너 때문에 이본이 나까지 잡아가면 어쩔 거냐고!"

미안하지만,

"이제 어쩔 수 없네. 날 도와줄 수밖에."

"뭐?"

배새린이 기가 차다는 듯 코웃음을 친다. 그러고는 팔짱을 끼고 고개를 돌려 버린다.

"또 너 혼자 영웅이라도 되는 척 나대는 꼴을 지켜보느니 차라리 너랑 같이 이본 손에 매장되는 게 나아."

"내가 그 정도로 싫어?"

"어."

"왜?"

"대단하지도 않은 주제에 대단한 관심과 사랑을 받는 게 눈꼴셔."

"그럼 그거, 너 다 줄게. 배새린 네가 다 가져."

카메라도 꺼졌고, 내 제안에 기겁할 사람들은 모두 경찰서로 달려갔으니 지금이 이 얘기를 꺼내기에 가장 좋은 기회다.

"만에 하나 내가 지하 발전소에서 돌아오지 못한다면, 네가 연극을 끝내지 않아도 좋아. 네 말대로 대단하진 않지만, 원한다면 얼마든지 전초밤으로 살아. 너를 짜증 나게 하는 그 모든 관심과 사랑을 너에게 넘길게."

내내 앞만 보던 배새린이 나를 흘겨보듯 삐딱하게 고개를 돌린다.

"왜 못 돌아오는데? 그 지하 발전소라는 데가 그렇게 위험해?"

스노볼에 돔을 짓고 거울 엘리베이터를 설치한 사람조차 지하 발전소에 대해서는 알지 못한다. 그러니 얼마나 위험한 일이 될지 현재로서는 쉬이 짐작할 수 없다.

다만, 그곳에서 본 하트 문신 남자를 떠올릴 때마다 나는 점점 더 그가 최면에 취해 있었다는 확신이 들었다. 그건 분명 아무 의식 없이 존재하는 눈빛이었다. 이본이 그들이 마시는 물에 최면제라도 타는 걸까? 아니면 숨 쉬는 공기 중에? 그런 일이 가능은 한가?

나 역시 그 안으로 들어가자마자 내가 왜 그곳에 갔는지 전부 잊은 채 맹목적으로 쳇바퀴를 돌리게 될지 모른다. 그럼 영원히 갇히겠지. 혹은 이본영 회장에게 발각돼 죽거나.

배새린이 눈을 가늘게 뜨고 묻는다.

"너, 정말 못 돌아올 수도 있어?"

나는 말없이 어깨를 으쓱거린다.

"전초밤 씨가 너무 오래 돌아오지 않으면 내가 이 휠체어를 끌고라도 찾으러 갈게요, 반드시." 그날 스노볼 지붕 위에서 신이채 대표는 이렇게 다짐했고, 나는 그 제안을 거절했다. 신이채 대표가 직접 나섰다 위험해지면 스노볼 시스템을 전복할 **다음 기회**는 영영 오지 않을지도 모르니까. 나와 같은 조력자는 다음 주자로 대체될 수 있지만, 영웅은 그렇지 않다.

내가 오랫동안 대답하지 않자 배새린이 미간을 찌푸리며 재차 묻는다.

"만약 네가 멀쩡히 돌아오면? 난 아무것도 얻는 게 없네?"

다시 시선을 거두는 배새린을 향해 다급하게 손을 뻗는다.

"내가 돌아오면 계획이 성공했다는 뜻이니까…… 아마 이본이 무너지고 새로운 세상이 열릴 거야. 그러면……."

망설이는 나를 배새린이 재촉한다.

"그러면?"

내가 겨우 다시 입을 뗀다.

"……이본이 무너지는 데 내가 기여한 바를 모두 배새린 네 앞으로 돌릴게."

처음부터 이럴 생각은 아니었지만, 말을 뱉고 나니 훌륭한 제안으로 들린다. 배새린이 거부할 이유가 없는.

"지하 발전소를 멈추고 스노볼의 진실을 밝힌 사람이 배새린 네가 되게 할게. 그럼 이제껏 **모든 고해리들**이 받아 온 것과는 비교도 할 수 없을 만큼 엄청난 사랑과 존경이 네 차지가 될 거라 생각해."

역사책에서 누굴 지우고 누굴 내세우는 방법에 대해서는 신이채 대표가 어느 정도 알고 있을 것이다.

생각이 거기까지 미치자, 갑자기 감정이 복받친다. 마치 최면이 발동할 때처럼 나의 의지와 상관없이 거센 눈물이 터져 나온다.

이해할 수 없다는 눈빛으로, 배새린이 나를 질색하며 바라본다.

잠영: 그림자를 감추다

하루를 마치고 방에 누워 눈을 감으면, 내일을 또 살아가야 한다는 사실이 버겁게 느껴질 때가 있었다. 어차피 같은 날의 반복일 뿐인데, 나는 녹초가 될 만큼 또다시 쳇바퀴를 돌려야 했다.

조금이라도 다른 미래를 꿈꾸며, 발전소 근무가 끝나면 매일 공책을 폈다. 그날 시청한 드라마의 좋았던 점과 아쉬웠던 점을 정리하며 언젠가 내가 만들게 될 드라마에 대해 상상하곤 했다. 빼곡한 글씨들을 바라보고 있으면 내심 뿌듯하면서도, 아주 가끔 그런 생각이 들었다.

왜 이렇게 열심히 하고 있지?

반복되는 노동의 피곤함, 형편없는 배식을 먹는 지겨움, 인기 드라마의 이번 주 방영분을 기다리는 설렘, 스노볼로 가는 미래에 대한 상상. 그 어떤 것도 나만의 것이 아니었다. 엄마도, 온기도, 수지 언니도, 심지어 재수탱이 반장도 다 같은 삶을 살고, 같은 꿈을 꿨다.

왜 군이 내일 또 눈을 뜨고 출근해야 할까. 내가 아니더라도 **이 삶**을 살아가는 사람이 많았다.

나만이 느낄 수 있는 감정, 나만이 살 수 있는 하루, 나만이 할 수 있는 일을 애타게 찾았다. 다른 사람들과 구별되는 **나**를 느끼고 싶었고, 전초밤이라는 이름이 고유 명사가 되길 바랐다.

하지만 나는 **고해리들** 중 하나로 태어났다. 특별한 존재가 되기 위해 태어났지만, 고유하지는 않은 존재. 나는 본능적으로 그 진실을 알고 있었던 걸까? 그래서 그토록 특별한 삶을 갈망하고, 동시에 내가 고유하지 않다는 사실에 절망해 왔던 걸까?

어쨌든 그 고민과 열망만큼은 나다운 일이었고, 그 오랜 꿈을 이룰 기회가 지금 내 눈앞에 펼쳐져 있다. 신이채 대표가 인공 심장 박동기를 상용화해 모두를 쳇바퀴와 카메라로부터 자유롭게 하는 날, 그 일을 가능케 한 조력자 중 하나로 기억될 기회. 지하 발전소를 멈추고 이본의 민낯을 드러낸 사람으로 역사에 이름을 새겨 넣을 기회.

그러나 이 순간부로 나는 그 기회를 포기한다. 별 볼 일 없이 지루하긴 했지만 내가 사랑하는 존재들로 가득했던 내 세상을 지켜 내기 위해. *나와 내가 사랑하는 존재들의 안전과 평온을 위해, 원래의 나라면 하지 않았을 일을 기꺼이 감내하고 이어 가는 것. 그게 세상을 바꾸는 일의 본질이야.*

배새린은 독하리만큼 완벽하게 나를 연기해 줄 것이다.

그러니 이게 최선임을 알면서도 못내 아쉽고 억울하다. 인정하기 싫지만, 배새린과 나는 욕심이 많다는 점에서 확실히 닮았다. 그 사실도 짜증이 난다.

"난데없이 왜 울어?"

손으로 눈물과 콧물을 동시에 훔치는 내 모습을 배새린이 극도로 혐오스럽다는 듯이 바라본다.

"배새린 너는…… 내가 얼마나 오래…… 흐어엉……."

배새린이 짜증스럽게 묻는다.

"그래서 뭐, 안 한다고?"

나는 울먹거리면서도 서둘러 답한다.

"아니, 한다고……. 네 말대로 난 너무 멀쩡하게 살아와서, 내 세상을 꼭 지켜야겠으니까."

내가 아무리 위대한 사람이 되어도 자랑스러워해 줄 엄마랑 할머니, 온기가 없으면 아무 의미 없으니까. 지금 이날들을 함께 욕하고 추억할 소명이와 시내가 없다면 허전할 테니까. 바깥세상과 스노볼의 경계가 사라진 세상을 자유롭게 오가며 함께할 차향과 미류 언니의 모습을 볼 수 없다면 슬플 테니까.

더는 후회할 일을 만들고 싶지 않다. 네 도움이 없었다면 여기까지 오지 못했을 거라고, 고맙다고 말할 이본회가 더 이상 없다는 사실만으로도 이미 늦었다는 생각이 드니까.

배새린이 냉랭한 얼굴로 묻는다.

"나한테 좋은 일 하기가 그렇게 억울하면 명소명이나 신시내한테 부탁하지 그래?"

"너만큼 잘 해낼 사람이 없어. 넌 내가 되려고 지문까지 없었던 애잖아."

내 말에 배새린이 슬쩍 자신의 두 손을 오므린다.

나를 퇴직자 마을로 던져 버린 그때, 배새린에게 남은 유일한 걸림돌은 **날씨 공**이었다. 날씨 추첨 시스템에는 내 지문이 등록돼 있었고, 차설까지 속여야 했던 배새린이 자연스럽게 나를 대체하는데 이는 큰 문제였다. 그래서 배새린은 자신의 지문을 훼손하려고 물이 펄펄 끓는 뜨거운 주전자를 오랫동안 쥐고 있었다. 그리고 이담 피디에게 손을 내보이며 불운한 사고 탓에 지문을 다시 등록해야겠다고 말했다. 이 일은 「뉴스 나인」에 단독으로 보도되어 사람들이 배새린을 '무서운 애'로 여기는 결정적인 이유가 되었다.

배새린이 손을 물끄러미 내려다보며 무언가를 골똘히 생각한다.

"네가 끝내 돌아오지 못하면 공식적으로 죽는 사람은 배새린이 되겠네."

자신의 죽음을 이야기하는 배새린의 목소리가 흔쾌하다.

"괜찮네. 전초밤이 죽으면 슬퍼할 사람이 많지만, 배새린이 죽으면 아무도 슬퍼하지 않을 테니까. 남은 사람들에게도 그 편이 훨씬 좋겠어."

누구도 자신의 죽음을 슬퍼하지 않으리라고 확신하는 배새린의 얼굴에는 아무런 감정도 드러나지 않는다. 너무 당연한 일이라는 듯.

"좋아. 네가 돌아오지 않으면 내가 전초밤이 되는 거야. 네가 멀쩡히 돌아온다면 모든 공은 내게 돌리는 거고."

"그래."

"근데 네 약속을 어떻게 믿지?"

"난 뒤통수 안 쳐."

너처럼,이라는 말은 생략했지만 속뜻을 알아차린 배새린이 피식 웃는다. 그러고는 악수를 청한다.

"무르기 없기다."

내가 그 손을 꽉 잡는다.

"너야말로."

나는 우리가 어떤 식으로 **역할**을 바꿔야 좋을지 이야기하고, 배새린도 아이디어를 보탠다. 나는 남아 있는 카메라 점검 시간을 확인하며 재빨리 집으로 뛰어 들어가 신이채 대표에게 전화를 건다. 시간이 많지 않아, 내일 당장 지하 발전소로 가겠다는 말만 겨우 전한다. 신이채 대표가 알겠다고 답하는 순간 다시 슬레이트 불빛이 일렁인다. 나는 슬레이트 소리를 듣기 직전 수화기를 재빨리 제자리에 내려놓았다가 다시 수화기를 들고 택시를 부른다.

나와 배새린도 뒤늦게 경찰서로 향하지만 차향을 만날 수는 없다. 경찰은 담당 변호사가 아니면 면회가 불가하다고 말하고, 우리는 마치 시위하듯 경찰서에서 밤을 지새운다. 날이 밝자, 온기와 소명만 남겨 두고 나머지는 새벽 6시쯤 집으로 돌아온다.

"믿을 만한 변호사를 선임하려면 아무래도 내가 직접 찾아다녀야겠어."

미류 언니는 차향을 경찰서에서 **빼내**는 데 집중하고, 나는 배새린과 역할을 바꾸기 위한 **연극**을 시작한다.

"나도 같이 갈게. 이따 9시쯤 출발하면 되지?"

나는 복잡한 머리를 비우기 위해 잠시 수영을 다녀오겠다고 말한다. 미류 언니는 더 피곤하지 않겠냐며 걱정하지만, 옆에서 듣고 있던 배새린은 —미리 약속한 대로— 좋은 생각이라며 나를 따른다.

시내가 금방이라도 잠들 듯이 소파에 늘어져 묻는다.

"너희 단둘이서 수영장엘 가겠다고?"

시내가 눈을 가늘게 뜬다. 전초밤이 배새린의 방을 뒤진 뒤로 둘 사이가 더 나빠졌던 것 같은데? 그런 의문을 품고 있는 얼굴이다.

배새린이 내 팔을 툭 치며 넉살 좋게 말한다.

"전초밤이 어제 사과했거든. 내가 기꺼이 받아 줬고."

시내가 고개를 끄덕이며 입이 찢어지게 하품을 한다.

"그래, 외부의 적을 이기려면 우리끼린 뭉쳐야지."

그렇게 말하며 돌아눕는 시내의 뒷모습을 물끄러미 바라본다. 부사히 다시 만나, 신시내.

나와 배새린은 수영장으로 가는 버스 안에서 아무런 말도 하지 않는다. 어쩌다 화해하긴 했지만, 언제 또다시 틀어질지 모르는 어색한 냉전을 연기하며.

이른 아침에도 북적이는 수영장 탈의실에서 우리는 모두의 따가운 시선을 받는다. 탈의실에는 다양한 높이의 칸막이가 설치돼 있고, 액터들은 얼굴만 드러낸 채 옷을 갈아입는다. 나와 배새린은 똑같이 생긴 수영복을 각자의 수영 가방에서 꺼낸다.

"뭐야, 너도 이 수영복 가져왔어?"

내가 약속된 연기를 시작하자 배새린도 자연스럽게 응한다.

"경찰서 면회 가느라 어제 입은 수영복을 못 빨았어."

그때 선반 위에 놓인 텔레비전 앞으로 사람들이 모여들며 웅성거린다. 검은 정장을 차려입은 이본영 회장이 이본 저택에 있는 집무실 책상에 앉은 채 입을 뗀다.

그녀는 슬픔에 젖은 얼굴로 이본회의 사고 소식을 재차 전한다. 눈물을 삼키려는 듯 중간중간 입술을 꽉 깨물면서.

—해당 사고 지역은 지금도 심한 눈보라가 이어지고 있습니다. 수색대가 겨우 드론 카메라를 띄웠고, 그 결과 두껍게 쌓인 눈 사이로 추락한 비행기의 파편이 확인되었습니다.

화면에 드론 카메라가 촬영한 영상이 재생된다. 눈보라에 가려 화질은 떨어지지만, 처참하게 부서진 비행기의 흔적이 분명하게 보인다. 이본의 휘장이 그려진 날개와 좌석의 파편들.

이본영 회장이 다시 화면에 나타나 힘겹게 말을 잇는다.

—생존자들의 구조 신호는 전혀 없는 것으로 최종 확인되었습니다.

탈의실 여기저기서 낮은 탄식이 터지더니 이내 누군가 흐느끼기 시작한다.

—이본 미디어 그룹은 수색 팀의 추가 사고 가능성을 방지하기 위해 눈보라가 완전히 그칠 때까지 시신 수습을 시작하지 않기로 하였습니다.

이본영 회장은 손주보다 수색 팀 액터들의 안위를 먼저 걱정하며 스노볼의 수장다운 면모를 보인다. 텔레비전 속 그녀를 바라보는 모두의 얼굴에 신뢰와 존경심이 묻어난다.

—일주일 가까이 이어지는 재난으로 모두 힘든 때에 이런 비보를 전하게 되어 송구합니다.

　이본영 회장의 눈가에 눈물이 맺힌다.

　나는 떨리는 두 손을 꽉 마주 잡는다. 제 손으로 죽여 버린 사람들을 애도하는 저 가증스러움에 숨이 막힐 지경이다.

　짧은 기자 회견이 끝나자, 다들 나와 배새린을 쳐다본다. 배새린이 고개를 숙이고 내 손을 잡아끈다. 같은 수영복에 같은 수영모, 심지어 수경까지 같은 걸 착용하고 **복제 인간**의 참모습을 뽐내며 배새린과 내가 물속으로 뛰어든다. 곧 비눗방울 폭탄이 예고돼 있지만, 수영장은 사람들로 바글거린다.

　오늘로 재난 발생 6일 차. 시간이 지날수록 액터들은 자진해서 재난 속으로 걸어 들어간다. 시청률이 낮은 액터일수록 더 부지런히 돌아다닌다. 재미있는 드라마를 만들지 못해 쫓겨나면 일 년 내내 이어지는 재난이나 마찬가지인 혹독한 추위 속에서 살아야 하기 때문이다.

　나와 배새린은 삼십 분 동안 오로지 수영에 집중한다. 카메라가 없는 물속에서 자유롭게, 서로 이리저리 뒤엉키며 헤엄친다. 미류 언니에게 배운 대로, 잠영을 즐기다 밖으로 솟아오르기를 반복한다. 그리고 정해 둔 시각에 맞춰 한 레인의 끝과 끝에서 각자 잠영을 끝낸다.

　배새린이 물가를 걸어 내 쪽으로 다가온다.

　"**배새린**, 나 먼저 갈게. 미류 언니랑 변호사 사무실 돌아다니기 전에 온기랑 소명이한테 들러서 아침이라도 챙겨 주려고."

내가 물 밖으로 나오며 말한다.

"온기 오빠랑 명소명한테는 내가 가 볼게. 간 김에 교대해도 되고."

내가 '온기 오빠'라는 말을 유난히 생기 있게 하자 배새린이 '이것 봐라?' 하는 눈빛을 띤다.

"배새린 네가 웬일로 집안일에 참석률이 높다?"

허, 내가 저렇게 재수 없게 말한다고?

내가 진심을 담아 표정을 구긴다.

"왜 또 시비야?"

나와 배새린은 어떻게 하면 서로를 자극할 수 있는지 참 잘 알고 있고, 예정대로 탈의실에서도 싸움을 이어 간다. 배새린을 연기하는 나의 입에서 결국 이 말이 나올 때까지.

"그렇게 아니꼬우면 내가 그 집에서 나가 줄게."

나는 목격자들이 들으라는 듯 목소리를 높인다.

"내가 전초밤 네 눈앞에서 사라져 주면 되잖아."

그렇게 나는, 아니 배새린은 집에 돌아가지 않고 방황해도 어색하지 않을 명분을 만든다.

그 순간 거리에서 시끄럽게 울려 퍼지는 사이렌이 탈의실 안까지 스며든다. 누군가 텔레비전의 소리를 키우자 아침 뉴스를 진행하는 앵커의 심각한 목소리가 탈의실을 가득 채운다.

—스노볼 전역에 재난 경보가 발동됐습니다. 불필요한 외출을 삼가고 실내에 안전히 대피하시길 바랍니다.

이어, 초록색과 보라색이 오로라처럼 뒤섞인 **비누 먹구름**이 집중적으로 보도된다. 그 신비로운 빛깔 때문인지, 곧 다가올 일 때문인지 속이 울렁거린다.

탈의실 칸막이 뒤로 배새린이 내 손을 가볍게 톡 건드린다. 조심하라는 인사 같기도, 이제 떠나야 한다는 신호 같기도 하다.

다시 시작된 연극

　수영장을 벗어난 뒤 나와 배새린은 서로를 거들떠보지도 않고 반대 방향으로 갈라진다. 오로라를 닮은 먹구름이 산발적으로 비눗방울을 뿌려 대 이미 여기저기서 거품이 뭉게뭉게 피어오르고 있다.

　"오빠!"

　비누 거품이 내 키만큼 불어날 때까지 시간을 벌기 위해 들렀지만, 경찰서 안에 앉아 있는 온기와 소명의 얼굴을 보니 역시 마지막으로 와 보길 잘했다는 생각이 든다. *너, 정말 못 돌아올 수도 있어?* 괜한 잡생각을 물리치며 온기에게 말을 건다.

　"오빠, 많이 피곤하지?"

　배새린이 가장 아끼는 여름 원피스를 입은 채, 소명에겐 딱히 인사를 건네지 않는다.

　"여긴 내가 지키고 있을 테니까, 둘이 뭐라도 사 먹고 와."

　차향의 안부도 묻지 않는다. 고해리를 연기할 때처럼 다시 한번,

전초밤의 속성은 내 안으로 꼭꼭 숨긴다.

다행히 소명과 온기는 나를 알아보지 못한다. 사실 내가 전초밤이든 배새린이든 상관조차 하지 않는 느낌이다. 밤을 새운 피곤함과 밤새 이어진 긴장에 둘 다 녹초가 돼 있다.

소명은 몇몇 경찰들이 아침을 먹을 때 함께 먹었다며 입이 찢어지게 하품을 한다.

"그래서 밥은 됐고, 교대가 필요한데."

소명의 피곤한 눈을 바라보며 내가 새초롬하게 말한다.

"미안. 교대해 주기엔 그새 일이 좀 생겨서."

소명은 애초에 나―배새린―의 도움을 기대조차 하지 않았다는 얼굴로 벽에 머리를 기대고 눈을 감는다.

그런 소명에게 아무런 관심도 없는 척 시선을 온기 쪽으로 돌린다. 온기는 유리문 너머로 펼쳐지는 재난을 바라보고 있다. 비눗방울이 어느새 시야를 방해할 만큼 촘촘히 내리고 있다.

등 뒤로 멘 가방에서 신발 체인 두 쌍을 꺼내 내가 쓰고 온 우산과 함께 온기에게 건넨다.

"여기 체인하고 우산. 어제 못 챙긴 것 같아서."

"너는 어쩌려고?"

"택시 타고 갈 거니까 괜찮아."

"그럼 택시 잡을 때까지 씌워 줄게."

온기가 우산을 펴 내 쪽으로 한껏 기울여 든다. 이놈이 집 밖에서는 이렇게 행동거지가 훌륭한 놈이었나 생각하는데, 난데없이 코끝이 시큰해진다. *너, 정말 못 돌아올 수도 있어?* 재빨리 아랫입술을 깨물고 눈을 치켜뜬다. 여름치고는 제법 서늘한 아침 공기에 옅은 눈물을 말린다.

다행히 택시 한 대가 금방 우리 앞에 멈춰 선다. 나는 뒷좌석에 앉은 뒤, 문을 붙잡고 선 온기에게 최대한 밝게 미소 짓는다.

"건강 상하지 않게 조심하고…… 또 봐."

온기가 우산을 접더니 내 옆으로 불쑥 몸을 밀어 넣는다.

"같이 가자. 나도 집에 가서 좀 씻고 올래."

당황한 내가 말을 더듬는다.

"어? 나 지금 집으로 안 가는데?"

"그래? 그럼 나도 같이 가."

"뭐? 왜?"

"기사님, 저희요,"

전온기가 눈치 없는 얼굴로 묻는다.

"어디로 갈 거야?"

"소명이는 어쩌고?"

"가출 청소년 하나 계도하고 왔다고 말하면 봐주지 않을까?"

"어?"

"새린이 네 얼굴에 쓰여 있어. 오늘 절대 집에 안 간다고."

……이놈은 눈치가 없는 거야, 있는 거야?

나는 어쩔 수 없이 전온기라는 혹을 붙인 채 스노볼에서 가장 외곽에 있는 호스텔로 향한다. 액터들이 잠시 세상에서 분리되고 싶을 때 방문하곤 하는 '백제 호스텔'은 허름하고 오래된 숙박업소다. 물론, 카메라와 드라마에서 벗어나고 싶다는 의미는 아니다. 백

제 호스텔에 가는 것 자체가 '나 요즘 힘들어.'라는 속내를 온몸으로 티 내는 행동이니까.

그리고 바로 그 백제 호스텔에서 조금만 더 뒤로 가면 카메라가 설치돼 있지 않은 **접근 금지 구역**, 금지된 숲이 나온다. 그래서 백제 호스텔에는 금지된 숲에 시신을 묻어 완전 범죄를 꾀하려는 투숙객도 적지 않다.

와이퍼가 최고 속도로 닦아 내도 끊임없이 거품이 흘러내리는 차창에 코를 박고 운전 중이던 택시 기사가 슬쩍 시동을 끈다.

"아무래도 더 못 가겠어요."

외곽의 오래된 도로를 엉금엉금 기어가던 차량들이 비누 거품 바다에 빠져 허우적거리고 있다.

"기사님, 그럼 여기서 내릴게요."

여기서 조금만 가면 백제 호스텔이다.

"괜찮겠어요? 거품 쌓이는 속도가 장난이 아닌데."

"괜찮아요."

택시 문을 잡는 내 손을 저지하며 온기가 눈썹에 힘을 준다.

"제설차 올 때까지 기다리자. 금방 올 거야."

제설차가 와서 거품을 걷어 내면 내 계획은 끝장이다.

"오빠는 차 안에 안전하게 있어. 괜히 돌아다니다 맨홀 같은 데 빠지지 말고."

방금은 너무 전초밤 같은 말투였다고 생각하며 문을 연다. 온기도 내 뒤를 따라 택시에서 내린다. 비누 거품이 우리 가슴 높이까지 차 있다.

"왜 따라와?"

온기가 내 머리 위로 우산을 씌워 주며 말한다.

"네 편 해 주기로 했잖아."

배새린을 이렇게나 챙긴다고? 정작 자기 동생은 알아보지도 못하면서.

"……마음대로 해 그럼."

배새린이 전온기에게 하는 말투라기에는 조금 쌀쌀맞게 받아치고 돌아선다. 머리끝까지 거품이 차오르면 바로 온기를 따돌리겠다고 다짐하며.

거품을 헤치며 쉬지 않고 걷는데도 호스텔은 생각처럼 가까워지지 않는다. 빠르게 내리는 비눗방울에 시야가 흐려, 그 뒤에 펼쳐진 울창한 숲이 희미하게 보인다.

"이러다 잃어버리겠다."

별안간 온기가 내 한쪽 팔을 꽉 붙잡는다.

나는 말투를 최대한 둥그렇게 깎아 묻는다.

"오빠가 나 이렇게 챙기면 초밤이가 서운해하진 않아?"

"글쎄?"

관심도 없는 거냐?

"근데 서운해도 어쩌겠어."

전온기가 아무렇지 않게 덧붙인다.

"새린이 네가 내 동생한테 해코지하지 않고 잘 지내는 게 중요한 거잖아."

"……뭐?"

내가 당혹스러운 얼굴로 돌아보자 온기가 아무렇지 않게 빙긋 웃는다. 예상외의 대답에 말문이 막힌 나는 온기에게 팔이 잡힌 채로 다시 걸음을 옮긴다.

그렇게 서로 아무 말 없이 이십 분쯤 걸었을까. 우리는 호스텔 주차장에 다다르고, 거품은 어느덧 목까지 차오른다. 오로라처럼 생긴 구름과 마찬가지로 오로라 빛을 띤 비누 거품으로 가득한 세상에서 모든 것이 뿌연 실루엣으로 보인다. 난해한 예술 작품 속에 들어온 기분이다.

나는 거품 속에 고개를 박고 시험 삼아 호흡한다. 두 손을 동그랗게 모아 입과 코를 가리고 숨을 쉬면, 거품 사이사이에 차 있는 공기를 들이켤 수 있다. 혀에서 느껴지는 거품 맛은 어쩔 수 없지만.

다시 고개를 들고 퉤퉤 거품을 뱉는데, 호스텔 주차장에 발이 묶인 버스 한 대와 몇몇 자가용에서 동시다발적으로 슬레이트 치는 소리가 들려온다. 원래 계획은 호스텔에 체크인해 가출의 흔적을 남겨 놓은 뒤 숲으로 넘어갈 생각이었지만, 지금 바로 **경계**를 넘는 선택도 나쁘지 않을 것 같다. 그럼 굳이 거품을 들이켜지 않아도 되고, 거품 속에서 잘못된 방향으로 걸어갈 일도 없을 테니까.

"내가 어디서 지낼지 확인했으니까, 이제 그만 가. 혼자 있고 싶어서 그래."

비누 거품에 턱 밑까지 다 잠긴 마당에, 끝까지 내게 우산을 씌워 주고 있는 온기가 나와 똑바로 눈을 맞춘다.

"야, 전초밤."

얼굴 근육이 마비되는 기분이다.

"어? 지금, 뭐?"

"이 오빠야말로 서운하다. 넌 내가 그렇게 못 미덥냐?"

"……어?"

"왜 너 혼자 아등바등하는데. 어딜 가는지, 왜 가는지, 또 얼마나 위험한 짓을 벌이려는 건지, 내가 도울 일은 없는지. 얘기라도 좀 하고 가면 어디 덧나?"

이 녀석, 눈치는 개미 눈곱만큼도 없는 줄 알았는데……. 시큰해진 눈가를 무심결에 문지르니 비누 거품에 눈이 따가워진다.

"아, 전온기. 너 때문에 눈 따갑잖아."

눈물이 나는 걸 숨기려 괜히 큰소리치는 날 보며 온기가 혀를 찬다.

"이러니 내가 안 따라오고 배겨?"

어느 식당에서 챙겨 왔는지, 낱개로 포장된 물티슈 하나를 바지 주머니에서 꺼내 온기가 내 눈가를 닦아 준다.

"이운, 김설원 얘기하는 거 보고 내가 너 또 무슨 짓 벌이는 줄 알았어."

"나인 줄 어떻게 알았어? 언제부터?"

"어떻게 모르냐, 엄마 배 속에서부터 평생을 붙어 살았는데."

온기가 기세등등한 얼굴로 웃는다.

"야, 이 오빠니까 눈치챈 거야. 소명이는 전혀 몰랐을걸?"

내가 못 미더운 얼굴로 픽 웃는다.

"그럼 다행이고. 이제 여기서 진짜 찢어지자."

하지만 온기는 끝내 접근 금지 구역의 경계까지 따라오며 질문을 멈추지 않는다. 나는 앞으로 하려는 일에 대해 간략하게 답한다. 물론 배새린과 나의 거래 내용은 빼고.

"집으로 돌아가면 가족들한테 내가, 아니, **배새린**이 며칠 이 호스텔에 묵기로 했다고 전해. 왜 집을 나갔는지는 **전초밤**이 알아서 설명할 거야."

잠시 촬영을 멈춘 경계 구역 카메라를 쳐다보며 온기가 말한다.

"나도 같이 실종될까?"

"거울을 통과하려면 생체 정보가 등록돼 있어야 해. 전온기 넌 못 가."

온기가 미끈거리는 손으로 역시 미끈대는 내 팔을 잡는다.

"그럼 너도 가지 마."

방수가 잘된다고 해서 새로 산 손목시계가 촬영 재개까지 이 분 노 남지 않았다는 걸 알려 준다.

"엄마 배에서 나올 때 내가 네 뒤 봐주느라 늦게 나온 거 기억 안 나?"

온기가 어이없다는 듯 웃는다.

"뭐?"

"그러니까 이번에는 오빠 네가 내 뒤에서 망 좀 봐 줘."

거품에 축축하게 젖은 가방 안에서 신이채 대표의 명함이 든 동전 지갑을 꺼낸다.

"여기 비상 연락망 주고 갈게."

온기가 동전 지갑에 달린 끈을 마지못해 목에 건다.

"언제 올 건데."

나도 몰라,라고 말하면 너무 무책임하겠지.

"뭐…… 한 이삼 일 뒤쯤?"

온기가 당치도 않다는 얼굴로 되묻는다.

"발전소에 있는 중앙 모터 하나 끄는 데 사흘씩이나 걸려?"

"만약의 경우에 대비해서 얘기한 거야. 그 전에 돌아오지."

그 거대한 유리관 안에서 혼을 빼앗기지 않는다면 말이야.

"그때까지 안 돌아오기만 해 봐. 그놈의 거울인지 뭔지 내가 깨부수고라도 들어갈 테니까."

우리 사이에 어울리지 않게, 그래서 꽤 어색하게 온기가 나를 안는다. 나는 조금 전 온기의 허풍을 곱씹으며 피식 웃는다.

"거울 깨지 마라. 나 못 나오니까."

"알았으니까, 조심해."

"금방 돌아올게."

"당연히 그래야지."

숲 안으로 깊이 들어갈수록 거품이 빠르게 빠진다. 카메라가 달려 있지 않고 액터도 오가지 않는 숲에는, 재난도 일어나지 않는 모양이다. 신발에 달았던 체인을 벗는다.

초록이 무성한 수풀을 헤치며 중간중간 나침반을 확인한다. 신이채 대표가 알려 준 방향으로 쉬지 않고 뛰어간다. 땀과 비누 거품으로 범벅이 된 두 다리가 돌처럼 굳어 갈 때쯤, 오래된 나무 기둥에 세워져 있는 커다란 거울을 발견한다.

멸망에서 돌아온 소녀

몸을 낮추고 살금살금, 나무 기둥 뒤를 살피며 다른 사람이 머무른 흔적을 확인한다.

네 마지막 편지가 어딘가 모르게 작별 인사 같아서, 계속 마음에 걸렸어.

그날 이본회가 앉았던 의자와 모닥불을 피우던 자리까지 흔적도 없이 깨끗하게 치워져 있다. 다시는 이곳을 이용할 사람이 없음을 확인시켜 주기라도 하듯.

자꾸만 떠오르는 이본회의 얼굴을 떨쳐 내려 시선을 돌린다. 저 멀리 비눗방울이 폭탄처럼 쏟아지고 있다. 영원히 멈추지 않고 스노볼 전체를 삼킬 기세다.

온기는 호스텔 로비에서 안전하게 제설차를 기다리고 있을까? 미류 언니는? 이 날씨에 변호사 사무실을 전전하려면 힘들 텐데. 차향은…… 여전히 경찰서 조사실에 갇혀 있겠지.

거기까지 생각이 미치자 정신이 번쩍 든다. 차향의 구속이 이대로 확정된다면 「나, 너, 우리」에는 새로운 디렉터가 배정될 것이다. *조금 전 우리가 이 차 안에서 나눈 대화를 새 디렉터가 다 보게 될 텐데.* 이본영 회장이 자신의 졸개를 우리 드라마의 새 디렉터로 배정해 나의 계획을 저지하기 전에 부지런히 움직여야 한다.

가방을 열고 플라스틱 하트처럼 생긴 인공 심장 박동기와 검은 비닐봉지처럼 보이는 얇고 가벼운 기능성 의류를 꺼낸다. 비눗방울과 땀으로 흠뻑 젖어 버린 옷을 벗고 인공 심장 박동기를 맨살에 부착한다. 이어 검은 비닐 같은 긴팔 티셔츠와 긴바지로 갈아입는다. 후드를 쓰고, 후드 끝에 달린 스카프로 목과 얼굴을 가린다.

모든 준비를 마치고 거울에 손을 내민다. 걱정스러운 내 얼굴을 뚫고 손가락이 쑥 들어간다.

거울 엘리베이터 안의 어둠에 눈이 적응하도록 잠시 숨을 고른다. 돔 위에서 신이채 대표가 일러 준 대로, 기다란 지팡이처럼 생긴 기어를 뒤로 당긴 상태에서 계기판 한가운데 달린 커다란 버튼을 누른다.

"……으아아!"

엘리베이터가 땅속으로 빠르게 추락하다, 잠시 후 도착지에 멈춰 선다. 거울 밖으로 나무 패널을 덧대 만든 어두운 복도가 보인다. 나는 가슴에 달린 인공 심장 박동기를 세게 툭, 툭, 툭 친다.

송곳이 꿰뚫는 듯한 고통과 함께 강한 압력이 느껴지고, 심장 박동이 미친 듯이 빨라진다. 그 심박수에 어느 정도 익숙해지길 기다렸다가 거울 밖으로 몸을 내던진다.

친숙하지만 절대 적응되지 않는 매서운 추위가 몸을 감싼다. 인공 심장 박동기로부터 전류를 공급받는 기능성 의류가 그나마 체온을 유지해 준다.

나는 흐릿한 조명이 일렬로 달린 나무 복도를 달려간다. 인위적으로 빨라진 심장 박동이 더 불규칙적으로 뛰어 대며 정신이 혼미해지는 기분이 든다.

곧 복도 끝에 거대한 수직 동굴이 나타난다. 그 수직 동굴을 따라 길게 만든 유리관 안으로, 제각각 크기가 다른 쳇바퀴가 시계태엽처럼 정교하게 맞물려 돌아가는 **쳇바퀴 탑**이 보인다. 나선형으로 돌아가는 쳇바퀴 안에서 수십 명의 죄수가 초점 없는 눈으로 달리고 있다.

기능성 의류 한 장으로 버티기엔 역시 역부족인 추위와 불규칙한 심장 박동에 나 역시 반쯤 정신이 나간 채로 **영사기**를 찾아 달린다. 지난번에는 눈 밑에 하트 문신이 있는 남자만 보고 달리느라 미처 살피지 못했던, 유리관의 반대 방향 복도를 유심히 관찰한다.

그렇게 반 바퀴쯤 달렸을 때, 차가운 바닥에 놓여 있는 검은 영사기가 보인다. 영사기의 전원을 켜자 눈부시게 하얀 빛이 유리관을 비추고, 빛을 반사한 부분이 거울이 되어 나의 모습을 비춘다.

여기까지는 신이채 대표가 알려 준 대로다.

하지만 저 거울을 통과하고 만나게 될 세상은 신이채 대표도 알지 못한다. 오로지 이본의 손아귀에서 운영되고 있는 스노볼의 비밀……. 정말 공기 중에 최면 가스 같은 게 섞여 있을까? 저 안으로 들어가는 순간 모든 의식이 사라지면 어떻게 하지? 불쑥 등장한 나를 보며 저 안의 죄수들은 어떤 반응을 보일까? 아니, 주변에서 무슨 일이 일어나든 맹목적으로 쳇바퀴만 돌릴까? 나도 그렇게 될까?

이런저런 생각이 어지러이 뒤섞이는 사이 영사기의 불빛이 꺼져 가며 거울이 빠르게 줄어든다.

더 망설일 것 없이, 나는 한 번 더 거울로 뛰어든다.

살을 에던 추위가 후텁지근한 공기로 바뀐다. 내 뒤로는 불투명한 유리벽이, 앞으로는 쳇바퀴를 돌리다 나를 발견한 어린 여자아이가 보인다. 기껏해야 여섯 살이나 일곱 살 무렵으로, 노란 스마일 그림이 점묘화처럼 벗겨진 낡은 하늘색 티셔츠와 누런 바지를 입고 있다.

저렇게 어린 애가 어쩌다 여기로 온 거야?

스마일 티셔츠를 입은 여자아이가 사선으로 돌아가는 작은 쳇바퀴에서 풀쩍 뛰어내려 내게 다가온다.

나는 재빨리 주먹으로 가슴을 세 번 툭 쳐서 인공 심장 박동기를 끈다. 비로소 원래의 속도를 되찾아 가는 심장을 느끼며 어색하게 손을 들어 보인다.

"아, 저기, 안녕?"

급격한 기온 변화에 머리가 살짝 어지럽다고 생각하는 순간, 여자아이가 내게서 제법 먼 곳에 우뚝 멈춰 선다.

"반장!"

아이가 귀신이라도 본 얼굴로 목청껏 소리친다.

"반장, 반장!"

그 소란에도 하나같이 낡은 하늘색 죄수복을 입고 쳇바퀴를 돌리는 사람들의 집중력은 전혀 흐트러지지 않는다.

"가까이 가지 마!"

긴 머리를 여러 갈래로 땋아 내린 남자가 태엽 뒤편에서 돌아 나오며 여자아이에게 외친다.

"뒤로 물러서!"

햇빛을 머금은 듯한 밝은 갈색 머리와 끝이 유난히 뾰족한 귓바퀴가 단번에 눈에 들어온다.

"……준?"

이번 임시 기상 캐스터에 포함됐던 아나스타샤의 영원한 반쪽이자, 빼어난 외모와 매력으로 시청자들의 사랑을 한 몸에 받았던 전직 액터. 담당 디렉터의 목숨을 위협한 죄로 사형수가 되었음에도 두 사람의 사랑은 변하지 않았고, 그들의 비극적인 사랑 이야기는 아나스타사를 기상 캐스터 자리에 올려놓았다.

"격리반!"

준이 스마일 티셔츠를 입은 여자아이를 등 뒤로 숨기며 자신의 입과 코를 옷소매로 막는다.

"어서 진압하지 않고 뭣들 해!"

그의 말이 떨어지기 무섭게 태엽 안에서 세 사람이 튀어나온다. 그들은 스노 타워 안 음압 병실에서 일하는 의료진처럼 하얀 무균복으로 머리끝부터 발끝까지 감싼 채 얼굴에 마스크와 고글을 쓰고 있다.

"아니, 잠깐만요!"

당황한 내가 미처 뭐라 말하기도 전에 누군가 내 얼굴에 억지로 마스크를 씌운다. 이어 팔 어딘가에 따끔한 느낌이 들고 순식간에 정신이 흐려진다.

다시 눈을 뜨자, 자작나무 패널을 덧대 온통 하얀 방 안이다. 어느덧 내 몸에도 하늘색 죄수복이 입혀져 있다. 방 한쪽 벽의 커다란 사각형 유리창 밖에 준이 꼿꼿하게 앉아 있고, 그 옆에 선 여자가 창으로 바짝 달라붙는다.

"소원아, 정신이 들어?"

소원?

준이 눈을 가늘게 뜨고 내게 묻는다.

"**보호복**도 없이 어떻게 멀쩡히 돌아온 거야?"

여자가 감정이 복받치는 얼굴로 말을 쏟아 낸다.

"선생님께서 네가 **지상**으로 나가자마자 갑자기 도망가 버렸다고……. 오늘 아침에 급히 **지상 탐사**를 가시면서 네 시신이라도 찾아와야 마음이 편할 것 같다고 하셨는데……."

뭐? 소원은 누구고, 선생님은 또 누군데?

"대체 밖에서 무슨 일이 있었던 거야?"

준이 한 손을 스윽 들고 여자의 말을 저지한다.

"치유야."

"네, 반장."

"소원이 몸에 다른 이상한 점은 없었어? **바이러스** 감염 증상 외에도 뭐든지."

감염 증상이라니, 무슨 바이러스? 그리고 날 소원이라는 사람하고 헷갈려 하는 것 같은데…… 그럼 고해리는? 이제 더는 여기에 없는 거야?

지끈거리는 머리를 꾹꾹 누르는 사이, 치유라고 불린 여자가 준과 나를 번갈아 바라본다.

"아, 소원이 몸에 이상한 점이요……."

죄수복 위로 슬쩍 내 가슴팍을 매만져 본다. 딱딱한 인공 심장 박동기가 여전히 그 자리에 붙어 있다.

"하나도 없었어요. 체온도 처음에만 높게 나오고 금방 정상으로 돌아오더라고요."

여자의 대답에도 준은 여전히 나를 수상쩍게 바라본다.

"지상에 그렇게 오래 있었는데 아무런 이상이 없다니……."

준은 의심과 기대가 절묘하게 섞인 얼굴이 된다.

"소원이 네가 어떻게 보호복도 없이 **멸망한 세계**에서 멀쩡히 살아 돌아왔는지, 그 과정에 대해 전부 설명해 봐."

멸망한 세계라니, 대체 무슨 소리야?

나도 눈을 가늘게 뜨고 준과 여자를 번갈아 바라본다. 당신들이 무슨 소리를 하는지 도무지 모르겠다고 말하면, 또 나를 기절시키려나?

내가 아무 말도 하지 않자 치유라는 여자가 조금 초조한 눈빛을 띤다.

"혹시 **또** 기억이 없어졌어?"

"아니, 그게……."

나는 소원이라는 사람이 아니고, 스노볼이 지금 비록 비누 거품으로 뒤덮이기는 했어도 절대 멸망하지는 않았다고 솔직하게 말해도 될까?

하지만…… 이 사람들 아무리 봐도 이상해.

"스노볼, 알죠?"

내 물음에 준과 여자의 눈썹이 동시에 꿈틀거린다.

"스노볼?"

감조차 잡지 못하는 듯한 준 옆에서 치유가 희망차게 되묻는다.

"그게 네가 멀쩡하게 돌아온 방법인 거야?"

이 사람들…… 스노볼을 모르잖아.

어떻게 그럴 수가 있지? 텔레비전이 한 대도 없는 고립된 마을이라면 모를까. 하트 문신 남자는 몇 달 전까지도 스노볼 감옥에 갇혀 있었고, 준 당신은 모두가 아는 인기 액터였잖아!

"드라마, 액터, 디렉터…… 이본 그룹, 이본영……."

내가 단어 하나하나를 내뱉을 때마다 준과 여자의 얼굴이 더 깊은 혼란으로 빠져든다.

준이 여자를 향해 살짝 고개를 돌리고 속삭인다.

"바이러스에 노출된 게 분명해. 애가 도무지 멀쩡한 상태가 아니잖아."

준의 반응을 보며 내 머릿속에 무서운 생각이 스쳐 지나간다.

……혹시.

사형수를 지하 발전소로 내려보내기 전에 최면으로 기억을 모조리 지워 버리는 걸까? 푸른 눈썹, 부해의 목소리가 떠오른다. *전초밤 너는 이제 모든 진실을, 영원히 잊게 될 테니까.*

그때, 준과 여자가 있는 면회실의 문이 열리고,

"반장, 하늘이가 쓰러졌어요."

마찬가지로 하늘색 죄수복을 입은 이본회가 들어온다.

마지막 요새의 노예들

"뭐?"

준이 벌떡 일어서더니 이본회를 밀치고 밖으로 나간다.

네가 어떻게 여기…….

이본회를 뚫어지게 쳐다보는 나를 향해 치유가 의아한 눈빛을 보낸다. 나는 재빨리 시선을 돌렸다가 이내 또 참지 못하고 다시 이본회를 바라본다.

문간에 서 있는 이본회에게 치유가 걱정스러운 얼굴로 묻는다.

"쓰러지기 전에 증상은 어땠어?"

"한두 시간 전부터 열이 난다면서 잔기침을 하더니 갑자기 픽 쓰러졌어요."

"아까 그 짧은 노출로 전염이 됐단 말이야?"

치유가 걱정스러운 얼굴로 나를 쳐다본다.

"그럼 소원이가 확실히 양성이라는 건데. 정작 쟤는 증상이 없어."

이본회가 치유를 따라 나를 바라본다.

조여수를 바라보던 다정하고 애틋한 눈빛도, 나와 단둘이 있을 때만 볼 수 있던 웃음기 머금은 입꼬리도 아니지만, 얼굴도 목소리도 모두 내가 아는 이본회가 맞다.

이본회 군을 태운 비행기가 자-P-22동으로 향하던 도중 갑작스러운 기상 악화를 만나 추락…… 추락한 비행기의 파편이 확인되었…… 구조 신호는 전혀 없는 것으로 최종 확인되었습니다.

모두 거짓이었어?

이본회가 안전하다는 사실에 안도하는 마음과 함께, 이본영 회장이 자신의 손주를 미끼 삼아 나에 대한—더 나아가 모든 고해리들에 대한—여론을 불리하게 조작했다는 분노가 솟아난다.

복잡한 감정에 붉어지는 눈시울을 가리려 몸을 웅크리는 나를 향해 치유가 외친다.

"소원아, 왜 그래? 어디 안 좋아?"

바이러스 보균자처럼 보이지 않는 선에서 아무렇게나 둘러댄다.

"그냥, 배가 좀 고파서."

치유가 안도의 웃음을 작게 터뜨린다.

"입맛이 있다니 안심이 되네."

치유가 이본회를 향해 퍽 다정하게 말한다.

"신입아, 가서 남은 저녁 좀 가져다줄래?"

"네, 그럴게요."

"그리고 얼른 이름 하나 지어. 우리가 널 신입이라고 부르는 데 익숙해지기 전에 네가 좋아하는 단어 중에 골라. 다른 사람하고 겹치지만 않으면 되니까."

신입? 아…… 다들 이전의 기억을 잃어서 자신의 이름도 기억하지 못하는 거구나. 그렇다면 고해리도 이곳에서 새 이름을 사용했을 테고, 그게 아마 소원인 모양이네. 그런데 지금은 어디 있는 거지? 나를 고해리로 착각하는 걸 보면 확실히 여기에 없다는 거잖아.

마음에 드는 이름을 곧 생각해 보겠다고 웃으며 이본회가 방을 나선다. 닫힌 면회실 문을 내가 못내 아쉽게 바라보고, 치유가 유리창 앞으로 의자를 끌어당겨 앉는다. 그러곤 험악한 표정을 지으며 목소리를 내리깐다.

"너 진짜 죽을래?"

……응? 방금까지 날 걱정하지 않았어? 내 가슴에 달린 인공 심장 박동기도 숨겨 주고…… 혹시 내가 소원이 아니라는 게 들통났나?

조심스레 눈치를 살필수록 치유의 얼굴은 더 험상궂게 변한다. 동굴 안에 따로 미용실은 없을 테니 아마 타고난 곱슬머리일 텐데, 아무렇게나 대충 잘라 마치 사자의 갈기처럼 보인다.

"야!"

사자가 포효한다.

"너 어쩜 그렇게 나한테 한마디 말도 없이 갑자기 사라질 수가 있어?"

"……어?"

"내가 얼마나 걱정한 줄 알아? 반장한테 물어보니까 네가 선생님을 따라 나갔다고 해서 이게 미쳤나, 죽으려고 환장했나, 죽을 땐 죽더라도 나한테 작별 인사는 하고 가야지, 이렇게 싹수없이 가 버릴 수가 있나, 별생각을 다 했어!"

흉악한 사자가 말끝에 눈물을 글썽인다.

"근데 하루가 지나고 이틀이 지나도 선생님이 안 돌아오시는 거야. 순간, 이제 지상이 멀쩡해졌나 희망을 품었어. 그러다 선생님이 그제 너 말고 **새 구조자**를 데려오시더니 소원이는 지상에서 도망가 버렸다고 하시는데……. 하, 그때 내 심정이 진짜…… 상상되지? 어?"

"미, 미안."

그렇게 말해야 할 것 같은 눈빛이다.

"네 가슴에 달린 그 플라스틱 장난감은 또 뭐야? 도저히 떨어지질 않아서 일단 여러 번 소독하기는 했는데."

함부로 입을 뗄 수가 없다.

"아, 그게……."

지금까지의 상황을 정리하자면, 숲으로 사라진 고해리는 여기서 소원이라는 이름으로 지내고 있었다. 하지만 지금은 선생이라는 사람을 따라 이곳을 떠났고, 다시 돌아오지 않았다.

그럼 일단 소원인 척 연기하는 편이 유리하겠지? 이 사람들에게 내가 스노볼에서 온 사람이라고 이해시킬 수도 없으니까.

하지만 만약 소원이 ─ 고해리가 ─ 당장 내일이라도 돌아온다면? 게다가, 지하 발전소에서 소원으로 지내는 고해리를 연기하는 건 매일 텔레비전에서 봐 오던 인기 액터 고해리를 연기하는 것과 비교할 수 없을 정도로 까다로운 일이다.

당장 이 사자를 어떤 태도로 대해야 하는지도 수수께끼다. 고해리와 꽤 가까운 사이인 건 분명한 듯한데…….

내 정체를 밝히고 몰래 도움을 요청해 볼까?

아니지, 정말 고해리와 가까운 사이라면 내가 고해리가 아니라는 사실에 오히려 부정적인 반응을 보일 수 있다.

"너 지금 반장한테 못 할 말 있는 거 알아. 그러니까 우리 둘이 있을 때 빨리 말하라고. 그래야 내가 도와주든 말든 하지!"

"……언니?"

"그래, 말해."

"언니는 이곳 밖으로 나가는 게 두려워?"

"뭐?"

"대답해 봐."

네 눈앞의 내가 사람으로 보이냐는 질문을 들은 것처럼 사자가 황당한 웃음을 짧게 흘린다.

"당연히 이 **요새** 밖으로 나가는 게 두렵지. 지상에선 바이러스에 감염돼서 죽는데."

역시…… 그런 착각을 하고 있구나.

숨을 한 번 고르고, 나는 이 가여운 사자가 알아야 할 진실을 또박또박 말한다.

"언니, 내가 어떻게 멀쩡히 돌아왔는지 궁금하지? 답은 간단해. 세상이 전혀 멸망하지 않았거든. 바이러스니, 전염병이니 하는 것도 당연히 없고."

"뭔 말도 안 되는 소리야?"

사자가 조금 아까 준과 비슷한 표정을 짓는다. *바이러스에 노출된 게 분명해. 애가 도무지 멀쩡한 상태가 아니잖아.*

나는 최대한 멀쩡하고 총명한 눈빛을 띠려 눈에 힘을 준다.

"여기 사람들, 아, 그러니까 우리가 이렇게 갇혀서 착취당할 필요가 없다는 얘기야."

사자가 눈썹을 찡그린다.

"갇혀서, 착취?"

"우리가 쳇바퀴를 돌리는 이유는⋯⋯."

사자가 헛웃음을 터뜨리며 내 말을 가로막는다.

"그래. 세상이 멸망한 탓에 우리가 여기 갇히긴 했지. 근데 우리가 쓸 전력을 생산하는 게 착취라니. 물론 지금의 삶이 천국은 아닐지라도 이보다 나은 선택은 없어. 너도 알잖아."

"아니, 우리가 쳇바퀴를 돌리는 긴 그런 이유 때문이 아니야."

내 무거운 숨의 의미를 알아차린 사자가 묻는다. 자신의 상상이 절대 사실이 아니길 바라는 눈빛으로.

"너 지금, 선생님이 멀쩡한 세상을 두고 우릴 여기에 가뒀다는 얘기를 하는 건 아니지?"

그때 누군가 또 면회실 문을 노크하고, 내가 목소리를 낮춰 빠르게 말한다.

"여기서 나가야 돼, 여기 있는 사람 전부!"

모두가 이곳을 떠나 아무도 쳇바퀴를 돌리지 않는다면 발전소 모터가 저절로 멈춰 스노볼의 **난방 시스템**이 꺼지고 진실이 드러날 테니까.

사자가 혼란스러운 얼굴로 상체를 살짝 뒤로 뺀다. 동시에 문이 열리고 이본회가 다시 나타난다.

"누나, 칼 아주머니가 찾아요. 근무 교대할 시간인데 안 보인다고요."

사자가 당혹스러운 표정을 감추며 일어선다.

"어, 그래. 지금 가."

그녀가 엉거주춤한 자세로 면회실을 떠나자, 유리창 하나를 사이에 두고 나와 이본회 둘만 남는다.

"아, 맞다. 저녁 가져다줄게."

방을 나가려는 이본회를 붙잡으려 나도 모르게 이름을 부른다.

"이본회!"

이본회가 한쪽 눈썹을 찡그린 채 고개를 돌린다.

"뭐라고?"

"이본회……."

이본회가 한동안 말없이 나를 바라보다 묻는다.

"그게 뭐야? 사람 이름?"

이본회를 따라 나도 눈썹을 찡그린다.

"너……."

네 이름 몰라?

"나 몰라?"

이본회가 창가로 다가와 나와 마주 선다.

"알아."

이본회가 무감각한 얼굴로 말을 이어 간다.

"외부인이 하나 들어와 소란이 있었다기에 새로운 구조자인 줄 알았는데, 아니더라고. 다들 네 얘기 중이야. **지상 탐사**에서 도망친 소원이가 돌아왔다면서."

"너……"

"아, 난 이번에 새로 구조돼 들어왔어. 오늘이 사흘째야."

"구조됐다고? 어디서?"

이본회는 여기에서 멀리 떨어진 곳을 탐사 중이던 선생님이 자신을 발견해 구조해 왔다고 답한다. 인류의 99퍼센트를 죽음으로 몰아넣은 전염병에서 운 좋게 살아남았지만, 바이러스에 오래 노출되어 기억을 잃었다면서.

"그래도 여기 있는 사람들이 다 나랑 같은 처지라서 그나마 덜 절망적이야."

내가 오히려 절망적으로 묻는다.

"그래서 여기에서의 삶이 마음에 들어?"

이본회가 흔쾌히 고개를 끄덕이며 이 요새의 훌륭한 점을 짧게 이야기한다. 백 명도 넘는 사람들이 세 개 조로 나뉘어 스물네 시간 동안 쳇바퀴를 돌린다. 그렇게 만든 전력으로 불을 밝히고 식물을 재배하고 음식을 만든다. 바이러스 창궐로 99퍼센트의 인류가 사망하고, 1퍼센트의 생존자마저 사실상 **살아 있는 시체**로 살아가는 지상에서는 꿈도 꿀 수 없는 생활 터전이다.

이본회의 설명은 마치 주입식 교육에 길든 모범생의 답변처럼 들렸다. 이본회가 사뭇 부럽다는 얼굴로 나를 본다.

"너도 이 요새의 **최초 구조자** 중 한 명이라며."

고해리가 최초 구조자라니? 그럼 이곳이 고작 삼 년 남짓 유지됐다는 거야? 그럴 리가. 여기는 돔보다도 먼저 지어져서 지금껏 스노볼의 난방을 담당해 왔는데.

혼란스러운 표정을 애써 감추는 나를 보며 이본회가 빙긋 웃는다.

"앞으로 잘 부탁해."

나는 자신 없이 묻는다.

"조여수, 몰라?"

아무런 동요도 없는 눈빛으로 이본회가 천천히 고개를 가로젓는다.

"그건 또 누구지?"

친손주의 머릿속까지 깨끗하게 지워 버린 이본영 회장의 잔혹함에 다리가 풀린 내가 그대로 주저앉는다.

'천혜의 지열이 솟아나는 기적의 땅, 스노볼'. 그 신화를, 그 연극을 무너뜨리지 않으려 이본 미디어 그룹은 백 명이 넘는 사람의 기억과 목숨, 그리고 인생을 가지고 놀고 있다. 이들이 전부 사형수 출신이라는 사실이 이본의 잘못을 정당화할 수 있을까?

자기가 죽을 수도 있는데 우리를 도와줬단 말이야?

어, 우리 백 좀 멋지지 않냐!

왜? 왜, 나를 위해서 이렇게까지 도와줘?

빚진 기분 들 거 없어! 그 언니도 스노볼에 맺힌 한이 많아서 돕는 거니까!

이 중에는 '살아남은 여자' 황산나처럼 억울한 사형수도 존재할 것이다. 게다가, 스마일 티셔츠를 입고 있던 그 여자아이. 걔는 사형수 출신도 아닐 거잖아.

고해리들의 목숨과 인생을 가지고 사기를 친 차설은 손가락질을 받으며 처벌을 기다리고 있는데, 이본영 회장과 이본 그룹은 지금 이 순간에도 세상의 존경과 지지를 받으며 우리 위에서 군림하고 있다는 사실에 분노가 치민다. 당장 이곳의 중앙 모터를 꺼 버리고 이본 그룹을 무너뜨릴 수만 있다면, 나의 고생이 모두 배새린의 공으로 넘어간다 해도 억울하지 않을 만큼.

"신입. 나 언제 격리 해제될 거 같아?"

그 순간 사자가 문을 활짝 열고 갈기를 흔든다.

"야, 소원! 너 바이러스 검사에서 음성 나왔어!"

사자는 여전히 혼란스러운 얼굴이지만, 그래도 기쁘게 말한다.

"나와서 일단 밥 먹어!"

사자는 이본회에게 나를 식당으로 데려가라고 지시한 뒤 쳇바퀴를 돌리러 떠난다.

하얀 격리실 밖으로 나오자 정교한 공간이 드러난다. 격리실은 쳇바퀴로 쌓아 올린 탑 안쪽에 숨겨진 넓은 내부 공간 1층에 자리하고 있었다.

천장으로 고개를 들자, 5층짜리 쳇바퀴 탑 위로 20층 높이의 원통형 공간이 이어져 있다. 1층부터 5층까지는 쳇바퀴가, 6층부터 25층까지는 똑같은 크기의 정육각형 칸들이 서로 마주 보며 360도를 빙 둘러싸고 있다. 각 층은 나무로 만든 에스컬레이터가 쉼 없이 돌아가며 연결한다.

이본회를 따라 에스컬레이터를 타고 올라가며 정육각형 칸들의 내부를 구경한다. 모든 칸이 문도 없이 입구가 통째로 뻥 뚫려 있다. 식당 칸과 부엌 칸부터 각종 식물을 재배하는 농작 칸까지 다양한 칸이 있고, 그중 몇몇 칸에는 나무 패널 바닥에 이불이나 침낭을 깔고 잠든 사람들이 보인다. 사람이 자는 칸에는 입구에 줄을 연결해 빨래를 널어 두었다.

그 모습을 보며 이본회가 뒤늦게 생각났다는 듯 말한다.

"저렇게 **생활 칸**에도 문이 없는 건 확실히 불편하더라."

이본회의 말에 공감한다는 듯 고개를 끄덕이며 에스컬레이터 밖을 슬쩍 내다본다. 가운데가 수직으로 비어 있어 1층까지 내려다보이고, 바닥 한가운데 우물이 이제야 눈에 들어온다. 그래, 식수가 충분하지 않다면 요새가 아니겠지.

이본회가 특히 마음에 드는 공간이라며 몇몇 칸을 손으로 가리킨다. 멸망에 대비한 어느 괴짜의 요새임을 증명하듯, 보드게임을 할 수 있는 게임 칸과 빔 프로젝터로 이전 문명의 영화를 볼 수 있는 극장 칸까지 만들어져 있다.

"땅 아래 이렇게 크고 견고한 요새가 존재한다는 게 신기하지 않았어? 노예 수용소도 아니고, 누가 왜 이런 걸 지었는지 수상할 수도 있었을 거 같은데?"

내 회유성 질문에 이본회가 온갖 칸이 층층이 쌓여 있는 주변 풍경을 찬찬히 둘러본다.

"그래서, 이곳 사람들 말대로 선생님이 대단하신 분 같아. 인류가 언젠가 멸망할 거라는 그분의 선견지명을 다들 비웃었다고 들었어. 그런 조롱과 의심을 이겨 내고 자신의 신념에 따라 전 재산을 이 요새 건축에 투자하다니. 나라면 그렇게 못 했을 거야."

속으로 헛웃음을 삼킨다. 처음부터 예상했던 바지만, 선생인지 생선인지 하는 작자가 이본영 회장이라는 사실이 분명해진다.

땅 위에서도, 땅 아래에서도 인류의 구원자 노릇이라니.

역겹다.

어리석은 자들의 무덤

이본회와 나는 17층 식당 칸 앞에서 내린다. 모든 칸의 크기가 똑같은 탓에 식당치고는 꽤 작다. 네 사람이 앉을 수 있는 나무 테이블 네 개가 전부다. 그래서 식당이 두세 층에 하나씩 있는 모양이다.

이본회가 배식 통에 남은 야채죽을 나무로 만든 국그릇에 모조리 부어 건넨다.

"고마워, 신입."

내가 첫술을 뜨길 기다리던 이본회가 스펀지 귀마개처럼 생긴 빨간 젤리를 하나 내밀며 묻는다.

"단백질 젤리, 필요해?"

그게 뭔지 물을 수는 없다. 다만 굳이 먹고 싶냐는 말투로 들려 나는 괜찮다고 대답한다.

"그래, 넌 일단 전력 생산 업무에서 배제니까."

이본회가 젤리를 입에 털어 넣는다. 그러고는 이런저런 잡무를 떠안는 신입이 제일 바쁘다는 불평을 장난스럽게 늘어놓으며 자리를 뜬다.

나는 죽이 입으로 들어가는지 코로 들어가는지도 모른 채 어디에 중앙 모터 전원이 달려 있을지 두리번거린다. 바깥세상의 발전소와 달리 중앙 모터가 밖으로 드러나 있지 않아 전원을 찾기가 쉽지 않아 보인다.

이본회는 내가 죽을 다 비울 때쯤 돌아와 하늘이라는 사람의 병문안을 가야 한다고 말한다.

"가서 네 멀쩡한 모습을 보여 주고 하늘을 안심시키라는, 반장의 명령이야."

나는 어쩔 수 없이 이본회를 따라 12층으로 내려간다.

이본회가 어느 생활 칸 입구에 걸린 빨래를 옆으로 열어젖히며 나를 안으로 들여보낸다. 아까 그 어린이가 하늘색 침낭 안에 애벌레처럼 쏙 들어가 작은 두 손으로 입과 코를 가로막고 나를 향해 소리친다.

"악, 바이러스! 바이러스, 꺼져!"

쟤가 하늘이구나.

"신입 오빠! 언니 내쫓아, 얼른!"

조그만 어린애가 목청도 좋지. 마른 두 손이 코와 입을 필사적으로 가리고 있다. 손톱은 흙이 끼어 시꺼멓고, 턱 아래에는 제 머리보다도 머리통이 큰 곰 인형을 안고 있다. 털이 다 빠져서 늙고 슬퍼 보이는 곰이다. 저런 장난감은 어디서 났을까.

"하늘아, 괜찮아."

고작 사흘 만에 친해졌는지, 이본회가 퍽 다정한 목소리로 아이를 구슬린다.

"소원 언니 바이러스 검사에서 음성 나왔어. 멀쩡하대."

하늘이 눈썹 끝을 내리며 우물거린다.

"거짓말. 언니는 보호복도 안 입었잖아. 보호복 없이 밖에 나간 이모, 삼촌 들은 다 바이러스에 감염돼서 죽었어."

하늘이 괜히 목을 캑캑거린다.

"나 진짜 아파, 오빠. 이러다 죽으면 어떡해?"

하늘이 비에 젖은 새끼 강아지 같은 표정을 짓는다. 와서 자기 이마를 좀 짚어 보라는 듯, 앞 머리칼을 옆으로 슬쩍 치운다.

이본회가 내 쪽으로 아주 살짝 고개를 돌리고 작게 속삭인다.

"안 되겠다."

그러더니 내 손을 천천히 잡고 깍지를 낀다.

하늘이 여전히 입을 가린 채로 눈을 동그랗게 뜬다.

"신입 오빠! 그 언니 만지면 안 돼!"

이본회가 보란 듯이 이번에는 내 어깨를 감싸 안는다. 하늘이 경악스러운 표정으로 바라보지만, 이본회는 여유로운 미소를 짓는다.

"이 언니 멀쩡해. 그러니까 너도 멀쩡하고."

이게 아닌데, 하늘이 그런 눈으로 이본회를 올려다본다.

"콜록……."

하늘의 잔기침 연기가 부쩍 소심해진다.

그때 저 아래서 쩌렁쩌렁한 목소리가 신입을 찾는다. 이본회가 돌아서며 한쪽 눈썹을 찡긋한다.

"더 도와주고 싶었는데 가 봐야겠다. 꼬마 대장하고 잘 화해해봐."

으, 이 와중에 내가 왜 저 어린이까지 달래야 하는데.

피곤한 얼굴로 돌아서니 하늘이 침낭 지퍼를 살짝 연 채로 팔짱을 끼고 있다. 늙고 슬픈 갈색 곰이 그 품에 질식할 듯이 안겨 있다.

"언니 진짜 감염 안 됐어?"

"그렇다니까."

"그런데 왜 달라졌어?"

"……응?"

"원래 언니랑 지금 언니랑 뭔가 달라."

꼬마 대장의 예리한 눈치에 척추가 찌릿해진다. 생각해 보니 아까 이 어린이에게 굉장히 어색한 인사를 건네긴 했다. *아, 저기, 안녕?*

"무, 무슨 소리야, 이 꼬맹이가? 내 어디가 다른데?"

"꼬맹이 아니거든, 하늘이거든? 모든 걸 다 알고 있는 하늘!"

어린이의 허세에 헛웃음이 난다. 이제 곧 일곱 살이 될 내 사촌 동생도 생각나고.

슬쩍 하늘의 맞은편 바닥에 엉덩이를 붙이고 앉아 목소리를 은밀하게 내리깐다.

"그럼 너 그것도 알아?"

"당연히 알지!"

"뭔지 아직 말도 안 했거든?"

하늘이 새초롬하게 쳐다본다. 뭐가 궁금하냐는 듯.

"우리가 돌리는 발전기 모터. 그거 전원이 어디 있는지도 알아?"

하늘이는 몇 살일까? 몸집은 예닐곱 살로 보이는데, 말이나 행동은 그보다 조숙하다. 하늘이 의기양양하게 고개를 든다.

"우물 밑에 있잖아. 칼 삼촌이 우물에 빠졌을 때 봤다고 했어."

"음? 칼 아주머니가?"

내가 아까 식당 칸에서 혼자 죽을 먹을 때 배식 통을 치우러 온 사람이다. 칼을 잘 써서 칼이라는 이름이 붙은 게 멋있다며 이본회가 자신도 그런 의미 있는 이름을 갖고 싶다고 했다.

하늘이 고개를 살짝 끄덕이며 내 눈치를 살피기에 나도 고개를 위아래로 크게 흔든다.

"아, 맞아. 칼 아주머니가 우물에 빠졌었지."

조금 전 에스컬레이터를 오르며 보았던 우물을 떠올리며 다시 묻는다.

"1층에 있는 우물 말하는 거 맞지?"

하늘이 한심하다는 표정으로 대꾸한다.

"그래, 시체 태우는 우물!"

그 우물에서 시체를 태운다고? 식수를 뜨는 게 아니라?

"근데 칼 아주머니가 정말 너한테 그렇게 말했어? 우물 밑에서 모터 전원을 봤다고?"

"당연히 나한테는 말 안 했지. 어른들은 내가 아무것도 모른다고 생각하니까. 그래서 뭐든지 엿들을 수 있지만."

흠…… 이걸 믿어, 말아.

"확실하지?"

"난 뭐든 정확히 기억해. 엄마 배 속에서 들었던 자장가부터 전부."

"그……래?"

이 어린이에 대한 신뢰도가 확 떨어지지만 그래도 믿어 볼 구석은 있다. 시체를 태우는 우물에 일부러 들어가려는 산 사람은 없을 테니, 이곳의 가장 중요한 비밀을 숨기기에는 안성맞춤일지 모른다.

"그럼! 난 언니가 열일곱 밤 전에 선생님하고 몰래 사라지던 모습도 기억하는데?"

하늘이 별안간 눈을 빛내며 묻는다.

"언니! 그동안 밖에서 하늘 많이 봤어?"

"응?"

하늘이 내가 영 답답하다는 얼굴로 목소리에 힘을 싣는다. 작은 손은 천장을 가리킨다. 찢어지고 구멍 난 하늘색 죄수복을 퀼트 이불처럼 꿰맨 동그란 '하늘'이 펼쳐져 있다.

"진짜 저 색깔이야?"

얘 설마…… 이 안에서 태어난 거야? 사형수였던 엄마에게서 태어나 평생을 여기서만 살아온…….

"갑자기 왜 그렇게 쳐다봐?"

내가 재빨리 안색을 바꾼다.

"진짜 하늘은 훨씬 멋있지!"

스노볼 돔 밖은 사실 푸른 하늘보다 먹구름 낀 회색 하늘이 더 흔하지만.

"노을이 질 때는 분홍색이랑 보라색도 됐다가 어떨 때는 엄청 붉은 색이 되기도 해."

세상에서 가장 멋진 모험이나 아름다운 사랑 이야기를 듣는 듯 하늘이 행복한 표정을 짓는다.

"구름은? 달도 봤어?"

나는 최대한 스노볼의 하늘이 아닌 바깥세상의 진짜 하늘을 묘사하려 노력한다. 먹구름이 만들어 내는 운치와 그 사이로 비치는 달빛의 고요함 같은 것을.

"나도 보고 싶다."

하늘의 눈꺼풀이 점점 무거워진다.

"이제 좀 자. 바깥세상 얘기는 내일 또 해 줄게."

자리에서 일어나려다 하늘의 침낭 끝을 짚는다. 물컹하고 제법 부피감이 있는 뭔가가 느껴진다.

하늘이 침낭 끝을 자신의 몸 쪽으로 쓱 끌어당긴다.

"얼른 나가. 나 잘 거야."

"그래, 잘 자."

방을 나서며 입구에 걸린 옷가지를 가지런히 정리해 준다. 가림막 역할을 하기에는 전부 꾀죄죄하고 조그맣다. 슬쩍 고개를 숙여 들여다보니, 하늘이 눈을 감은 채 늙고 슬픈 곰에게 자장가를 불러 주고 있다.

"아기가 혼자 남아 집을 보다가……."

*

데엥. 데엥. 1층에 있는 괘종시계가 정각을 알리는 소리가 17층까지 희미하게 울려 퍼진다.

어느덧 밤 11시가 되었지만 지하 발전소의 쳇바퀴는 멈추지 않는다. 이곳이 멈추면 스노볼의 따뜻함도 멈출 테니까.

그래서 문제였다.

모터의 전원이 있다고 추정되는 우물은 1층 정중앙에 자리한다. 그 주변으로는 쳇바퀴를 돌리는 노동자들이 수십 명. 쳇바퀴를 돌리다 살짝 고개만 돌려도 우물로 기어들어 가는 나를 볼 것이고, 그런 나를 수상하게 여기기에 충분하다.

또 다른 문제는, 고해리—소원—의 생활 칸이 어디인지 전혀 모르겠다는 사실이다. 그래서 아까 죽을 먹던 식당 칸에 혼자 죽치고 앉아 있는 사이, 1조는 내일 오전 근무를 위해 잠자리에 들었고, 2조 사람들은 3조가 야식으로 먹을 음식을 만들며 농작 칸에서 재배하는 먹거리를 관리했다.

"너 음성이라며. 계속 농땡이 부릴래?"

오른쪽 눈 아래 작은 분홍색 하트 문신을 한 그 남자가 나를 내려다본다. 두 손에는 하늘색 죄수복을 한가득 들고 있다.

"따라와, 인마."

이 남자와 이렇게 마주 보고 대화를 나눌 줄이야.

"아, 네, 가요."

나무 에스컬레이터 쪽으로 몸을 돌리던 하트 문신 남자가 닭살

288

이 돈는다는 얼굴로 돌아본다.

"웬 존댓말?"

사형 집행을 알리는 뉴스에서 보았던 남자의 이름은 기억나지 않지만, 나이는 서른셋이었다. 남자가 나와 함께 나무 에스컬레이터에 오르며 농담 반 진담 반으로 묻는다.

"매번 선배 노릇 하기 바빴던 애가 별일이다? 너 설마 정말 감염된 건 아니지?"

"아, 뭐…… 가끔은 아저씨 대접도 해 줄 필요가 있지 않나 해서."

하트 문신 남자가 으하하 웃음을 터뜨린다. 이곳에서 고해리의 성격이 다행히 나와 크게 다르지 않았던 모양이다.

"근데 그 말 진짜야?"

"뭐가?"

하트 문신 남자는 우리끼리만 아는 얘기를 하듯 목소리를 낮춘다.

"지상에 바이러스도 전염병도 없다는 얘기 말이야."

언니, 내가 어떻게 멀쩡히 돌아왔는지 궁금하지? 답은 간단해. 세상이 전혀 멸망하지 않았거든.

내가 사자에게 한 말을 전해 들었나 보다.

"어디까지 들었어?"

하트 문신 남자가 재차 주변을 살피며 속삭인다.

"우리 다 여기서 나가야 한다고 했다며."

사자가 다른 사람들에게도 이 말을 전했을까? 지상이 멀쩡하다는 소식이 퍼지면 이곳 사람들은 어떻게 반응할까? 당연히 기뻐하겠지. 다들 한시라도 빨리 동굴 밖으로 나가려 할 거야. 그렇게 모두 쳇바퀴를 떠나 버리면 중앙 모터도 멈출 테고, 거짓 지열도 꺼질 것이다.

내가 슬쩍 회심의 미소를 짓는데 하트 문신 남자가 기대에 찬 목소리로 말한다.

"선생님이 얼른 돌아오셔서 네 얘기를 확인시켜 주시면 좋겠다. 그제 오셨을 때는 여전히 지상에 희망이 보이지 않는다고 하셨거든."

선생님이 하는 말이 아니면 믿을 수 없다는 말투.

"아직도 선생님을 믿어?"

"응?"

"선생님이 우릴 속였잖아, 세상이 멀쩡한데……."

하트 문신 남자가 웃음을 터뜨리며 내 말을 막는다.

"내가 보기엔 소원이 네가 이상한 소리를 하는 것 같은데?"

"뭐?"

"우리 모두가 멸망한 세계의 그 처참한 광경을 **기억해**. 선생님께서 속이고 말고 할 여지가 없잖아."

그거야말로 무슨 소리야? 존재한 적도 없는 세계의 모습을 어떻게 기억한다는 거야?

내가 얼굴을 찡그리자 하트 문신 남자가 날 타이르듯 목소리를 낮춘다.

"널 의심하는 게 아니라……. 너도 알잖아. 여기 생활에 불만을 품는 순간, **미치는** 건 시간문제라는 거."

저 아래서 쳇바퀴를 감독하고 있는 준을 남자가 슬쩍 내려다
본다.

"그리고 반장 앞에서 입조심해. 그렇지 않아도 네가 멀쩡하게 돌
아와서 미심쩍어하는데, 괜한 소리로 사람들을 휘저으면 가만두지
않을 거야."

시체가 가려 준 진실

내가 조용해진 뒤로도 하트 문신 남자는 빨래 칸에 도착할 때까지 혼자 이런저런 얘기를 잘도 떠들고, 그 덕분에 이 남자가 여기서 '하트'라는 이름으로 불린다는 사실과 고해리가 준―반장―을 포함한 모두에 세 편하게 만말을 한다는 정보를 얻는다.

하트가 빨래 칸으로 들어서며 쾌활하게 묻는다.

"잘하고 있어, 우리 신입?"

한 손에 책을 들고 빨래를 밟던 이본회가 우리를 보고 빙긋 웃는다.

우리 셋은 곧 나란히 서서 하늘색 죄수복과 티셔츠를 수십 장씩 밟는다. 벽에 연결된 호스에서 졸졸 흘러나오는 샘물이 오수가 되어 하수구로 빠져나간다.

나는 이본회가 읽고 있는 소설의 표지를 확인한다. 퇴직자 마을에서 차향이 읽던, 전쟁 문명의 판타지 소설이다.

수백 벌이 넘는 죄수복, 소설책, 빨랫비누, 식기…… 거기다 배수

시설까지. 사람이 살 만한 최소한의 환경이 완벽하게 조성돼 있다.

왜 아무도 이곳의 완벽함을 의심하지 않지? 선생이라는 작자가 자신들을 구조한 게 아니라, 이곳에 가두었다는 의심을 하는 사람이 어떻게 단 한 명도 없을 수가 있어? 어째서 선생의 말만 철석같이 믿으면서 탈출할 생각조차 하지 않느냐고!

"맞다, 그 **선장**이라는 사람은 누구예요?"

선장? 이본회의 질문에 하트 역시 읽고 있던 책 — 전쟁 문명의 로맨스 소설 — 을 슬쩍 내린다.

"아, 곧 만나게 될 거야. 선생님은 우리가 살 수 있는 안전한 지역을 찾아 먼 곳으로 탐사를 떠나시지만, 선장은 구호품을 구하러 다니면서 지상을 자주 왔다 갔다 하거든. 선생님 못지않게 중요한 일을 하는 사람이지."

하트가 손으로 입을 가리고 덧붙인다.

"선생님처럼 훌륭한 인품을 갖추진 못했지만."

하트가 사람 좋은 얼굴로 또 궁금한 게 없냐고 묻고, 이본회는 기다렸다는 듯 다음 질문을 한다.

"저 아래 있는 우물을 가장 최근에 쓴 게 언제예요? 거기서 시체를 태운다고 들었는데."

"아……."

하트의 쾌활한 기운이 순식간에 차분해진다.

"내가 구조돼 온 첫날이었어."

다들 그러했듯 하트도 자신의 이름조차 기억하지 못하는 상태로 이곳에 왔다. 그런 그에게 선생은 인류의 99퍼센트를 죽음으로 몰아넣은 바이러스가 창궐해 세상이 멸망했다며 이제 이곳이 그의 집이고, 이 사람들이 그의 가족이라고 했다. 모두가 새로운 구조자에게 환영의 박수를 보냈고, 선생은 그에게 새로운 가족에게 짧은 인사를 건네라고 했다.

그때 어떤 **어리석은 자**가 할 말이 있다며 앞으로 나섰다. "저는 선생님께서 하시는 말씀을 전적으로 믿습니다. 하지만 자꾸만 꿈에 멀쩡하고 평화로운 세상이 보여요. 세상이 멸망했다는 걸 제 눈으로 다시 한번 확인하고 싶습니다."

선생은 선장과 함께 그 어리석은 자를 밖으로 데리고 나갔다. 물론, 보호복은 선생과 선장이 사용하는 두 벌 외에 여분이 없었고, 그자는 기꺼이 맨몸으로 1층 유리벽을 통과했다.

다음 날 선생과 선장은 온몸이 마른 나뭇가지처럼 변한 시신을 부균 진공 팩에 넣어 끌고 들어왔다. 요새에서 지내며 바이러스로부터 **무결한 몸**이 된 그자는 오랜만에 마주한 바이러스의 공격에 채 하루를 버티지 못했다.

시신은 우물에서 불태워졌고, 시체를 태운 냄새가 겨우 희미해질 무렵 하트는 이곳의 일원이 될 수 있어 정말 운이 좋았다고 진심으로 받아들였다. 지금으로부터 육 개월 전쯤의 일이었다.

하트가 떠올리기 싫은 악몽을 되새기는 목소리로 말한다.

"그 몇 달 전에는 세 명이나 동시에 밖으로 나갔다가 죽었대."

"그 사람들도 비슷한 꿈을 꿨대요? 멀쩡한 세상이 보이는 꿈?"

이본회의 질문에 하트가 고개를 젓는다.

"꿈은 무의식의 반영이잖아. 그 사람들은 그저 여기 생활이 지긋

지긋했던 거야. 동굴에서의 삶이 한번 답답하게 느껴지기 시작하면 다시 평온한 상태로 돌아가기가 꽤 힘들거든. 조만간 또 여기 생활에 질린 누군가가 차라리 송장이 되겠다고 자원할 텐데, 그게 신입 넌 아니길 바란다."

하트의 진심 어린 충고에 이본희가 자신은 그렇게 어리석지 않다며 장난스럽게 웃는다. 나는 그 일들에 대해 잘 알고 있는 척 말없이 고개를 끄덕인다. 선장이라는 자는 또 누구일까 의아해하다가 금방 답을 깨닫는다. 선생과 선장. 이본영 회장과 이본심 부회장.

그 어리석은 자들은 지상으로 나가 보지도 못했을 것이다. 유리관 밖으로 데려간 사람의 목에 독약이 든 주사기를 찔러 넣는 이본영 회장의 모습을 상상하기란 전혀 어렵지 않다.

나는 좀 쉬고 싶다고 말하며 빨래 칸을 벗어난다. 선생이든 선장이든, 그 위선자들이 돌아와 나를 발견하기 전에 부지런히 움직여야 한다. 이 지하 동굴에서 가장 흔한 색을 이름으로 얻은 어린이가 그 색의 진짜 아름다움을 보게 하려면.

"커어…… 푸으……."

늙고 슬픈 곰을 품에서 놓친 채 하늘이 깊이 잠들어 있다.

미안해, 어린이. 깨끗하게 쓰고 얼른 돌려줄게.

몇 시간이나 이 요새를 관찰했지만 이곳에서 이 인형보다 소중해 보이는 물건은 찾을 수 없었다.

나는 누군가의 빨랫줄에서 쓱 집어 온 죄수복 바지로 곰 인형을 감싸 숨긴다. 이어 나무 에스컬레이터를 여러 번 갈아타고 1층으로 내려간다. 한결같이 동공이 반쯤 풀린 수십 명의 야간조가 쳇바퀴 태엽을 돌리고 있다. 우물 근처에서 슬쩍 두 팔을 휘두르다 점점 과감하게 폴짝폴짝 뛰어 본다. 누구 하나 내게 눈길을 주지 않는다.

돌로 만든 우물은 바닥이 보이지 않을 정도로 깊고, 금속으로 제작한 커다란 두레박에 연결된 쇠사슬은 굵기와 길이가 어마어마하다. 시체를 태우는 우물이라더니 정말로 짙은 그을음 냄새가 느껴진다.

저 아래 모터 전원이 있다, 이거지? 칼 아주머니에게 한 번 더 확인해 보면 좋았겠지만, 그녀는 내일 오전 근무를 위해 이미 잠자리에 들었다.

나는 하늘의 곰 인형을, 어쩌다 보니 손에서 미끄러진 척 냅다 우물 밑으로 떨어뜨린다.

"이럴 수가, 하늘이 인형을 우물에 빠뜨렸네!"

내 형편없는 연기에 다행히 아무도 관심을 주지 않는다.

"어쩔 수 없네, 들어가서 꺼내 오는 수밖에?"

주변을 슬쩍 살핀다. 5층 높이의 쳇바퀴 탑을 제외하면 우물과 격리실이 전부인 1층에는 아무도 돌아다니지 않는다.

예상보다 일이 쉽게 끝나겠는데? 그렇게 생각하기 무섭게 격리실 문이 열리고 물걸레를 든 이본회가 나타난다. 젠장.

"뭐 해, 거기서?"

"아, 실수로 하늘이 곰 인형을 떨어뜨렸어."

"어쩌다?"

"……어쩌다 보니?"

애초에 거기까지는 생각해 두지 않았다.

"가서 일 봐. 내가 알아서 꺼낼게."

"인형 하나 꺼내려고 우물에 들어갈 셈이야?"

우물 옆에 서 있으니 그을음 냄새가 점점 짙어진다.

"하늘이 곰을 떨어뜨렸다니까? 네가 아직 몰라서 그래, 없어진
줄 알면 꼬마 대장 난리 나. 그게 개한테 얼마나 소중한데!"

행여 이본회가 말릴세라 내가 두레박에 올라탄다. 도르래가 제
대로 고정돼 있지 않았는지 쇠사슬이 미친 듯이 풀어지며 나를 태
운 두레박이 빠르게 추락한다.

"으아악!"

두레박이 갑자기 허공에 멈춰 선다.

이어 아주 부드럽고 천천히 내려간다. 천장을 올려다보니 우물
안으로 나를 내려다보며 도르래를 돌리는 이본회가 작게 보인다.
나 혼자였다면 바닥에 머리가 깨질 뻔했다. 아무것도 해 보지 못하
고. 그런 생각을 하니 척추가 찌르르하다.

다시 이본회를 올려다본다. 기억을 잃은 이본회는 내가 이본 그
룹의 거짓을 밝히는 데 일조하고 있다.

나중에 기억이 돌아오면 나를 원망하겠지?

두레박이 바닥에 닿으면서 두껍게 쌓인 먼지가 흩날린다. 캑캑,
콜록콜록. 입과 코를 틀어막고 눈을 최대한 가늘게 뜬다. 우물 입구
에 뚫린 작은 구멍에서 들어오는 누런빛으로는 아무것도 보이지
않는다. 게다가 우물 밑은 온도가 훨씬 낮다. 으, 추워.

조심스럽게 몸을 일으켜 두레박 밖으로 나온다. 발목까지 쌓인

먼지를 흩뜨리지 않으려 아주 천천히 발을 올렸다가 또 아주 천천히 내려놓기를 반복한다. 우물 아래로 내려올수록 폭이 넓어지는 모양인지, 한 방향으로 스무 걸음을 걷고 나서야 차가운 돌벽에 손이 닿는다.

돌벽에 손을 짚은 채로 우물을 크게 한 바퀴 돈다. 중간중간 뭔가 발에 걸리는가 싶어 자세히 살펴보려 하면 손이 닿자마자 파사삭 부서져 버린다. 아무래도,

"그 어린이 나한테 거짓말한 거 같은데."

젠장. 이본회에게 다시 나를 올려 달라는 신호로 두레박의 쇠사슬을 흔들려는 찰나 중요한 사실이 떠오른다.

어린이의 곰 인형을 찾아가야 한다. 젠장. 젠장.

폐가 먼지로 가득 찰 각오와 함께, 최대한 숨을 들이마시며 허리를 숙이고 두 손으로 바닥을 훑는다.

"……어?"

손으로 먼지를 쓸어 낸 자리에서 환한 빛이 새어 나온다. 먼지를 더 넓게 쓸어 내자 사방에 분진이 휘날린다.

퉤퉤, 먼지를 뱉으면서 더 열심히 두 손을 휘젓는다. 나는 그제야 바닥이 돌이 아닌 아주 두꺼운 유리로 만들어져 있다는 걸 알게된다. 유리 바닥 아래로는 수천 다발의 케이블이 거미줄처럼 엮여있다.

투명한 재질로 만들어진 각각의 케이블이 마치 별자리처럼 빛을 낸다. 밤하늘의 별이 조금씩 다른 밝기로 반짝이듯, 어떤 선은 눈이 부실 정도로 밝게 빛나고 어떤 선은 조금 어둡게 빛난다.

공기 중에 부유하는 분진 탓에 잔기침을 하며 유리 바닥에 얼굴을 바짝 가져다 댄다. 유난히 어두운 케이블 표면에 무늬처럼 일정하게 반복되는 글자가 보인다. 사…… D, 13?

쌓여 있는 먼지를 치우고, 점점 더 심한 기침을 하며, 우물 바닥의 다른 부분도 확인해 본다. 교체할 때가 된 형광등처럼 어두침침한 케이블에 적힌 글씨가 하나씩 눈에 들어온다.

라-U-98

라-L-2

자-B-54

자-R-121

다-Q-19

전부, 마을의 동 이름이다.

각 마을에서 **시청료** 명목으로 스노볼에 전송하는 전력이 이 밑을 지나가는 건가? 많은 전력이 지나가는 케이블일수록 밝게 빛나는 것 같다.

계속해서 바닥을 이리저리 헤집다 보니, 유리 바닥에 갈고리 모양으로 파 놓은 손잡이가 보인다. 그 바로 아래에 열 개도 넘는 차단기 스위치가 있고, 일제히 빨간 전원이 켜져 있다.

이게 중앙 모터 전원인가? 근데 왜 이렇게 생겼지? 이건 그냥 전력 차단기처럼 생겼…… 설마. 각 마을에서 보내는 시청료 전력을 스노볼 난방에 사용하는 거야? 하지만 그건 액터들이 사용하기에도 모자라잖아.

혹시…… 시청료와 상관없이, 각 마을에서 생산하는 전력을 스노볼이 끊임없이 끌어 쓰고 있다면? 이 발전소에는 애초에 중앙 모터가 없고, 각 마을에서 생산한 전력을 끌어와 스노볼 전역으로 분산하는 **송전기** 역할을 하는 것뿐이라면?

강렬한 배신감이 척추를 타고 묵직하게 퍼져나간다. 유리 바닥에 음각으로 파여 있는 손잡이를 두 손으로 꽉 붙잡는다.

하지만 안간힘을 써 봐도 전혀 꼼짝하지 않는다. 내가 타고 내려온 두레박을 끌고 와 두꺼운 쇠사슬을 갈고리 모양의 유리 손잡이에 건다. 아슬아슬하게 길이가 딱 맞는다.

살짝 뒤로 물러서는데 뭔가가 발에 걸린다. 케이블이 밝히는 빛이 반쯤 부서진 해골을 비춘다. 누군가의 발이었던 뼈와 거의 부서지고 일부만 남은 갈비뼈가 먼지에 묻혀 여기저기 흩어져 있다.

그래, 시체 태우는 우물!

여기 쌓여 있는 거, 먼지가 아니야……. 이곳을 벗어나려 했던 사람들의 뼛가루가 쌓여 우물 밑에 숨겨진 추악한 진실을 가리고 있었던 거야.

순식간에 눈물이 차올라 시야가 흐려진다.

이 우물에서 재가 된 사람들은 나의 가족도 친구도 아니다. 그런데도 가슴이 턱 막혀 숨을 쉬기가 힘들다. 자신의 이름조차 잊어버린 채 불태워진 사람들. 그들은 죽어서까지 스노볼과 이본의 비밀을 가리는 데 이용되고 있다. 이 깊은 우물 아래 먼지처럼 쌓여서.

"하……."

숨을 쉴 때마다 그들의 일부가 내게 흡수된다.

반드시 죗값을 치르게 하겠다고 약속할게. 뒤늦은 후회에 심장

이 뒤틀리고 뼈가 삭아도 맘대로 죽을 수조차 없게 만들 거야.

이본영에게는 그러한 처분도 사치다. 이본영이 자신의 죗값을 가장 고통스러운 방법으로 치르는 순간을 모두가 똑똑히 지켜보아야 한다.

눈물을 걷어 내고, 쇠사슬이 바닥의 갈고리에 잘 고정됐는지 재차 확인한다. 도르래를 이용해 두레박을 올려 달라는 신호로 쇠사슬을 흔든다.

마침 우물 밑을 내려다보고 있는 이본회의 그림자가 보인다.

네가 치러야 할 죗값의 무게는 과연 어느 정도일까.

그때, 나를 바라보던 이본회가 우물에 뚜껑을 덮는다.

그러고는 다시 돌아오지 않는다.

우리의 악행으로부터

손을 잡고 방으로 가는 동안 엄마가 나를 자랑스럽다는 듯이 바라본다. 우리의 도착지는 내 방의 화장실. 커다란 전신 거울에 금색 리본이 붙어 있다.

내 뒤로 들어서며 할머니가 거울을 가리킨다.

"우리 본회가 열네 살이 된 걸 축하하는 할머니의 선물이야. 거울에 손을 한번 짚어 보렴."

종일 이어진 파티에 지쳐 새어 나오는 하품을 가까스로 참아낸다.

"……어?"

내 손이 거울 면에 닿지 않고 그대로 통과한다.

엄마의 얼굴이 기쁨과 감동으로 가득 차고, 할머니는 거울을 통해 나와 눈을 맞추며 내 어깨에 손을 얹는다.

"이본 미디어 그룹의 후계자 자리에서 시작해 부회장, 회장으로 오르는 동안 점점 더 주변의 눈을 신경 써야 한단다. 우리는 이 사회의 이성과 품격을 대표하는 사람들이니까."

익숙한 얘기였다. 방에 혼자 있을 때조차 몸가짐을 바르게 해라.

나는 한숨을 쉬지 않으려 아주 천천히 숨을 내뱉는다. 다른 사람이 보는 앞에서 한숨을 쉬지 말 것. 이 역시 이본의 후계자가 갖춰야 할 덕목 중 하나다. 내가 한숨을 쉬면 주변 사람들이 전전긍긍하게 되고, 이본 후계자에게 요즘 근심이 있다더라 하는 이상한 소문이 돌기 시작하니까.

할머니가 나의 마음을 잘 안다는 듯 어깨를 토닥인다.

"이 거울 엘리베이터는 그런 우리에게 주어지는 자유야."

엄마도 내 다른 쪽 어깨를 살며시 잡는다.

"이 거울은 우리 세 사람만이 자유롭게 드나들 수 있는 문이고, 그 너머에는 아무도 접근할 수 없는 공간들이 있어. 거기에서는 얼마든지 너 자신으로 있어도 돼."

내 눈에 기대감이 번지자 할머니가 경계하듯이 덧붙인다.

"동시에 네가 알아야 할 비밀과 이어지는 문이기도 하단다. 아무에게도 말해서는 안 되고 혼자 감당해야 하는 비밀이지."

"그런 비밀을 꼭 알아야 해요?"

"너는 장차 이본 미디어 그룹을 대표해 이 세상을 이끌어 나갈 사람이잖니."

가슴이 한층 답답해진다.

내가 그렇게 중요한 일을 할 수 있을까? 내가 잘하는 거라곤 남들 앞에서 한숨을 참고, 내게 주어진 의무를 군말 없이 따르며 내가 무엇을 좋아하는지 궁금해하지 않는 것뿐이다.

할머니가 내 어깨를 꽉 쥔다.

"자, 그럼 우리 본회가 그런 깜냥이 있는지 한번 봐야겠지? 너의 담력과 상황 판단력이 어느 정도일지 기대되는구나."

내가 학교에 입학해 첫 시험을 앞뒀을 때만큼 긴장한 엄마가 내 손을 잡는다.

"쉽지 않은 장면을 보게 될 거야. 마음의 준비를 단단히 해."

거울 엘리베이터는 사람의 혼을 빼놓을 정도로 빠르게 움직이고, 엄마는 **지하 발전소**에 대해 알아야 할 기본적인 정보를 간략하게 짚어 준다.

"여러분에게 새로운 가족을 소개합니다!"

이곳으로 이어지는 복도에서 혹한을 겪고 정신이 반쯤 얼어 버린 내가 멍하니 서서 엄마의 말을 듣는다. 엄마는 사람들에게 나의 이러한 상태가 오랜 바이러스 노출로 인한 인지 저하 때문이라고 설명하고, 쳇바퀴를 돌리는 인원을 제외한 사람들이 내게서 적당한 거리를 유지한 채 환영의 박수를 보낸다.

이렇게 많은 사람들이 스노볼의 **난방**을 담당하고 있었다니……. 내가 발을 딛고 살아온 세상이 뒤집히는 기분이다.

잦아드는 박수 속에서 한 목소리가 불쑥 튀어나온다.

"선생님, 드릴 말씀이 있습니다!"

목소리의 주인공이 우리 앞으로 성큼성큼 걸어온다. 칼에 베였는지, 턱에 길게 난 상처가 인상적이다.

"신입, 반갑다. 난 칼이라고 해. 너도 네 원래 이름은 기억하지 못하겠지?"

남자가 내 옆에 선 엄마 쪽으로 고개를 돌린다.

"선생님, 제가 요즘 꿈을 참 자주 꿉니다. 칼에 베여 이 상처가 나는 꿈도 꾸고, 선생님이 나오는 꿈도 꿔요."

엄마는 남자가 탐탁지 않다는 눈빛을 띠고도 온화한 목소리를 유지한다.

"제 꿈에도 가족 여러분이 자주 나온답니다."

남자의 손이 나를 가리킨다.

"그리고 꿈에서 이 녀석도 보았어요."

엄마의 미소도 내 심장도 돌처럼 굳는다.

"이본 미디어 그룹의 잘나신 회장님 얼굴까지 다 기억나 버렸다고요!"

남자가 죄수복 바지 주머니에서 빨간 젤리들을 뭉치로 꺼내 바닥에 집어 던진다.

"좋은 말로 할 때 저희 모두 여기서 나가게 해 주시죠!"

쳇바퀴를 돌리고 있는 사람들은 남자의 반항에 관심도 주지 않고, 한 여자만이 우리 쪽으로 다급하게 뛰어온다.

"선생님, 죄송합니다! 반장으로서 가족들 관리를 제대로 하지 못한 제 탓이에요."

엄마가 여자에게 신경질적으로 묻는다.

"보급품은 다 나눠 줬어요?"

"네, 그럼요! 확실하게 나눠 줬습니다."

엄마가 가슴을 쓸어내리는 사이, 칼이라는 남자가 한 번 더 큰소리를 낸다.

"저뿐만이 아닙니다. 다른 사람들도 조금씩 기억을 되찾아 가고 있어요!"

그에 동조하는 몇몇 사람들이 조금씩 다가온다.

"가족 여러분, 잠시만 진정을⋯⋯."

엄마의 애타는 시선이 괘종시계를 향하는 순간 자정을 알리는 첫 번째 종소리가 들려온다. 데 — 엥.

그러자 쳇바퀴를 돌리던 사람들이 서서히 걸음의 속도를 줄인다. 뎅. 이어 그들이 쳇바퀴에서 하나둘 내려온다. 뎅. 칼을 포함한 사람들이 고통스러운 표정을 짓는다. 뎅.

"목이 말라⋯⋯."

"무, 물!"

각 층에 삼삼오오 퍼져 있던 사람들이 일제히 1층을 향해 걸음을 옮긴다. 시계의 종소리가 이어지고, 사람들은 앞다투어 우물로 다가간다. 뎅! 뎅! 뎅! 그들은 미친 듯이 갈증을 호소하며 그대로 우물로 뛰어내린다.

"저 사람들 저러다 다 죽어요!"

엄마가 내 몸을 붙잡아 우물로 가지 못하게 막는다.

"진작 죽었어야 할 사람들이야!"

어디선가 애끓는 울음소리가 들려온다. 아주 자그마한 여자아이가 한 여자의 다리에 매달린 채 끌려가고 있다.

"엄마, 가지 마!"

나는 결국 엄마를 뿌리치고 아이 쪽으로 달려간다.

"엄마, 가지 마! 나 두고 가지 마!"

아이의 엄마가 아이를 허리에 매단 채 우물로 떨어지기 직전, 내가 가까스로 아이를 떼어 낸다.

아이를 안전하게 안고, 다른 사람들을 저지하려 하지만 모두 괴력에 가까운 힘으로 내 손에서 벗어난다.

"안 돼요, 제발 가지 마……."

그렇게 모두가 사라진다. 깊은 우물 속으로.

우물을 향해 계속 울부짖는 어린아이를 품에 안으며 거친 숨을 몰아쉰다. 턱 밑으로 눈물이 줄줄 흘러내린다.

"이본회."

할머니의 부름에도 나는 고개를 들지 않는다. 수천 권의 책과 화려한 소품으로 가득한 할머니의 서재에서도 내게 보이는 건 어제의 그 사람들뿐이다. 여전히 덜덜 떨리는 손에 아직도 그 어린아이의 들썩이던 어깨가 느껴진다.

"넌 앞으로 그런 일을 숱하게 해내야 해."

할머니의 목소리는 단호하다 못해 의기양양하다.

"선량하고 고고하게 살 수만 있다면 얼마나 좋겠니. 하지만 우리가 손을 더럽혀야 세상의 균형과 평화가 유지된단다."

내가 머리를 감싸 쥐자 할머니가 깊은 한숨을 내쉰다.

"**지하 발전소** 관리의 핵심은 전체 인력을 주기적으로 물갈이해 어제와 같은 사태를 미연에 방지하는 거야. 그러니 함부로 그곳 사람을 구한 네 행동은 낙제점이지."

나는 아무런 변명을 하지 않지만, 할머니는 스스로 태도를 누그러뜨린다.

"그런데 운이 참 좋았어. 하필 네가 구한 아이가 최면에 걸리지 않는 특이 체질을 타고났더구나. 장차 좋은 최면술사가 될 수 있는 아이가 제 엄마 등에 매달려 죽을 뻔한 걸 살렸으니, 그건 네게 부가 점수를 줄 일이지."

할머니가 손을 뻗어 내 턱을 들어 올린다.

"네 결정에 달렸어. 낙제점을 받고 이대로 후계자에서 물러날 셈이니, 아니면 부가 점수를 받고 한 번 더 기회를 얻겠니?"

선택의 여지가 없는 질문이다.

"이 자리를 지킬 거예요."

할머니가 의외라는 표정을 짓는다.

"이 모든 일을 평생 감당하며 살 수 있겠어?"

"제가 그만두면 이채가 그 일들을 감당해야 하잖아요. 큰외삼촌 대신 저희 엄마가 후계자가 된 것처럼요."

"이채?"

어느 날부터 갑자기 우리 집에서 살게 됐지만 이상할 만큼 자주 볼 수는 없는 아이. 할머니와 엄마는 이채에 대해 제대로 설명해 준 적이 없었지만, 나는 그 애가 두 사람에게 아주 중요한 존재라는 걸 안다.

"그 애 덕분에 우리 본회가 아주 책임감 있는 사람으로 자랐구나?"

호쾌하게 웃는 할머니를 보며 나는 내 이름을 되뇐다. 내게 주어진 운명으로 시작하는 나의 이름을.

그로부터 엿새 뒤 엄마는 내게 **후계자 시험**에서 일단 낙제하지 않은 것을 축하한다며 선물을 건넸다. 내 이름이 새겨진 만년필이었다.

"오늘 지하 발전소에 새 인력들이 대거 입주해. 엄마는 한 달 정도 머물렀다 올 거야."

그녀가 내게 자랑하듯이 덧붙였다.

"이번부터 엄마 아래 관리자를 하나 두기로 했어. 최면술을 이용해 사람들의 심리 통제도 강화하기로 했고."

공기 중에 독이 섞여 있는 듯, 숨을 들이쉴 때마다 가슴이 저릿할 만큼 고통스러웠다.

지하 발전소는 더 많은 이들의 삶을 위한 **필요악**이라고, 그렇게 나 자신을 속이기로 했다. 그래서 나는 하루하루 독극물을 마시면서도 용케 죽지 않았다.

그 사실이 너무 부끄러웠고, 그럴수록 조여수에게 잘해 주고 싶었다. 그 애를 도울 때만큼은 내 안에도 아직 선함과 이타심이 남아 있다는 착각이 들었으니까.

결국 조여수를 돕는 것조차 내 이기심이고 기만일까?

그런 고민이 나를 괴롭게 할 때쯤 너를 만났다.

처음 인사드려요, 고해리입니다.

처음이라니?

아, 제 말뜻은, 그러니까 신임 기상 캐스터로서 처음 뵙는다는 얘

기였어요.

분명 아는 얼굴이지만, 처음 보는 눈빛이었다.

그렇게 네가 이곳에 나타나고 내 인생에 뛰어들어 오면서 모든 것이 바뀌기 시작했다.

*

"엄마가 널 위해 어렵게 얻어 낸 기회야. 이번 물갈이에 잘 협조해서 네가 반성하고 달라졌다는 걸 증명해."

후계자 시험 이후로는 몇 년간 얼씬할 수 없었던 지하 발전소에서 두 번째 시험을 치르게 되었다. 또 한번 낙제하면 목이 날아갈 터였다.

"가족 여러분에게 새로운 구조자를 소개합니다!"

확성기를 든 엄마 옆에 선 나를 보며 어린 여자아이가 눈을 동그랗게 뜬다. 털이 다 빠진 곰 인형을 품에 소중히 안고서.

'쉿.'

나는 그 아이만 볼 수 있도록 신호를 보내고, 아이는 총명한 눈빛으로 고개를 끄덕인다.

이번에도 너를 구할 수 있을까.

이번에는 죽음으로부터가 아닌, 우리의 악행으로부터 너의 삶과 자유를.

3부

돔

지하 동굴의 꼭대기

우물 바닥이 아닌 어느 생활 칸에 누운 채로 눈을 뜬다.

어떻게 된 거지? 내가 언제 정신을 잃은 거야?

밀폐된 우물을 뒤덮은 그을음 냄새에 점점 심해지는 두통에서 벗어나려 우물 바닥을 어떻게든 들어 올리려던 기억이 난다. 갑작스럽게 배신해 버린 이본회를 원망하면서, 이제 곧 준이 나를 우물 밖으로 끌어내 내 정체를 심문하리라 예상하면서.

그렇게 기력이 다 빠져 버린 채, 두꺼운 유리 바닥 아래에서 반짝이는 수천 다발의 케이블을 망연자실하게 바라보았다. 저 케이블 끝에 연결된 각 마을의 중앙 모터. 그곳의 발전소. 그리고 그 발전소에서 종일 쳇바퀴를 돌리는 사람들⋯⋯. 그들에게 진실을 알리지 못하게 됐다는 사실이 내가 열지 못하는 바닥보다 더욱 무겁게 마음을 짓눌렀다.

빨랫줄에 걸린 얇은 이불 뒤로 검은 그림자가 드리운다.

"어딨어!"

하늘의 카랑카랑한 외침이 이불을 삐쭉 뚫고 들어온다.

"안 보인다니까!"

헉, 곰 인형! 뼛가루 범벅이 된 채 우물 속에 버려진 늙고 슬픈 곰을 생각하니 가슴이 철렁 내려앉는다. 이불을 휙 들추며 하늘이 불쑥 나타난다.

"언니, 보물 봤어?"

"어?"

하늘이 꾀죄죄한 곰 인형을 품에 안은 채 나를 쳐다본다. 곰 머리에 하얀 먼지 같은 게 묻어 있지는 않은지 자세히 살펴보지만, 다행히 여전히 늙고 슬퍼 보일 뿐이다.

"하트 삼촌이랑 보물찾기 하는데, 하나도 못 찾았어!"

"아…… 여긴 없는 거 같은데?"

하늘이 아랫입술을 삐쭉 내밀고는 다시 이불 뒤로 사라진다. 나도 하늘을 따라 칸 밖으로 나선다.

뭐가 어떻게 됐는지 영문을 모르겠다고 생각하며 다른 칸들을 둘러보는데 누군가 뒤에서 내 어깨를 톡 친다.

"나 찾아?"

나도 모르게 반걸음 뒤로 물러선다.

"어떻게 된 거야?"

이본회가 대답 대신 내 바지 주머니에 뭔가를 쑥 집어넣는다.

"제일 꼭대기 층이야. 먼저 가 있어."

왼쪽 주머니 안에 방금 이본회가 쑤셔 넣은 물건이 만져진다. 열쇠?

이본회가 주변을 살피며 목소리를 낮춘다.

"다 설명할게. 여기서는 안 돼."

25층은 벌집 모양으로 칸칸이 나뉘어 있지 않고 하나의 도넛 형태로 길게 이어져 있다. 그리고 이곳에서 유일하게 문이 달려 있다. 에스컬레이터에는 아치형 나무 덮개를 씌워 누가 들고 나는지 알수 없게 했다. 뭘 하는 곳이기에 여기만 다를까, 그런 생각을 하며 손잡이에 열쇠를 꽂고 돌린다.

다른 칸과 비교할 수 없을 정도로 말끔한 공간이 나타난다. 등받이를 뒤로 젖힐 수 있는 안락의자, 다섯 사람이 들어가도 충분해 보이는 옷장, 그리고 다도 용기가 가지런히 정리된 찻장이 눈에 들어온다. 바닥에는 동그란 카펫까지 깔려 있다.

옷장에 든 깨끗한 옷가지와 이불을 확인한 뒤 도넛 모양의 방을 한 바퀴 크게 돌아본다. 높이를 조절할 수 있는 스탠드와 폭신한 침대, 식탁과 책상도 갖춰져 있다. 심지어 개인 화장실과 샤워실까지, 누가 봐도 선생과 선장을 위한 공간이다.

이 지옥에서조차 특권을 내려놓지 못하는 꼴이라니.

다시 방의 입구로 돌아오자, 아무 인기척도 없이 안으로 들어온 이본회가 문을 등지고 서 있다.

"안녕."

슬픈 눈을 한 채, 이본회가 나를 향해 옅은 미소를 짓는다.

"전초밤."

내 몸이 바닥으로 꺼지는 착각과 함께 머리가 무거워진다.

"너······."

"속여서 미안해."

기억을 잃지 않았어?

"그래서 날 우물에 가둔 거야? 내가 차단기를 발견해서?"

"어쩔 수 없는 상황이었어."

이본회는 내가 우물에 내려간 사이, 준이 소원을 찾았다는 얘기를 짧게 풀어놓는다. 보호복도 없이 멸망한 세계에서 살아 돌아왔으니, 준은 소원에게 물어야 할 것들이 넘쳐났다. 그리고 전초밤이 뼛가루를 헤집어 놓은 우물은 위에서 보면 마치 반짝이는 광물로 뒤덮인 듯 보였다. 1층으로 내려오는 준을 본 이본회는 일단 우물 뚜껑을 닫고 자리를 뜨는 게 최선이라고 판단했다.

"날 도운 거다? 우물 안에 묻어 버리려고 한 게 아니라?"

"내가 널 우물 안에 가뒀다고 생각했어?"

이본회가 제법 큰 웃음을 터뜨려 내가 재빨리 이본회의 입을 손으로 가린다.

"조심해, 밖에서 누가 들으면 어쩌려고! 나 아직 너한테 물을 게 태산이거든?"

이본회가 가만히 내 손을 떼어 내며 자신이 등지고 선 두꺼운 문과 벽을 가볍게 툭툭 친다.

"여기서 하는 말은 절대 밖으로 새어 나가지 않아. 방음에 엄청나게 공을 들였거든."

그래?

"그럼 대답해 봐."

이본회를 처음 본 순간부터 묻고 싶었던 말들을 쏟아 낸다.

"너, 왜 여기 있어? 너도 구조돼 왔다면서 왜 네 기억은 그대로야? 위에서는 네가 비행기 추락 사고로 사망했다고 다들 슬픔에 빠져 있는데, 왜 멀쩡히 여기 있느냐고!"

"내가 죽지 않아서 실망스러워?"

그렇게 묻는 눈빛이 왠지 상처받은 사람처럼 보인다.

"그걸 질문이라고 해?"

난데없이 목이 메는가 싶더니 코가 시큰해지고 눈두덩이 뜨겁다. 어찌해 보기도 전에 눈물이 왈칵 쏟아진다. 차마 부끄럽다는 생각조차 들지 않는다.

"네가 우리 가족에게 사과를 하러 가는 길에 사고를 당했다는데…… 그 일을 생방송 카메라 앞에서 전해야 했어."

이본회의 두 손이 조심스럽게 내 어깨를 감싼다. 도톰한 죄수복 위로도 따뜻한 온기와 미세한 떨림이 느껴진다.

나는 그 손길을 떼어 내려 하지만, 이본회는 오히려 나를 안고 가볍게 토닥인다. 이본회의 몸도 떨고 있다.

"미안해, 나에 대한 처벌이 너를 해치는 데 사용될 줄은 몰랐어."

"사과하지 마."

내 손주 녀석까지 죽이는 수고는 넣어 두렴. 그 애는 곧 죗값을 치르게 될 테니까.

"난 네가 위험해질 걸 알고 있었어. 그러면서 제대로 된 경고조차 해 주지 않았어. 너는 나를 도왔는데 나는 널 위해서 아무것도 하지 않았어."

이본회가 옷소매로 내 눈가를 부드럽게 닦는다.

"너는 날 위해 아무것도 하지 않아도 돼."

질끈 깨문 아랫입술에서 비릿한 피 맛이 난다.

"나는…… 어떻게든 이곳을 멈춰 세울 거야. 그럼 스노볼의 기적도, 이본의 업적도 모두 끝나."

이본회 너는 매번 나를 돕는데.

"내가 하려는 일은 네가 살아온 삶을 모조리 망가뜨릴 거야. 넌 이제 오명을 짊어지게 될 테고, 모두가 너를 욕하고 비난할 거야."

도저히 이본회와 눈을 맞출 수 없어 고개를 떨군다.

"내가 더 못된 이유는, 너에게 미안하지도 않다는 거야. 이게 옳은 일이니까."

이본회가 내 어깨에 얼굴을 묻으며 옅은 웃음을 짓는다.

"지나치게 솔직한데?"

"그건 미안하게 생각해. 적당히 돌려서 말하지 못하는 내 성격은."

"방금 내가 널 도왔다고 했지? 미안하지만 그때 난 조여수와의 약속을 지킨 것뿐이었어."

이본회가 다시 고개를 들고 나를 한참 바라보다 말한다.

"그래서 이번엔 꼭 전초밤을 돕고 싶어. 내 도움을 거절하지 않는다면."

내가 미간을 한껏 찡그린다.

"……무슨 수작이야?"

이본회가 어이없는 웃음을 터뜨린다.

"뭐?"

"날 돕겠다니? 네 파멸을 스스로 돕는 셈이잖아. 세상 어느 멀쩡한 사람이 그런 짓을 해?"

이본회가 스스럼없이 답한다.

"나한테 속죄할 기회를 준다고 생각해."

"속죄?"

"여기가 어떻게 관리되는지 자세한 내막은 나도 전혀 알지 못해. 시험을 통과하지 못했었거든. 하지만 이곳이 존재하는 이유는 알고 있었어."

"역시 너도 스노볼의 거짓을 알고 있었구나."

"그래. 충분히 처벌을 받아야 할 만큼."

"그럼 더더욱 내가 널 어떻게 믿고 손을 잡아."

"날 믿을 필요는 없어."

"뭐?"

"나한테 미안해하지도 마. 난 할머니 손에 이미 죽었어야 할 목숨이야. 앞으로 내가 갈 곳이 교도소든 지옥이든, 억울하지 않아."

억울하지 않다는 말이 가슴에 와 박힌다.

내가 고해리로 태어났다는 사실을 알게 되고, 이본영 회장에게 위협을 당하기 전까지는 나도 세상을 있는 그대로 받아들였다. 옳고 그른 건 없었다. 모든 게 그저 당연했다. 따뜻하고 행복해질 기회가 누구에게나 열려 있으니 세상은 공평했다. 불행한 사람에겐 각자의 사정이 있을 뿐.

하지만 누군가에게 세상은 결코 공평하지 않다. 타인에게 이용당하려 태어나거나, 스노볼을 유지하라는 사명을 타고난 사람의 세상은 처음부터 한쪽으로 기울어져 있다. 나를 향해 입을 벌리고 있는 운명이라는 괴물의 입으로 떨어지지 않으려면 남들보다 더 부단히 기어올라야만 한다.

그때 철컥, 누군가 방문에 열쇠를 꽂는다.

우리 둘은 눈짓으로 신호를 주고받은 뒤 방문과 마주한 커다란 옷장 안으로 몸을 숨긴다.

옷장 문을 닫기 무섭게 방문이 열리고 두 사람의 발소리가 들린다. 그들은 방문을 안에서 걸어 잠근 뒤 문고리를 돌려 재차 확인한다.

나무로 만든 옷장의 빗살 무늬 틈을 통해 방 안으로 들어온 사람들을 지켜본다. 문에 달린 작은 거울에 얼굴을 비춰 보느라 등밖에 보이지 않는 사람을 향해 준이 예의 바르게 묻는다.

"선장, 식사는 하셨어요? 간단하게 뭐라도 내올까요?"

선장이 벌써 돌아오다니. 젠장.

무균복처럼 하얀 옷을 입은 여자가 여전히 거울을 보며 말한다.

"됐어, 바로 다시 나갈 거야."

누구지?

귀에 익은 목소리지만 이본영 회장이나 이본심 부회장은 아니다.

"하루도 안 쉬시고요? 외람되지만, 요즘 너무 무리하시는 건 아닌지 걱정입니다."

"말했잖아, 버려진 마트를 발견했다고. 우리 가족들에게 필요한 온갖 물건이 쌓여 있어."

여자가 뒤로 돌아서며 물결처럼 구불거리는 검은 머리칼을 쓸어 넘긴다.

"그런데 내가 어떻게 여기서 편히 쉬고만 있겠어?"

나는 소리 지르지 않으려 손으로 입을 꽉 막는다.

내가 당신보다 눈썰미가 뛰어나잖아. 그 뛰어난 눈썰미로 프랜크라운이라는 행운을 찾아냈고.

나도 이렇게 재난 추첨이 두려운데. 지금 그이의 마음은 어떻겠어요……

편하게 진진이라고 불러요.

바다 위 결혼식장에서 평생 프랜의 곁을 지키겠다고 맹세했던 진진서가 안락의자에 기대앉는다. 이곳 공기가 몸에 들러붙는 게 영 마음에 들지 않는다는 듯 손을 휘휘 저으면서.

진진서가 이본의 수하였다니. 말도 안 돼……

"저희를 위하시는 선장의 마음 앞에 제가 부끄러워집니다."

준이 진진서의 호위 무사처럼 곁에 서서 묻는다.

"그럼 이번에 가져가실 식량도 사나흘 치면 될까요?"

"그래."

진진서가 상의 안쪽 주머니에서 납작한 종이 상자 하나를 꺼내 든다.

"그리고 이게 이번 구호품의 하이라이트야."

상자 안에는 낱개 포장된 하얀 알약 뭉치가 들어 있다.

진진서가 즐겁다는 듯 웃는다.

"그 마트에 약국도 딸려 있거든. 인류가 멸망하기 전에 행해진

이런저런 약탈의 흔적이 있긴 했지만, 운 좋게 비타민 D 한 상자를 찾아냈어."

상자를 건네받은 준의 얼굴이 기쁨으로 밝아진다.

"감사합니다, 선장!"

진진서가 허리에 찬 열쇠 꾸러미에서 열쇠 하나를 빼 선반 서랍에 꽂는다. 그리고 그 안에서 종이 한 장을 꺼낸다.

"이걸 발견하고 어찌나 기쁘던지. 우리 가족들에게 가장 필요한 구호품이잖아. 인공 조명으로 식물은 키워 내도 사람 몸에서 비타민 D를 합성할 순 없으니까."

진진서가 종이에 빼곡히 적힌 사람들의 이름을 눈으로 읽어 내려간다.

"어디 보자…… 한 사람당 두 알씩 나눠 줄 수 있겠네."

신진서가 흡족한 얼굴로 준을 바라본다.

"요즘 사고 치는 사람은 없지? 내 **면담**이 필요한 가족이 있으면 말해."

준이 마침 잘됐다는 듯이 답한다.

"소원이를 좀 봐 주시면 좋을 것 같습니다."

살아 있는 뱀처럼 구불대는 긴 머리를 매만지며 진진서가 짜증스럽게 묻는다.

"실종된 애를 내가 무슨 수로?"

준이 당혹스러운 얼굴로 자세를 낮춘다.

"아, 미처 말씀을 못 드렸네요. 어제 돌아왔습니다."

"뭐?"

"선생님도 없이 혼자 어떻게 돌아와서는 이상한 얘기를 늘어놓더라고요. 스노볼? 뭐 그런 얘기였는데, 아무래도 선장의 면담이 필요해 보였습니다."

진진서가 날카롭게 눈을 빛낸다.

"그 애, 지금 어디 있어? 당장 내 앞에 데려와."

위압적인 그 눈빛에 심장이 베이는 느낌이 들어 나도 모르게 가슴을 움켜쥔다.

의심

진진서를 방에 남겨 둔 채 준이 급히 밖으로 나간다. 나를 찾아 데려오기 위해.

'이제 어떡하지?'

내 눈빛을 읽은 이본회가 내 손목을 가볍게 쥔다. 소리 없이 움직이는 입술에서 단어 두 개가 읽힌다. '내가'. '유인'.

재빨리 이본회의 어깨를 잡고 고개를 가로젓는다. '안 돼.' 이본회가 여기서 갑자기 튀어 나가면 진진서가 오히려 옷장 안을 뒤져 볼지도 모른다. 이 안에서 무슨 짓을 하고 있었는지 확인하는 차원에서라도.

그때 방문이 다시 휙 열린다.

"선장!"

늙고 슬픈 곰 인형을 품에 안은 하늘이 신나서 안으로 들어온다.

"잘 갔다 왔어?"

밝은 미소를 띤 진진서가 두 팔을 뻗으며 자리에서 일어난다. 갑자기 들이닥친 하늘이 성가시다는 인상은 전혀 찾아볼 수 없다.

"우리 하늘이 왔구나!"

진진서가 하늘을 번쩍 안아 든다. 프랜만큼 키가 큰 진진서의 품에 안긴 하늘이 유난히 더 작고 연약해 보인다.

"다른 어른들 말 잘 듣고 있었지? 밥이랑 단백질 젤리도 잘 챙겨 먹고?"

"단백질 젤리 맛없어."

"우리 하늘이 선장님처럼 크고 강해지고 싶다며? 뇌 발달하고 기억력 향상에 단백질이 얼마나 도움이 되는데."

"선장이 되려면 꼭 키가 커야 해?"

진진서가 하늘을 귀엽다는 듯 바라본다.

"그럼, 키도 크고 힘도 세야 이 선장님의 든든한 후계자가 되지."

하늘이 입술을 삐죽 내민다. 그러자 진진서가 하늘을 내려놓고 바지 주머니에서 뭔가를 꺼낸다. 어린이용 손목시계다.

"우아, 선물!"

"봐, 선장님은 하늘이랑 한 약속은 다 지켜. 우리 하늘이가 조금만 더 크면 지상에 데리고 가겠다는 약속도 꼭 지킬게."

"그 말은 여섯 살 때도 하고, 일곱 살 때도 하고, 여덟 살 때도 했잖아."

"아직은 조금 더 커야 해."

진진서가 하늘의 여린 손목에 시계를 채워 주며 말한다.

"선장님이 약속해, 우리 하늘이는 아주 훌륭한 사람이 될 거야. 이 요새와 세상에 꼭 필요한 사람."

하늘이 손목시계를 찬 손으로 진진서를 잡아당긴다.

"선장, 나랑 같이 보물 찾자! 하트 삼촌이 숨겨 놨는데, 아직 한 개밖에 못 찾았어!"

진진서가 곤란한 기색을 보인다.

"선장님은 잠깐 할 일이 있는데."

하지만 저 어린이의 대단한 고집은 선장도 꺾을 수 없는 모양인지 진진서가 결국 그 손에 이끌려 밖으로 나간다. 나와 이본회는 안전할 때까지 기다렸다가 조용히 옷장 문을 연다.

"다시 우물로 가자! 이제 진짜 시간 없어."

"거긴 너무 노출된 장소야. 일단 내 칸으로 가."

하지만 25층을 벗어나기 무섭게 준의 뒷모습이 보인다. 사람들에게 소원을 찾으라 지시하고 있다. 이본회가 내 손을 이끌고 도서관 칸으로 들어간다. 나무 책장이 입구의 절반을 가려 주고 있다.

내가 그 뒤로 몸을 숨기며 목소리를 최대한 낮춘다.

"알고 있었어? 진진서가 이본영 회장 밑에서 일하는 거."

이본회가 비위가 상한 얼굴로 눈썹을 찡그린다.

"그랬다면 그날 결혼식에서 웃으면서 박수 치진 못했겠지."

"프랜을 사랑하는 마음은 진짜일까?"

순간 무서운 생각이 스쳐 지나간다. 프랜의 결혼식장에서 내 기억을 지우려 했던 푸른 눈썹의 남자.

부해의 정체는 아무도 몰라요. 부해에게 당하고 해독실을 찾아온 액터가 서넛 있었는데 모두 다른 묘사를 하더라고요. 누구는 노란 눈의 노인이었다고 하고, 누구는 뱀의 혀를 가진 젊은 여자였다

고 하고…….

"진진서가 부해였어……."

그렇게 아름답고 특별한 결혼식장을 신이채 대표가 직접 설계한 것도 현직 기상 캐스터 프랜 때문이 아니라, 진진서가 이본 그룹의 가장 중요한 조력자이기 때문이야. 이본영 회장의 지시였겠지.

*우리 모두가 멸망한 세계의 그 처참한 광경을 **기억해**. 선생님께서 속이고 말고 할 여지가 없잖아.*

그 기억 역시 부해가 최면으로 만들어 낸 환영이 틀림없다.

스노볼 최고의 최면술사 부해가 지하 발전소에서 관리자 노릇을 하며 최면으로 사람들을 통제하고, 이본영 회장은 그 충성심에 상을 내렸을 테지.

"그 전력 차단기, 우물 아래 말고 다른 곳에는 없어? 남들 눈에 띄지 않고 접근할 수 있는 위치 말이야."

이본회가 고개를 가로젓는다.

"여기 폭탄 같은 건 없나? 우물에 던져서 터뜨릴 만한 거."

"그런 위험한 물건은 절대 두지 않을 거야. 그 유리 바닥을 깨부술 정도의 폭발이면 이 동굴 전체가 무너져."

"이 발전소를 멈추는 데 폭발이 제일 확실한 방법이긴 한 거네! 그 전에 사람들만 밖으로 빼내면 되는데……."

"여기 있는 사람들은 밖에 나가는 순간 바이러스에 감염돼 죽는다고 믿어. 대부분이 절대 나가지 않겠다고 버틸 거야. 그 믿음을 바꿀 수 있는 사람은 선생뿐이고."

백 명이 넘는 사람들이 마음 깊이 품고 있는 견고한 신뢰. 그건 우물 바닥보다도 단단한 난관이다.

"그럼 우리가 준과 진진서를 제압한다고 해도……."

"다른 사람들이 나서서 풀어 주겠지. 오히려 우리를 적으로 간주할 거야."

이본회가 바지 주머니에서 빨간 단백질 젤리 두 개를 꺼내 손바닥에 올려놓는다.

"이것부터 없애야 해."

"뭐?"

"여기 오고 처음 이틀 동안 준이 끼니마다 직접 젤리를 챙겨 주면서 내가 잘 먹는지 확인하더라고. 나도 시험 삼아 한두 번 삼켜 봤는데 머리가 멍해지고 이상했어."

이본회가 빨간 젤리를 하나 집어 든다.

"쳇바퀴 돌리는 사람들을 관찰해 보니까, 사실상 의식이 없는 상태로 보였어. 그러다 자명종이 정각을 알리면 잠에서 깬 듯 눈빛이 돌아왔지. 그러면서 다들 하는 말이, 쳇바퀴를 돌릴 때 기분이 가장 상쾌하고 행복하다는 거야."

"이 단백질 젤리가 환각제나 마취제 같은 역할을 하는 걸까?"

"그래, 사람들을 통제하는 젤리 형태의 약물이지."

"그런데 어떻게 다들 아무 의심 없이 이걸 챙겨 먹지? 처음에는 너처럼 이상 증상을 느꼈을 텐데……."

"이제는 그 느낌에 익숙해졌으니까. 게다가, 단백질이 부족하면 쳇바퀴를 돌리는 노동이 신체적으로 너무 고통스러울 테고."

참으로 교묘하다.

"그렇게 약물로 사람들의 의심과 고통을 잠재우고, 최면으로는 거짓 공포를 자극한 거구나."

"공포를 자극하는 최면?"

"진진서의 주특기야."

내가 수백 개의 거울에서 쏟아져 나오는 물에 빠져 죽는 공포를 느꼈듯이, 이곳 요새 사람들에게는 멸망한 세상의 처참한 광경을 환영으로 보여 주며 공포에 떨게 했을 것이다.

중요한 사실을 뒤늦게 깨달았다는 탄식을 내뱉으며 이본회가 아랫입술을 짓이긴다.

"최면술사를 관리자로 앉혀 놨다니……."

내가 이본회의 팔을 꽉 잡으며 목소리를 낮춘다. 아직 시간이 남아 있고, 우리가 가장 먼저 해야 할 일은 분명해졌다.

"젤리가 보관된 곳이 어딘지 알아?"

이본회가 무겁게 고개를 끄덕인다.

"최종 후보지를 몇 군데로 추려 놨어. 첫날부터 계속 찾고 있었거든."

그의 눈빛이 초조해진다.

"젤리를 없애서 사람들을 빨리 **깨워야** 해. 조만간 또 물갈이가 시작……."

그때 책장 뒤편에서 다른 목소리가 불쑥 끼어든다.

"진짜 다 찾아봤어? 여기도?"

갑작스레 도서관 칸으로 모습을 드러낸 하트가 눈을 크게 뜨더니 뒤를 돌아보며 목청 좋게 외친다.

"선장, 소원이 여기 있는데요?"

젠장.

곧이어, 여전히 하늘에게 손이 잡힌 진진서가 나타난다.

"그래, 지상 탐사는 잘 다녀왔니?"

나는 어쩔 수 없이 진진서의 방으로 걸음을 옮기며 이본회를 향해 눈짓한다. 단백질 젤리를 어서 처리하겠다고, 이본회가 고개를 살짝 끄덕인다.

내게 안락의자를 양보한 진진서가 네모난 발 받침대를 의자 삼아 맞은편에 앉는다.

"가만 보자, 네가 지상에 얼마나 있었지?"

자신의 희미한 기억을 바로잡아 달라는 듯, 진진서가 눈을 굴리며 검지 끝으로 볼을 두드린다.

"보름 좀 넘게 다녀왔죠."

나는 하늘의 기억이 정확하길 바라며 대답한다.

"17일이요."

내 눈을 똑바로 바라보던 진진서가 천천히 고개를 끄덕인다.

"맞아, 참 오래 다녀왔네."

내가 얼굴을 숙이며 자연스레 시선을 피한다. 진진서의 눈동자를 정면에서 마주 보니 심장이 빠르게 뛰다 못해 불에 덴 것처럼 고통스럽다.

"처음 다녀온 탐사라 보고 느낀 게 많았을 텐데."

진진서가 천천히 일어서며 명령에 가까운 제안을 한다.

"차라도 한잔하면서 얘기할까?"

"네, 좋아요."

진진서가 찻장으로 여유롭게 걸어간다. 허리까지 내려오는 검은 머리칼이 어지러이 구불거린다.

나는 땀으로 흥건해진 손바닥을 의자 가죽에 쓱 문지른다. 손이 미세하게 떨려 엉덩이 밑으로 찔러 넣는다.

난 언니가 열일곱 밤 전에 선생님하고 몰래 사라지던 모습도 기억하는데?

그러고 보니, 고해리가 이곳을 떠난 시기가 하필 **그때**와 겹치잖아……. 순간 나도 모르게 비명이 새어 나올 뻔해 재빨리 엉덩이에서 손을 빼 입을 가린다.

"왜 그러니?"

"아, 아무것도 아니에요."

진진서가 나를 빤히 바라보다 이내 시선을 거둔다. 그러고는 아무 말도 하지 않는다. 정적 속에 울리는 내 심장 소리가 들릴 기세다.

나는 방금 머릿속에 떠오른 생각을 곱씹는다.

그 더러운 피로 조여수의 목숨값이라도 갚아!

나를 연기하며 고매령을 칼로 찌른 사람…… 고해리였어. 어떻게 네가 그런 짓을…….

어지러운 머릿속으로 칙, 칙, 분무기 소리가 들린다. 물이 끓길 기다리며 진진서가 머리 여기저기에 향수를 뿌리고 있다.

"이번에 지상에서 구한 건데 향이 참 마음에 들어."

진진서가 나를 보며 빙긋 웃고는 긴 머리칼을 크게 한번 털어 낸다.

"읍!"

썩은 비린내가 코끝을 찌르고, 나를 바라보는 진진서의 검은 눈동자 외에 사방이 흐릿해진다. 부해가 걸어 놓은 트라우마가 발동될 때마다 느껴지던 바로 그 향…… 저기에도 최면제가 섞여 있구나. 최면이 시작되기 전부터 자신의 본모습을 가리려고.

그날 진진서가 슬레이트 치는 시간을 맞추지 않았다면, 푸른 눈썹의 남자가 아닌 푸른 웨딩드레스를 입은 신부가 내 앞에 앉아 최면을 거는 모습이 카메라에 고스란히 찍혔을 것이다. 진진서에게 슬레이트 시간을 알려 준 사람은 당연히 이본영이었을 테고.

"자, 마셔 봐. 내가 제일 아끼는 차야."

진진서가 뜨거운 백차가 담긴 찻잔을 내 앞으로 내민다.

"……감사합니다."

찻잔을 건네받는 내 손이 눈에 띄게 떨린다.

이 차를 마시는 순간, 나는 또다시 모든 질문에 진실만을 말하게 될 것이다. 내가 전초밤이라는 사실과 여기서 하려는 일에 대해.

진진서, 아니 부해가 그때처럼 내 맞은편에 앉는다.

"해리야."

뜻밖의 첫마디에 놀란 내가 침을 삼킨다.

"난 네가 이미 죽은 줄 알았어."

부해의 검은 눈동자가 나를 빤히 응시한다.

"참 이상해. 너를 살려 둔 건 그렇다 치더라도, 나한테 보내지 않

고 바로 돌려보내시다니. 네가 이곳 인간들에게 함부로 입방정이
라도 떨면 어쩌려고, 지상에서의 네 기억을 지우지 않으셨을까?"

"그건……."

"아, 이미 스노볼을 언급했다며?"

젠장. 부해의 검은 머리칼이 춤을 추듯 움직이며 점점 내 쪽으로
뻗쳐 온다.

탈출한 바이러스

진진서가 자신의 잔에 담긴 차를 한 모금 마신다.

"넌 왜 안 마시니?"

"아…… 좀 식혀서 마시려고요."

제발 머리 좀 굴려 봐, 전초밤! 이대로 정체를 들키면 전부 끝이야!

진진서는 시간이 자신의 편이라는 듯 여유로운 표정을 짓는다.

"그래, 급할 거 전혀 없어."

나는 진진서에게 보이지 않는 발끝을 한번 오므렸다 편다.

"이본영 회장님께서 제 기억을 지우지 않으신 이유를 선장도 들으셨는 줄 알았어요."

내가 꺼내든 패에 진진서가 잠시 당혹스러워한다.

"회장님께서 제가 다시 필요할 수도 있다고 하셨어요. 전초밤이 앞으로 어떻게 행동하느냐에 따라서요."

예상치 못한 전개에 진진서가 한 박자 늦게 반응한다.

"그래?"

내가 재빨리 두 번째 패를 던진다.

"선장의 결혼식을 봤어요."

"네가?"

"신문, 방송 할 것 없이 여기저기서 계속 보여 주던데요? 정말 아름다운 결혼식이었어요, 선장."

진진서의 표정이 아주 조금 온화해진다.

"제 몫을 잘 해내면 저도 언젠가 선장처럼 행복한 삶을 누리게 될 거라고 회장님께서 약속해 주셨어요."

내 목을 조를 듯이 뻗쳐 오던 진진서의 검은 머리칼이 허공에 멈춰 선다. 이제는 잘 알고 있다. 이 역시 내 눈에만 보이는 허상이라는 걸.

"너한테 그런 약속까지 하셨다고?"

진진서의 목소리가 살짝 떨린다.

"회장님하고 자주 독대했니?"

나는 눈썹을 가볍게 들어 올리며 고개를 끄덕인다. 나도 이제 이본영 회장의 하수인이 되었으니 당신과 한배를 탄 셈이다. 그러니 나를 추궁하지도, 의심하지도 말라는 눈빛으로 진진서의 눈을 조용히 바라본다.

"네, 그럼요."

진진서가 그래서 둘이 무슨 대화를 나눴는지 묻는 듯 고개를 살짝 기울인다. 부해의 눈동자를 알아본 내 심장이 불구덩이 속을 뒹구는 것처럼 달아오르지만, 주먹을 꽉 쥐며 끝까지 피하지 않는다.

"독대할 때마다…… 회장님께서는 제가 궁금해하는 것을 항상 친절하게 알려 주셨어요. 고매령이 배새린 대신 희생된 이유와 전초밤을 죽이지 않고 살려 두시는 이유가 특히 흥미롭더라고요."

자리에서 벌떡 일어선 진진서가 잔을 찻장 선반에 거칠게 내려놓는다. 투명한 차가 넘쳐흘러 그녀의 손을 적신다.

"넌 이곳 태생도 아니고 아무런 **능력**도 없어. 고작 전초밤의 대역이 가능하다는, 겨우 그 이유 하나로 회장님께서 네게 나와 같은 행복을 약속하셨다?"

진진서가 몸을 홱 돌려 나를 내려다본다.

"네게 부선장 자리라도 주겠다고 하시던?"

패를 자세하게 깔수록 내가 불리해질 것 같아 입을 다물지만 내 침묵은 오히려 진진서의 화를 효과적으로 돋운다.

"이제 이곳 관리는 나에게 진부 넘겨도 되겠다고 하시더니…… 어떻게 나한테 한마디 상의도 없이 너를 돌려보내고……."

진진서는 하늘이 자신의 후계자라고 말했다. 동굴에서 태어나 고아로 자라고 이본의 하수인이 된 아이. 그게 진진서의 삶이었을까?

똑똑. 누군가 방문을 노크한다. 진진서는 대답하지 않지만 문이 홱 열리고, 다급한 표정의 준이 들이닥친다.

"선장, 부엌 칸에서 사고가……."

방 안을 가득 채운 썩은 비린내에 준이 코를 틀어막는다.

"면담 중에 어딜 함부로 들어와?"

진진서가 날카롭게 쏘아붙이자 준이 면목 없는 얼굴로 다시 입을 뗀다.

"신입 녀석이 단백질 젤리를 솥에 넣고 전부 태워 먹었습니다. 칼을 도와 죽을 끓이려 했다는데……."

준이 믿을 수 없다는 듯, 그리고 이 사태에 책임을 느낀다는 듯 고개를 숙이며 더 말을 잇지 못한다.

진진서가 헛웃음을 터뜨린다.

"우리 소원이가 갑자기 혼자 돌아오고, 신입은 마침 사고를 쳤다?"

나는 진진서의 의심쩍은 눈빛을 피하지 않으려 애쓰고, 진진서는 머리를 끊임없이 쓸어 넘기며 무언가를 골똘히 생각한다.

준이 진진서의 눈치를 살피며 조심스레 묻는다.

"어떻게 해야 할까요? 단백질 젤리 없이는 다들 업무를 버거워할 텐데."

"괜찮아. 단백질 젤리가 쌓인 의약품 창고는 여기서 멀지 않으니까."

"지금 바로 나가시려고요?"

진진서가 나를 날카롭게 바라보며 말한다.

"단백질 젤리가 다 타 버렸다며. 어서 구해 와야지."

아니, 진진서는 지금 이본영 회장에게 갈 생각이다. 내가 전초밤이든 고해리든 그녀의 주인이 지시를 내리지 않는 한 스스로의 결정으로는 함부로 건드릴 수 없을 테니까.

"얘는 격리실에 가둬 놓고 잘 감시해."

준의 눈빛이 당혹으로 물든다.

"네? 갑자기 왜……."

진진서가 준의 어깨를 가볍게 두드리며 침착하게 지시한다.

"감시할 사람을 따로 세워 놓고 자네는 가족들한테 비타민 D를 나눠 주도록 해. 다들 단백질을 못 먹어서 헛헛할 테니까."

"선장, 격리실이라뇨!"

내가 자리에서 일어서자 진진서가 커다란 손으로 내 입과 코를 틀어막는다. 짙은 비린내에 순간적으로 몸이 마비된 나를 진진서가 천천히 의자에 앉힌다.

진진서가 준의 귀에 대고 뭔가를 작게 속삭인 뒤 방을 나선다. 나는 그 모습을 가만히 바라보기만 한다. 진진서가 돌아올 땐 전초밤을 당장 처리하라는 이본영 회장의 명령과 함께일 줄 알면서도 손가락 하나 움직일 수 없다.

*

"밖에 안 들려? 제발 나 좀 꺼내 달라고!"

격리실 문을 두드리다 기진맥진한 내가 그대로 바닥에 무너져 내린다. 너무도 쉽게 손발이 묶여 버린 나 자신에 화가 나서 눈물이 난다. 바닥에 엎드려 끅끅거리는 나를 누군가 조용히 부른다.

"소원아."

격리실 너머 면회실에서 치유가 조용히 하라는 손짓을 한다.

"어떻게 들어왔어?"

"수영이가 제발 너 좀 조용히 만들어 달래. 감시하는 사람이 더 고통스럽다고."

"신입은? 지금 어디 있어?"

"꼭대기 방에 갇혀서 감시받는 중이야. 거긴 밖에서 문을 잠글수 없어서 감시 인원을 여섯이나 붙여 놨어."

젠장, 둘 다 손이 묶여 버리다니.

치유가 밖을 향해 눈을 흘긴다.

"신입은 단백질 젤리를 홀랑 태워 먹어서 그렇다 치고 넌 왜 여기 갇혀 있는 거야? 자기가 선생님도 아니고, 선장이 우리한테 이럴 권한이 어디 있……."

내가 치유의 말을 가로막는다.

"언니, 내가 어제 한 말 기억나지?"

세상이 전혀 멸망하지 않았거든. 바이러스니, 전염병이니 하는 것도 당연히 없고.

우리가 이렇게 갇혀서 착취당할 필요가 없다는 얘기야.

치유가 미안한 표정으로 고개를 끄덕인다.

"그 얘기 때문에 벌받는 거야? 하트한테만 얘기했는데 그 자식이 다른 사람들한테도 떠벌리고 다녔나?"

"맞아, 내가 진실을 알고 있어서 날 여기 가둔 거야. 이제 곧 날 없애 버릴 테고."

치유가 사자 갈기 같은 머리를 흔들며 눈을 크게 뜬다.

"대체 무슨 소리야? 선생님 없이 선장 혼자서 그런 결정은 못 내려. 선생님은 우리를 전부 가족처럼 아끼고. 너도 알면서 왜 그런 소릴 해!"

"언니."

다시 한번, 고해리가 쌓아 온 신뢰를 빌린다.

"이번 한 번만, 선생님보다 나를 더 믿어 줄 수 있어?"

치유가 난감한 얼굴로 자신의 갈기를 헤집는다.

"……내가 뭘 어떻게 해야 하는데?"

"나 좀 여기서 꺼내 줘."

시간이 없다. 진진서가 이본영 회장과 돌아오기 전에 밖으로 도망치거나, 죽을 때 죽더라도 우물 밑으로 가야 한다. 내가 할 수 있는 최선의 시도는 해 봐야 하니까.

치유가 나를 안타깝다는 듯이 바라본다.

"그쪽 문에 자물쇠를 하나 더 채워 놨어. 열쇠는 당연히 반장이 가지고 있고."

격리실의 단단한 문을 힐끗 보며 묻는다.

"반장은 지금 어디 있는데?"

"선장이 구해 온 비타민을 나눠 주는 중이야."

그 순간 면회실 벽의 콘센트 구멍이 눈에 들어오면서 내게 필요한 물건이 떠오른다.

"언니! 극장 칸에 있는 빔 프로젝터 좀 가져다줘. 다른 사람 눈에 띄지 않게, 몰래."

치유는 예상보다 더 긴 시간이 흐른 뒤 냄비 안에 빔 프로젝터를 숨겨 들어왔다. 이어 내가 시키는 대로, 빔 프로젝터를 면회실에 있는 콘센트에 연결해 불빛을 유리창에 쏜다.

치유의 눈이 커진다.

"거울이 생겼어. 선생님하고 선장이 밖으로 나갈 때처럼."

내 쪽은 여전히 투명한 유리창이다.

"언니."

치유가 짧게 고개를 끄덕인 뒤 유리창을 뚫고 내게 손을 뻗는다. 나는 망설임 없이 그 손을 붙잡고, 치유는 있는 힘껏 잡아당긴다.

면회실로 넘어온 나를 보며 치유는 신기하다는 듯 웃고, 나는 우물의 유리 바닥 역시 이런 식으로 **통과**할 수 있으리라는 확신을 품는다.

"언니, 조금 있다 우물로 와 줘."

"우물?"

"내가 우물 밑에서 쇠사슬을 흔들면, 언니는 두레박으로 날 끌어 올려 주기만 하면 돼."

"미쳤어, 거길 왜 내려가!"

내가 걱정 말라는 의미로 치유의 어깨를 툭툭 친다.

"여기 나가면 하고 싶은 일들이나 생각해 놔."

똑똑, 치유가 면회실 안에서 두드리자 밖에서 보초를 선 여자가 슬쩍 문을 열어 준다. 자신이 치유를 몰래 들고 나게 해 준 걸 누군가 볼세라 주변을 살핀다. 여자가 다른 곳을 보는 사이 치유 대신 내가 밖으로 휙 빠져나온다. 빔 프로젝터가 든 냄비를 들고 커다란 괘종시계 뒤로 몸을 숨긴다.

두레박에 연결된 굵은 쇠사슬은 우물 밑이 아니라 8층의 어느 칸으로 이어져 있다. 열댓 명의 사람들이 그 앞에 줄을 서 차례를 기다린다. 구호품을 나눠 주고 있는 준의 칸이다.

내가 우물로 내려가지 못하도록 두레박을 치운 거야?

진진서는 내가 고해리가 아닐 가능성과 고해리가 아닌 내가 벌일 수 있는 최악의 일을 모두 염두에 두고 준에게 필요한 지시를 내렸다. 젠장.

"반장 피해서 숨어 있어?"

소스라치게 놀라 옆을 보니, 하트가 땀에 젖은 죄수복이 쌓인 손수레를 잡고 서 있다. 이 인간은 왜 자꾸 여기저기서 나타나는 거야?

그때, 격리실 앞에 선 보초가 안에 있는 사람이 뒤바뀐 걸 알아채고 소리친다.

"소원!"

내가 다급하게 손을 뻗어 하트의 옷자락을 꼭 쥔다.

"나 좀 숨겨 줘!"

하트가 이유도 묻지 않고 나를 빨래 더미 속에 숨겨 나무 에스컬레이터를 오른다.

"일단 내 칸에 숨어 있어."

하트가 19층에 있는 자신의 생활 칸에 나를 내려 준다. 바느질 수선이 필요한 죄수복이 산처럼 수북하게 쌓여 있다.

"고마워. 근데……."

"치유가 나보고 밖에서 대기하고 있다가 도와주라고 했어."

"아."

"걔가 나한테 뭘 부탁한 게 이번이 처음이야."

하트의 귀가 자신의 문신처럼 붉어진다.

"아무튼 넌 여기 쥐 죽은 듯이 숨어 있으면 돼. 나랑 치유가 있는 한 제아무리 선장이라도 너 어떻게 못 해."

"……두 사람 다 고마워, 정말."

긴장이 역력한 얼굴로 하트가 장난스럽게 말한다.

"고맙긴. 내가 여기 적응하면서 우리 소원 '선배' 도움을 얼마나 많이 받았는데."

하트가 칸 밖으로 나가면서 빨랫줄에 걸린 이불을 최대한 밑으로 늘어뜨려 입구를 가린다. 홀로 남겨진 나는 하트의 생활 칸을 가득 채운 하늘색 죄수복 더미에 숨을 자리를 만들며 이제 우물 바닥에 접근할 방법이 없다는 사실을 곱씹는다. 차라리 그냥 도망치는 편이 나을지도 모른다. 아니, 이곳에 남든 밖으로 도망치든 크게 달라지는 건 없다. 언제 어디서 죽음을 맞이하느냐, 남은 건 그 차이뿐이니까.

"방금 무슨 얘기야?"

"으어!"

산더미처럼 쌓여 있는 하늘색 옷가지 사이에서 하늘의 조그마한 얼굴이 쑥 튀어나온다.

"깜짝이야! 너 왜 여기 있어?"

"하트 삼촌한테 할 얘기가 있어서."

하늘이 눈을 가늘게 뜨고 묻는다.

"근데 방금 하트 삼촌이 한 얘기는 뭐야? 선장이 언니를 어떻게 하는데?"

"아, 그게……."

내가 어물쩍대는 사이 저 아래에서 확성기를 통해 누군가의 목소리가 들려온다.

"아아, 전원에게 알립니다. 소원이 격리실을 탈출했습니다."

준이다.

"2차 검사 결과, 소원의 몸에서 바이러스 양성 반응이 나왔습니다."

하늘이의 눈이 커지는가 싶더니 눈을 깜빡이는 것조차 잊어버린다. 하늘이가 숨을 헐떡거리며 파르르 떨리는 작은 손으로 입과 코를 가린다. 나도 눈에 힘을 주고 천천히 고개를 가로젓는다.

"아니야, 거짓말이야."

나는 왜 하늘이를 진정시키려는 걸까. 어차피 내가 잡히는 건 이제 시간문제인데.

"전원에게 명합니다. 우리 모두의 안전을 위해 소원을 찾아 격리해야 합니다. 쳇바퀴를 돌리는 인원 외에는 바이러스 감염자 수색에 적극적으로 나서 주길 바랍니다."

이어 사이렌이 시끄럽게 동굴 안을 울리고, 하늘이 작은 입을 벌려 비명을 지른다.

새로운 가족

자포자기 상태에서도 본능적으로 하늘의 입을 손으로 틀어막는다.

"나 바이러스 아니야!"

사이렌 소리는 잦아들 줄 모르고 하늘은 죄수복 더미에 묻힌 채로 힘겹게 발버둥 친다.

"나 열도 없고 기침도 안 해! 너보다 멀쩡하다니까?"

내가 지껄이는 소리 따위는 들리지 않는다는 듯 하늘이 더 세게 낑낑거리며 저항한다.

"아 그래, 알았어! 알았다고!"

하늘과 겨우 눈을 맞춘다.

"일단 내가 다른 칸으로 갈 때까지는 소리 지르지 마. 내가 여기 있다 걸리면 하트까지 처벌받을 수 있어. 그럼 안 되잖아, 안 그래?"

하트가 처벌받는다는 얘기에 하늘이 발버둥을 멈춘다.

"조용히 할 거지?"

하늘이 영특한 눈망울로 고개를 끄덕인다.

내가 천천히 손을 떼는데 하늘의 눈에 다시 힘이 들어가는가 싶
더니 내 머리 위로 죄수복을 마구 집어 던진다. 죄수복에 덮인 채
로 잠시 눈을 감는다. 하, 네가 이러지 않아도 나는 이미 충분히 힘
들단다. 그 순간 누군가가 입구에 걸린 이불을 홱 걷어 내는 소리가
들리고, 하늘이 재빨리 반응한다.

"아, 칼 이모!"

"방금 네가 소리 질렀어?"

잠시 당황한 숨소리를 내던 하늘이 제법 태연하게 거짓말을
한다.

"아니? 나 무서워서 조용히 숨어 있었어!"

"거기 혼자 있지 말고 나와."

"시, 싫어. 바이러스랑 마주치면 어떡해! 나 여기 있을래!"

"그럼 그 안에 꼭꼭 숨어 있어. 혹시 소원 언니 보면 절대 가까이
다가가지 말고 크게 소리쳐. 알았지?"

"응, 그럴게!"

칼 아주머니가 다시 이불을 펴 입구를 가리더니 별일 없으리라
는 거짓말로 아이를 달래고 사라진다.

잠시 후 하늘이 내 머리를 덮고 있던 죄수복을 들어 올린다.

"방금, 언니가 나보다 멀쩡하다는 게 무슨 말이야?"

살짝 기분이 나쁜 얼굴이다. 이 와중에 자존심이 상한 거야?

"그…… 그런 게 있어. 젤리. 단백질. 그래서 반수면 상태, 뭐 그
런 거."

내가 여기서 뛰쳐나가면 과연 몇 초 만에 붙잡힐지 계산한다. 가슴이 답답해진다.

"아!"

하늘이 뭔가 떠올랐다는 표정으로 죄수복 더미 안에서 꿈틀거리더니 그 속에서 누런 보따리를 꺼내 든다.

"언니, 이거 하나 먹고 가."

보따리 안에는 수백 개가 넘는 빨간 단백질 젤리가 들어 있다.

"너 이거 다 어디서 났어?"

"언니도 알지? 이 젤리가 뇌에 좋은 거. 근데 난 이미 똑똑하잖아."

하늘이 인심 쓴다는 듯 단백질 젤리 다섯 개를 내민다.

"자. 하트 삼촌을 위하는 마음이 기특해서 내가 주는 선물이야."

"그동안 안 먹고 모아 뒀어?"

"쉿! 다른 어른들한테는 비밀이야."

하늘의 표정이 시무룩해진다.

"내가 그동안 안 먹었던 거 알면 다 나한테 실망할 테니까. 어른들 말 안 들었다고."

"왜 안 먹었어? 혼내려는 게 아니라, 궁금해서."

하늘이 선심을 쓰듯 대답한다.

"엄마 얼굴이 너무 잘 기억나잖아."

"……그게 무슨 얘기야?"

"하트 삼촌이 맨날 그러잖아, 고기 맛을 흉내 낸 단백질 젤리 말고 진짜 고기를 먹고 싶다고. 난 고기를 먹어 본 적이 없어서 고기가 하나도 안 그리워. 근데 엄마 얼굴은 너무 생생해. 그래서 더 보고 싶나 봐."

뭐라고 위로해야 할까. 내게는 몇 장의 사진으로만 존재하는 아빠를 떠올리며 묻는다.

"하늘이는 엄마랑 좋은 추억이 많았나 보다. 어떤 모습이 가장 많이 떠올라?"

하늘이 망설이지 않고 대답한다.

"나를 두고 가던 모습."

"응?"

"엄마랑 같이 달려가던 이모 삼촌 들 모습도 다 기억나."

"달려가다니, 어디로?"

그 모습이 눈앞에 펼쳐지는 듯 하늘이 먼 곳을 응시한다.

"그날 반장이 말했어. 농굴에 살면 햇빛을 쐬지 못하기 때문에 우리는 체내에서 비타민 D를 만들어 내지 못한다."

어린아이가 단순히 지어내는 말 같지 않은 어휘로 하늘이 말을 잇는다.

"그런 우리를 위해 선생님께서 비타민 D 영양제를 구해 오셨으니 지금부터 한 사람당 두 알씩 나눠 주겠다. 언젠가 지상으로 돌아갈 희망을 잃지 않고 꿋꿋이 살아가는 우리 가족들을 위한 선생님의 선물이니 기쁘게 섭취하길 바란다."

"비타민 D라고?"

운 좋게 비타민 D 한 상자를 찾아냈어.

이걸 발견하고 어쩌나 기쁘던지. 우리 가족들에게 가장 필요한

구호품이잖아.

한 사람당 두 알씩 나눠 줄 수 있겠네.

이번에는 선생이 아닌 선장이 비타민을 구해 왔다는 점만 빼면, 하늘이 말하는 그때와 똑같은 상황이다.

"반장은 약을 나눠 주고 잘 삼키는지 일일이 확인했어."

하늘의 눈에 투명한 눈물방울이 그렁그렁 맺힌다.

"그리고 그날 밤 괘종시계가 치니까…… 다들 목이 마르다면서 우물로 다가가기 시작했어. 나만 빼고 전부."

하늘의 눈빛이 그날의 기억에 잠겨 있다.

"그 모습이 무서워서 엄마한테 매달렸어. 가지 말라고 울었어. 근데 엄마는 나를 닳고 계속 우물로 걸어가."

세상에…….

"그게 언제인데?"

하늘이 죄수복 소매로 눈가를 문지른다.

"우물이 밤새 불타고 다섯 밤 뒤에 언니랑 다른 사람들이 새로 구조돼 왔어."

"그럼…… 그 일이 삼 년 전이었던 거네?"

하늘이 고개를 끄덕이자 그새 또 솟아난 눈물이 볼을 타고 또르르 흘러내린다. 하늘이 여섯 살이었을 때의 일이다. 이 얘기를 다 믿어도 될까.

내 표정을 읽었는지 하늘이 입술을 삐죽 내민다.

"난 언니가 처음 온 날 입었던 옷도 기억해. 빨간색 옷이었는데, 언니가 원피스라고 가르쳐 줬잖아."

빨간 원피스라면, 금지된 숲 경계에서 마지막으로 찍힌 고해리의 옷차림과 일치한다.

넌 이곳 태생도 아니고 아무런 능력도 없어.

진진서가 말한 능력이 바로 이 놀라운 기억력일까? 아니면 엄마 배 속에서부터 단백질 젤리에 섞인 약물을 먹고 자란 아이라 뇌 구조가 다른 걸까.

하늘의 증언이 사실이라면 이본은 또다시 지하 발전소의 **물갈이**를 진행하고 있다. 모든 시체가 불타고 나면 새로운 사형수들을 대거 데려오겠지. 그러다 그들이 조금씩 이 요새를 벗어나고 싶어 하고, 세상의 멸망을 의심하는 때가 오면 또 한번 물갈이를 진행할 것이다.

그래서 고해리가 **최초 구조자** 중 한 명이던 거야. 화장터 역할을 하는 우물이 그렇게 큰 이유도 이곳의 전체 인원을 동시에 태워야 하기 때문이고.

"이 얘기를 다른 어른들한테는 한 적 없어?"

"선장은 나한테 슬퍼하지 말라고, 이제부터 선장이 내 부모가 되어 주겠다고 했어."

"선장 말고 다른 어른은?"

"언니도 그랬잖아. 내가 나쁜 꿈을 꾼 거라고."

"아⋯⋯."

네가 하는 말을 아무도 믿어 주지 않았구나.

죄수복 더미에서 하늘의 작은 손을 찾아낸다. 옷가지에 파묻혀 있었는데도 손이 차다.

"지금 반장이 그때 그 약을 나눠 주고 있어."

자신 역시 그 약을 먹고 죽게 되리라는 사실을 모른 채.

"안 돼, 그럼 하트 삼촌도……."

"아니, 이번에는 우리가 막아 내는 거야."

"언니랑 내가?"

"그래."

"난 선생님 무서워."

"언니도 무서워. 엄청 무서워. 하지만 약속할게. 하늘이 너한테 파란 하늘, 노을 지는 하늘, 눈 내리는 하늘을 다 보여 줄게. 바깥세 상의 진짜 하늘 말이야."

하늘의 슬픈 얼굴에 아주 옅은 미소가 번진다.

"난 이상해진 언니가 더 괜찮은 거 같아."

단백질 젤리 수백 개가 뭉쳐진 덩어리 사이에서 하늘이 투명한 알약 캡슐을 찾아낸다.

"젤리랑 다 같이 원래 오늘 하트 삼촌한테 주려고 했는데, 이 약 언니가 먹어. 그래야 선생님을 무찌르고 이모 삼촌 들을 다 구해 주지!"

하늘이 건넨 캡슐을 빛에 비춰 보니 투명한 액체가 들어 있다. 눈 물을 모아 가둬 둔 것처럼.

"이게 뭐야?"

"언니가 선생님 따라 나가기 전날 선장이 줬던 약이잖아. 탐사 가기 전에 몸에 좋은 거 먹으라고."

기억을 되돌려 주는 약인가? 나의 의심쩍은 눈빛을 하늘이 다른 의미로 받아들인다.

"훔친 건 아니야! 다음 날도 선장 책상에 놓여 있길래 그냥 하나 먹어 보고…… 딱 하나 더 챙겼어."

하늘에게 아무 약이나 함부로 먹으면 안 된다고 말하려는데, 사이렌 소리가 날카롭게 끊어지고 다시 확성기가 켜진다.

"여러분, 기쁜 소식입니다. 이 위기의 상황에 다행히도 선생님께서 돌아오셨습니다!"

젠장. 나를 찾으러 온 게 뻔한 선생이 확성기를 잡는다.

"가족 여러분의 응원과 기도 덕분에 이번 지상 탐사도 무사히 끝내고 돌아왔다는 감사의 말씀을 먼저 올립니다."

기운이 넘치는 목소리의 주인공은 이본영 회장이 아닌, 이본심 부회장이다. 그간 주기적으로 외도설을 뿌리며 모습을 감출 때마다 이본심 부회장이 어디에 있었는지 이제야 알 것 같다. 자리를 길게 비울 수 없는 회장을 대신해 그녀가 지하 발전소를 통치했던 거겠지.

"사랑하는 가족 여러분. 이번 탐사에서 발견한 희망의 증거를 어서 보고드리고 싶습니다만, 현재 **바이러스 전파자**가 우리의 목숨을 위협하는 상황입니다. 여러분의 걱정과 두려움도 시시각각 커지고 있겠지요."

역사상 가장 위대한 선동가의 자손답게, 이본심 부회장이 단호한 어투로 모두의 집중을 이끌어 낸다.

"하지만 여기 제 옆, 이번 탐사에서 구조된 새로운 가족은 여러분보다 더 큰 혼란과 공포를 느끼고 있습니다."

물갈이를 코앞에 두고 새로운 구조자라니? 대체 무슨 생각이지?

"하늘아, 잠깐 나가서 상황이 어떤지 한번 확인해 줄래?"

씩씩하게 고개를 끄덕이고 사라졌던 하늘이 금방 돌아와 속삭인다.

"선생님이 **새 가족**하고 1층에 서 있어. 다들 언니를 찾는 것도 멈추고 말씀을 듣는 중이야."

이본심 부회장이 연설 톤에서 일상적인 어투로 목소리를 바꾸며 새로운 구조자에게 말을 건다.

"자, 여기가 당신의 새로운 집입니다. 마음에 드나요?"

이본심 부회장이 건넸을 확성기에 대고 새 구조자가 쉰 목소리로 작게 되묻는다.

"여기가 어디죠?"

이본심 부회장이 옅은 웃음을 띤다.

"걱정하거나 두려워할 필요 없습니다. 갑작스럽고 강력한 전염병으로 인류 대부분이 사망했지만, 당신은 살아남았어요. 운 좋게 제가 구조했죠."

이본심 부회장의 친절한 설명이 무색하게, 새로운 구조자는 전혀 호의적이지 않다.

"무슨 개소리인지 모르겠네요."

이본심 부회장이 어색한 웃음을 짧게 흘리며 어금니를 깨문다.

"일단 새로운 가족들에게 인사 한마디 건네 볼까요?"

새 구조자의 한숨이 확성기를 통해 크게 울린다.

"하, 새 가족은 무슨. 지금 내가 누군지도 모르겠는데."

혼잣말에 가까운 무성의한 대답. 나는 그 목소리가 내게 아주 익숙하다는 사실을 알아차린다.

"아줌마……."

지쳐 있는 목소리가 평소와 다르지만, 얼굴은 확인하지도 못했지만, 분명 차향이다.

내가 옷 더미에서 벗어나자 하늘의 작은 손이 나를 꽉 붙잡는다.

"나가면 선생님한테 들켜!"

나는 차마 미안하다는 말도 하지 못한 채 작은 손을 떼어 낸다. 입구에 걸린 이불을 들추고 밖으로 나간다.

먼 거리에서도 나를 단박에 알아본 이본심 부회장이 환한 미소를 짓는다. 그 주변으로는 변함없이 쳇바퀴가 돌아가고 있다. 어떤 상황에서도 멈추지 않는 지구의 자전처럼.

"가족 여러분! 바이러스 진파자가 모습을 드러냈습니다!"

같은 층에 있는 사람들이 주춤거리며 다가온다. 나를 포획하려 두셋에 한 명꼴로 이불을 펼쳐 들고 있다.

"나한테 바이러스 있는 거 알죠? 다가오면 얼굴에 침을 뱉어 버릴 테니까, 다들 물러서요. 내가 알아서 가요."

살아 있는 시체들의 소원

인간 화학 무기가 된 나는 누구의 방해도 없이 1층으로 향한다. 다들 천 조각으로 입과 코를 가리긴 했지만 나─소원─를 경계하기보다 걱정하는 눈빛이다.

내가 1층에 다다르자 이본심 부회장이 만족스러운 얼굴로 빙긋 웃는다. 우주복처럼 생긴 보호복에 나도 모르게 코웃음을 친다.

"그래, 혼자 살겠다고 숨어 있으면 안 되지."

그 옆에서, 이 모든 상황이 혼란스러운 듯한 차향이 미간을 찡그리고 나를 본다. 발치에는 차향이 들어가 있었을 무균 진공 팩이 허물처럼 놓여 있다. 한 걸음 뒤로 준이 서 있고, 세 사람 모두 투명한 플라스틱 마스크로 코와 입을 가렸다.

이본심 부회장을 노려보며 힘주어 말한다.

"이제 차향은 놔줘."

이본심 부회장이 다시 확성기를 들고 희망찬 얼굴로 지껄인다.

"가족 여러분! 소원 양에게 우리가 가진 마지막 치료제를 투여하겠습니다."

준이 주사기 안에 노란 액체를 채우기 시작하고, 이본심 부회장이 목소리를 높인다.

"아시다시피 사람에 따라 치료제에 쇼크 반응을 보여 사망에 이르는 경우도 있습니다. 부디 우리의 소중한 가족 소원 양을 위해 기도합시다!"

이본심 부회장이 확성기의 전원 버튼을 끄고 준에게서 주사기를 건네받는다.

나는 재빨리 몸을 뒤로 빼며 차향의 손을 잡는다. 차향이 곧바로 내 손을 뿌리친다. 나를 전혀 모른다는 눈빛으로 얼굴을 찡그린다.

"왜 남의 손을 함부로 잡지?"

"······아줌마."

차향이 너 험악하게 인상을 구긴다.

"아줌······. 바이러스가 예의를 갉아먹었나?"

내가 멍하니 그 시선을 마주하는 사이, 준이 나를 제압해 바닥에 쓰러뜨린다.

"아줌마! 야, 차향!"

자신의 이름을 듣고도 차향은 아무런 반응을 보이지 않는다. 준이 내 등 뒤로 올라타 두 손을 결박하고, 이본심 부회장이 내 목에 주사기를 들이댈 때까지도.

"놔!"

준에게 붙잡힌 내가 미친 듯이 몸부림을 치자, 이본심 부회장이 짜증스럽게 명령한다.

"가만히 있지 못해?"

"제가 도와드릴까요?"

새롭게 등장한 목소리 쪽으로 준이 고개를 돌리는 순간, 도자기로 만든 찻주전자가 그의 이마에 부딪혀 산산이 조각난다. 준이 뒤로 고꾸라지고, 당장이라도 내 목을 찌르려는 이본심 부회장의 오른손을 이본회가 발로 차 주사기를 날려 버린다. 그녀가 오른손을 쥐고 고통스러워하는 사이 이본회가 나를 재빨리 일으킨다.

"괜찮아?"

"어떻게 빠져나왔어?"

"네가 이목을 잘 끌어 준 덕분에."

이본심 부회장의 날카로운 목소리가 허공을 가른다.

"이본회, 너 지금 무슨 짓이야!"

"이본회라뇨? 전 아직 이름이 없는데요."

우리를 둘러싼 웅성거림이 차츰 커지더니 몇몇 사람들이 용기를 내 1층까지 내려온다.

"선생님!"

"괜찮으세요?"

그중에는 냄비나 의자 따위를 무기로 든 사람들도 있다.

"야, 신입! 너 미쳤어?"

이본심 부회장이 다급하게 확성기를 켠다.

"여러분의 안전이 우선입니다! 다가오지 마세요! 어서 물러나세요!"

이본심 부회장이 확성기를 끄고 바닥에서 몸을 일으키며 이본회를 나무란다.

"너도 끝내 네 큰외삼촌처럼 되고 싶어?"

"말씀드렸잖아요. 저를 살려 두면 후회하실지도 모른다고요."

"그런 때가 오면 결국 이 엄마가 나설 수밖에 없을 거라고 얘기한 건 기억 안 나니?"

이본심 부회장이 품 안에서 권총을 꺼내 이본회에게 겨눈다. 빨갛게 부어오른 손이 미세하게 떨린다.

"제발 이 엄마를, 제 손으로 자식을 죽인 사람으로 만들지 마. 부탁이야."

이본회가 그녀에게 다가서 총구를 한 손으로 잡는다.

"왜 망설이세요? 사람을 죽이는 일, 익숙하시잖아요."

"넌 내 아들이야!"

"그 사람들도 누군가의 가족이고 친구였어요."

이본회가 총구를 잡은 손에 힘을 풀지 않자 이본심 부회장이 애원하듯 말한다.

"쏘세요. 이 사람들도 알아야죠. 선생님이 언제든 자신들을 죽일 수 있다는 걸 알아야 도망칠 생각이라도 하죠. 아무것도 모르고 그저 당하기만 하면 너무 억울하잖아요."

"이 인간들은 이미 죽었어야 할 쓰레기들이야."

이본회가 총구를 잡은 손에 힘을 풀지 않자 이본심 부회장이 애원하듯 말한다.

"대화로 풀자. 너도 그러길 바라지 않니?"

그녀의 기세가 한풀 꺾이자 이본회가 총구에서 천천히 손을 뗀다. 이본심 부회장도 총구를 거둬들이는가 싶더니 몇 걸음 떨어져 있던 나를 향해 총을 겨눈다.

내 몸이 제자리에 굳어 버리는 찰나의 순간, 총알이 발사되는 소리가 천둥처럼 동굴 안에 울려 퍼진다. 연이어 총알이 또 한 발 발사된다.

이본심 부회장이 고통스러운 비명을 지르며 바닥으로 쓰러진다. 총을 들고 있던 손과 허벅지에서 피가 솟아난다. 간발의 차이로 스쳐 지나간 총알에 내 심장이 터질 듯이 뛰어 댄다.

"초밥, 괜찮아?"

쳇바퀴 태엽 사이로 소명이 나타난다. 그 뒤로는 미류 언니가, 또 그 뒤로는 온기가.

한쪽에 물러서 귀를 틀어막고 있던 차향이 눈을 가늘게 뜬다.

"저 인간들은 또 뭐야?"

기억이 지워진 후 새로 시작된 삶이 몰고 온 사건들에 머리가 지끈지끈하다는 표정이다. 보호복을 입지 않은 외부인의 등장에 동굴 사람들도 경악스러운 얼굴로 물러선다.

"언니!"

미류 언니가 차향을 발견하고 소리치자 온기와 소명의 눈이 튀어나올 듯 커진다.

"누나, 어떻게 된 거야! 어떻게 여기 있어?"

소명이 주변을 살피며 내게 말한다.

"차향 감독이 유치장에서 스스로 목숨을 끊었다는 기사가 났어. 전초밤의 살인을 눈감아 준 죄책감에."

"뭐?"

미류 언니는 차향의 몸 상태를 확인하며 안도하고 차향은 여전히 어리둥절한 표정을 짓고 있다.

"너희는 어떻게 왔어? 거울 엘리베이터……."

"신이채 대표님이 데려와 줬지!"

온기가 내게 받았던 명함을 자랑스럽게 꺼내 보인다. 신이채 대표를 찾아 내가 목을 쭉 빼자 온기가 내 어깨를 잡는다.

"혹시나 이본영 회장이 올까 봐, 대표님은 엘리베이터를 잡고 있어. 근데 우리가 한발 늦었네."

바닥에 쓰러진 이본심 부회장을 품에 안은 이본회의 등으로 소명의 라이플 총구가 향한다.

"안 돼! 이본회는 우리 편이야!"

소명과 온기가 무슨 말도 안 되는 소리를 하느냐는 듯 나를 쳐다본다.

"본회야……."

이본심 부회장이 힘겹게 우리를 가리킨다.

"봐, 스노볼의 시스템이 무너지는 순간 저런 야만인들이 다시 폭력성을 드러내며 총을 들게 돼. 세상의 균형과 평화를 위해선 작은 희생에 연연하면 안 돼. 그런 건 평범한 인간들이나 하는 짓이야. 제발 역사의 죄인이 되지 마."

이본심 부회장이 피 묻은 손으로 이본회의 얼굴을 감싼다.

"엄마는 믿어, 우리 아들은 이본 그룹의 차기 회장으로 손색없어."

"죄인은 우리예요. 저들이 총을 든 건 죄인을 벌하기 위해서고 요."

내 뒤에 서 있던 차향의 입에서 거친 불만이 터져 나온다.

"아니, 다들 초면에 왜 이러냐고."

미류 언니가 충격받은 얼굴로 나를 본다.

"아줌마는 지금 우리를 기억하지 못해. 이본이 기억을 모두 지워버렸어."

소명의 당혹스러운 목소리가 끼어든다.

"이 사람들은 어떡해?"

천 조각으로 입과 코를 가린 사람들이 우리를 향해 서서히 다가선다. 소명이 총구를 이리저리 겨눈다.

"다치게 하지 마. 다들 이용당하고 있을 뿐이야."

우리를 향해 다가오는 무리의 가장 앞에 선 칼 아주머니가 묻는다.

"소원이 너도 그랬고…… 어떻게 다들 보호복 없이 멀쩡히 밖을 돌아다니는 거야?"

부엌에서 쓰는 큰 칼을 든 칼 아주머니의 모습은 꽤 위협적이지만, 눈빛에는 적대감 대신 혼란스러움이 가득하다.

내가 바닥에 굴러다니는 확성기를 집어 든다.

"여러분, 세상은 멸망하지 않았어요! 모두를 죽음으로 몰아넣는 바이러스도 없어요. 선생과 선장이라는 작자들이 여러분의 기억을 지우고 거짓된 이미지를 주입한 거예요. 노동력을 착취하고 자신들의 비밀을 감추기 위해서요!"

위에서 몸을 사리던 사람들도 하나둘씩 아래로, 아래로 내려온다.

"저는 여러분의 기억을 되돌릴 능력이 없어요. 당장 제 말을 증명해 보일 방법도 없고요. 그렇지만 주변을 한번 둘러보세요."

여전히 2조 근로자들이 맹목적으로 쳇바퀴를 돌리고 있다.

"시끄럽게 사이렌이 울리고, 외부인이 침입해서 총을 쏴도 동요조차 하지 않는, 여러분의 동료들을 보세요. 이게 정상인가요?"

천천히 우리를 향해 다가오다 걸음을 멈춘 사람들이 이 와중에도 오로지 쳇바퀴만을 돌리고 있는 자신의 동료들을 둘러본다.

저 멀리서 작은 발로 하늘이 부지런히 달려온다. 언제나처럼 늙고 슬픈 곰을 품에 안은 채.

"언니, 나도!"

어른들이 위험하다며 막으려 하지만, 하늘은 만만치 않은 고집과 몸집에 비해 강인한 체력으로 기어코 내게 다가온다.

"나도 말할래! 같이 하기로 했잖아!"

나는 이 비극의 가장 오랜 증인에게 확성기를 넘긴다. 조그만 두 손이 확성기를 야무지게 잡고, 씩씩하게 외친다.

"이모들! 삼촌들! 선생님은 무서운 사람이야!"

하늘이 내게 들려준 이야기를 다시 말한다. 지금껏 자신이 목격해 온 317개의 죽음을.

누군가 어린아이의 허황된 말을 왜 계속 듣고 있냐고 소리칠 때면 하늘은 그 사람에 대해 기억하는 전부를 나열한다. 처음 온 날 입고 있던 옷과 신발, 머리 길이는 어땠는지, 손톱이 길었는지 짧았는지, 양말은 신고 있었는지, 그리고 자신을 소개할 때 어떤 인사말을 건넸었는지까지.

칼을 쥔 손을 축 늘어뜨리며 칼 아주머니가 말끝을 흐린다.

"그래서 뭘 어쩌자는 거니, 너희들……."

"나가서 진짜 하늘을 봐야지!"

하늘이 쳇바퀴 근처에 서 있는 하트를 향해 외친다.

"하트 삼촌은 나가서 고기 먹고! 칼 이모는 그 멋진 칼 솜씨로 하트 삼촌한테 맛있는 고기 요리를 만들어 주고! 어, 거기, 수영 이모! 나가서 수영해야지! 보라 이모는 아이스크림이 자꾸 생각난다며! 그거 나도 먹어 보고 싶어!"

신이 난 하늘이 각자의 소원을 하나씩 대신 나열하자 여기저기서 작은 웃음이 조용히 흐른다.

하늘을 물끄러미 바라보던 칼 아주머니가 얼굴을 가리고 있던 천을 턱 밑으로 끌어 내린다.

"하트야, 이 누님이 만든 고기 요리 먹으러 가 볼래?"

하트도 엉성한 천 마스크를 벗어 던진다.

"가야죠! 저는 우리 꼬마 대장이 가는 곳은 어디든 갑니다!"

그때 뭔가가 쿵 부딪히는 소리가 들린다. 미류 언니가 그 소리를 따라가 격리실 문을 열자, 치유가 문밖으로 나동그라진다.

"아야, 아아……."

확성기로 울려 퍼진 하늘의 얘기를 전부 들었는지 치유가 반쯤 웃는 얼굴로 으르렁거린다.

"왜 이런 중요한 얘기를 여러분끼리만 하냐고요! 쳇바퀴 돌리는 사람들부터 내려 줘야지! 지금 저 사람들 귀에는 아무것도 안 들리잖아!"

드디어 지하 발전소의 쳇바퀴가 멈추는 때가 왔다고 내가 쉽게 생각하는 순간, 한 발의 총성과 함께 누군가 뒤에서 나를 끌어안는다.

이어 또 한 번의 총성.

나를 안고 바닥에 쓰러진 온기의 입에서 고통스러운 신음이 짧게 흐른다. 그 뒤로, 머리에서 피를 흘리며 눈을 뜬 채 죽은 준의 모습이 보인다. 손에 들린 총이 내 쪽을 향해 있다.

여전히 준에게 총구를 향한 채 온기와 나를 돌아보는 소명의 얼굴이 눈물에 뿌옇게 번진다.

"전온기……."

나를 안고 있는 온기의 옆구리에서 붉은 피가 너무 빠르게 새어 나온다.

말도 안 되게, 온기가 옅은 미소를 짓는다.

"와, 이 오빠가 우리 동생 뒤 제대로 봐줬다."

안 돼…… 안 돼, 안 돼…….

눈물과 함께 심장이 녹아내려 아무런 말도 할 수가 없다.

고마워

온기의 눈이 힘없이 감기고,

"안 돼……."

내 몸이 온기를 안은 채로 바닥에 무너져 내린다.

한걸음에 달려온 미류 언니가 온기를 내게서 떼어 놓는다.

"안 돼, 언니. 하지 마……."

"괜찮아, 초밤아."

미류 언니가 온기를 똑바로 눕혀 놓고 숨결과 맥박을 확인한다.

나는 덜덜 떨리는 손을 온기의 옆구리에 조심스럽게 가져다 댄다.

믿을 수 없이 빠른 속도로 온기의 몸에서 생명이 빠져나오고 있다.

"언니, 어떡해……. 우리 온기 어떡해……."

"아직 숨이 붙어 있어."

"그러면…… 병원, 병원에 데려가자! 얼른!"

이본회가 내 옆에 앉으며 온기의 상태를 살핀다.

"병원은 위험해."

"뭐?"

"이본영 회장이 지금 두 손 놓고 상황을 지켜보고 있을 거라 생각해? 거울 엘리베이터와 이어지는 입구마다 경호원과 저격수 들을 세워 뒀을 거야."

"여기서 나가는 순간 다 죽은 목숨이란 말이야?"

"의식을 잃은 환자를 무사히 병원까지 데려가기가 쉽지 않을 거라는 얘기야."

"그럼 어쩌자고? 이대로……."

온기를 잃을 수도 있다는 고통이 목구멍을 막아 버려 더 말할 수가 없다.

"내가 응급 처치는 할 수 있어."

치유가 그렇게 말하며 하트에게 진료 칸에서 들것과 붕대를 가져오라고 지시한다. 눈물로 흐려진 시야에 하트가 나무 에스컬레이터를 뛰어 올라가는 모습이 보인다.

치유가 갈기 같은 머리를 흔들며 내 손을 잡는다.

"어떻게든 살릴게."

그녀가 여기서 왜 치유라는 이름으로 불리는지 이제야 알 것 같다. 치유가 우리를 둘러보며 지원자를 구한다.

"방금 그 친구가 동작은 빠른데 비위가 약해서요. 혹시 진료실에서 저 좀 도와주실 분?"

"내가 할게!"

"여기도 네가 필요해."

소명이 나를 말리자, 조용히 상황을 지켜보던 차향이 불쑥 손을 든다.

"그럼 내가 할게요. 아무리 모르는 사이라도, 죽어 가는 사람을 외면하기는 그러니까."

온기를 기억하지 못하는 차향을 모두가 비슷한 표정으로 바라본다. 안타까우면서도 왠지 모르게 원망스러운 마음. 그런 눈빛을 알아챈 차향이 눈을 가늘게 뜬다.

"다들 왜 그렇게 보지?"

곧 하트가 들것을 가져오고, 의식을 잃은 온기를 조심스럽게 그위에 눕힌다. 치유가 먼저 진료 칸으로 뛰어가고, 하트와 차향이 들것을 들어 온기를 옮긴다.

"안 되겠어, 나도 갈래."

뒤따르려는 내 팔을 소명이 세게 낚아챈다.

"여기 왜 왔는지 잊었어? 넌 네가 할 일을 해야지!"

하늘과 칼 아주머니를 비롯해 사람들이 나를 바라보고 있다. 아주 잠시 희망에 차 있던 분위기가 어느새 슬프게 바뀌었다.

어디선가 기분 나쁜 웃음소리가 들려온다.

"애써 봤자 소용없어."

우물에 기대앉은 이본심 부회장이 반쯤 일그러진 미소를 짓고 있다.

"어차피 너희는 다 죽은 목숨이야."

거울 엘리베이터 입구에 대기하고 있는 저격수들의 이미지를 지워 내며 내가 다시 확성기를 켠다.

우리가 살아남지 못한다고 해도, 진실은 밝혀져야 한다.

"일단 여러분의 동료들부터 구하세요! 쳇바퀴에서 끌어내고, 함께 힘을 모아 쳇바퀴를 부숴요. 아주 처참하고 확실하게, 그래서 다시는 아무도 이곳을 악용할 수 없게요."

내가 확성기를 내리고 칼 아주머니에게 칼을 빌릴 수 있는지 묻는다. 그녀가 기꺼이 자신의 칼을 내어 준다.

사람들이 하나둘씩 쳇바퀴로 다가선다. 달리느라 넋이 빠진 동료를 밖으로 끌어내고, 상황을 설명한다. 의자로 쳇바퀴를 내리치고, 냄비를 집어 던지고, 이불과 죄수복을 찢어 톱니 사이사이에 찔러 넣는다. 제대로 된 무기 하나 없이도 사람들은 자신들의 지옥을 조금씩 조금씩 부숴 나간다.

나는 이본심 부회장의 허리춤에 달린 손전등을 떼어 내려 하지만, 온기가 쓰러진 뒤로 계속 손이 떨려 쉽지 않다. 미류 언니가 곁으로 다가와 말없이 도와준다.

"언니, 부탁이 있어."

옷깃을 밑으로 잡아 내려 가슴에 달린 인공 심장 박동기를 내보인다.

"칼로 이것 좀 도려내 줘. 도저히 안 떨어져서."

미류 언니가 눈을 크게 뜬다.

"무슨 소리야?"

"이게 인공 심장 박동기라는 건데……."

"뭔지는 알아. 신이채 대표가 우리한테도 하나씩 나눠 줬어."

미류 언니가 반소매 셔츠의 깃을 살짝 벌리자 인공 심장 박동기가 보인다.

"근데 이걸로 뭘 어쩌려고?"

신이채 대표 덕분에 설명이 짧아졌다.

우물 바닥 아래에서 내가 보았던 것을 이야기하자 어느새 소명도 곁에 와서 귀를 기울인다.

이본심 부회장이 몸을 축 늘어뜨린 채로 코웃음을 친다.

"이곳을 잠시 멈출 수는 있겠지. 하지만 고작 너희 따위가 여기를 무너뜨릴 수는 없어. 이 세상은 더더욱."

그때 진료 칸에서 도움을 요청하자 이본회가 자진한다. 이본심 부회장을 감시할 수 없게 된 이본회는 기력을 잃은 그녀를 격리실에 가두고 자리를 떠난다.

나는 이본심 부회장의 말에 흔들리지 않고 스스로를 진정시키며 얘기를 이어 간다.

"나도 저 우물을 날려 버릴 수는 없다고 생각했어. 폭발물도 없고, 총알 몇 발로 될 일도 아니니까. 그런데 저 아래 어마어마한 전력이 흐르고 있잖아."

나는 내 인공 심장 박동기가 제대로 작동하는지 확인하기 위해 가슴께를 세 번 툭 친다. 그러자 심장을 쥐어짜는 느낌과 함께 심장 박동이 미친 듯이 빨라진다. 순식간에 땀으로 축축해진 손바닥으로 다시 인공 심장 박동기를 툭툭 쳐서 작동을 멈춘다.

"이 인공 심장 박동기를 저 우물 아래 전력 차단기에 달아서 과부하를 일으키는 거야. 그럼 완전히 망가뜨릴 수 있어."

"그게 될까?"

소명의 질문에 미류 언니가 대신 대답한다.

"될 것 같아."

미류 언니가 칼 아주머니의 칼을 자신의 허리춤에 꽂는다.

"내가 해 볼게."

언니가 순식간에 내 손에서 손전등을 낚아챈다.

"저 아래 유리 바닥도 빛을 비추면 통과할 수 있지?"

미류 언니가 금방이라도 두레박에 올라탈 듯이 보여 내가 다급하게 팔을 붙잡는다.

"언니!"

미처 설명하지 못한 게 있다.

"죽을 수도 있어!"

미류 언니는 흔들림 없이 차분한 표정을 유지한다.

"그래, 내 생각에도 위험한 계획이야. 우리 중에 그 위험을 감당해도 될 사람은 나뿐이고."

소명과 내가 거의 동시에 소리친다.

"그게 무슨 소리야?"

"초밤아. 소명아. 사람은 이기적인 존재야. 자신이 따뜻할 수 있다면 이 땅 아래서 누군가 노예처럼 부려져도 상관하지 않을 사람이 얼마나 많을지 생각해 봐."

나와 소명은 선뜻 아무 말도 하지 못한다.

"사람들의 이기심을 자극하지 않으려면 이곳이 세상에 드러나기 전에 완전히 무력화해야 해. 그 과정에서 누군가 희생되어야 한다면, 그건 아홉 명의 목숨을 빼앗은 내가 돼야만 하고."

"언니……."

미류 언니를 만류하는 소명의 얼굴은 이미 그녀의 뜻을 꺾을 수 없음을 알고 있는 것처럼 보인다.

미류 언니가 소명의 손을 꽉 붙잡는다.

"이 일에 너희 중 누군가가 나 대신 희생된다면 내게는 열 번째 살인과 마찬가지야. 제발 내게 그런 죄책감을 주지 마. 처음으로 살인을 저지른 날부터 단 하루도 편히 잠들어 본 적 없었어."

언니를 꽉 붙잡아야 하는데 자꾸만 손에서 힘이 빠져나간다.

"언니…… 제발……."

"너희의 생방송 폭로를 보면서 많은 걸 배웠어. 용기가 무엇인지 보여 준 너희에게 진심으로 고마워. 너희 덕분에 스노볼의 경계가 사라진 자유로운 세상을 꿈꿔 볼 수 있었고, 너희가 무사하다면 그 꿈이 반드시 이뤄지리라는 걸 난 알아."

눈물 너머로 미류 언니의 다정한 미소가 번진다.

"고마워. 내 생애 가장 행복한 여름이었어."

미류 언니가 우리 손을 따뜻하게 어루만진다.

"만약 내가 여기서 죽는다면, 그건 내가 맞이할 수 있는 가장 숭고한 죽음일 거야. 이기적인 살인자에게는 과분할 정도로 말이야. 그러니까 너희가 웃으면서 날 보내 줬으면 좋겠어. 그래야 내가 멀쩡히 살아 와도 서로 덜 민망하잖아, 안 그래?"

아무렇지 않은 척 웃는 언니의 모습이 나와 소명을 더 크게 울린다.

어느새 곁으로 돌아와 여전히 우리를 낯설게 바라보는 차향의 눈에도 물기가 서려 있다.

"아니, 왜 남까지 눈물 나게……."

미류 언니가 그런 차향을 보며 활짝 웃는다. 부드럽게 휘어지는 눈매에서 눈물이 또르르 떨어진다.

"저 좀 배웅해 주실래요?"

몰래 눈물을 훔치던 차향이 놀라 되묻는다.

"나한테 말한 거예요?"

"네."

차향은 이해할 수 없다는 얼굴을 하면서도 순순히 미류 언니에게 다가온다.

"제가 저기 올라탈 수 있게 손만 좀 잡아 주세요."

미류 언니가 내민 손을 차향이 얼결에 붙잡는다. 언니가 그 손을 물끄러미 바라보다 차향의 얼굴을 마주 본다.

"부탁 하나 너 해도 될까요?"

차향이 조용히 고개를 끄덕인다.

"꼭 행복할 필요는 없어요, 항상 행복할 수도 없고요. 다만 혼자가 되진 말아 주세요. 힘들면 왜 힘든지, 즐거우면 뭐가 즐거운지, 당신의 삶을 나눌 수 있는 사람들과 함께해 주세요. 남에게 보이기 위한 삶이 아니라, 누군가 당신에게 요구한 삶이 아니라, 그저 당신이 살고 싶은 삶을 살아 주세요. 좋아하는 사람들을 자유롭게 만날 수 있는 세상에서, 당신이 원하는 만큼 행복하게 살다 아주 많이 늙은 뒤에 저를 만나러 와 주세요."

어느덧 차향의 눈에 눈물이 가득 찬다.

"알았으니까, 무사히 돌아와요."

미류 언니가 두레박에 오른다.

영문도 모른 채 맑은 눈물을 흘리는 차향, 어떻게든 눈물을 삼키려는 소명, 눈물과 콧물로 범벅이 된 내가 나란히 도르래 손잡이를 잡는다.

"언니, 차단기에 인공 심장 박동기를 붙이면 바로 쇠사슬을 힘껏 흔들어. 그럼 우리가 최대한 빨리 끌어 올릴게."

"응, 고마워. 걱정하지 말고."

미소를 지으며 손을 흔드는 미류 언니의 모습이 곧 어둠 속으로 사라지고, 우리는 각자 다른 크기의 울음을 참으며 도르래를 돌린다.

곧 두레박이 바닥에 닿는 게 느껴진다. 잠시 후, 우물이 점점 더 환히 빛나기 시작하고, 곧이어 우리의 초조한 기다림에 부응하듯 쇠사슬이 흔들린다.

"올려!"

어느새 우리 곁으로 다가온 하늘과 하트 그리고 칼 아주머니까지, 누군가는 도르래를 감아올리고 누군가는 쇠사슬을 붙잡아 끌어 올린다.

우물 안에서 번개처럼 밝은 빛이 뿜어져 나온다.

"빨리! 더 빨리 감아!"

끝까지 도르래를 놓지 않으려는 나를 소명과 차향이 동시에 끌어내고, 하트도 하늘을 품에 안고 재빨리 뒤로 물러선다. 우리가 우물에서 채 다섯 걸음도 떨어지지 못했을 때, 붉은 불기둥이 솟구쳐 오른다.

죽음의 카운트다운

25층 높이의 동굴 천장까지 닿을 듯 강렬했던 불기둥이 사그라들자 어둠이 찾아온다. 곳곳의 비상 야광등이 그동안 흡수한 빛을 희미하게 내뿜는다.

"전기가 끊어졌어……."

"미류 언니가 성공한 거야."

내 말에 소명이 고개를 세차게 끄덕인다. 볼을 타고 흐르는 눈물이 흐릿하게 보인다.

차향도 망연자실한 얼굴로 앉아 우물을 바라보고 있다. 검게 그을린 뺨에 눈물 한 줄기가 길을 낸다.

미류 언니, 언니가 해냈어……. 차향이 기억을 되찾게 되면 한시도 빠짐없이 우리가 곁에 있을게. 언니가 바란 대로, 서로가 느끼는 슬픔과 그리움을 함께 나누면서.

여기저기서 기침 소리가 들린다. 우물에서 매캐한 연기가 퍼져 나오고 있다.

"다들 조심해!"

우물 밑에서 또 한번의 폭발음과 함께 거대한 불꽃이 인다.

"어서 밖으로 나가야 해!"

그렇게 말하는 소명 옆에서, 하트의 품에 안긴 하늘이 서럽게 울음을 터뜨린다. 불기둥에 덴 왼쪽 손의 살가죽이 거의 벗겨져 있다.

하늘이 연신 기침을 하며 겨우 말한다.

"삼촌, 나 아파……."

하트가 힘겹게 밝은 표정을 지으며 하늘을 달랜다.

"이제 밖에 나가서 병원에 갈 거야. 우리 꼬마 대장님, 조금만 참을 수 있지?"

차향이 본인의 플라스틱 마스크를 하늘의 얼굴에 씌워 준다. 차향의 얼굴에 맞게 모양이 굳어 있어 연기를 제대로 막아 줄 것처럼 보이진 않지만, 조금이나마 안심이 된다.

"초밤 씨!"

멀지 않은 곳에서 내 이름을 부르는 신이채 대표의 목소리가 들려온다.

"대표님, 저 여기 있어요!"

신이채 대표가 휠체어를 밀며 다가오려 하지만 혼란에 빠진 사람들이 길을 막고 있어 쉬이 다가오지 못한다.

내가 그녀에게 달려가며 외친다.

"전부 대피해야 돼요!"

"그래야 할 것 같아서 왔어요. 엘리베이터 안까지 큰 폭발이 느껴지더라고요."

신이채 대표가 걱정스러운 얼굴로 주변을 둘러본다.

"생각보다 훨씬 많은 사람들이 있네요. 엘리베이터에 탈 수 있는 인원은 한 번에 네다섯뿐인데."

"저희가 안내해서 질서 있게 움직이면 금방 빠져나갈 수 있을 거예요."

어느새 곁으로 다가온 이본회의 말에 신이채 대표가 눈을 동그랗게 뜬다. 나는 이본회가 우리 편이라고 말하고, 신이채 대표는 그 이상의 설명을 요구하지 않는다. 오히려 이 상황을 더 의아하게 생각하는 건 이본회 쪽이다.

이본회가 신이채 대표를 보며 말끝을 흐린다.

"이채……."

신이채 대표가 쓸쓸한 웃음을 짧게 흘린다.

그쪽이 아는 신이채는 아직 이본 저택에 있을 거예요."

이본회가 혼란스러운 표정으로 눈을 찡그린다. 나는 우리가 다 한편이라는 말로 모든 혼란을 일단락시킨다. 이본회가 가까스로 고개를 끄덕인다.

"그래요, 우선 대피부터 하죠."

금방이라도 사람들을 불러 모으려는 이본회를 내가 잠시 멈춰 세운다.

"온기는?"

"걱정하지 않아도 돼."

"고마워."

이본회가 혼잣말처럼 읊조린다.

"거울 앞마다 무장 인력이 배치돼 있을 텐데, 어디로 대피해야
하지?"

신이채 대표가 내 손목을 꽉 붙잡는다.

"안전한 곳이 있어요."

"어디요?"

"초밤 씨는 가 봤잖아요, 스노 타워의 사각지대."

"아."

내가 부해의 최면 트라우마를 이겨 낸 곳. 신이채 대표의 작업실
로 가는 거울 엘리베이터가 설치돼 있는 공간.

"두 사람 지금 어딜 말하는 거예요?"

이본회의 질문에 신이채 대표가 빠르게 답한다.

"스노 타워 안에 아주 작은 사각지대가 있어요. 거울 엘리베이터
를 타든 스노 타워의 일반 엘리베이터를 타든 내가 무작위로 바꿔
놓는 층수를 입력해야만 갈 수 있는 곳이죠."

이본회가 한쪽 눈썹을 찡그린다.

"거울 엘리베이터에는 숫자가 없잖아요."

신이채 대표가 셔츠 주머니에서 명함 한 장을 꺼낸다.

"거울 엘리베이터를 타자마자 비상 버튼을 누르고, 기어를 거기
적힌 숫자에 해당하는 시곗바늘 방향으로 움직이면 돼요."

이본회가 명함에 적힌 숫자를 읽으며 눈을 가늘게 뜬다.

"이런 기능이 있었다니……."

신이채 대표가 개의치 않고 말을 이어 간다.

"그 사각지대에서 다시 스노 타워의 일반 엘리베이터를 타고

1층으로 대피하면 돼요. 이본영 회장이 그런 경로까지 예상해서 무장 인력을 배치해 둘 순 없었을 테니까."

"좋아요, 그럼 엘리베이터 운행은 대표님께서 맡아 주세요. 저희는 여기서 사람들을 안내할……."

"아뇨, 초밤 씨."

신이채 대표가 내 말을 가로막았다.

"초밤 씨는 저랑 해야 할 일이 있어요."

"네?"

신이채 대표가 이본회를 의식하며 낮게 말한다.

"이본영 회장이 도망치기 전에 잡아야죠."

이본회가 적극적으로 나선다.

"저도 갈게요. 할머니가 숨을 만한 장소를 제가……."

신이채 대표가 단호하게 이본회의 말을 끊는다.

"미안하지만, 나는 이본 사람이라면 그 누구도 신뢰하지 않아요."

이본회의 안타까운 한숨에 신이채 대표가 표정을 누그러뜨리며 말한다.

"그래도 이곳 사람들을 안전하게 대피시켜 줄 거라고는 믿어 볼게요."

이본회가 무거운 표정으로 고개를 끄덕인다.

"그럼 저는 저택의 비밀 공간을 알려 드릴게요."

나는 소명에게 온기가 수술실에 무사히 도착할 때까지 옆을 지켜 달라고 재차 부탁한다.

하트가 하늘을 품에 안고 다가온다.

"소원아, 하늘이가 할 말이 있대."

얼굴이 그을음과 눈물로 얼룩진 하늘이 자신의 곰 인형을 가리킨다. 늙고 슬픈 곰도 새까맣게 그을려 있다. 늙고 슬픈 곰의 등에 달린 지퍼를 여니 빔 프로젝터가 나온다.

"언니가 두고 가서 내가 챙겼어."

하늘이 힘겹게 웃는다. 칭찬을 바라는 뿌듯한 눈빛을 띠고서.

"정말 고마워. 그렇지 않아도 필요했어."

피가 섞인 진물이 하늘의 작은 손바닥에서부터 나뭇가지처럼 앙상한 팔까지 흘러내린다.

"대표님, 이본 저택에 가기 전에 이 아이만 병원에 잠시 내려 주면 안 될까요?"

갑작스러운 부탁에 신이채 대표가 미간을 찡그렸다 이내 수긍한다.

"그럼 이 남자분도 보호자로 모셔 가죠. 우리가 치료 접수까지 해 줄 시간은 없으니까."

그렇게 나와 신이채 대표, 그리고 하늘을 품에 안은 하트가 가장 먼저 거울 엘리베이터에 오른다.

신이채 대표가 빨간 비상 버튼을 누르자 엘리베이터 전체에 하얀 조명이 깜빡거린다. 그녀가 마술 지팡이처럼 기다란 기어의 방향을 한 번에 하나씩 정확하게 바꾼다. 처음에는 6시 방향, 그다음은 2시, 그리고 다시 6시……

투명한 플라스틱 마스크 너머로 하늘의 조그만 입이 벌어진다.

"우와……"

처음으로 마주할 세상에 대한 기대감으로 손이 아픈 줄도 잠시 잊었는지, 여전히 쿨럭거리면서도 한껏 들떠 있다.

그런 하늘이 대견해 머리를 쓰다듬다가 나도 마찬가지로 크게 기침을 한다. 기침이 점점 잦아지면서 심장에도 미약한 통증이 느껴진다. 하늘이를 안고 있는 하트 역시 기침을 겨우 멈추고 묻는다.

"우리 꼬마 대장님, 밖에 나가면 뭘 제일 먼저 하고 싶어?"

하트가 얇은 천 조각으로 은근슬쩍 하늘의 손을 가린다. 피와 진물로 범벅이 된 자신의 손을 보고 하늘이 또 눈물을 터뜨리지 않도록.

"하늘이 보고 싶어. 나처럼 멋있는 하늘!"

신이채 대표가 다시 비상 버튼을 누르자, 경고 등처럼 반짝이던 하얀 조명이 꺼진다.

"이제 출발할게요."

내가 잔기침을 계속하며 경고한다.

"둘 다 조심해, 이 엘리베이터 엄청나게 무서……어아악!"

엘리베이터는 언제나처럼 혼을 빼놓을 듯 빠르게 움직이고, 신이채 대표를 제외한 모두가 딸꾹질을 하듯 기침을 연신 해 댄다.

곧 거울 엘리베이터가 스노 타워의 사각지대에 도착한다.

신이채 대표가 가장 먼저 통과하고, 하늘을 안은 하트가 살짝 비틀거리며 거울 밖으로 걸어 나간다. 그 짧은 사이 땀으로 흥건하게 젖은 하트의 등을 밀어 주며 내가 마지막으로 통과한다.

스노 타워의 거대한 유리창으로 밝은 햇살이 쏟아져 들어오고 있다.

"하늘아, 저거 봐! 하늘!"

내가 창밖을 가리키며 돌아보는 찰나, 품에 안은 하늘의 뒤통수를 자신의 손으로 받친 하트가 바닥에 쿵 쓰러진다. 그 무게에 눌린 하늘이 눈동자만 가까스로 움직이며 힘겹게 묻는다.

"언니, 하트 삼촌 왜 그래?"

하늘을 안은 자세 그대로 고꾸라진 하트의 하늘색 죄수복이 순식간에 파랗게 젖어 들고 땀이 바닥에 웅덩이처럼 고인다.

나는 떨리는 손으로 하트의 몸을 뒤집어 얼굴을 확인하고, 신이채 대표는 호흡을 짧게 들이쉰다.

"온몸의 수분이 빠져나갔어……."

눈을 뜬 채 숨이 멎어 버린 하트의 몸은 오래전 꺾여 버린 나뭇가지처럼 거칠고 가볍다. 얼굴을 쓸어내리니 마른 나뭇잎을 만지는 듯 바스락거린다.

"왜 갑자기……."

"삼촌……."

끊어질 듯 연약한 목소리로 하트를 부르는 하늘의 옷도 축축하게 젖어 든다.

"안 돼……."

하트의 품에 안긴 자세로 굳어 버린 하늘의 몸을 내 무릎 위에 앉힌다. 고개는 하트를 볼 수 없는 창문 방향으로 둔다.

"언니, 하트 삼촌은?"

"어…… 삼촌, 지금……."

하늘의 목소리가 점점 작아진다.

"나 몸이 이상해."

하늘의 몸에서 빠져나오는 수분이 내 옷까지 적신다.

"언니…… 나 죽는 거야?"

"……아냐."

"거짓말. 난 다 아는 하늘인데."

하늘의 시선이 힘없이 창밖을 응시한다.

"정말 예쁘다."

눈, 코, 입…… 그 작은 구멍들에서 물이 새어 나와 하늘의 몸이 구름처럼 가벼워진다. 물기 없는 마른 구름.

"이따 노을 지는 모습도 봐야지, 하늘아."

응, 하늘이 들릴 듯 말 듯한 대답과 함께 눈을 감는다. 창밖으로는 스노볼의 푸른 하늘 가운데 구름이 유유히 지나간다.

신이채 대표가 미간에 힘을 주며 중얼거린다.

"이 사람들, 그곳을 벗어나는 순간 죽게끔 되어 있는 모양인데요."

"……뭐라고요?"

신이채 대표가 무언가를 곰곰이 생각하는 표정을 짓는다.

"그 안에서 이 사람들이 접하는 물이나 음식물에 바이러스를 집어넣어, 특정 환경에 노출되면 활성화되도록 유도하는 거죠. 아마, 지하 발전소를 빠져나와 처음 마주하는 극한의 추위가 방아쇠 역할을 하지 않았을까 싶네요."

이본심 부회장의 조소가 번뜩 떠오른다. *애써 봤자 소용없어. 어차피 너희는 다 죽은 목숨이야.*

내 눈물방울이 하늘의 얼굴에 후드득 떨어진다.

언니가 선생님 따라 나가기 전날 선장이 췄던 약이잖아. 탐사 가기 전에 몸에 좋은 거 먹으라고.

그 알약이 혹시…… 해독제였던 건가?

죄수복 주머니에 넣어 둔 투명한 캡슐을 다급하게 꺼내, 아직 핏기가 가시지 않은 하늘의 마른 입술에 밀어 넣는다.

신이채 대표의 휠체어가 내 옆으로 소리 없이 다가온다.

"초밤 씨는 무사해서 다행이에요."

"왜 저만 멀쩡한지……."

"바이러스 노출 기간이 짧아서 그렇겠죠."

그렇다면, 치유와 칼 아주머니를 비롯한 동굴 사람들은 지하 발전소를 빠져나오는 순간 죽음의 카운트다운이 시작된다는 뜻이다.

"이대로 나오면 다 위험해요!"

하늘의 작은 몸을 신이채 대표의 무릎에 내려놓고 거울 엘리베이터를 향해 내달린다.

"뭐 하는 거예요?"

"일단 못 나오게 막아야죠! 하늘이는 대표님께서 병원에 데려다주세요!"

간절하게 뻗은 내 손이 거울에 닿기 직전, 심장이 감당할 수 없을 정도로 빠르게 뛴다.

"헉!"

그 고통에 가슴을 움켜쥐고 자리에 주저앉는다.

신이채 대표가 나를 한심하다는 듯 바라보며, 자신의 무릎에 놓인 하늘을 차가운 바닥으로 밀어 버린다. 마치 귀찮은 파리를 내쫓듯이.

"어딜 가요, 나랑 같이 이본영을 잡지 않고."

신이채 대표의 휠체어가 바닥에 쓰러진 내 앞에 멈춰 선다.

"그깟 사형수들 목숨을 구하려다 일을 그르칠 셈이에요?"

무슨 소리냐고 따지고 싶지만, 심장을 부여잡고 몸부림치는 것 외에 무엇도 할 수 없다.

"괜한 짓 말고, 전초밤 씨는 시키는 대로만 해요. 그럼 내가 열어 갈 새로운 세상에서 영웅으로 대접받게 해 줄 테니."

신이채 대표가 이를 드러내며 웃는다.

"생각만 해도 짜릿하지 않아요? 그쪽이 원하던 삶이잖아요. 전초밤이라는 이름을 모두가 알 만큼 대단한 사람이 되는 일."

내가 몸을 일으키러 바득바득 애를 쓰자, 신이채 대표가 마음에 들지 않는다는 표정으로 휠체어의 손잡이를 꽉 쥔다.

"윽!"

내 심장이 더욱 고통스럽게 비틀어진다.

새로운 세상

나를 바라보고 있던 신이채 대표가 반색하며 외친다.

"드디어 일어났네!"

겨우 목을 가누며 주변을 둘러보니, 스노볼 꼭대기에 있는 신이채 대표의 작업실이다. 창문이 없는 크림색 공간.

나는 신이채 대표가 타는 것과 비슷하게 생긴 휠체어에 앉아 있다. 팔은 각각 양쪽 팔걸이에, 두 발은 발판에 가지런히 놓인 채, 손가락 하나 까딱할 수가 없다.

"으……."

조금 전의 기억이 서서히 돌아온다.

내 몸에 달린 인공 심장 박동기를 통해 신이채 대표는 내 심장에 가해지는 고통을 마음껏 조종했고, 나는 결국 제 발로 신이채 대표의 작업실까지 기어들어 왔다. 신이채 대표는 거실에 놓인 이 휠체어에 앉으라고 내게 명령했다. "중력을 이기려고 괜히 힘 빼지 마요. 그럴수록 더 힘들어." 동시에 심장 박동이 미친 듯 다시 치솟았고 나는 그대로 정신을 잃었다.

유일하게 움직임이 자유로운 머리를 앞뒤로 흔들어 반동을 일으키려 해 보지만, 휠체어에 딱 붙은 등과 엉덩이가 조금도 들썩거리지 않는다.

"도대체 지금 무슨 짓이에요?"

"이번에도 직접 보여 줄게요."

내 뒤편으로 유유히 사라지는 신이채 대표를 돌아보며 기억들을 곱씹는다. 바다 위 결혼식장에서의 첫 만남과 돔 위에서 나눴던 대화, 그리고 지하 발전소 사람들을 구조하러 온 신이채 대표의 얼굴.

어때요. 나와 함께 새로운 세상을 열어 볼래요?

뭐가 어디서부터 잘못된 거지?

돌아온 신이채 대표가 내 앞을 지나 넓은 테이블 건너편으로 간다. 알아서 움직이는 휠체어 바퀴가 신이채 대표를 정확히 내 맞은편에 세운다.

"웃기지 않아요? 자동 휠체어는 **드라마틱**하지 않다는 이유로 구식 휠체어만 판매하는 게 말이 돼요? 이전 문명에서 사용하던 휴대 전화를 원천 금지한 것도 그래. 연락이 엇갈리면 엇갈릴수록 드라마는 더 재미있어진다나?"

신이채 대표가 자신의 무릎에 올려 둔 하얀 접시를 테이블 위에 놓는다.

"내 생각은 이래요. 이본은 우리가 뭉치는 게 싫은 거야. 더 쉽게 이동하고 더 자주 연락을 주고받으면 **조직**을 형성하기가 쉬우니까. 권력자는 본능적으로 시민 조직을 두려워하잖아요."

신이채 대표가 테이블에 손가락을 대고 스위치를 올리듯 위로 쓸어 올리자 잠시 후 하얀 접시에서 지글지글 소리가 난다. 후추 따위로 시즈닝을 한 붉은 고기에 버터 한 조각이 얹어져 있다.

하트 삼촌은 나가서 고기 먹고! 칼 이모는 그 멋진 칼 솜씨로 하트 삼촌한테 맛있는 고기 요리를 만들어 주고!

마른 나뭇가지처럼 죽어 버린 하트를 생각하자, 코끝에 와 닿는 고기 냄새에 속이 울렁거린다. 그리고,

"하늘이는요! 그 애 살았어요?"

직사각형 테이블에 하얀 숫자로 희미하게 빛나는 현재 시각은 오전 11시 42분. 우리가 지하 발전소를 떠난 지 벌써 두 시간이 훌쩍 지났다.

"사람들은요? 다 무사히 구조된 거예요?"

신이채 대표가 관심 없다는 얼굴로 어깨를 으쓱인다.

"그쪽 일은 그쪽에서 알아서 하겠죠. 전초밤 씨는 제발 우리가 할 일에 집중해요."

"……우리가 할 일이라뇨?"

그 많은 사람의 목숨을 구하는 일보다 더 급한 게 뭔데?

"악당을 처리해야지. 그게 영웅이 할 일이잖아요."

신이채 대표가 손으로 지붕을 가리키며 말을 잇는다.

"하늘도 우리 편이에요. 아침부터 눈보라가 몰아쳐서 이본영이 스노볼 밖으로 도망갈 수 없게 됐거든."

신이채 대표가 테이블에 하얗게 빛나는 시간을 확인한다.

"지금쯤이면 열성적인 기자 몇몇이 이본 저택에 부지런히 불법

침입을 했겠죠?"

신이채 대표가 기분 좋은 얼굴로 스테이크 냄새를 음미한다.

"과연 어떤 기자가, 영웅이 악당을 잡는 그 역사적인 순간을 기록하게 될지 벌써 궁금하네. 그 기자도 아마 이름 꽤 날리게 될 테죠?"

"도대체 당신…… 무슨 생각이야……."

인공 심장 박동기가 무리하게 심장을 뛰게 해서 그런지, 점점 더 숨이 차고 문장을 제대로 말하기도 힘에 부친다.

"좀 힘들죠? 지금 전초밤 씨 몸이 생산해 내는 전력을 모아서 스테이크를 굽는 중이라 그래요."

"……뭐?"

"참 놀랍죠? 전초밤 씨는 가만히 앉아 있을 뿐인데 전력이 생산되고 그 전력으로 음식을 조리한다니 얼마나 신기해."

신이채 대표가 자랑스러운 듯 미소를 지으며 떠들어 댄다.

"인공 심장 박동기를 몸에 달고 살아가는 세상을 상상해 봐요. 추위와 과도한 노동으로부터 모두가 자유로워질 거예요. 심장 질환으로 평균 수명은 지금의 절반도 안 되게 줄어들겠지만, 인생의 반을 기꺼이 내어 줄 만큼 매력적인 기술인 건 변함없죠."

"당신, 미쳤어?"

신이채 대표가 호탕하게 웃는다.

"아마 다른 사람들도 딱 그런 반응을 보일 거야. 이본이 죄다 텔레비전에 환장한 바보들로 만들어 놨으니, 텔레비전을 보기 위해 생명을 깎아 먹어야 한다는 말이 다들 얼마나 무섭고 싫겠어."

신이채 대표가 양손에 나이프와 포크를 하나씩 쥐고 나를 가리킨다.

"그럴 때 필요한 게 바로 전초밤 씨예요."

나는 힘겹게 숨을 몰아쉬고, 신이채 대표는 스테이크를 뒤집는다.

"사람들이 액터 고해리에게 가졌던 애정, 피해자 고해리들에게 느꼈던 연민, 거기에 신이채의 지시에 따라 지하 발전소를 무력화시키고 이본의 수장을 끌어내린 영웅에 대한 존경까지 더해진다면, 전초밤 씨는 더할 나위 없는 최고의 **홍보 모델**이 될 거예요."

신이채 대표가 나이프를 쥔 손을 허공에 치켜든다. 마치 연설하는 것처럼 눈빛을 또렷이 빛내고 목소리에 힘을 싣는다.

"인공 심장 박동기가 없었다면 신이채 대표와 저의 스노볼 전복은 불가능했을 것입니다. 이 기술이 세상을 구원했습니다. 우리 모두 이 위대한 기술을 가슴에 품고 노동과 추위로부터 자유로워집시다!"

신이채 대표가 이를 드러내며 만족스럽게 웃는다.

"어때, 이 정도면 그 망할 이본 선대 회장의 스노볼 연설보다 더 그럴듯하지 않아요? 물론 그 뒤에 이어질 내 연설이 더 멋지겠지만."

신이채 대표가 포크로 스테이크를 고정하고 칼질을 시작한다.

"우리가…… 왜 삶을 포기해야 해?"

"응? 뭐라고요?"

당신 계획대로 세상이 바뀐다면, 나를 행복하게 하는 것들이 무엇인지 알게 되자마자 죽을 날을 준비해야 할 거야. 사는 동안 더 많은 이별을 더 자주 치러야 할지도 몰라. 추위에 조금 강해지는 대신, 훨씬 비극적인 삶이 될 거라고.

신이채 대표가 테이블 위 스테이크 그릇을 내 쪽으로 쭉 밀어 넣고는 소리 없는 움직임으로 천천히 다가온다.

"걱정하지 마. 전초밤 씨랑 나 같은 사람들은 스스로를 **배터리**로 쓸 필요가 없으니까."

신이채 대표가 포크로 스테이크 한 조각을 찍어 내 입에 가져다 댄다.

"세상에 쓸모없는, 무능하고 불필요한 인간들. 우리는 그런 인간들을 배터리로 삼아 살아갈 거야. 그러면서 이 세상의 발전에 도움이 되는 기술을 개발하고……."

퉤. 내가 신이채 대표의 얼굴을 향해 고기 조각을 뱉어 내지만, 힘없이 내 무릎으로 떨어진다. 그래도 다시 한번 내게 남은 힘을 쥐어짜 낸다.

"다른 사람의 목숨을 배터리 삼아서까지 이뤄야 할 발전이 대체 뭔데? 당신이 하려는 짓이, 이본이 사람들을 희생시켜 얻은 평화와 뭐가 달라!"

"희생이라니. 무능한 사람들이 가만히 숨만 쉬어도 생활비를 벌게 해 주는 거라고."

"당신, 미쳤어."

신이채 대표가 나를 물끄러미 바라보다 짧은 한숨을 쉰다.

"아쉽네. 난 전초밤 씨를 영웅으로 만들어 주려고 했는데."

신이채 대표가 테이블에 손가락을 대고 볼륨 버튼을 돌리는 시늉을 하자 라디오가 켜진다. 점프 슈트처럼 입는 우비 광고가 흘러 나온다. 테이블 가운데 놓여 있던 커피포트에서는 서서히 기포가 올라온다.

"아무리 기력이 없어도 저 정도 물은 끓일 수 있죠?"

신이채 대표가 뒤늦게 생각난 것처럼 연기하며 말한다.

"아, 맞다. 전초밤 씨가 앉은 휠체어의 **중력 증폭기**도 본인 몸에서 만들어진 전력을 사용 중이에요. 대단하죠?"

신이채 대표가 콧노래를 흥얼거리며 커피 원두를 간다.

"이본영이 내 상상을 뛰어넘을 정도로 악랄한 덕분에 뒤처리는 고민할 필요도 없겠어요. 전초밤 씨도 **지하 발전소 바이러스**에 감염 돼 사망해 버렸다고 하면 되니, 이 얼마나 깔끔해."

신이채 대표가 커피 원두에 뜨거운 물을 붓자 고소한 커피 향이 공간을 가득 채운다.

"아, 누군가 구해 주러 올 거라는 괜한 기대는 말아요. 여기는 전 초밤 씨랑 나만 출입할 수 있거든."

신이채 대표가 커피를 한 모금 홀짝인다.

"시스템에서 전초밤 씨의 홍채와 열 개의 지문 정보를 하나하나 지우면서 슬플 거예요. 내 작업실에 처음 초대한 친구였는데."

라디오에서 정오를 알리는 종소리와 함께 간추린 뉴스가 시작 된다.

——오늘 아침 8시쯤 스노볼 전역에 발생한 이상 기온 현상이 지 속되고 있습니다. 현재 기온은 영하 1도로, 이는 스노볼 역사상 가 장 추운 여름 날씨입니다. 이에 대한 액터들의 불안이 가중되는 가

운데, 이본영 이본 미디어 그룹 회장은 잠시 후인 오후 1시 특별 기자 회견을 열겠다고 발표했습니다.

"오, 잘됐네. 그때 딱 덮치면 이본영을 잡는 내 모습도 생방송으로 나가겠는데요?"

신이채 대표가 아이처럼 좋아하며 커피 잔을 테이블에 내려놓는다.

"라디오는 켜 두고 갈게요. 내가 이본영을 처단했다는 소식이 방송될 때까지 전초밤 씨가 살아 있을지 모르겠지만."

신이채 대표가 아주 조금은 아쉽다는 표정을 짓는다.

"그럼 잠시나마 반가웠고, 부디 큰 고통 없이 잘 죽기를 바랄……."

탕! 말을 채 끝마치지 못한 신이채 대표의 입에서 붉은 피가 흘러내린다. 고통스러운 눈빛과 함께 고개가 뒤로 넘어간다.

그 뒤에서 여전히 사격 자세를 취하고 있는 소명이 말한다.

"정당방위야. 네가 죽을 뻔했으니까."

소명 뒤에 숨어 있던 시내가 내게 빠르게 달려온다.

"초밥, 괜찮아?"

"이거…… 이거 좀 꺼."

"뭐?"

무슨 말인지 알아듣지 못하는 시내 대신 소명이 내 가슴팍을 빠르게 세 번 툭 친다. 추위에 얼어 버린 비누 거품 뉴스를 전하던 라디오가 꺼지고, 동시에 내 몸도 휠체어에서 떨어진다.

심장 박동이 천천히 정상 범위로 들어선다.

"너희…… 어떻게 들어왔어?"

소명이 눈을 크게 뜨더니 손가락 끝으로 눈알을 만진다. 콘택트 렌즈가 살짝 움직인다. 시내는 열 손가락을 흔들어 보인다. 손끝마다 투명한 생선 비늘 같은 게 반짝인다.

"살다 보니 배새린이 도움이 될 때가 있더라고?"

"어?"

"배새린이 네 뒤통수 치고 고해리인 척할 때, 차솜 선생님이 네 지문하고 홍채 렌즈를 좀 챙겨 줬었대. 날씨 공에 네 지문이 등록돼 있으니까……."

"배새린은 아예 지문을 훼손시켰잖아."

"그러니까."

시내가 다시 손가락을 흔든다.

"배새린이 안 쓰고 잘 남겨 둔 덕에 우리가 이렇게 쓸 수 있는 거지."

몸의 긴장이 차츰 풀리면서 내가 알아야 할 것들이 떠오른다.

"하늘이는?"

"누구?"

"그 어린애 있잖아! 아, 온기는? 지하 발전소 사람들은? 차향 기억은!"

소명이 내 몸을 휠체어에서 일으켜 세운다.

"가면서 설명할게."

"어딜?"

"이본영한테 가야지. 다른 사람들은 이미 진작에 출발했어."

"다른 사람들?"

시내가 내 한쪽 팔을 자신의 어깨에 두르며 묻는다.

"근데 걸을 수 있겠어?"

내가 스테이크 나이프를 집어 가슴에 붙은 인공 심장 박동기를 억지로 떼어 낸다. 피부까지 벗겨지면서 하얀 반소매 티에 피가 살짝 묻어난다.

"가야지. 당연히."

그때 현관 복도에서 부산스러운 인기척과 함께 배새린이 모습을 드러낸다.

"우리 여기 갇혔나 본데?"

"뭐?"

"거울이 딱딱해졌어. 손가락이 안 들어가."

눈사람 넷

거울에 열 개의 지문을 다 밀착시켜 보아도 어느 손가락 하나 통과하지 않는다.

"너 혹시 뭐 건드렸어?"

배새린이 불쾌한 얼굴로 나를 흘겨본다.

"생명의 은인한테 태도가 참 불순하다?"

배새린에게 순전히 고마운 마음만을 품기란 참 쉽지 않다.

"너도 그렇게 틱틱대려면 뭐 하러 여기까지 왔어?"

배새린이 당황하지 않고 받아친다.

"모든 공을 나한테 넘기겠다더니, 너 그 동굴에서 목격자를 많이 만들었더라? 그 사람들이 전초밤의 활약을 다 아는데, 내가 공을 가로챌 수나 있겠냐고. 이제부터 내 몫은 내가 챙겨야지."

"넌 참…… 한결같다."

다른 아이들의 동의를 구하려 고개를 돌리자, 시내가 나를 한심한 눈빛으로 쳐다본다.

"여기서 나갈 생각이나 해. 둘 다 똑같으니까."

소명은 애초에 나와 배새린의 유치한 말싸움에는 관심도 없다는 듯 주변을 둘러본다.

"조금 전까지도 잘 되더니 왜 갑자기 이래."

불안한 마음에 나도 모르게 입술을 깨문다.

"신이채가 죽었기 때문일 수도 있어……. 스노볼 시스템이 작동하려면 살아 있는 신이채의 생체 정보가 필요하다고 했거든. 특히 이 거울은 이본도 모르게 신이채만 사용했으니까……."

배새린이 경악스러운 얼굴로 묻는다.

"그럼 이제 어떡해? 죽은 사람을 되살릴 수도 없잖아!"

내가 한쪽 구석에 놓인 옷걸이를 가리킨다. 털옷처럼 생긴 기능성 의류가 여러 벌 걸려 있다.

"일단 저거 하나씩 걸쳐 입어."

나는 죄수복 위에 하얀 털옷을 걸치고, 나머지는 이상 기온에 맞춰 입고 온 겨울 재킷 위에 털옷을 덧입는다.

"여기 어디쯤이었던 것 같은데……."

내 손이 테이블 밑 어딘가를 훑고 지나가자 직사각형 상판 전체에서 밝은 빛이 뿜어져 천장을 비추고, 거울이 만들어진다. 전에 한번 보았던 대로 테이블의 옆면을 아래에서 위로 쓸어올린다. 거실 바닥이 마름모꼴로 분리되며 우리 넷을 태운 채로 상승한다.

균형을 잃고 나동그라질 뻔한 시내를 소명이 붙잡아 준다. 나는 신이채를 치워 낸 휠체어의 손잡이를 꽉 붙든다. 잠시 후, 우리는 거울이 된 천장을 뚫고 돔 위에 도착한다.

"와……."

발밑으로 펼쳐진 광경에 모두가 입을 벌리고 감탄하는 것도 잠시.

"으, 추워."

테이블에 떠오른 숫자가 현재 기온이 영하 29도임을 알려 준다. 게다가, 눈보라까지 휘몰아치고 있다.

"동쪽이 어디지?"

내 물음에 소명이 왼손을 쭉 뻗는다.

"저기 스노 타워 오른쪽으로 호수가 있으니까, 저쪽이 동쪽이네."

배새린이 소리친다.

"여기서 어떻게 다시 스노볼 안으로 들어갈 건데!"

나 역시 눈보라 소리에 묻히지 않도록 크게 말한다.

"동쪽으로 가면 출입국 관리소가 나와!"

"뭐?"

"일단 타!"

배새린을 확 밀쳐 휠체어에 앉힌 뒤 그 무릎 위에 내 몸을 싣는다. 시내가 등받이 뒤에 서고, 소명이 시내를 감싸며 휠체어 손잡이를 꽉 쥔다.

소명과 시내가 휠체어를 앞으로 미는 순간, 내가 휠체어의 팔걸이를 뒤에서 앞으로 한번 획 쓸어 본다. 바퀴가 스스로의 힘으로 빠르게 움직인다.

바람에 날리는 눈이 내려앉아 돔은 미끄럽고, 휠체어는 가속이 붙는다.

"야, 너희 미쳤어?"

배새린의 외침 뒤로 나머지의 비명도 따라붙는다.

"아아악!"

휠체어는 두 사람을 태우고, 두 사람을 끌고 여느 스포츠카가 부럽지 않게 달려 나간다.

"으아아아아!"

무서운 속도로 달려드는 눈보라에 얼굴이 따갑다 못해 얼어붙겠다 싶을 때쯤, 우리를 태운 휠체어는 거대한 돔이 조금씩 기울어지는 지점에 도착한다.

내가 휠체어의 팔걸이를 다급하게 뒤로 쓸며 외친다.

"명소명, 브레이크 잡아! 거기 손잡이에 브레이크!"

휠체어의 속도가 서서히 줄어들지만, 이미 늦어 버렸다.

돔의 굴곡을 따라 휠체어가 서서히 밑으로 향한다. 낙하 준비를 마친 롤러코스터의 맨 앞자리에 앉아 있는 것처럼, 바깥세상의 풍경이 아찔하게 펼쳐진다. 이런 건 드라마에서나 봤었는데……

눈보라가 휘몰아치는 거대한 산맥을 바라보며, 돔의 곡선을 따라 미끄러져 내려간다.

"엄마아아악!"

지치지도 않는 시내의 비명은 바깥세상에 며칠째 쌓인 눈에 깊이 파묻히고 나서야 끝이 난다.

"야, 이 무식한 또라이들아!"

눈에서 빠져나오는 걸 도와주자마자 배새린이 내게 달려드는 바람에 우리는 다시 눈에 파묻힌다.

"너희 때문에 나까지 죽을 뻔했잖아!"

소명과 시내가 눈 속에서 헤엄치듯 다가와 내게서 배새린을 겨우 떼어 놓는다.

우리 키만큼 쌓인 눈 더미를 엉금엉금 헤쳐 나가는 동안 배새린은 쉴 새 없이 우리 셋의 무모함을 탓한다.

"야, 앞으로 쟤 데리고 다니지 말자."

시내가 말했고,

"어, 되게 쨍쨍거리네."

소명이 답했다.

감정이 상했는지 배새린이 드디어 입을 다물고, 나는 배새린의 입을 막을 겸 신이채 대표의 작업실에서 답을 듣지 못한 질문들을 다시 묻는다. 턱까지 숨이 찬 소명의 간결한 대답이 이어진다.

"초밥 네가 붙잡혀 있는 동안 몇몇이 더 희생되고 말았어."

거울 엘리베이터를 타고 스노 타워의 사각지대에 도착한 이본회는 하트의 마른 시신 옆에 누워 끙끙대는 하늘을 발견했다. 이어 자신과 함께 밖으로 나온 동굴 사람들 세 명이 몸의 수분을 잃으며 죽어 가는 모습을 보았다. 무언가 잘못되었음을 눈치챈 이본회는 사람들을 구출하는 일을 즉시 중단했다.

"그리고 그 꼬맹이가 해독제를 숨겨 둔 위치를 기억해 냈어. 기특하게도, 그 투명한 알약이 어떤 치료제라는 걸 알아챈 거야."

이본회는 하늘의 말을 믿고 선장의 방에서 캡슐을 찾아냈다.

"그럼 하늘이는 무사한 거지?"

"응, 하트 삼촌이 죽었다고 계속 울긴 했지만."

"아……."

이후 지하 발전소의 구조 작업이 순조롭게 진행되자 소명은 나를 찾아야겠다고 생각했다. 전초밤을 혼자 지하 발전소로 던져 놓고 뒤늦게 나타나 '이본영 회장 검거'라는 트로피를 함께 챙기려는 신이채 대표가 왠지 수상쩍었다. 스노 타워의 사각지대에 있는 거울이 이본회의 지문에 반응하지 않는 것도 이상했고, 전초밤이 이본영 회장을 붙잡았다거나, 이본 저택에 잠입했다 붙잡혔다는 소식도 들려오지 않았다.

"혹시 네 연락이 없었는지 집에 전화했더니, 마침 배새린이 받더라고. 그 뒤로는 네가 아는 내용이야. 아, 전온기는 수술실에 잘 들어갔고, **이름도 모르는 여자**를 생각할 때마다 눈물을 흘리는 차향이 지키고 있어."

내가 무겁게 고개를 끄덕인다.

"어떻게 오셨……?"

출입국 관리소로 들어선 우리를 보고 직원 다섯 모두 휘둥그레진다. 털옷에 눈이 잔뜩 들러붙어 눈사람이나 마찬가지인 소명이 데스크로 다가가며 묻는다.

"전화 좀 쓸 수 있을까요? 택시 회사 번호 있으시죠?"

나와 시내, 그리고 지칠 대로 지쳐 조용해진 배새린까지 눈사람 꼴을 하고 터덜터덜 그 뒤를 따른다.

갑자기 나타난 눈사람 넷에 어안이 벙벙해진 직원들이 서로의 얼굴을 번갈아 바라본다.

"뭘 그렇게 놀라세요? 저희 이번에는 불법 침입 아니에요."

시내가 그렇게 말하고는 스노볼 방향 출입구에 서 있는 택시를 발견한다.

"아, 마침 저기 한 대 있네."

그건 제가 타고 가려고 부른 택시인데, 누군가 그렇게 말했지만 우리는 딱히 개의치 않고 검색대를 지난다. 검색대에 살짝 낄 정도로 하얀 눈이 그득 들러붙은 털옷은 커다란 쓰레기통에 벗어 던진다.

내가 조수석에, 나머지는 뒷자리에 쪼르르 앉는다.

"기사님, 이본 저택으로 가 주세요."

"이본 저택요? 거기로 가는 길 지금 죄다 통제됐......."

조수석에 앉은 나와 눈이 마주친 택시 기사의 눈이 커진다.

"어? 해리 씨...... 아, 아니, 그러니까......."

나 역시 바로 그녀를 알아본다.

"그때 그 기사님이시네요, 지난 크리스마스 때 차설 감독 집에서 고해리 집까지 태워 주셨던 분."

글로브 박스 위에 붙은 '택시 운전 자격 증명서'에 권해정이라는 이름이 적혀 있다. 권해정이 손뼉을 치며 웃는다.

"초밤 씨, 저를 기억하고 계셨어요?"

룸 미러로 뒷자리 승객들을 확인한 권해정의 입이 귀에 걸린다.

"어머, 웬일이야! 네 분 다 타셨네!"

뒤에 앉은 세 사람이 피곤한 미소를 짓는다.

"다 같이 이본영 회장님한테 가는 거예요?"

권해정이 달뜬 목소리로 우려를 표한다.

"아, 근데 지금 다들 회장님 잡겠다고 몰려가고 있어서 길도 막히고……."

"다들 이본영 회장을 잡으러 간다고요?"

"모르셨어요?"

권해정의 입에서 하얀 입김이 새어 나온다.

"괴소문이 돌고 있잖아요. 스노볼의 **난방기**가 고장 났다는데 글쎄, 우리가 다 속았던 거래요."

그 말에 시내가 찬사를 기다리는 제스처를 취한다. 배새린이 미간에 힘을 주고 묻는다.

"신시내 네가 퍼뜨렸어? 어떻게?"

"우리랑 단독 인터뷰 한번 하겠다고 마당에 명함 뿌려 놓고 가는 기자들이 한둘이었어야 말이지."

"오, 신시내!"

내가 재빨리 웃음을 거둔다.

"근데 라디오 뉴스에서는 그런 얘기가 전혀 없던데?"

소명이 무심하게 말한다.

"이본이 막았겠지. 아직 망하지 않았잖아."

차 안에 달린 카메라들을 의식하며 권해정이 목소리를 낮춘다.

"그 괴소문이 사실이에요? 이본 그룹이 우릴 속여 왔다는 게?"

우리 넷이 동시에 고개를 끄덕이자, 권해정의 입과 눈이 동시에 커진다.

"그렇다면 회장님이 아직도 저택에 머무르고 있을까요? 기자 회견이 연막작전일 수 있잖아요."

권해정이 나를 바라보자, 뒷좌석에 앉은 셋의 시선도 모인다.

"저택에 있을 거예요. 거기가 그나마 안전할 곳일 테니까."

신이채는 이본이 조직된 사람들을 두려워한다고 했고, 지금 스노볼 사람들은 하나의 커다란 조직을 이루었다. 심지어 무섭게 분노한 채로.

"좋아요, 그럼 가 보죠!"

권해정이 히터를 최대로 높인다.

"지금 스노볼에서 제일 오래된 택시 기사가 누군 줄 아세요? 바로 저예요, 권해정."

비록 단 한 번도 드라마의 주연이었던 적은 없지만, 수많은 유명 액터를 태우며 지금까지 살아남은 팔 년 차 감초 액터 권해정. 그녀가 온갖 우회로와 골목길―몇몇 곳은 제대로 된 길조차 아닌 듯했다―을 빠르게 내달린다. 드라마틱한 효과를 노린 수동 스틱을 이리저리 과감하게 움직이면서.

차창 밖으로는 여전히 산발적으로 비눗방울이 보인다. 영하의 온도에 꽁꽁 언 채로 내려와 지상에서 산산이 조각난다. 룸 미러에 달린 작은 온도계는 영하 7도를 가리킨다.

권해정은 순식간에 우리를 낯선 곳에 데려다 놓는다.

"……여기가 어디죠?"

"정문 쪽은 인파가 쫙 깔려서 어차피 들어가지도 못해요. 저기 덤불 있죠? 헤치면 개구멍이 나와요, 저택 뒷마당으로 쭉 이어지는."

시내가 차비를 세며 묻는다.

"와, 이런 쪽문은 어떻게 아셨어요?"

"이본 염탐하려는 기자들, 수도 없이 태웠죠. 근무 시간에 이탈했다가 몰래 복귀하는 경호원이나 집사들도 제 단골이고요."

현금을 내미는 시내의 손을 도로 밀어내며 권해정이 씩 웃는다.

"에이, 저 지금 영업 뛴 거 아니에요."

운전석 창밖으로 엄지를 치켜들고, 권해정은 우리가 덤불 너머로 사라질 때까지 응원을 보냈다.

이본 저택의 뒷마당에는 아무런 경비 인력이 보이지 않는다. 총을 든 경호원, 충실한 집사들과 대치하는 상황을 예상했지만, 그들은 서로 싸우기에 바쁘다. 일부는 앞마당의 높은 담을 용케 타고 넘어오는 액터들을 돕고, 나머지는 그런 배신자를 저지하고 있다.

우리는 곳곳에서 벌어지는 소규모 전투를 피해 저택 안으로 빠르게 들어선다. 내부는 텅 비어 있어, 이본회가 알려 준 지하 벙커와 비밀 공간을 별다른 저지 없이 수색한다.

하지만 어디에도 이본영 회장이 보이지 않는다.

"이미 도망간 거 아냐?"

"잠깐만."

소명이 손을 들어 모두를 조용하게 만든다.

"무슨 소리지?"

우리는 라이플을 든 소명을 필두로 어디선가 희미하게 들려오는 호루라기 소리를 따라 발걸음을 옮긴다. 이본회의 방과 마주한 방에서 호루라기 소리가 구조 신호처럼 일정하게 이어진다.

우리는 천천히 방문을 열고 들어선다.

호루라기 소리가 들리는 커다란 옷장을 향해 소명이 라이플을 조준하고, 나와 시내가 양쪽에서 문고리를 하나씩 붙잡는다. 배새린은 옷장 옆 침대에 주름 하나 없이 펼쳐져 있던 이불을 벗겨 내 그물처럼 든다.

3, 2, 1. 배새린이 소리 없이 입 모양으로 숫자를 세고, 나와 시내가 동시에 옷장 문을 연다.

"……사, 살려 주세요."

다섯 번째 우리. 고해리가 탈진하기 직전의 모습으로 웅크리고 있다. 한 손에 작은 라디오를 꼭 쥔 채로.

"고해리?"

그 애가 힘겹게 고개를 들어 우리 넷을 확인한다.

"……헛것이 보이네."

고해리가 눈을 비비려 손을 들면서 손목에 감겨 있던 이어폰 줄이 라디오 잭에서 툭 빠진다.

이본영 회장의 담담하고 고상한 목소리가 흘러나온다.

—**저주받은 소녀들**이 우리의 시스템을 유린한 뒤로 스노볼의 기적에 조금씩 금이 가기 시작한 건 사실입니다.

시내가 재빨리 방에 있는 텔레비전을 켠다.

빨간 뉴스 속보 자막과 함께, 마이크 앞에 꼿꼿하게 앉아 있는 이본영 회장의 모습이 보인다. 하얀 머리를 한 올도 빠짐없이 완벽하게 틀어 올리고 순백의 정장을 입고 있다.

—하지만 여러분을 위해, 저는 이 자리를 지킬 것입니다. 언젠가 여러분께서 이본의 사명과 진심을 이해하고, 이본을 다시 필요로 하실 것을 잘 알고 있기 때문입니다.

　그 뒤로 보이는 배경이 익숙하다.

　"이 저택에 있는 집무실이야!"

　문은 안에서 잠겨 있지만, 소명의 총 한 발로 쉽게 열린다. 빨간 생방송 불이 켜진 카메라 뒤에 선 진진서가 우리를 보고 크게 동요한다.

　이본영 회장은 의연하게 자신이 할 말을 이어 나간다.

　"그날까지 저는 제게 다가올 모든 모략과 고통을 기꺼이 감내하며……."

　우리 넷은 동시에 이본영 회장에게 달려들고, 다음 날 세간에 가장 많이 언급된 뉴스 논평은 아래와 같이 끝난다.

　생방송에 비친 악인의 모습은 결연하고 고귀했으며 악인을 처단하러 간 네 명의 소녀들은 파괴적이고 악랄해 보였다. 우리는 기억해야 한다. 미디어는 사실을 보여 줄 때조차 진실을 왜곡할 수 있다.

전초밤

배새린이 문 너머로 들려오는 텔레비전 소리를 가장 먼저 알아차린다.

"일어났나 본데?"

달군 프라이팬에 달걀을 톡 깨 넣으려던 소명이 동작을 멈추고 귀를 기울인다. 나는 화장실로 달려가 세수하는 시내를 재촉한다.

"빨리 나와 봐!"

미처 덜 닦인 비누 거품을 턱 밑에 묻힌 채로 시내가 미류 언니 방의 문을 연다. 침대에 앉은 고해리가 충격과 혼란이 가득한 눈으로 우리를 돌아본다.

"그래서…… 너희 중에 나를 대체했던 애가 누구야?"

생방송 폭로가 녹화된 테이프를 확인했구나. 내가 아랫입술을 한번 세게 깨물고 답한다.

"그 애 이름은 조여수였고, 스스로 목숨을 끊었어."

고해리의 표정이 더 복잡해진다.

"······뭐?"

"일단 나와, 달걀프라이 하나 더 부칠게."

소명의 말에 배새린이 훈수를 둔다.

"일주일 동안 링거만 맞은 애한테 기름기 있는 음식을 바로 주려고?"

"그럼 네가 죽이라도 끓여 주든가."

고해리가 둘의 유치한 말싸움을 끊어 낸다.

"내가 일주일이나 의식을 잃었어?"

"기억 안 나는구나? 병원에서 네 몸에 남아 있는 최면제를 전부 제거하는 데 사흘 정도 걸렸어. 의식을 차리고 나서는 네가 의료진만 보면 거부 반응을 일으키면서 기절했고. 그래서 어제 우리 집으로 옮긴 거야. 알고 보니 진진서가 너한테 최면을 걸 때마다 의사의 모습을 했었더라고."

고해리의 눈빛은 이미 다른 생각으로 넘어가 있다.

"유정언 팀장님은?"

그날 옷장에서 정신을 반쯤 잃고 병원으로 실려 가며 고해리는 계속 유 경호원을 찾았다. 고매령이 살해된 이후 쓸모를 다한 고해리를 사살하는 일은 유 경호원에게 맡겨졌고, 그녀는 차마 고해리를 죽이지 못했다. 그렇다고 밖에 자유롭게 풀어 줄 수도 없었다.

유 경호원은 고해리를 자신의 옷장에 숨겨 두고 몰래 물과 음식을 챙겨 주었다. 경호 팀장의 방은 화장실도 따로 있고 집사들도 함부로 드나들지 않아 숨어 있기에 비교적 안전한 곳이었다. 이본영 전 회장이 이본회의 사고를 꾸미며 내려 유 경호원까지 비행기에 태워 보내기 전까지는.

"우리가 발견했을 때 넌 일주일 가까이 방치된 상태였어."

"발전소 사람들은? 치유 언니, 하늘이, 하트 오빠……."

내가 간신히 입꼬리를 들어 올린다.

"그렇지 않아도 치유 언니가 오늘 너 병문안 오기로 했어. 하늘이는 다음 주쯤 퇴원할 것 같고."

고해리가 한쪽 눈을 찡그리며 머리를 문지른다.

"요새를 떠나고 나서 기억이 부분 부분 조각나 있어."

"당장 전부 기억하려고 애쓰지 마."

고해리 프로젝트, 하트의 죽음, 유 경호원의 비보……. 고해리가 감당해야 할 진실이 너무도 무겁다. 그러니 진진서의 최면에 걸린 고해리가 고매령 살인에 **대역 액터**로 이용됐다는 사실은 조금 더 천천히 알려 줘도 될 것이다. 어차피 진진서를 조사한 이후 검찰은 고매령 살인 사건으로 고해리를 기소하지는 않겠다는 입장을 취했다. 오히려 지하 발전소에서 불법적인 노동 착취를 당한 고해리와 사람들이 이본영 전 회장을 고소해야 한다는 의견이었다.

조사에서 밝혀진 또 하나의 사실은, 이본영 전 회장이 우리의 생방송 폭로 훨씬 이전부터 '고해리 프로젝트'를 인지하고 있었으며 차귀방과 차설이 ─이본 저택에 카메라를 다는─ 위협이 될 경우, 고해리를 그들 범죄의 증거로 내세워 파멸시키려 계획했다는 것이다.

시내가 끓여 준 미음을 먹으며, 고해리는 금지된 숲으로 도망치다 이본영 전 회장을 만난 순간을 털어놓는다. 커다란 거울이 달린 나무 뒤에서 이본영 전 회장이 진진서와 바둑을 두고 있었다. 이본의 회장과 마주치다니. 차설 감독이 저지른 짓을 고백하면 그녀가 모든 일을 바로잡아 주리라 철석같이 믿었다.

"그때는 내가 구원자를 만난 줄 알았어."

"우리도 다 그랬어."

차설이 찾아왔을 때 배새린은 자신의 삶이 드디어 구원받았다고 생각했고, 나는 신이채 대표가 세상의 구원자가 되리라 믿어 의심치 않았다. 하지만 그들에게 우리는 수단일 뿐이었다.

내가 먼저 자리에서 일어난다. 다른 아이들이 내게 잘 만나고 오라고 하자, 고해리는 누구를 만나러 가느냐고 묻는다.

나는 그녀에 대해 처음으로 이렇게 생각한다.

"우리를 만들고, 지금의 나를 만든 사람."

*

차향이 면회실 유리창 너머를 뚱하게 쳐다본다.

"기억이 날 듯 말 듯한데 사실 모르겠어……."

차향은 여전히 기억을 되찾지 못했다. 진진서에 의해 기억을 잃은 다른 사람들은 해독과 심리 치료 등을 병행하며 조금씩 기억을 되찾아 가고 있었지만, 차향에게는 이상하리만큼 효과가 없었다.

황갈색 수의에 노란색 명찰을 단 차설이 옅은 미소를 머금고 차향을 마주 본다. 카메라 렌즈가 설치돼 있던 자리에는 표어가 적힌 작은 스티커가 붙어 있다. '**드라마는 끝났다.**'

"교도소 첫날부터 우리 향이가 면회를 와 주니 기쁘네."

이본영 전 회장이 체포된 뒤, 차설은 구치소로 변호사를 불러 자신의 범죄를 실토했다. 재판부는 곧바로 차설의 검찰 구형을 확정하면서 불법을 저지른 다른 디렉터와 이본 미디어 그룹에도 최대한 빠르고 공정한 법의 심판을 내릴 것이라 발표했다.

차설은 무기 징역이나 다름없는 무거운 형벌을 받았다.

"죄를 전부 인정할 줄 몰랐어요."

내 말에 차설이 편한 미소를 짓는다.

"세상이 바뀌었으니 나도 바뀌어야지."

내가 시선을 피하며 퉁명스럽게 말한다.

"나중에 밖에서 다시 만나면 그땐 우리 둘 다 꽤 나이가 많겠네요."

차설이 의외라는 듯이 되묻는다.

"날 다시 보려고?"

"출소할 때, 생각나면 마중 올게요. 이제 스노볼 통행도 자유로워질 테고, 뭐, 그때쯤이면 나도 좀 너그러워져 있겠죠."

수갑을 찬 손으로 갈색 단발머리를 쓸어 넘기며 차설이 피식 웃는다.

"됐어. 넌 네 인생을 잘 살아. 나도 잘 살 거니까."

"종종 안부 편지 보낼게요."

"하지 마, 답장 쓰기 귀찮아."

차향이 나와 차설을 번갈아 바라보며 묻는다.

"둘은 무슨 사이야?"

"원수."

"이제 볼 일 없는 사이."

내 대답이 더 간결하지만, 차설의 목소리가 더 가볍다.

"아줌마, 가자. 얼굴 봐도 딱히 기억나는 거 없으면."

차향이 내게 눈을 부라린다.

"그놈의 아줌마, 아줌마……. 너처럼 싹수없는 애랑 내가 진짜 친했다고?"

"그럼. 아줌마는 나 아니면 친구도 거의 없어."

우리가 티격태격하는 모습을 차설이 물끄러미 바라본다. 보고 싶을 때마다 언제든 꺼내 볼 수 있도록 소중히 간직하려는 듯.

*

온기와 하늘의 병문안을 가기 전 처음으로 들른 미류 언니의 산소는 사람들이 두고 간 꽃다발과 선물, 편지로 알록달록하게 뒤덮여 있다.

"뉴스에서 봤을 때보다 뭐가 더 많아졌네."

차향이 비석에서 흘러내린 꽃다발 하나를 주워 제자리에 올려놓는다. 비석 뒷면에는 미류 언니의 생년월일과 스노볼의 거짓 지열이 멈춰 버린 날짜가 적혀 있고, 이름 외에 아무런 문구도 새겨져 있지 않은 앞면에는 사람들이 붙여 놓은 메모가 가득하다.

고맙습니다. 영원히 기억할게요.

사랑해요. 당신은 좋은 사람이었어요.

그곳에서는 편히 쉬어요. 우리가 다시 만날 때까지.

그 아래로는 누군가 직접 만든 쿠키가 있다. '덕분에 오늘도 살아가고 있는 목요일 드림.'

이 마음들 아래 정말 미류 언니가 잠들어 있는 건 아니다. 지하 발전소가 완전히 무너지면서 그곳에서 시신을 수색하는 일은 불가능해졌다.

"미류 언니는 자유롭게 날아다니고 있을 거야. 어디에도 얽매이지 않은 채로."

어쩌면 지금 여기에 우리와 나란히 서서 사람들의 애정 어린 마음을 기쁘게 지켜보고 있을 수도 있다. 그렇다면 정말 좋을 텐데.

차향이 비석에 적힌 이름을 물끄러미 바라본다.

"조미류……. 너처럼 왠지 놀리고 싶은 이름이네."

나는 시큰해진 눈가를 문지른다.

"아줌마는 왜 한 번도 안 물어봐? 미류 언니에 대해서 궁금하지 않아?"

차향의 대답이 조금 천천히 돌아온다.

"이 사람에 대해 알면 알수록 더 마음이 아프지 않을까."

차오르는 슬픔을 숨기려는 듯 차향이 나를 홱 돌아보며 장난스럽게 부른다.

"야, 초밥."

이렇게 부를 때면 차향이 예전 그대로인 것만 같다.

"왜, 아줌마."

"넌 이제 뭐 하면서 살 거야?"

스노볼의 모든 디렉터가 어제부로 직위에서 해제됐다는 공식 통지서가 발송됐다. 차향만은 제외였다. 제작해야 할 이야기가 아직 하나 남아 있었다. 물론, 우리의 이야기는 아니었다.

"글쎄, 일단 온기가 완전히 회복될 때까지 더 고민해 보려고."

입원 치료 중인 온기는 죽다 살아나니 하고 싶은 일이 명확해졌다고 했다. "나 케이크 만드는 거 배우게. 좋은 날엔 케이크가 꼭 있어야 하잖아." 온기는 올해 우리의 생일 케이크도 자신이 만들겠다고 별렀다.

소명은 다시 바이애슬론 예선전을 준비하고, 시내는 신이채가 개발한 신소재 섬유로 의류 사업을 해 보겠다는 포부를 밝혔다. 배새린은 그 사업의 공동 소유권을 주장하며 그동안 우리가 겪은 일을 자서전으로 내겠다고 선점했다.

"초밥, 별 계획 없으면 나랑 같이 일해 볼래? 전기가 그러더라, 너 원래 디렉터 되고 싶어 했다고."

"계획은 없어도 할 일은 많은데?"

손가락을 하나씩 접으며 말을 잇는다.

"명소명 선수 매니저 노릇 해야지, 신시내랑 배새린 사이에서 사업 이견 조율해 줘야지, 나중에는 온기 가게에서 케이크 주문도 받아야 해."

"스노볼의 **마지막 드라마** 제작에 참여할 기회인데? 엔딩 크레디트에 이름도 크게 넣어 줄게."

"됐어."

의외라는 눈빛을 띠는 차향을 보며 내가 묻는다.

"아줌마, 내 이름 뜻도 당연히 기억 안 나지?"

"초밥에서 오타 난 거 아니었어?"

내가 눈을 부릅뜨자 차향이 장난이라고 웃는다. 그 얼굴에 언뜻 미류 언니의 미소가 겹쳐 이번 한 번은 봐주기로 한다.

"다시 알려 줘, 궁금해."

"초여름 밤이라는 뜻인데, 그 안에는 우리 엄마랑 아빠가 행복해 하던 순간이 담겨 있어. 내가 열심히 쳇바퀴를 돌리면서 스노볼을 꿈꾸던 순간도 있고, 가족들이랑 같이 텔레비전을 보면서 울고 웃던 순간, 그리고 날 닮은 애들하고 어마어마한 모험을 하던 순간까지도 그 안에 다 들어 있어."

내가 아주 자랑스러운 표정으로 턱을 치켜든다.

"전초밤이라는 세 글자에 그런 엄청난 것들이 이미 다 담겨 있다는 얘기야."

알 듯 말 듯한 표정을 짓는 차향을 위해 한 번 더 풀어 이야기한다.

"그러니까 엔딩 크레디트에 올라가지 않아도, 모든 사람이 알고 있지 않아도, 난 내 이름이 좋아. 이미 특별하니까."

차향이 천천히 고개를 끄덕이며 그제야 미소를 띤다.

내가 벅찬 기분에 깊은숨을 내쉬자 하얀 입김이 뭉게뭉게 피어오른다. 스크린이 꺼져 버린 스노볼 돔 위로 짙은 먹구름이 유유히 흐른다.

내 삶의 액터와 디렉터

"야, 신시내! 전초밤!"

검은 가죽 장갑을 낀 배새린이 저 멀리서 우리를 향해 손을 흔든다. 제아무리 인파가 붐빈다 해도 나와 똑같이 생긴 사람을 알아보는 일은 어렵지 않다.

시내가 배새린의 겨울 코트를 툭 치며 웃는다.

"야, 배새린! 내가 밖에 영업 다녀오는 동안 어디 가서 돌 맞을 짓 안 하면서 잘 있었지?"

배새린이 맑게 웃으며 반격한다.

"너희는 바깥세상을 왔다 갔다 해서 그런지 어째 요즘 스노볼 유행에서 영 뒤처진다?"

나와 시내가 서로의 패딩 점퍼를 힐끔 쳐다본다. 신이채가 만든 인공 심장 박동기는 법적으로 금지돼 모든 연구 과정과 결과물이 폐기됐지만, 신소재 섬유는 시내와 배새린이 정식 허가를 받은 뒤로 옷과 신발을 가리지 않고 다양하게 활용되고 있다.

"그러는 너는 우리가 만드는 옷은 안 입고, 웬 코트야?"

배새린이 칭찬을 바라는 얼굴로 살짝 거들먹거린다.

"오늘 출판사 미팅 다녀왔거든. 내 자서전 기획안이 아주 마음에 든대!"

"그런 자리일수록 우리 제품을 입고 가야지! 하, 얘가 진짜 돈 버는 법을 몰라."

내가 두 사람을 보며 웃다 돔 위로 떨어지는 바깥세상의 눈을 잠시 올려다본다.

"애들아, 이제 들어가자!"

따뜻한 차와 커피를 여러 잔 나눠 든 차향과 온기가 우리를 향해 손짓한다.

"여기야, 여기!"

경기장에 먼저 들어와 있던 엄마와 할머니가 우리를 반갑게 맞는다. 내가 차를 건네자 할머니가 고맙다며 손을 꽉 잡는다.

"오래 살고 볼 일이에요, 이 노인네가 바이애슬론 결승전을 다 보러 오고."

할머니는 여전히 나를 온기의 여자 친구라고 생각하지만, 한 번도 나와 다른 아이들을 헷갈리지 않았다. 내게는 그 사실이 매번 신기하고 감사하다.

우리와 멀지 않은 곳에 앉아 있는 고해리, 아니 이제 법적으로 개명한 소원이와 그 옆에 앉은 치유 언니가 무슨 즐거운 얘기를 나누는지 환하게 웃는다. 저 옆에 하트도 함께할 수 있었다면 얼마나 좋았을까. 두 사람도 나와 같은 생각을 하는지, 이내 그리운 눈길로 하늘을 올려다본다. 아직 5학년이 되지 않아 언니들을 따라 경기장에 올 수 없었던 하늘이가 지금쯤 집에서 얼마나 심술이 나 있을지 상상하니 괜스레 웃음이 난다. 물론, 칼 아주머니가 맛있는 크리스마스 특식을 잔뜩 만들어 주었겠지만.

경기장을 가득 채운 관중 모두 들뜬 표정을 감추지 않는다.

각 마을의 전력을 훔쳐 스노볼의 지열을 유지하던 난방기가 무너지고, 전력으로 시청료를 지불하는 악법이 폐지되면서 바깥세상 인력 발전소 노동자의 필수 노동 시간이 절반으로 줄어들었다. 더불어 스노볼에 전력을 판매하며 노동자의 수입은 늘어났다. 사람들에게 전보다 많은 **여가 시간**과 꽤 넉넉한 **용돈**이 생긴 것이다. 스노볼의 출입도 자유로워져 작년까지는 스노볼에 사는 액터만 볼 수 있었던 바이애슬론 결승전에 올해는 각지의 사람들이 전부 모였다.

무엇보다, 우리는 각자 인생의 액터이자 디렉티가 되었다. 여기 있는 모두가 자신의 삶에 펼쳐질 드라마를 기대하며 잠들고, 하루하루 자신의 삶을 디렉팅하며 살아가는 데 조금씩 익숙해지고 있다.

—곧 경기가 시작되겠습니다. 착석해 주시길 바랍니다.

장내 아나운서의 안내 방송과 함께 대형 전광판에서 광고 영상이 시작된다. 첫 광고는 바-E-5 마을에서 제작하는 말가죽 가방이다. 이제 바깥세상에도 발전소 노동자 외에 여러 직업이 생겨나고 있다. 고향에 케이크 가게를 차리겠다며 스노볼에서 제과 제빵 학원에 다니는 나의 쌍둥이 오빠 온기처럼, 새로운 일을 배우고 시작하는 사람들이 많아지고 있다.

곧 방영 예정인 말코손바닥사슴 다큐멘터리 하이라이트 다음으로 「**투명한 집**」이라는 드라마의 예고편이 이어진다. "반년 만에 돌아온, 스노볼 드라마의 마지막을 장식할 리얼리티 쇼"라는 점을 강조하며 이본심 전 부회장과 이본회의 얼굴을 보여 준다.

환호와 야유가 섞인 사람들의 함성이 경기장을 뒤흔든다. 장내 아나운서가 다시 마이크를 잡고 진정시키려 해 보지만, 곧이어 출전 선수들이 출발선에 나타나자 관중들이 더욱 목청껏 함성을 지른다.

우리 역시 목이 터져라 응원을 보낸다.

"명소명!"

"파이팅!"

등 번호 7번을 단 소명이 긴장된 표정으로 관중석을 살핀다. 우리를 발견한 소명의 얼굴에 씨익 미소가 번진다.

—네, 천사현 선수가 마지막 라운드인 3라운드에 가장 먼저 도착합니다!

천사현 선수가 자신의 등 번호 1번이 적힌 라인으로 다가서자, 올해 결승전의 **인간 과녁**이 경기장에 던져진다. 흥분한 관중 모두가 자리에서 일어나 발을 구른다.

사형수임을 나타내는 빨간 명찰을 단 이본영 전 회장이 나무 몇 그루가 심어진 설원에 서서 몸을 떤다. 집무실에서 마지막 기자 회견을 할 때와 달리, 이제는 정말 모든 것이 끝났음을 깨달은 표정이다. 죽음의 공포가 가득한 눈빛이 전광판에 크게 잡힌다.

당신이 그 자리에 서 보니 어때.

여전히 그 방식이 정당한 사형 제도로 느껴져? 사람의 목숨까지 엔터테인먼트의 일부로 만드는 게 시스템의 균형을 위한 선택이었다고, 아직도 감히 그렇게 얘기할 수 있겠어?

천사현 선수가 어깨에 멘 라이플을 들고 이본영 전 회장을 침착하게 조준한다. 두 번째, 세 번째로 속속 도착하는 선수들도 **최후의 인간 과녁**을 향해 총구를 겨눈다. 법원은 오늘 경기를 마지막으로, 사람을 과녁으로 세우는 바이애슬론 경기 방식을 손보겠다고 밝혔다.

소명이 예선전 성적보다 빠르게 네 번째로 3라운드에 도착한다. 소명도 망설이지 않고 라이플을 꺼내 든다.

이본영 전 회장이 혼비백산하며 나무 뒤로 몸을 숨기는 모습을 바라보며 관중의 흥분이 가라앉는다. 우리를 지배하던 시스템의 위대한 지도자가 사실은 우리와 별반 다를 바 없는 나약한 인간에 불과했다는 사실이 모두를 숙연하게 만든다.

알아들을 수 없는 괴성과 함께 도망치는 이본영 전 회장의 몸에 여러 방의 총알이 동시다발적으로 박힌다.

관중석에 엄숙한 침묵이 내려앉고, 몰락한 권력자의 비참한 죽음은 온 누리에 생방송으로 중계된다.

*

언론사 카메라에 들키지 않으려 뿔뿔이 흩어져 경기장을 빠져나왔지만, 나는 운이 없게도, 서른다섯 살에 방송국 수습기자가 된 황산나의 눈에 딱 걸리고 만다. 다른 기자였다면 끝내 무시했겠지만, 살아남은 여자에게 진 신세는 무시할 수 없다. 카메라 기자 옆에 선 황산나가 내게 마이크를 내민다.

나는 짧게 인터뷰를 마치고, 황산나는 차향과 셋이 밥을 먹자고 제안한다. 나는 차향이 아직 황산나를 기억하지 못한다고 말하는 대신 재빨리 버스에 올라탄다. 스노볼의 만원 버스에서 제때 내리는 일은 언제나 쉽지 않지만, 크리스마스와 바이애슬론 결승전이 겹친 오늘은 더 아수라장이다.

나는 원래 내려야 할 곳을 두 정거장이나 지나쳐 겨우 빠져나온다. 저녁 어스름 속에서도 익숙한 동네다.

몸이 기억하는 방향을 따라 걸으니 어느덧 길 건너편에 고해리가 살던 곳이 보인다. 붉은 벽돌로 쌓은 이층집이 있던 자리에 유리로 지은 삼층집이 속을 훤히 내보이고 있다. 이본심 전 부회장과 이본회를 비롯해, 법원의 처분을 받은 이본의 주요 일가가 모여 사는 **투명 감옥**이다.

한때 고해리의 방이었던 공간에서 한 남자가 작은 쓰레기통을 들고 층계를 내려온다. 이어 그가 1층 현관문을 여는 모습이 투명한 벽을 통해 고스란히 보인다.

쓰레기통을 비우고 집으로 돌아가던 이본회가 건너편에 서 있는 나를 우연히 발견하고 걸음을 멈춘다. 나는 손을 살짝 들어 올리며 가로등 불빛에 비친 이본회의 옅은 미소를 본다.

이본회는 내게 인사하지 않고, 나 역시 이본회에게 다가가지 않는다. 투명 감옥은 내부뿐 아니라 근처에도 카메라가 설치돼 있다.

음악을 크게 틀고 지나가던 승용차 한 대가 이본회 앞에 멈춰 선다. 창문을 내리며 음악 소리를 확 줄인다. 나는 가로수의 그림자 뒤로 몸을 숨긴다.

차에 탄 젊은 커플이 며칠 전 이 동네로 이사 왔다면서 이본회에게 언제든 놀러 오라고 말한다. 그들은 이본회가 지하 발전소 사람들을 구해 준 선택을 칭찬하고, 이본 그룹의 후계자였다는 이유로 처벌을 받게 되어 안타깝다며 위로한다. 마지막으로, 주연 액터에 발탁되자마자 스노볼 드라마가 끝나 버린 아쉬움을 「투명 감옥」 출연으로라도 보상받고 싶다는, 농담인지 진담인지 모를 말을 건넨다. 이본회가 적당한 웃음으로 자연스레 대화를 마무리 짓고 집 안으로 들어간다.

투명한 벽 너머로 이본회가 나를 찾아 서성거린다.

나는 그대로 몸을 돌려 버스 정류장 쪽으로 되돌아간다.

걷다 보니, 어느 집 거실에 놓인 텔레비전 화면에서 내 얼굴이 나오고 있다. 조금 전 황산나와 했던 인터뷰다. 소리까지는 들리지 않지만, 입 모양을 보며 내가 한 말을 기억해 낸다.

"우리 모두가 당사자였고, 저는 그 참혹함을 더 가까이에서 목격했을 뿐이에요. 제가 목격한 세상은 너무도 끔찍했습니다. 그리고 그런 세상이 언제든 다시 시작될 수 있단 걸 알아요. 우리의 삶, 자유, 생명에 대한 권한을 아무 의심 없이 타인에게 넘겨준다면, 제2의 이본이 나타나 우리를 다시 자신의 손아귀에 가두어 버리겠죠."

오랜만에 황산나를 만나서 그런지, 내 표정은 말하는 내용에 비해 굉장히 해맑다. 화면으로 확인하는 내 모습이 왠지 민망해 서둘러 다시 걸음을 옮긴다.

　"전초밤!"

　뒤에서 갑자기 나타난 이본회가 상기된 얼굴로 나를 붙잡아 세운다. 급하게 뛰어왔는지 크게 숨을 몰아쉰다. 나 역시 심장 박동이 빨라진다.

　"카메라맨 없이 혼자 외출해도 돼? 벌점받잖아."

　이본회가 아주 작은 편지 하나를 내게 건넨다. 연두색 봉투에 구겨졌다 편 자국이 있다.

　"고매령 집을 허물다가 발견됐어. 나중에 천천히 읽어 봐."

　"고마워."

　이본회의 입꼬리에 나만 아는 장난스러운 미소가 걸린다.

　"생일 축하해, 남은 하루도 따뜻하게 보내."

　이본회가 두 팔을 크게 휘저으며 온 길을 되돌아간다.

　"그럼 또 보자, 전초밤."

　"……그래, 또 봐."

　멀어지는 이본회의 뒷모습을 마지막까지 눈에 담고 나도 다시 걸음을 옮긴다. 온기가 만든 생일 케이크 앞에 둘러앉아 나를 기다리고 있을 가족과 친구 들을 생각하며, 배새린의 집으로.

새로운 고해리에게

안녕.

이 편지를 읽고 있다는 건 네가 나의 다음 차례라는 얘기겠지? 넌 어떤 아이일까? 얼굴은 분명 나와 닮았을 거야.

고해리가 되고 내가 가장 많이 한 일은, 슬레이트가 칠 때마다 이 방을 구석구석 뒤지는 거였어. 불치병에 걸린 자신이 곧 죽더라도 자신의 드라마는 끝나지 않길 바랐다는 그 아이의 흔적을 필사적으로 찾았어.

나를 이어 고해리가 되어 줘서 고마워.

뭐 그런 작은 쪽지라도 발견할 수 있기를 바랐어. 왜냐면, 점점 그 아이의 소망이 내 안에서 연약해져 갔거든. 이런 삶을 정말 누군가가 계속 살아 주길 바랐다고? 나를 조종하고 이용하는 어른과 내게 무관심한 사람들만 가득한 이 드라마에 무슨 미련이 남아서? 그런 의심이 끊임없이 자라났어.

그러다 결국 알게 됐어. 이 드라마가 계속되길 원한 사람은 고해리가 아니라 바로 그 어른들이었다는 걸 말이야. 누구도 내 추측이 맞는다고 확